驚鳴一聲

亂我心曲

読者の支持に感謝する

鎮魂《ちんこん》

Guardian

1

Priest
［著者］

柳ゆと
［Illustration］

許源源
［訳］

内野佳織
［監訳］

すばる舎
プレアデスプレス

鎮魂《ちんこん》

Guardian

1

Priest
［著者］

柳ゆと
［Illustration］

許源源
［訳］

内野佳織
［監訳］

すばる舎
プレアデスプレス

鎮魂 *Guardian* 1 もくじ

Book Design 金澤浩二

第１巻　登場人物

◇趙雲瀾（チャオ・ユンラン）

特別調査所所長であり、鎮魂令《ちんこんれい》の所有者である鎮魂令主。愛想がよく、社交的で口達者。事件をきっかけに沈巍《シェン・ウェイ》と出会い、あの手この手で猛アタックを開始する。

◇沈巍（シェン・ウェイ）

龍城《ロンチェン》大学の教授。趙雲瀾《チャオ・ユンラン》のことを避ける素振りを見せながら、時折、その背中に感情を押し殺した深い眼差《まなざ》しを向ける。どうやら何か秘密があるようで……。

特別調査所のメンバー

・大慶（ダーチン）干し柿のような顔の太った黒猫。趙雲瀾《チャオ・ユンラン》とは長い付き合いで、よく彼の肩に乗っている。

・郭長城（グォ・チャンチェン）捜査課の新人所員。人と話すことが苦手な臆病者だが、その功徳《くどく》はとても厚い。

・祝紅（ジュー・ホン）捜査課所属。月に一度、下半身が大蛇のようになる。沈巍《シェン・ウェイ》に迫る趙雲瀾《チャオ・ユンラン》に思うところがある。

・林静（リン・ジン）捜査課所属。任務前に自撮りをする変わり者。趙雲瀾《チャオ・ユンラン》からはエセ和尚と称されている。

・楚恕之（チュー・スージー）捜査課所属。痩身でいつも険しい顔つき。所員たちからは「楚兄《チューにい》」と呼ばれている。

・汪徴（ワン・ジェン）人事担当。首に赤い縫い目がある。日の光に当たることができない。

・呉（ウー）夜勤担当の門番。口が大きく裂けた紙人形のような姿をしている。

◇斬魂使（ざんこんし）

黒いマントを纏《まと》った男。罪を犯したあらゆる魂魄《こんぱく》を斬ることができる。人間からも鬼からも恐れられる存在だが、趙雲瀾《チャオ・ユンラン》だけは彼を恐れていない。

序　章　光明通《グァンミンどお》り四号

旧暦七月十五日、まだ夜が明けきらない頃。

夜盗虫《よとうむし》たちも、とうとうおとなしく巣に戻ったようだ。いつも夜まで賑やかな龍城《ロンチェン》もさすがにこの時間になると、街角からはすっかり人影が消え、草むらの中から時折響いてくる虫の鳴き声が聞こえるだけだった。気まぐれに鳴いたり鳴きやんだりする様《さま》には、ピリピリと張り詰めた雰囲気が漂っている。

深夜二時半、露が降り、辺り一帯が湿り気を帯びてきた。

ジメジメ、ベタベタとした空気に変わった。

風の仕業なのか、道を歩いていると、後ろに隠れている誰かにじっと見つめられているような気さえする。

郭長城《グオ・チャンチェン》はこんな時間に採用通知書を持って光明通《グァンミンどお》り四号の前に現れた。

幼い頃に両親を亡くした彼は、親戚の家で育てられた。武器になるような容姿を持ち合わせていないにもかかわらず、ろくに勉強せず、辛うじて五流大学を卒業したが、人付き合いが苦手なうえに性格は臆病で、就職先が決まらないまま半年くらい家に引きこもって暇を持て余していた。幸いなことに最近、公安部に勤める母方の二叔父《におじ》[1]が昇進し、口利きをしてくれた。これまで箸にも棒にもかからなかったこの甥にでもできそうな仕事を用意してくれたのだ。こうして彼もなんとか働けることになった。

(これからは毎日、ただ制服を着てお茶でも飲みながら優雅に公安部の受付に座って、朝九時から夕方五時まで来客の案内や見送り程度の仕事をしていればいいのだろう)

と、郭長城《グオ・チャンチェン》は頭の中でこんな甘い期待を抱いていた――あの奇妙な「採用通知書」を受け取るまでは。

1　訳注：中国では呼称の前にその人の生まれ順をつけて呼ぶこともある。「二叔父」はすなわち二番目の叔父さん。

通知書を見た時、彼はなにかの間違いじゃないかと思った。通知書には、政治色の濃い、堅苦しい文章でこう書かれていた。

「郭長城《グオ・チャンチェン》　様

このたび貴殿を当所の職員として採用することに決定いたしましたので、御通知申し上げます。当所では国家公務員と同様の処遇を享受できると同時に、全国民へ奉仕する者として担うべき重責を果たさなければなりません。今後、貴殿がこの新たなる職場で職務に励み、鋭意進取し、組織および上層部の方針に従い、一丸となって社会の安定と国の繁栄のために貢献することを期待しております。

八月三十一日（旧暦七月十五日）午前二時半、身分証明書と本通知書を持参のうえ、当所までお越しください（住所：光明通《グァンミンどお》り四号一階人事部）。

当所職員一同を代表して、貴殿が我々の戦友、同志になることを心より歓迎いたします。

敬具

中華人民共和国公安部

特別調査所

〇〇年〇〇月〇〇日」

「午前二時半」、このおかしな入所時間を見て、普通なら誰でも入力ミスだと思うだろう。事前に電話で確認すればいい話だが、あいにく郭長城《グオ・チャンチェン》はただでさえ内気なうえに、半年間の引きこもり生活で電話恐怖症がさらに重症化している。誰かに電話を掛けなければと思うと、プレッシャーで朝まで眠れなくなるのだ。

郭長城《グオ・チャンチェン》はそのまま八月三十日の夜まで現実逃避を続け、確認の電話を掛けることはなかった。

その代わりに、彼は自分から見れば完璧な作戦を立てた――いっそのこと今夜は寝ないで、一か八か午前二時半に一度行ってみよう。もし誰もいなかったら、近くのマクドナルドで適当に寝て、午後二時半にもう一度行けばいい。午前二時半か午後二時半の必ずどちらかだろうから。

深夜になると市内の交通機関はどれも止まっているので、郭長城《グオ・チャンチェン》は車で行くしかない。だいぶ時間がかかったが、ナビに助けられながらなんとか目的地までたどり着いた。

光明通《グァンミンどお》り四号は大通り沿いではなく、見つけづらい隠れ家のような庭付きの建物だった。郭長城《グオ・チャンチェン》は庭の外でしばらくきょろきょろしたあと、携帯画面の光を借りて、ようやく生い茂った蔦《つた》に隠れている小さな番地プレートを見つけた。番地プレートの下には「特別調査所」と小さく刻まれた石があり、その下に公安のシンボルマークが飾ってある。

庭の植物が綺麗に育てられている。手前が駐車場で、中に入ると鬱蒼《うっそう》とした槐《えんじゅ》がずらりと並んでおり、そこはまるで小さな森のようだ。真ん中に一本だけ小道が伸びていて、そこを抜けて郭長城《グオ・チャンチェン》はようやく受付所のような小屋を見つけた。

なんとこんな時間にまだ職員が残っている。受付の電気がついており、窓越しに警察官の帽子を被っている人の姿が見える。その制服姿の人は新聞を手にして、時々めくっている。挨拶しなければと思うと、郭長城《グオ・チャンチェン》は緊張してきて手汗が止まらず、頭も真っ白になってしまった。どうしてこんな時間に受付の人がまだ残っているかについては、もう考える余裕もない。彼は深呼吸して、

「貴所に応募させていただいた者です。こちらは私の通知書です――貴所に応募させていただいた者です。

こちらは私の通知書です――貴所に応募させていただいた者です。こちらは私の通知書です――」

と、教科書を暗唱するかのように同じ台詞《せりふ》を数十回繰り返したあと、ようやく勇気を振り絞って受付に向かう。震える手で窓を叩くと、郭長城《グオ・チャンチェン》は相手がこちらに目を向けてくれるまで待ちきれず、死に際に遺言を残すような微《かす》かな声で口を開いた。

「貴所に……通知させていただいた者です。こちらは私の応募書です……」と。

「え？」

受付にいた中年男性は戸惑って新聞を置いた。

（こんな台詞すら言い間違えるなんて、僕って最低だ）

郭長城《グオ・チャンチェン》は泣きたいほど恥ずかしく、顔から火が出るかと思った。

幸いにも相手は通知書を見てすぐに分かってくれた。

「あー！　君が今年の新人だね。お名前は？　そうだ、通知書に書いてある――郭《グオ》くんだね！　ここに新人が来るのはもう何年ぶりか……来る時は大変だったろう？　ここはなかなか見つけにくいから」

郭長城《グオ・チャンチェン》はほっとした。彼は口数の多い人が好きで、相手がひとたび喋り始めたら、自分はなにも話さなくてもただ首を縦か横に振っておけばいいと思っているからだ。

「君はついてるね。ちょうど今夜ボスもいるから、今すぐ紹介できるよ。ほら、こっちこっち」

郭長城《グオ・チャンチェン》はその話を聞いて身の毛がよだってしまった。

（どこがついてるんですか⁉　不幸オーラがだだ漏れしているのが分かりますが……）と、郭長城《グオ・チャンチェン》は心の中で返した。

情けない話だが、郭長城《グオ・チャンチェン》は「ボス」などのいわゆる「偉い人」が一番苦手だ。小学生の時には、先生を見かけるたびにふくらはぎが痙攣《けいれん》するほど緊張し、校長先生を遠くから見かけようものなら、遠回りしてでも見つからないようにしていた。外で見張りの警察官の姿を見かけたときは、何一つ怪しいことをしていなくても猫に出くわした鼠《ねずみ》のように怖気《おじけ》づいてしまう。そのせいでいつも怪しまれるのだ。

（ボスに会うだなんて、鬼[2]に会うほうがまだマシだ）と、思わず心の中で嘆いた郭長城《グオ・チャンチェン》だった。

彼がひたすらに冷や汗をかいていると、足音が聞こえ、若い男が光明通《グァンミンどお》り四号の奥からすたすたと歩いてきた。男はタバコをくわえ、手はズボンのポケットに突っ込んだままだった。高身長に怒り肩、濃い眉、深い瞼《まぶた》のくぼみ、そして高い鼻、なかなかのイケメンだ。ただ、機嫌が悪そうで、顔色が少し暗く見える。

男は眉を顰《ひそ》めて、大股でこちらへ歩いてきた。（邪魔だ、どけ）と言わんばかりの表情をしている。

郭長城《グオ・チャンチェン》はうかつにもその男と目を合わせてしまい、その美しくも冷たい瞳を見ると思わず背筋が縮み上がった。

（このイケメンはかなり気性が荒そうだ）と、なぜだか分からないが、郭長城《グオ・チャンチェン》は不思議な直感を覚えた。

片や男は郭長城《グオ・チャンチェン》に気が付くと急に立ち止まり、次の瞬間、地獄の嵐から一転して晴れ模様になったかのようにガラリとその表情を変えた。極めて自然な、こちらが親近感さえ抱くような笑顔を見せてくれたのだ。

その豹変ぶりは実に凄まじいものだった。イケメンが笑うと、頬に浅いえくぼができ、タバコをくわえている口がやや斜めになる。目は三日月型になり、小狡《こずる》い雰囲気を漂わせている。とはいえ、逆に親しみやすくなるような、ほどよい小狡さだ。

「お、噂をすれば影が差す。坊主、こっちだ、紹介しよう。俺らのボスだ」

郭長城《グオ・チャンチェン》は中年男に背中を押され、一歩前へよろめいた。

2　訳注：中国では「鬼」は死人の霊魂、幽霊、地獄のものなど、この世のものではない化けものを指す。

「趙《チャオ》所長、やっとここにも新人が来たぞ！」と、中年男が後ろから大きな声で言った。

「初めまして。ようこそ特別調査所へ」

趙《チャオ》所長は手を差し出し、歓迎の挨拶をした。

全身棒のように硬直した郭長城《グオ・チャンチェン》はズボンで手のひらの汗を擦って拭き取り、所長と握手しようとしたが、間違えて左手を差し出してしまい、またすぐさま引っ込めた。郭長城《グオ・チャンチェン》が着ている半袖のシャツは噴き出すような冷や汗であっという間にびしょびしょになっている。汗ジミが広がると、背中に世界地図がゆっくりと広げられていくように見えてしまう。

狼狽《うろた》えている郭長城《グオ・チャンチェン》を見て、所長はさりげなく彼の肩を叩き、立て板に水のように社交辞令を並べ始める。

「緊張しないでいいよ。ここの人はみんないい奴なんだ。今日は君の入所初日だから本当はゆっくり案内してあげたかったけど、あいにく用があってどうしても手が離せないんだ。案内できなくてごめんね。今度俺のおごりで、君の歓迎会をやろう。今日は時間も遅いし……そうだ、とりあえず、呉《ウー》さんに汪徴《ワン・ジェン》のところへ案内してもらおう。汪徴《ワン・ジェン》はここの人事担当で、入職手続きなら彼女がやってくれるから。手続きが済んだら今日はもう上がっていいよ。明日の朝一にまた来てね。いいかい？」

郭長城《グオ・チャンチェン》はすぐに頷《うなず》いた。

趙《チャオ》所長はさっきまであんなに忙しそうにしていたのに、ひとたび立ち止まって喋り出すと、話し方はいかにも落ち着いており、冷淡や傲慢という言葉ともまったく無縁で、実に機転が利く人だった。

「ごめんね、急用があってもう行かないと……なにかあったらすぐに連絡して！　みんな家族みたいなものだと思って遠慮しないで！　今日はお疲れさん！」

趙《チャオ》所長は郭長城《グオ・チャンチェン》に申し訳なさそうに微笑んだあと、受付の呉《ウー》に手を振って足早に出掛けた。

呉《ウー》はどうやら趙《チャオ》所長の大ファンのようで、自分とまったく無関係なたわいない話でも、ずいぶんと楽しそうに耳を傾けていた。

「うちの趙《チャオ》所長は若いわりにしっかりしていて、性格もいいし、決して上司ぶったりしないし……」

呉《ウー》は郭長城《グオ・チャンチェン》に事務所の中を案内しながら、ひたすら喋っている。

一方で、郭長城《グオ・チャンチェン》はまだ「ボス」と対面した恐怖から抜け出せず、呉《ウー》の話を心ここにあらずで聞きながら、張子《はりこ》の虎のように、はいはいと生返事ばかりしている。

彼はいつも人と喋る時は相手を直視する勇気がなく、ここまで案内してくれた呉《ウー》がどんな顔をしているのかもこの時はまだ気が付いていない。呉《ウー》の顔面は電灯の光に照らされて青白く見え、塗り壁のように透明感も血の気もない。唇だけは血を塗ったように赤く、口角は大きく裂けて広がり、耳のそばまで伸びている。動き続けるその口をよく見れば、舌がないことにも気付くだろう。

事務所の中はスタッフがあちこち歩き回り、慌ただしい光景だった。

ここまで来ると、鈍い郭長城《グオ・チャンチェン》でもさすがにおかしいと気付いた。通常は、たとえ夜中まで残業しなければならない緊急案件があったとしても、受付や人事部まで付き合わせるはずはないのだ。

呉《ウー》はまだ隣で淡々と話し続けている。

「郭《グオ》くん、心配するな。難しい案件がない限り基本的に日勤がメインで、深夜まで残業するのは七月のこの数日だけ。だからといって、ただで残業しろというわけじゃない。残業代は給料の三倍、当月のボーナスも普段の二倍出してもらえるから」

郭長城《グオ・チャンチェン》はその話を聞いて、ますますわけが分からなくなっている。

（「深夜まで残業するのは七月のこの数日だけ」とはどういう意味だ？　まさか犯罪者たちが集まって作戦会議や交流会でもやるのか？　だからこの時期を狙って一網打尽にするということか？　しかも、旧暦の七月に？）[3]

バカだと思われたくないという気持ちが働き、郭長城《グオ・チャンチエン》は質問するのを見送った。話がよく分からなかったが、頷きながら「なるほど」と答えた。

「僕はずっと夜勤だから、昼間の受付は別の人がやっているんだ。だからこれからは、なかなか郭《グオ》くんに会えないかもしれないね。正直なところ、やはり君たちのような若い人と一緒に働きたいんだがなぁ。そういえば、郭《グオ》くんは今年の新卒だよね。出身校は？　専攻は？」

郭長城《グオ・チャンチエン》は恥じ入りながらも、無名五流大学に通っていたことを正直に打ち明け、蚊の鳴くような声で、

「勉強はあんまり得意じゃなかったんです」と言い添えた。

「うそ、そんなことないだろう！　大学まで入れたのに！」

呉《ウー》は気を遣いさらにこう言い足した。

「僕は学のある若者が大好きだ。自分は学がないから。子供の時は実家が貧乏で、七、八歳の時に二年間くらい村の私塾に通っていたけど、あれからずいぶん経ったし、学んだことはほとんど忘れてしまった。今は字もろくに読めない。新聞がギリギリ分かるくらいだ」と。

（私塾って、いったいいつの時代の話だ？）

郭長城《グオ・チャンチエン》はさらに混乱してきたが、バカがバレるのを恐れて、やはりなにも訊かなかった。

3　訳注：中国では旧暦の七月は「鬼月」とも呼ばれ、地獄の扉が開き、鬼（幽霊）がこの世に舞い戻ってくるといわれる。旧暦七月十五日は中元節（ちゅうげんせつ）と呼ばれ、日本の「お盆」にあたる。

「ここだ」

呉《ウー》はにこにこしながら言った。

郭長城《グオ・チャンチェン》が顔を上げると、事務室のドアに白い紙が貼ってあった。

そこには「人事部」と大きく赤で書かれている。赤と言っても、なんだか微妙な赤色に見えた。どこが微妙なのか彼自身もうまく言えない。じっと見ていると、郭長城《グオ・チャンチェン》は突然身震いした――それは乾いた血のような……鉄の錆《さび》に近い赤色だと気付いたからだ。

呉《ウー》が隣でドアを叩いた。

「汪《ワン》さん、いるか？　新人を連れてきたよ。入職手続きをお願いできる？」

しばらくすると、ドアの中から女性のか細い声が聞こえてきた。

「はい、今行きます」

その声は遠くもあり、そっと耳打ちされているような感じでもある。首に冷たい息を吹きかけられたような感覚を覚え、郭長城《グオ・チャンチェン》はまた身震いした。

呉《ウー》にはどうやらなんの違和感もなかったようで、ひたすら喋り続けている。

「郭《グオ》くん、こんな遅い時間に来てもらって本当に申し訳ない。でも、仕方がなかったんだ。汪《ワン》さんは僕と同じで夜勤しかないから、この時間じゃないと入職手続きができないんだ」

（え……ちょっと待って……「夜勤しかない」とはどういうことだ!?　じゃあ昼間はなにをしているんだ？）

郭長城《グオ・チャンチェン》の背中にまた冷や汗が出てきた。彼はとうとう勇気を振り絞り、隣にいる呉《ウー》のほうに恐る恐る目を向けると、ようやくはっきりと見えた。制服姿の「人」が宙に浮いたまま、自分の横からすーっと離れていくのを。

（か……かかか彼は足がない！）

次の瞬間、目の前のドアがガチャっと開き、蝶番《ちょうつがい》がギーギーと気味悪く鳴いた。白いワンピース姿の女性がドアの前に現れ、鳥肌が立つような、消え入るような声でこちらに尋ねてきた。

「採用通知書と身分証明書は持ってきましたか？」

その声とともに、陰気な風がドアを通して吹き込んできた。先ほどの衝撃で心臓が止まりかけた郭長城《グオ・チャンチェン》が息を呑んでゆっくり頭を上げると、汪徴《ワン・ジェン》の汚れ一つない真っ白なワンピースが目に入った。そして、そこから露出している首元に彼は視線を留めた……。

「オエーッ!!」

郭長城《グオ・チャンチェン》は首を絞められてなにかを吐き出しそうになったかのような声を出した。そして口をぽかんと開けたまま目を見開き、恐怖のあまり半歩退いた。

女の首に「赤い線」が一本引かれているのだ。あれはアクセサリーなんかの類《たぐい》ではなく、肌に張りついたなにかで、頭と体を縫い合わせる時に残った細かい縫い目のように見える。

「おっと、郭《グオ》くん、どうしたんだ？」戻ってきた呉《ウー》が郭長城《グオ・チャンチェン》の肩に冷たい手を置いた。

振り返ると、いい加減に作られた紙人形のような呉《ウー》の顔と、その耳元まで大きく裂けた口が目の前に迫ってきた。

（「ボスに会うなんて、鬼に会うほうがまだマシだ！」なんて思わなきゃよかった。縁起でもないことを思ったから罰が当たったんだ）

たった一晩で、郭長城《グオ・チャンチェン》はボスだけでなく、鬼にまで会えた。

二叔父はなんという仕事を彼に用意してくれたのだ。

第一部　輪廻暑

一

蛍《ほたる》のような街路灯の幽《かそ》けき光は夜の闇を切り裂けなかった。そんな暗いデコボコ道をよろめきながら歩く若い女性がいた。突然、なにかに躓《つまず》き思いっ切り転んだ。

蒸籠《せいろ》の中にいるようなこの夏の夜に、李茜《リー・チェン》は荒々しく喘ぎながら自分の胸ぐら辺りを掴んで苦痛に顔を歪《ゆが》めている。

激しく鼓動する心音の他に、自分のとは違うもう一人の足音が聞こえる。

旧型の布靴特有の柔らかいソールが地面を擦るような「サッサッ」という音だ。よく聞いてみると、足音の持ち主が靴を一歩一歩地面に擦りつけながら、だらだらと歩いている姿が目に浮かぶようになる。足の不自由なお年寄りの足音のように聞こえる。

李茜《リー・チェン》は振り返って見たが、後ろには街路灯の周りをぐるぐると飛ぶ小さな虫以外、なにもなかった。

容姿端麗《ようしたんれい》な彼女は、普段はさぞ美しいことだろう。しかし、今は振り乱した髪が汗で顔に張りつき、唇も顔も青白くなっている。お世辞にも美しいとは言えない。恐怖で引き攣《つ》ったような、憎しみに歪んだような、

李茜《リー・チェン》は不気味な表情を浮かべた。

「いつまで私につき纏《まと》うつもり……」

彼女は勢いよく立ち上がり、歯を食いしばって言った。

「振り切ってやるけどね」

言い終えると、足音がぴたりと止まった。

李茜《リー・チェン》が七分袖を捲り上げると、白皙《はくせき》の腕に鳥肌が立っている。この蒸し暑い真夏の夜に、目に見えないな

にかから、かえって寒さを感じたようだ。地面に転がっているレンガを拾い上げると、しつこく彼女につき纏っていた誰かの足音が再び四方八方から響いてきた。だが、彼女にはやはりなにも見えなかった。

なにも見えないのが一番怖い。

李茜《リー・チェン》は甲高い叫び声を上げながら、レンガを振り回して闇雲《やみくも》に空気を殴り始める。しばらくすると、レンガはますます重く感じられ、擦れた手のひらも痛くなってきた。疲れ果てた李茜《リー・チェン》が眩暈《めまい》で膝に両手をつき、息苦しそうに喘いでいた時、彼女はふと視線を地面に落とした。

その瞬間、李茜《リー・チェン》の瞳孔が一気に収縮し、体も激しく震え始めた。手からレンガが滑り、サンダル履きで露出した指に落ちてしまった。しかし、彼女はまったく痛みを感じていないようだった。硬直した体をどうにか動かし数歩退いたあとは膝から力が抜け、ぐったりと地面に座り込んだ。

（あ……あれは……影だ）

しかし、街路灯がついている明るい道に、彼女以外誰もいないのに、こんなにもはっきりとした影は果たしてどこからできたのだろう？

その影は地面に零《こぼ》れて広がったインクのような形と色をしており、いつからか分からないがそこでずっと李茜《リー・チェン》を「注視」しているようだった。

李茜《リー・チェン》は体に力が入らず地面に座り込んだままで、影は少し離れたところに立っている。

「お前はなにか後ろめたいことでもあるんじゃないか？　でなければ、どうしてただの影にこんなに怯えるのだろうな」と、李茜《リー・チェン》には彼女をあざ笑うような鋭い声が聞こえた気がした。

❖

朝五時前、ナイトテーブルの上の携帯がけたたましく鳴っている。

徹夜で残業した趙雲瀾《チャオ・ユンラン》は、家に着くなり服も脱がずにそのまま布団に倒れ込んだ。目を閉じたと思ったら、またすぐに電話で叩き起こされた。趙雲瀾《チャオ・ユンラン》はうっすらと目を開いた。瞼《まぶた》は重いが、二重ラインがいつも以上にくっきりしている。呼び起こされて機嫌が悪いからか、彼は天井を鋭く睨みつけていた。三秒後ようやくむくりと起き上がり、ややもやする頭でつらそうに腕を伸ばし、ナイトテーブルの上の携帯を手に取った。

部屋の中はあまりにも乱雑で、豚小屋のようだと言ったら豚に抗議されるほど汚い。

洋服がベッドにも床にも投げ散らかしてあり、どれが洗ったか、どれが洗っていないかまったく見分けがつかない。大きなダブルベッドには、一般人の想像を遥かに超えるようなものがいくつも置いてある。一部を靴下の中に突っ込まれたノートパソコンはさておいて、サングラスと傘もギリギリ納得できるが、白い紙で作られた長い帽子と辰砂《しんしゃ》が入った大きな缶はなぜベッドの上にあるのか皆目見当《かいもくけんとう》がつかない。ごちゃごちゃしたものはすべて一箇所に寄せられているが、それでもベッドには彼一人寝そべるのがやっとのスペースしか残っていない。恐らく布団に入る直前に、寝る場所を適当に作ったのだろう。

趙雲瀾《チャオ・ユンラン》は八つ当たりしそうな勢いで電話に出た。

「今度はなにがあったんだ」

「所長、死人が出ました」

汪徴《ワン・ジェン》の簡潔明瞭な声が聞こえた。

「いつだ?」

「昨日の夜か今日の明け方です」

「どこで?」

「大学通りです」

「うーん」趙雲瀾《チャオ・ユンラン》は寝起きの悪いつらそうな顔を擦りながら、

「分かった。とりあえず楚《チュー》に先に行ってもらおう」と言いつけた。

「楚恕之《チュー・スージー》は今湘西《シャンシー》に出張中ですが」

「じゃ、林静《リン・ジン》は？」

「林静《リン・ジン》は冥府《めいふ》に出向しました」

「祝紅《ジュー・ホン》は？　あ、彼女はダメだ。昨日は満月だったから確か休みを取ってる。あと誰がいるんだっけ？」

「私です。でも、もうすぐ日が昇るから私もそろそろ上がらないと……。あと大慶《ダーチン》と新人実習生の郭長城《グオ・チャンチェン》がいます」

「実習生に今から現場に行くよう伝えて。あと、大慶《ダーチン》にもついていってもらおう。若者には鍛錬のチャンスをあげないとな」

趙雲瀾《チャオ・ユンラン》はあくびをして、だるそうに言った。

「実習生の郭《グオ》くんは今どこにも行けない状態ですが」

汪徴《ワン・ジェン》は淡々と言った。その言葉からは感情の起伏がまったく読み取れない。

「昨日入所手続きをする時、驚いて気を失ったんです。あれからずっと寝ていて、まだ起きていません」

「……」

趙雲瀾《チャオ・ユンラン》は呆れてしばらく黙ったあと、

「なにに驚いた？」と訊いた。

「私と呉《ウー》さんに」

汪徴《ワン・ジェン》は一部始終をきっちりと報告したあと、ついでに結論もまとめてくれた。

「だから葬儀屋に頼んで呉《ウー》さんの体を作ってもらおうって言ったじゃないですか。所長がむりやり祝紅《ジュー・ホン》に作らせたからこんなことになったんですよ。祝紅《ジュー・ホン》は不器用でお手玉一つろくに作れないのに。彼女が作った紙人間はどう見ても人間の体には見えません」

趙雲瀾《チャオ・ユンラン》はしばらくぼんやりとベッドの縁に座り、今日は使いっ走りがいないことを悟ると、寝ぼけ面でため息をついた。

「分かった。あとで現場に行くから、大慶《ダーチン》に待っていてくれと伝えて」

趙雲瀾《チャオ・ユンラン》は電話を切ったあと、声を張り上げて思い切り悪態をついた。そして三分で身支度を済ませ、車を飛ばして大学通りに駆けつけた。


交差点に差し掛かり趙雲瀾《チャオ・ユンラン》がスピードを落とすと、黒いなにかが突然降ってきた。

「ガタン！」と、手榴弾のような丸い形の生きものがボンネットにぶつかってきたのだ。危うくボンネットに大きなへこみができるところだった。趙雲瀾《チャオ・ユンラン》は即座にブレーキを踏み、窓から首を出していかにも残念そうな顔で舌打ちした。

「これは車だ。ク・ル・マ！　乗りものなんだ！　猫の便所じゃないぞ！　気を付けろ！」

見れば、ボンネットの上には全身真っ黒な猫が座っている。うっかり見落としそうになるほど短い首の上に干し柿のような平べったい顔が張りついており、体はボールのように丸い。猫は後ろ足を捻じ曲げ、出っ張ったお腹をどうにかへこませてようやく、短い前足を伸ばして地面に着かせた優雅な座り方を保つことができた。

干し柿顔のデブ猫は周りを見渡して、人がいないのを確認すると、髭《ひげ》を揺らしながらゆっくりと口を開く。

「ごちゃごちゃ言わずに早く降りてくるんだ！　この臭いに気付かないのか？」

猫がやや低めの男性の声で喋ったのだ。

猫が言ったように、周囲には言いようのない悪臭が漂っている。

趙雲瀾《チャオ・ユンラン》は車を道端にとめ、手で鼻を覆ったまま、

「屁臭いぞ‼　お前か？」と顰《しか》め面《つら》で猫に言った。

黒猫は趙雲瀾《チャオ・ユンラン》に構うことなくボンネットから勢いよく飛び降り、太いお尻をこちらに向けて、威風堂々《いふうどうどう》とモデル歩きを披露しながらまえへ進んでいった。

❖

通りの反対側には数台のパトカーがとまっており、路地の入り口に規制線を張っていた。

趙雲瀾《チャオ・ユンラン》はあちこち探して、ようやくポケットからボロボロの職員証を見つけた。規制線の横に見張りの若い警官がいて、顔が青白くなっている彼は事件現場に背を向けて立っている。趙雲瀾《チャオ・ユンラン》が渡した職員証にざっと目を通したあとすぐ突き返すように彼に戻した。そして、現場から離れたところへ走っていって、壁に凭《もた》れかかると激しく吐き始めた。

「俺の顔写真って、そんなに気持ち悪いか？」

趙雲瀾《チャオ・ユンラン》はもじゃもじゃ頭をかき上げた。

数歩前を歩いていた黒猫が振り返り、趙雲瀾《チャオ・ユンラン》がぐずぐずしているのを見て、毛を逆立てて「ニャーーン」と長い鳴き声を上げた。

「はいはいはい、そんなに急かすなよ。くそっ！　この臭《にお》い、臭くてたまんねえ」と言いながら、趙雲瀾《チャオ・ユンラン》は規制線をくぐった。

顔を出すと、すぐに中から迎えが来た。その人はティッシュペーパーで鼻を覆ったまま、濁った太い声で尋ねた。

「特別調査所の方ですか」と。

公安組織の中には「特別調査所」という謎の部署がある。そこの所員はみな職階は高いが、具体的になにをしているのか、なにを基準に行動しているのか誰も詳しくは知らないのだ。特別調査所の所員はいつも上層部からの直接の指示で出動してくるため、誰も彼らの調査を阻む権限を持っていない。

逆に出動してこなかった場合も、要請したからといって彼らがそれに応じることはない。

公安組織に属しているが、時々公安システムの管轄下に置かれているとは思えない行動を取る。厳格な組織体制を持っているものの、事件捜査の流れが不透明すぎて、メディアも特別許可がないと、密着取材どころか、特別調査所の所在地を突き止めることすらできない。彼らがどのようなプロセスを踏んで公訴手続きを行なっているのかについて誰も知らず、とにかく案件が彼らに回されると、まるでブラックボックスに入れられたように、外部に公開されるのは曖昧な調査報告書のみになる。

そして、事件そのものより特別調査所の所員のほうが謎めいたところもある。

彼らが公開した調査報告書はいつも微《び》に入《い》り細《さい》に入《い》り書かれているのだ。事件の原因、経緯、結果、容疑者の正体、逮捕されたかどうか、どうやって逮捕したかまですべて詳しく説明されている。ロジックが厳密で、書式もしっかりと守られており、申し分ないほど完璧だ。ただ、唯一怪しいのは、調査が終わった時いつも容疑者が死んでいることである。

現場を管理しているのは楊《ヤン》というやや歳を取った刑事だった。楊《ヤン》は趙雲瀾《チャオ・ユンラン》と握手しながら、好奇心に駆られて彼をじろじろ観察したあと、丁重に訊いた。

「お名前を伺ってもいいですか」

「趙雲瀾《チャオ・ユンラン》といいます。趙《チャオ》と呼んでください」

楊《ヤン》は驚いた。まさか特別調査所の所長が直々《じきじき》に来るとは思っていなかった。趙雲瀾《チャオ・ユンラン》は三十歳そこそこで、所長にしてはずいぶんと若い。すらっと背が高く、顔立ちも端整《たんせい》だ。ただ、着ているワイシャツがしわくちゃでボタンの上二つは開いており、裾は半分ズボンの中に押し込まれ、もう半分が外に飛び出している。髪の毛は鳥の巣のように絡まり、身なりにはかなり無頓着なようだ。

「ああっ！」楊《ヤン》は声を上げた。

「趙《チャオ》所長ですか！　お見それしてしまい、本当にすみませんでした。所長がこんなに若い方だと思いませんでした」

趙雲瀾《チャオ・ユンラン》はこうした類《たぐい》のお世辞にすっかり慣れているようで、役人口調で楊《ヤン》と簡単に挨拶を交わした。

その時、「ニャン」という鳴き声が聞こえた。楊《ヤン》が下を向くと、黒いなにかが趙雲瀾《チャオ・ユンラン》のズボンの裾から服を掴んで素早く肩まで登っていった。青緑の目をした黒い猫だ。黒猫が殺人現場に現れるというのは、本来ならばたいそう不吉に思われることである、しかし、この猫はあまりにまるまるとしていて、不吉どころか金運を呼び込んでくれる縁起物に見える。所長の肩に座り込んで、彼の頭を押しのけようとしているような窮屈な座り方は、実に面白い。

「こ……これは……」

楊《ヤン》は不思議がりながら、しばらく猫と顔を見合わせていた。

一方で、趙雲瀾《チャオ・ユンラン》は猫に引っ張られてずり落ちる一歩手前のところまできていたズボンを気まずそうに元に戻し、首を傾けて作り笑いした。

「こちらはうちの猫主任です。時間に厳しい方で、私たちがのんびり喋っているのを見て怒ったみたいです」

「……」

楊《ヤン》はその話に絶句したようだった。

猫が「ニャン」と冷たい鳴き声を上げ、不機嫌そうにしっぽを振り顔を上げた。それを見て、趙雲瀾《チャオ・ユンラン》は黒猫の首の贅肉に埋もれた小さな名札を抜き出し、楊《ヤン》に渡した。

「これは弊所の特別許可証です。職員証同然のようなもので、これさえあればどの現場にも出入りできます。うちの猫主任は歳が歳なので、物分かりがよくて迷惑を掛けるようなことは絶対しませんから、ご安心ください」

「……」

ここまで聞いて、楊《ヤン》はついに彼の話が嘘ではないかと疑い始めた。しばらくかけて何人かに電話したあと、ようやくこの猫を抱いた鳥の巣頭の男が嘘つきではないと確認でき、それで趙雲瀾《チャオ・ユンラン》と猫主任も事件現場に入ることができた。

❖

奥に進めば進むほど、臭いがますますひどくなってきた。
狭い路地に悪臭の元――とある女の死体が横たわっている。

「龍城《ロンチェン》大学新入生歓迎会」と書いてあるシャツを着て、目を大きく開き、手と足が「大」の字になって、口をぽかんと開けたまま死んでいる。お腹はなにかの尖《とが》った武器に切り開かれ、中が空っぽで、まるで綿を抜き取られたぬいぐるみのようだった。

楊《ヤン》はつい顔を顰めてまたティッシュで鼻を覆った。

趙雲瀾《チャオ・ユンラン》の肩に鎮座したデブ猫が「アオーン」と長い鳴き声を上げ、地面に飛び降りた。死体を二周回ったあと、ある場所で止まり、しゃがんだまま趙雲瀾《チャオ・ユンラン》を見上げる。そのしっかりと訓練された働きぶりは、まるで麻薬犬のようだ。趙雲瀾《チャオ・ユンラン》は死体のほうへ歩いていき、ズボンのポケットから抜き出したボロボロの手袋を嵌《は》めた。そして、猫がしゃがんでいるところを触り、注意深く死体の上腕を持ち上げた。

ただ隣で首を伸ばして見ているだけの楊《ヤン》は、死体の下に血の手形が半分隠れていることに気が付いた。

それは決して人間の手形ではない。なぜなら、手のひらは子供のように小さいが、指は少なくとも二十センチはあるからだ。楊《ヤン》は長年刑事をやってきて、こんなものを見たことは一度もなかった。彼が驚きのあまり呆然《ぼうぜん》となっていたところに、趙雲瀾《チャオ・ユンラン》は珍しく真剣な口調でこう言った。

「ここから先は、特別調査所で引き取らせてもらいます。引き継ぎの手続きは二営業日以内に済ませますので」

趙雲瀾《チャオ・ユンラン》は楊《ヤン》の返事を待たずにブロック塀に取りつけられたボロボロの扉を指差して訊いた。

「あれはなんですか？」

二

趙雲瀾《チャオ・ユンラン》が指差したところは龍城《ロンチェン》大学の小門だ。

この悠久《ゆうきゅう》の歴史を刻む名門校は、他の大学と同じく早々に本部を郊外に移転した。不動産価格が急騰する市街地に残っているこの旧キャンパスには、ごく一部の事務管理員と大学院生しかいない。そのため、校内はいつも学生より観光客の姿のほうが多い。

趙雲瀾《チャオ・ユンラン》は学生寮の前で黒猫を抱いたまま郭長城《グオ・チャンチェン》を待っている。三十分近く経ったかという頃、郭長城《グオ・チャンチェン》が現れた。昨夜は急いでいてよく見ていなかったが、この実習生は相当気が弱いようだ。歩く時はいつも首を竦《すく》め、なにか後ろめたいことがあるかのように俯《うつむ》いている。目に覆い被さる長めの前髪と喪服のように真っ黒な服が彼の気弱な様子をいっそう際立たせている。遠くから見ると、まるで風に揺らぐ弱々しいキノコのようだ。

趙雲瀾《チャオ・ユンラン》は目を細め、腕の中の猫に囁《ささや》く。

「汪徴《ワン・ジェン》はいったい彼になにを言ったんだ？　あの子の顔、悲しすぎると思わない？　出勤初日からパワハラを受けたみたいな」

「そんなことないよ、鬼所長」

黒猫はあくびをしながら、さりげなく当て擦りを言った。

郭長城《グオ・チャンチェン》は一歩一歩重い足を引きずるようにして趙雲瀾《チャオ・ユンラン》の前まで進み、蚊の鳴くような声で口を開く。

「所長と一緒に現場に行ってきなさいと……さんに言われました」

「え？　誰に言われたって？　俺、耳が遠いんだ。もうちょっと大きな声で言ってくれないか」

意地悪な趙雲瀾《チャオ・ユンラン》はわざと訊いた。

「ワン……ワン……汪《ワン》さんです」

郭長城《グオ・チャンチェン》が震えながら答えると、大慶《ダーチン》は「ニャン！」と郭長城《グオ・チャンチェン》の「鳴き声」に合わせて鳴いた。昨夜会った時は、こんなこともろくに喋れない奴だと気が付かなかった。

趙雲瀾《チャオ・ユンラン》は期待が外れて話し方もぞんざいになってきた。

「現場の状況は大体分かってるな。ここは被害者が住んでた寮だ。とりあえず中に入ってみよう」

趙雲瀾《チャオ・ユンラン》は言い終えるなり寮に入った。しかし、しばらく経っても郭長城《グオ・チャンチェン》がついてくる気配がない。振り返ってみると、郭長城《グオ・チャンチェン》はまだ入り口のところにいる。強面《こわもて》の管理人のおばさんと無言で見つめ合いながらおどおどする郭長城《グオ・チャンチェン》を見て、趙雲瀾《チャオ・ユンラン》は思わず苛《いら》ついてきた。彼は焦れったい気持ちを抑え込み、犬を呼ぶ時の手つきで郭長城《グオ・チャンチェン》を呼ぶ。

「そこに突っ立ってないで。もう許可は取ってあるから、早く入りな」

残念ながら、所長のこの言葉はなんの役にも立たなかった。逆に、「許可」と聞くと郭長城《グオ・チャンチェン》が反射的に背筋を正し、

「はい……はいらせてください！」と、必要以上に大きな声で管理人のおばさんに許可を求める。

そして彼はすぐに自分がまたバカな真似をしてしまったことに気付き、寮の入り口で顔を真っ赤にして固まった。

「……」

趙雲瀾《チャオ・ユンラン》もその様子を見て呆気《あっけ》に取られた。

実習生に対する第一印象を一言で表せと言われたら、趙《チャオ》所長は真っ先に「バカタレ」という言葉を思い浮かべるだろう。

❖

女子寮202号室はいたって普通の二人部屋だった。黒猫は趙雲瀾《チャオ・ユンラン》の腕の中から飛び降り、ベッドやクローゼットの下を念入りに確認したあと窓に飛び乗った。足元を嗅ぐと、急に振り返り大きくくしゃみした。

郭長城《グオ・チャンチェン》は昨夜あまりの衝撃に気を失ったが、今ここで改めて目の前にいるイケメン上司を恐る恐る見てみると、ちゃんと影がついていることが確認できた。彼はもう一段階勇気を振り絞り、所長の顔もよく観察してみることにした。恐らく昨日は夜勤だったであろうことが一目で分かる顔を見て、（所長は人間である可能性が高い）という結論を下した。郭長城《グオ・チャンチェン》は緊張が少しほぐれ、そこからはずっと金魚の糞のように趙雲瀾《チャオ・ユンラン》の後についていていた。

趙雲瀾《チャオ・ユンラン》はポケットからタバコを取り出し、慣れた手つきで一本抜き、口にくわえて火をつけた。そして、黒猫のお尻を軽く叩いて道を開けさせると、窓に近づきながら目を細めて煙を吐き出す。それはむせ返るような煙ではなく、薄荷《ハッカ》と透き通った草木の香りと、微かなオーデコロンの香りが混ざる、心が安らぐような煙だ。こんな無頓着な身なりでも色気を出すことは常に意識しているようだ。

「ここを見て」

趙雲瀾《チャオ・ユンラン》の声のほうに目をやると、郭長城《グオ・チャンチェン》は恐怖に身を震わせた。本来なにもなかったはずの窓枠になにかの跡がついている。それは人間の手形だ。

趙雲瀾《チャオ・ユンラン》は落ち着いた様子でその手形を嗅ぐ。

「血腥《ちなまぐさ》くはない。よく気付いてくれたな。さすがベテラン猫刑事！」

「犯人のじゃないか？」

黒猫が訊いた。

郭長城《グオ・チャンチェン》は猫が喋った気がして猛烈な勢いで振り返ると、首がメリメリと鳴った。

一方で、趙雲瀾《チャオ・ユンラン》は郭長城《グオ・チャンチェン》には構わず煙の中でなにか考え込むように頷《うなず》き、平然と黒猫と喋り始める。

「恐らく犯人のものじゃない。殺人鬼の匂いとは違う」

趙雲瀾《チャオ・ユンラン》は窓を開けて振り向くと、ふと郭長城《グオ・チャンチェン》に目が留まった。郭長城《グオ・チャンチェン》は真っ青な顔に鳩が豆鉄砲を食らったような表情を浮かべている。目の前で起きている展開にこれまでの世界観が覆《くつがえ》され、頭がついてきていないようだ。そんな郭長城《グオ・チャンチェン》を見て趙雲瀾《チャオ・ユンラン》は思わずからかってみたくなった。

「期待の新人クン、窓に上《のぼ》って外の状況を確認してくれないか」

「えー⁉」と郭長城《グオ・チャンチェン》は声を上げた。

「入所早々に弱音を吐くんじゃないぞ。若者はしっかりしなさい。ほら早く！」

郭長城《グオ・チャンチェン》はゴクリと唾を飲み込んで窓から身を乗り出し地上三階の「上空」から景色を眺めると、膝からだんだん力が抜けていく気がした。しかし、彼には振り返って所長に「無理です」と伝える度胸も話術もない。

哀れな実習生は悩みに悩んだ末、やはり「ボス」のほうが怖いと判断し、カタツムリのようにゆっくり窓枠に這い上がった。とはいえ、郭長城《グオ・チャンチェン》はただそこにしゃがんだままで、立ち上がることさえできない。必死に窓枠にしがみつき、体は硬直して動かせるのは首くらいだ。それでも彼は渾身《こんしん》の力を振り絞ってその首を回し、プルプル震えながらも周囲の状況を確認しようとしている。

その時、開いた窓ガラスに映っているものが目に飛び込んできた。たった一瞬で、彼は身の毛をよだたせた。ガラスに映っているのが自分一人ではなかったからだ。

そこに一柱の白骨体《はっこつたい》がいて、郭長城《グオ・チャンチェン》がしゃがんでいる窓枠にしがみついている。白骨体の腕は郭長城《グオ・チャンチェン》の足をすり抜け、窓枠についていた手形にその手を重ね、部屋の中を眺め回している……。

郭長城《グオ・チャンチェン》は凄まじい勢いで視線を窓ガラスから自分の足元に移したが、そこには白骨体もなにもなかった。

窓ガラスに映っていた光景が本物なのか、直接見た光景が本物なのか、郭長城《グオ・チャンチェン》は分からなくなった。全身が一気に冷え、震えで呼吸もままならなくなってきている。その時、郭長城《グオ・チャンチェン》はガラスを介して白骨体と目が合った。その髑髏《どくろ》の眼窩《がんか》には、なにかが住み着いているようだ。

そのなにかはマントを羽織り、全身黒い霧に覆われ、手になにかを携えているように見える。

いったいなにを持っているのか確認しようとすると、下から男性の声が聞こえてきた。

「そこの学生、窓に上《のぼ》ってなにをしているんですか」

ずっと気を張っていた郭長城《グオ・チャンチェン》はその声に驚いて、窓に生えていた苔で足を滑らし、二階から落ちそうになった。郭長城《グオ・チャンチェン》の悲劇的な最期を、趙雲瀾《チャオ・ユンラン》は間一髪で飛びつき、食い止めようとした。ただ、手を伸ばして掴んだのは郭長城《グオ・チャンチェン》の手ではなく、いつも彼の目を覆っている長い前髪だった。

「アウー！」と郭長城《グオ・チャンチェン》は耳を劈《つんざ》くような悲鳴を上げた。趙雲瀾《チャオ・ユンラン》はその痛そうな悲鳴で反射的に手を放してしまうと、郭長城《グオ・チャンチェン》はそのまま地面に落ちてしまった。

この惨劇を目撃した黒猫が窓枠でしっぽを振りながら「ニャーン」と鳴いた。

「ったく、さすがに参った！」

趙《チャオ》所長はぶつぶつ文句を言いながら走って寮を出た。

郭長城《グオ・チャンチェン》に声を掛けた男性は、彼が落ちてくるのを見て咄嗟《とっさ》に手を伸ばし受け止めようとした。このすらりと背が高い男は、猛暑にもかかわらずきちんと長袖のシャツを着ている。縁なしのメガネをかけ、凛とした清潔感と学者のような優雅で上品な雰囲気を纏《まと》っている。郭長城《グオ・チャンチェン》を受け止めようとしたために、持っていた教案は手から滑り落ち、地面に散らばっていた。

❖

「君、大丈夫ですか」

幸いにも二階だったため、郭長城《グオ・チャンチェン》に大した怪我はなかった。ただ、さっき目の当たりにした衝撃的な光景でまだ気が動転しているようだ。郭長城《グオ・チャンチェン》が振り返って窓を見ると、そこにはもうなにもない。窓枠にしがみついている白骨体も、眼窩に宿る黒マントのなにかも、まるでただの幻覚だったかのようだ。

郭長城《グオ・チャンチェン》はへなへなと地面に座り込んだ——恐怖のあまり腰が抜けたのだ。

「足を挫《くじ》いたんですか？」

メガネの男はしゃがんで郭長城《グオ・チャンチェン》の足の様子を見ている。

「建物のよじ登りは禁止です。危ないですよ。今回だけは目をつぶるけど、次からは単位を落とします。とりあえず医務室に行きましょう」

「い、いや、私はあの……」

焦り出すと郭長城《グオ・チャンチェン》はいつも舌がもつれ、うまく話せなくなる。今日も例外ではないが、それだけに留まらず、（自分は生まれながらのポンコツなんだ）とか、（もう人に寄生して生きる以外道はないんだ）などと考え落ち込み始めた——入所初日なのに、郭長城《グオ・チャンチェン》はすでに気が狂いそうになっている。

趙雲瀾《チャオ・ユンラン》が急いで駆けつけ、郭長城《グオ・チャンチェン》の襟ぐりを掴んで腕力一つで一気に立たせた。正直なところ、この場でハリセンビンタをお見舞いして「しっかりしろ！」と叱りたい気分だった。しかし、人様の前では失礼と思い、趙雲瀾《チャオ・ユンラン》はひとまず怒りを抑えてメガネ男に手を差し出し挨拶した。

「こんにちは、私たちは公安の者です。趙雲瀾《チャオ・ユンラン》です。お名前を伺ってもいいですか」

二人は目を合わせた瞬間、互いに唖然《あぜん》とした。

（この格好からすると講師で間違いなさそうだけど……彼は本当に講師なのか？　ミスターキャンパスとかじゃなくて？）

趙雲瀾《チャオ・ユンラン》は初対面の相手を前に突拍子もないことを考えている。

ミスター……いや、メガネ先生は一瞬顔に驚きの色を浮かべ、差し出された趙雲瀾《チャオ・ユンラン》の手を無意識に躱《かわ》した。だが、彼はすぐ我に返り、咳払いをして趙雲瀾《チャオ・ユンラン》と軽く握手したあと、さっさと手を引っ込めた。

「沈巍《シェン・ウェイ》といいます。この学校で教授を務めています。先ほどはこちらの警官を生徒と間違えてしまい、本当にすみませんでした」

沈巍《シェン・ウェイ》の手は冷たくてまるで冷凍庫から取り出されたばかりの死体のようだが、趙雲瀾《チャオ・ユンラン》はその美貌に魅せられ、思わずもう一度相手の顔を見てみた。しかし、相手はアイコンタクトを避けたいようで地面に散らかった教案を拾うため視線を逸らした。そして今度は趙雲瀾《チャオ・ユンラン》が一緒に教案を拾おうとすると、二人はちょうど同じところに手を伸ばした。教案は沈巍《シェン・ウェイ》の持ちもので、趙雲瀾《チャオ・ユンラン》はただ拾うのを手伝っているだけだから、こういう場合は趙雲瀾《チャオ・ユンラン》が引くのが普通だろう。しかし、なぜか沈巍《シェン・ウェイ》のほうが火に触れたときのように咄嗟に手を引っ込めた。

よく見ると、沈巍《シェン・ウェイ》の唇は青白いが、顔には美しい血色を浮かべ頬を美しく彩っている。

初対面にしては相手の反応は実におかしかった。趙雲瀾《チャオ・ユンラン》に怯えているようにも見えるが、単に怯えているだけではなさそうだ——人はやましいことがあると、警察に出くわしたとき緊張するのはもちろんのこと、それ以外にも時々警察の様子を覗《うかが》ったりもする。このように、完全に接触を避けるわけではない。

趙雲瀾《チャオ・ユンラン》は沈巍《シェン・ウェイ》の様子がどうにも腑に落ちず、念入りに観察し始めた。

世の中の美男美女は十人十色だ。陽気な美男美女、垢ぬけた美男美女、颯爽《さっそう》とした美男美女、おしとやかな美男美女など、それぞれにそれぞれの味わいがある。その中で、「陶磁器」のような人もいる。一見すると、人目を奪うほどではないが、見た目がよくておっとりとしている。極めて上品で、派手な言動で人の歓心を買おうとしないが、見る目のある人がいったんその美しさに気付いてしまったら最後、心奪われること間違いなし――沈巍《シェン・ウェイ》は正に「陶磁器」のような顔立ちをしている。

趙雲瀾《チャオ・ユンラン》は美女にも美男にも目がない男だ。おまけにここ数か月ずっとおひとり様だったため、こんな美男を前に、場違いにも疑心を抱くと同時に胸の高鳴りも感じてしまった。

その時、あのボールのような黒猫がひょこひょこと歩いてきて沈巍《シェン・ウェイ》の足に擦り寄り、首を伸ばして彼の匂いを嗅ぎ始めた。そして、さらに沈巍《シェン・ウェイ》のズボンの裾にくっつき甘えた鳴き声を上げた。こちらの猫様は普段は食いしん坊の怠け者で、いつも気高く振る舞っている。こんなに猫らしいことをしたことは一度もなかったため、趙雲瀾《チャオ・ユンラン》は思わず呆気に取られてしまった。黒猫は恥ずかしげもなく沈巍《シェン・ウェイ》のズボンの裾に顔を擦りつけ、それだけでは飽き足らずさらに媚びるように沈巍《シェン・ウェイ》を見上げ、その滑稽なほど短い前足を彼の膝に乗せ、抱っこしてほしいとねだった。

沈巍《シェン・ウェイ》が黒猫を抱き上げると、猫は彼の手の冷たさをまったく気にせず、「ニャン」と柔らかい声を上げ、さらに体をボールのように丸めて「ゴロゴロ」とその手に擦りつけていた。

「賢いですね。名前はなんと言いますか」

沈巍《シェン・ウェイ》は黒猫の頭を撫でながら訊いた。

「大慶《ダーチン》です」

趙雲瀾《チャオ・ユンラン》は猫の名前を教えたあと、

「愛称はおデブ、あだ名はデブ猫です」と言い添えた。

それを聞くと、黒猫が怒ったように「アオーン」と声高く鳴きながら毛を逆立たせ、趙雲瀾《チャオ・ユンラン》に猫パンチを食らわせようとした。その瞬間、趙雲瀾《チャオ・ユンラン》は慣れた手つきで襲ってきた大慶《ダーチン》の爪を掴み、そのまま持ち上げて自分の腕の中に置いて郭長城《グオ・チャンチェン》に目配せした。

すると、郭長城《グオ・チャンチェン》は嫌々前に出てファイルから女子大生の学生証を取り出し、ビクビクしながら沈巍《シェン・ウェイ》に渡したあと、ぎこちなくもこの見知らぬ人に声を掛けてみた。

「沈《シェン》……沈《シェン》教授、こん……こんにちは。この人、見覚えがありますか」

沈巍《シェン・ウェイ》がメガネを直して、微かな緊張感を隠し表情を改めた。

「いいえ。彼女は私の教え子ではないと思います——。昨日の夜、うちの学生が事故に遭ったという噂は本当だということですか」

「ええ、これは被害者が持っていた学生証です。彼女のことを調べたいんですが、どこで調べられるか教えてくれませんか」

趙雲瀾《チャオ・ユンラン》は些細《ささい》な表情の変化も見逃さないよう彼を見つめて訊いた。

「学部事務室で訊けばなにか分かるかもしれません」

沈巍《シェン・ウェイ》がその鋭い視線を避けて答えると、

「学部事務室はどこにありますか。すみませんが、案内をお願いできますか」と、趙雲瀾《チャオ・ユンラン》は遠慮せずに頼んだ。

その頼みに沈巍《シェン・ウェイ》は一瞬固まってしまったようで、彼が返事するまえに、

「ご都合はいかがですか」

趙雲瀾《チャオ・ユンラン》はさらに詰め寄った。
沈巍《シェン・ウェイ》は手に持っていた教案を力強く握り、しばらくして仕方なく、
「ご案内します……」と、言葉を絞り出した。

三

龍城《ロンチェン》大学の旧キャンパスは民国時代[4]に建てられたものである。百年余りの歴史を見続けてきた校内の古木は鬱蒼《うっそう》と茂り、空を覆って日差しを遮っている。古木に紛れて姿を隠す講義棟は百年前の外国人居留地によく見られる洋式建築で、時代を帯び俗世から離れた孤高の貫禄を纏《まと》っている。西門に近接する数棟の事務棟だけが近年建てられたばかりの新築で、旧《ふる》い建築群の中でひときわ高く聳《そび》え立っており、周囲の環境になじまない設計でキャンパス全体の雰囲気を台無しにしている。

この真新しい事務棟に入った時、趙雲瀾《チャオ・ユンラン》はどきっとした——このビルは十八階建てなのだ。

従来の不動産業者は建築物を建てるとき、必ず十八という不吉な数字を避けるように心掛けてきた[5]。ところが近年不動産価格が急騰し開発業者が増えていくなかで、こういった時代遅れの迷信や禁忌《きんき》は誰も気にしなくなっている。エアコンがついているせいか陰気な風が吹き込むと、趙雲瀾《チャオ・ユンラン》の肩で大慶《ダーチン》が身震いして肉球から飛び出した鋭い爪を彼のシャツに食い込ませた。

4　訳注：「民国時代」とは一九一二年〜一九四九年。
5　訳注：地獄は十八層からなるという説から、十八は不吉な数字とされている。

「被害者の学生証には数学科と書いてありますから、最上階の数学科事務室までご案内します」

沈巍《シェン・ウェイ》は趙雲瀾《チャオ・ユンラン》たちを連れてエレベーターに乗り、十八階のボタンを押した。

「教授は今回の事件が気にならないんですか。普通はみんないろいろ訊いてきますよ」

趙雲瀾《チャオ・ユンラン》の唐突な問い掛けに、沈巍《シェン・ウェイ》は俯《うつむ》き加減で、

「校内で被害者が出たからには、教員としてできる限り調査に協力すべきだと思うだけです。事件の情報は調査員の方々が把握していればいいことで、私が知ってもどうにもなりませんから」と軽い声で答えた。

「私たちの仕事に協力してくれる市民が日に日に少なくなっているこのご時世、そんなふうに考えていただけるのは本当にありがたいことです。うちの大慶《ダーチン》は普段はなかなか人に懐かないんですけど、教授とはご縁があるようですね」

趙雲瀾《チャオ・ユンラン》は黒猫の背中を撫でながら言った。

沈巍《シェン・ウェイ》は笑って、

「そうなんですか」と相槌だけ打ち、余計なことは何一つ喋らなかった。

趙雲瀾《チャオ・ユンラン》たちが四階を通過する時、エレベーターがなんの前兆もなく突如揺れ始め、そして止まってしまった。照明は接触不良のように何度か点滅していた。郭長城《グオ・チャンチエン》はおどおどしながら所長のほうに目をやったが、この男はよほど無神経なのか、エレベーターの異変に瞬《まばた》きもせずただなにかを考え込むようにずっと沈巍《シェン・ウェイ》を観察するだけだった。

エレベーターの中に男性の声が弱々しく響いた。

「沈《シェン》教授、十八階にはなんのご用ですか」

「数学科の女子学生が事故に遭ったので、警察の方が調べに来ました。ちょっとご案内するところです」

沈巍《シェン・ウェイ》は顔色一つ変えずに答えた。

「……そうですか」

その男性は少し反応が鈍いようで、しばらく経ってからようやく返事をした。

そしてゆっくりとした口調で、

「では、お気をつけていってらっしゃい」と言った。

言い終わるか終わらないかのうちに、エレベーターの中は通常に戻り、照明も直った。止まっていたエレベーターがガチャンと音を立ててまた最上階に向かって動き出した。まるでなにも起きなかったかのように。

「驚きましたか？」

沈巍《シェン・ウェイ》は振り返って訊いた。ただ、やはりさり気なく趙雲瀾《チャオ・ユンラン》の視線を避け、郭長城《グオ・チャンチェン》だけを見ている。

「今の人は事務棟の警備員です。先学期、ある学生がここの最上階から飛び降りたんです。あの事件があってからは、数学科以外の人が最上階に行こうとしたら、警備員が念のためエレベーターを止めて用件を確認するようになりました」

顔が真っ青になっていた郭長城《グオ・チャンチェン》はそれを聞いてひとまず安心したが、趙雲瀾《チャオ・ユンラン》は疑ぐり深い目でエレベーターの通話装置を見ている。

エレベーターに揺られながら三人は十八階に着いた。十八階のフロア全体はがらんとしており、蚊やヤモリすらそこに住みたがらないほど陰気な空間になっている。

趙雲瀾《チャオ・ユンラン》は突然くしゃみを連発した。

「趙《チャオ》警官、風邪を引いたんですか？」

沈巍《シェン・ウェイ》は即座に足を止め、心配そうに尋ねた。

沈《シェン》教授の一挙手一投足《いっきょしゅいっとうそく》には聖人君子《せいじんくんし》の如き穏やかな気質が溢れている。それが趙雲瀾《チャオ・ユンラン》の心に染み込んでいき、沈巍《シェン・ウェイ》に向けられた疑念も薄らぐようだった。

「いえ、ただこの廊下に入って、子供の時、数学の宿題に苦しめられたことを思い出したんです。『数学アレルギー』の発作が出たのかもしれません」

趙雲瀾《チャオ・ユンラン》は鼻を擦りながら言った。

その冗談に沈巍《シェン・ウェイ》はお愛想で目を細めた。

「笑いごとじゃないですよ」

趙雲瀾《チャオ・ユンラン》はもっともらしく語り始めた。

「お恥ずかしい話ですが、学生の頃、先生は私にとって天敵のようなものでした。担任にはこんな予言すらされていました。将来私はチンピラになるだろうって。まさかこんな私でも警察官になれるとは思わなかったんでしょう。この間の学校創立記念日にたまたま担任に会ったんで、今の私をちょっと見せつけてやろうと思ったら、なんて言われたと思いますか」

「なんて言われたんですか」

沈巍《シェン・ウェイ》は俯いたまま歩いている。その横顔を見ると、そこはかとなくいつも真剣な顔つきをしている。

「あの皮肉屋に『ほら、言った通りだろう？　将来はきっとチンピラになるって。ずいぶん立派なチンピラになったじゃないか。制服姿のな』って言われたんですよ」

趙雲瀾《チャオ・ユンラン》は人付き合いが多く、口達者で機転が利く。持ち前の話術で気まずい空気もあっさりと打ち破った。

三人はこうやって互いに探り合いながら歩いていた。コツコツと床を叩く足音と大らかな笑い声が廊下中に響き、その中に微かに紛れる異様な音には誰も気付いていなかった……四つ目の足音に。

サッサッという柔らかい布靴が地面を擦っているような微かな音だった。

❖

この事務棟は大きなタワー状の建物になっている。「タワー状」とは一般的に中央にエレベーターを配置し、各階の廊下がエレベーターをぐるりと囲むように建てられた形状を指す。

ぐるぐる回る廊下を歩きながら、郭長城《グオ・チャンチェン》はふいに気付いた。所長の腕時計にいつの間にか奇妙な変化が現れている。文字盤の中心から、ピンクより深く、赤より浅いバラ色の円がさざ波のように次から次へと広がっていた。そのためなのか、このいたって普通のメンズ腕時計も希少価値の高い工芸品のように見える。趙雲瀾《チャオ・ユンラン》の細い白皙《はくせき》の手首で金属ベルトが奇妙な華麗さを放っている。

郭長城《グオ・チャンチェン》は少し躊躇《ちゅうちょ》して、小さな声で尋ねた。

「趙《チャオ》……趙《チャオ》所長、腕時計が……」

「どうした？　赤くなったか？」

前を歩いていた趙雲瀾《チャオ・ユンラン》は振り返り、彼ならではのにやけ顔を見せた。

「なんで赤くなったか分かるか」

郭長城《グオ・チャンチェン》が正直に首を横に振ると、趙雲瀾《チャオ・ユンラン》はにやにやしながら説明した。

「邪鬼《じゃき》はいつも赤い服を着てるらしい。ここは風水がよくないから、邪鬼やらなんやらが隠れていてもおかしくない。そのなにかが俺の腕時計に映ったのかもな……」

それを聞いて郭長城《グオ・チャンチェン》の顔は一気に青ざめた。所長の時計をちらりと覗くと、今度はなんとガラスに老婆の姿が映っているのが見えた――中肉中背で全身黒ずくめのその老婆は、無表情で郭長城《グオ・チャンチェン》を見ているのだ。

郭長城《グオ・チャンチェン》は即座に足を止めた。

しかし、趙雲瀾《チャオ・ユンラン》は相変わらず意に介さないといったふうに笑い出し、文字盤の横の小さなボタンをねじった。すると、文字盤から急に霧が立ち昇り、あっという間にバラ色の円が消えた。改めて見てみると、その腕時計は本来のシンプルなメンズ時計に戻っていた。デザインも普通の腕時計と変わらず、奇妙な赤色も、ガラスに映る老婆も見えなくなった。

「今のは冗談だよ。普段パソコン使うことあるか？　マウスのホイールのところが光るやつあるだろう？　この時計もあれと同じだよ。光るやつなんだ。分かるかな？」

趙雲瀾《チャオ・ユンラン》は実習生をからかったあと、いきなり沈巍《シェン・ウェイ》のほうを向いて、

「沈《シェン》教授は学者だから、きっと唯物論者ですよね。鬼なんてでたらめな話は信じていないでしょう」と、彼の不意を突く質問をした。

「古人曰《いわ》く『六合《りくごう》の外なることは、聖人は存《あ》りとするも論ぜず[6]』。この俗世以外のことについては、たとえ聖人でも軽々しく論じることはできません。鬼が存在するかしないか、誰も分からないことを掘り下げて話しても意味がないと私は考えています。かつて国民のことよりも鬼や神の存在を重要視した皇帝[7]がいましたが、それは封建時代の君主の愚行にすぎません。自分のことすらちゃんと分からないのに、世の中に鬼や神が存在するかなどを考える余裕がどこにあるんでしょうか。おかしいと思いませんか」

沈巍《シェン・ウェイ》の話は実に文人気質が濃かった。そのうえ、趙雲瀾《チャオ・ユンラン》が訊き出したかったことに答えずに済むよううまく話をはぐらかした。探りを入れてもむだだと分かると、趙雲瀾《チャオ・ユンラン》は笑いながらさりげなく話題を変えた。

6　訳注：「六合の外なることは、聖人は存りとするも論ぜず」、荘子、斉物論　第二（22）による。

7　訳注：「蒼生（そうせい）を問わずして鬼神（きじん）を問う」李商隠・『賈生』による。皇帝が夜中まで興味津々の様子で賢者の教えを乞っていたが、憐れむべきだったのは、質問されたのは国民についてではなく、鬼神についてだけだったことである。

「沈《シェン》教授は文系の先生ですか」

「はい、国語といくつか文系の選択科目を教えています」

「どうりで。ところで、不動産業をやっている知り合いから聞いた話なんですけど、最近の新築マンションにこんなタワー状構造のものはめったにないそうです。あったとしても高層オフィスビルくらいだそうですよ。清掃が不便だし、風通しや採光性もよくなくて住み心地が悪いとか。『風水が悪い』っていうのはまさにこういうことなんでしょうね」

趙雲瀾《チャオ・ユンラン》はポケットからタバコを取り出し左右に振った。

「ここって禁煙ですか。ちょっと一服したいんですが」

沈巍《シェン・ウェイ》が首を横に振ると、趙雲瀾《チャオ・ユンラン》は片手をポケットに突っ込んだままもう一方の手で軽く箱を叩き、せり上がったタバコを口にくわえて抜き出した。少し俯き加減で先端に火をつけ、しばらくしてゆっくりと煙を吐き出した。そのタバコを薫《くゆ》らす姿は相当なヘビースモーカーの様相を呈している。

これまで余計なことを何一つ喋らないようにしていた沈《シェン》教授もつい眉根《まゆね》を寄せ、口を開いた。

「タバコとお酒は体に悪いです。趙《チャオ》警官はまだ若いから、少し控えたほうがいいかもしれません」と。

趙雲瀾《チャオ・ユンラン》は目を細め、すぐに返事はしなかった。煙の中に隠されたその顔は、表情がはっきりと読み取れない。歩きながらタバコを吸っていると、タバコの先端から細かい灰が落ちてきた。わざとなのか分からないが、沈《シェン》教授の影の上に落ちた。

「この仕事をしていると残業で徹夜になることも多いから、つい生活習慣が乱れるんですよ。本当にお恥ずかしい限りです」

趙雲瀾《チャオ・ユンラン》は床に視線を落とし、手で煙を払いながら言った。

沈巍《シェン・ウェイ》はなにか言い添えたいようだったが、結局喉まで出かかった言葉を飲み込み、しばらくしてむりやり話題を変えた。

「旧キャンパスに残っている学部は少ないので、教員もそんなにいません。この十八階は南向きの何部屋かに教員がいるくらいで、他の部屋はほとんど空き部屋です。そこを曲がれば数学科です」

陰湿なところにはカビや苔が生えやすいとよく言われるが、それのみならず、その他のよからぬものも容易に寄ってくる。

どういう意図でこのような設計にしたのか分からないが、この建物の廊下は曲がり角が丸い弧線ではなく、直角に近い形になっている。直角の曲がり角もまた風水のタブーだ。迷信の話を抜きにしても、デザイン自体見た目が悪く、まとまりを欠いている。曲がり角を通る時、出っ歯のように突き出た角で視界が遮られてしまうので、反対側から歩いてくる人がいると出会い頭にぶつかりやすい。

沈巍《シェン・ウェイ》が前で案内し、趙雲瀾《チャオ・ユンラン》が猫を抱いてそれに続き、郭長城《グオ・チャンチェン》は一番後ろを歩いている。曲がり角に近づくと、(あの暗い角から急になにかが飛び出してくるんじゃないか)という嫌な予感が郭長城《グオ・チャンチェン》の脳裏をよぎった。

所長と教授の会話がまったく耳に入らず、彼はただその曲がり角を瞬きもせずにじっと見ている。――不気味に開いている窓から薄暗い光が廊下に差し込み、床に映った窓枠の影は長く伸びてちょうどその曲がり角の床に光と影が交差する境をなしている。

よく見てみると、郭長城《グオ・チャンチェン》はある衝撃的なことに気が付いた。影の縁で……なにかが動いている！

まるで影の中に姿を隠していた誰かがこっそりとこちらに向かって伸びてきているようだ。続いて手の形をしたなにかもその影から伸びてきた！

影から伸びてきた手は急に指を広げ、凄まじい勢いで沈巍《シェン・ウェイ》の足を掴んだが、沈巍《シェン・ウェイ》はなにも感じていないようだった。

趙雲瀾《チャオ・ユンラン》が咄嗟《とっさ》に沈巍《シェン・ウェイ》の腕を掴んで引っ張り、

「そうだ。忘れるところだった」と、喋りながらその影にタバコの灰を落とすと、影から伸びてきた黒い手はやけどしたようにさっと引っ込んだ。

「そういえば、この案件は担当部署の変更が急だったので、まだ済ませていない手続きがあるんです。そのことでちょっと学校のほうに協力をお願いしたいんですが、学長か理事長とお話できるように、教授から連絡していただけませんか」

それを聞いて、ずっと趙雲瀾《チャオ・ユンラン》の視線を避け続けていた沈巍《シェン・ウェイ》はようやく彼に目を向けた。ゆっくりと目を細めると、目頭から目尻まで一直線になり、切れ長な瞳は朧《おぼろ》げな美しさを放っている。まるで水墨画の最後に勢いをつけて筆を払い、出したかすれのようだ。メガネ越しに斜めからこちらを見ているその目つきは不思議な妖艶さを漂わせており、古人が書いた奇談を思い出させる——女妖《じょよう》が学問に励む青年に恋をして、その肖像画を描いた。たとえその青年がどんなに純粋で優しい人であっても、絵の中の姿に描き手の邪気《じゃき》が宿ることは避けられない。沈巍《シェン・ウェイ》の目つきにはその邪気に似たようなものがそこはかとなく見え隠れしているのだ。

沈巍《シェン・ウェイ》が視線を落としてはにかんだように微笑むと、先ほどの不思議な妖艶さがさっと消えた。

「そうですね。私はここにいてもお役に立てませんから。逆に迷惑を掛けるかもしれません。先に学長に状況を説明しておきます。南側は全部数学科の事務室ですので、訊きたいことがあれば遠慮なく先生たちに訊いてください」

「お願いします」

趙雲瀾《チャオ・ユンラン》はポケットに突っ込んでいた手を出すと、ニコニコしながら沈巍《シェン・ウェイ》と握手を交わし軽く挨拶した。そして、手招きで郭長城《グオ・チャンチェン》を呼んで数学科事務室のほうへ意気揚々と向かっていった。

郭長城《グオ・チャンチェン》はすぐ後についていったが、何歩か進むと、無意識に振り返った。

沈《シェン》教授はまだそこに残っていた。外したメガネを上の空で袖の裾で拭くその影は、薄暗い廊下の床に物寂しげに長く伸びていた。さっきまであんなに視線を合わせるのを避けていたのに、今は食い入るように趙雲瀾《チャオ・ユンラン》の後ろ姿を見つめている。その目つきは深く遠く、また重苦しいものだ。懐かしさを極限まで抑え込みながら、溢れ出しそうな愛着に底知れぬ苦痛が混ざったような表情になっている。

その姿を見て、郭長城《グオ・チャンチェン》はなぜか沈《シェン》教授はそこに幾千年も、幾万年も立ち続けていたような気がした。

一方で、趙雲瀾《チャオ・ユンラン》が曲がり角を通るまで見送ったあと、沈巍《シェン・ウェイ》はようやく振り返っている郭長城《グオ・チャンチェン》に気が付いた。

この若い教授は郭長城《グオ・チャンチェン》に丁寧に笑顔を見せ、再びメガネをかけた。まるで無関心の仮面をつけ直したかのように。彼は郭長城《グオ・チャンチェン》に会釈《えしゃく》したあと向こうに歩いていき、エレベーターに乗った。さっき誰かの後ろ姿に見入ってしまったことはこの臆病な実習生のただの錯覚だったかのようになっていた。

❖

「所長、さっきの人……」

「ここは『数学科』の事務室じゃない。気付いてるか？」

趙雲瀾《チャオ・ユンラン》は郭長城《グオ・チャンチェン》の話を遮り、埃《ほこり》だらけの窓を触ると、指先についた埃を擦りながら無表情のまま言った。

「これは罠だ。俺らがちょうどその罠に引っ掛かっただけか？　それともあの沈《シェン》教授が意図的に導いたのか？」

趙雲瀾《チャオ・ユンラン》の外見が若ぶりなせいか、いつも気さくに接してくれるからか、郭長城《グオ・チャンチェン》はだいぶ普通に彼と話せるようになってきた。

「じゃあ、所長はどうして沈《シェン》教授を逃がしたんですか。もし沈《シェン》教授の仕業なら、どうして……」

趙雲瀾《チャオ・ユンラン》が片手でタバコを挟み、もう一方の手をポケットに突っ込んだまま煙の中で振り返って郭長城《グオ・チャンチェン》を見ると、所長の視線を感じて郭長城《グオ・チャンチェン》はすぐに口をつぐんだ。

「彼は普通の人間だ。さっき確認したから間違いない。お前は新人だから、見分けがつかなくて当然だ。でも大丈夫、これから少しずつ教えるから」

趙雲瀾《チャオ・ユンラン》は声を低めて話を続ける。

「この国では、俺らが持ってる権限は公安部の他の部署と大して変わらない。証拠をまだ掴んでない場合、質問したり、調査に協力してもらったり、相手を犯人だと疑ったり、さらに相手を拘留したり、尋問したりすることができるけど、決して普通の人間を危険な場所に置いてはいけない。もしもの時、こっちが責任を負わなきゃいけなくなる」

彼の口調は厳しくはなかった。むしろ優しいほうだった。それでも廊下が陰気臭かったせいか、郭長城《グオ・チャンチェン》は小刻みに震えていた。

趙雲瀾《チャオ・ユンラン》は郭長城《グオ・チャンチェン》に背を向けたまま話を続ける。

「もう気付いていると思うけど、うちの案件は通常の公訴手続きが通用しない場合が多い。だから、場合によっては俺らはその場で犯『人』を殺すこともできる。しかし、こういった権限を持ってること自体が、時には非常に危険なことになるんだ。だからルールをしっかり守らなければならない。そのルールの一つ目がなんだか分かるか？」

郭長城《グオ・チャンチェン》はぼんやりと首を振った。しかし、趙雲瀾《チャオ・ユンラン》は背を向けているため、その動きが見えるはずがない。それに気付いた郭長城《グオ・チャンチェン》はまた顔が赤くなった。

「一つ目のルールは、相手が人間であろうが鬼であろうが、確実な証拠がない限りは無罪だと仮定すること」

趙雲瀾《チャオ・ユンラン》は郭長城《グオ・チャンチェン》の動きが見えていたように答えた。

「そういえば、このくそデブ！　さっきのはなんだ？　犬みたいに媚びて」

趙雲瀾《チャオ・ユンラン》は黒猫のお尻を叩きながら言った。

所長の毒舌に黒猫は容赦なく重い猫パンチで返したあと、彼の腕の中から飛び降り、威風堂々《いふうどうどう》と二人の前に立った。

「あの沈《シェン》教授はなにかおかしいと思って近づいてみただけだ。どこがおかしいのか俺もうまく言えないけど、とにかく近づくとすんごく気持ちよくなっちゃう」

「お前はそこら辺を彷徨《さまよ》う霊魂《れいこん》に近づいた時もえらく気持ちよさそうだがな。死体が埋まってる洞窟に大好きなお魚ジャーキーを保管してるだろう？　贅沢な冷蔵庫だな」

猫パンチを食らったばかりの趙雲瀾《チャオ・ユンラン》は懲りずにまた皮肉たっぷりに言った。

「俺様の言いたいことが分かってるくせに、この愚かな人間め！」

黒猫はしっぽを振りながら、軽蔑の口調で言い返した。

「……」

隣の郭長城《グオ・チャンチェン》はずっと黙り込んでおり、どうやら上司たちのやりとりに言葉を失ったようだ。

奥へ進むと廊下はますます暗くなっていき、まるで出口のないトンネルに入ったようだった。趙雲瀾《チャオ・ユンラン》は懐からライターを取り出し、火をつけた。ちょろちょろと燃える小さな炎は果てのない闇をそっと引き裂いた。趙雲瀾《チャオ・ユンラン》の顔から微笑みが消え、炎に照らされたその顔は不健康な青白さを帯びているように見える。疲れているようだが、目つきは鋭く、周囲の漆黒よりも深い闇のようだ。その時、なにかが腐ったような臭いが闇の底から広がり、郭長城《グオ・チャンチェン》はたまらず鼻を覆った。

「俺はこんな回り廊下は好きじゃない」

趙雲瀾《チャオ・ユンラン》は軽い声で言った。

「とにかく、ぐるぐる回るものはなんでも嫌いなんだ。生死とか輪廻とか、相手してもきりがない」

郭長城《グオ・チャンチェン》は上司の話を聞きながらも神経は十二分に張り詰めている。その時、闇の中から「ガチャ」という音が聞こえた。郭長城《グオ・チャンチェン》はすぐにドラマで見た銃口に弾を装填する光景を思い浮かべ、上司に伝えようとしたが、口を開くまえになにかがうなじの辺りにフッと吹き込んだような気がして、反射的に飛び跳ねた。

「どいて」

所長の落ち着いた声が聞こえた。

まるで熱々《あつあつ》の餃子を運ぶ店員が周囲の人に道を譲らせるかのような淡々とした口調だった。

郭長城《グオ・チャンチェン》が泡を食って床に転がると、闇の中に銃声が響き、続いて後ろから胸を切り裂かれたような悲鳴が聞こえてきた――もし郭長城《グオ・チャンチェン》が猫だったら、きっと大慶《ダーチン》がお尻を撫でられて怒鳴った時よりも高く毛を逆立てていただろう。郭長城《グオ・チャンチェン》は口から心臓が飛び出そうになり、心臓発作を起こしたかと思った。床にへたりこんで周章狼狽《しゅうしょうろうばい》しながら振り返ると、所長が持っているライターの微かな火を借りて、五、六歳の子供の影のようなものが壁に映っているのがはっきりと見えた。一見すると、墨が塗られているようにも見える。その影の「心臓」辺りに銃で撃たれた痕があり、そこを中心になにか赤いものが広がっている。まるで血を流しているようだ。

「あれはなんですか?」

郭長城《グオ・チャンチェン》は自分でもびっくりするほど裏返った声で尋ねた。

「ただの『影』だ。そんなに怖がることはない」

趙雲瀾《チャオ・ユンラン》は壁に映っている黒影を手で拭くと、その指先に触れられた血のような赤いなにかが、古くしけた漆喰《しっくい》のように剥がれ落ちた。

「なん……なんの影ですか?」

郭長城《グオ・チャンチェン》の質問に趙雲瀾《チャオ・ユンラン》は手の動きを止め、突然首を傾げ不気味に笑った。その瞬間、郭長城《グオ・チャンチェン》は恐ろしく黒い所長の瞳に魂を吸い取られたような感じがした。

「知ってるか? 一人の人間が複数の影を持つことだってあるんだよ」

趙雲瀾《チャオ・ユンラン》は身の毛がよだつほど柔らかい声で郭長城《グオ・チャンチェン》の質問に答えた。

それを聞いたとたん、郭長城《グオ・チャンチェン》は一言も発することができないまま、麺が箸から滑り落ちるように壁に凭《もた》れながら地面へ沈み込んだ。

「……」

今度は趙雲瀾《チャオ・ユンラン》が言葉を失ってしまった。

「お前のせいだぞ!」

大慶《ダーチン》はしっぽをピンと立て、気絶した郭長城《グオ・チャンチェン》の周りを二周回った。この哀れな実習生はどうやら一日に一回失神しないと気が済まないようだ。

「この子を気絶させてお前になんのメリットがあるんだ」

黒猫は不満げにしっぽを振った。

「俺だってわざとやったわけじゃないよ」

趙雲瀾《チャオ・ユンラン》が足先で実習生を小突くと、郭長城《グオ・チャンチェン》は趙雲瀾《チャオ・ユンラン》のふくらはぎ伝いにするりと倒れ込み、なんの反応もしなかった。

「音声制御の人形かよ。まさか一言で気絶するとはな……。せいぜいおもらしするくらいだと思ってた」

「……」

「それならこいつのボーナスは毎回大人用のおむつってことにできるんだけどな」

趙雲瀾《チャオ・ユンラン》は郭長城《グオ・チャンチェン》を担ぎ上げ、歩くのに合わせて郭長城《グオ・チャンチェン》の体を肩の上で左右に振った。担いでいるのは人ではなく、まるで麻袋に詰められたジャガイモかなにかのようだった。趙雲瀾《チャオ・ユンラン》の足取りは軽快だが、口ぶりはずいぶんと冷たい。

「こいつはいったいどんなコネを使って特調に入ってきたんだ？　本当に邪魔でしかない」

「公安部に栄転したとある偉い人が彼の叔父さんらしいよ」

「栄転？　俺ら特別調査所のことは公安部に干渉される筋合いはないけど。ってか、特調に凡人を入れるなんて、自分の甥を殺す気か」

趙雲瀾《チャオ・ユンラン》は無表情で言った。

「嫌なら上層部にへこへこして引き受けるなよ。今さら俺に文句を言っても知らん。この無節操《むせっそう》なゴマすり野郎！」

大慶《ダーチン》は「ニャン」と鳴いて趙雲瀾《チャオ・ユンラン》に怒った。

「節操って、なんの役に立つんだ？」

趙雲瀾《チャオ・ユンラン》はタバコを捨て、猫の額を軽く叩いた。

「高潔《こうけつ》ぶってんじゃねぇよ！　自分の良心に訊いてみな。お前らの仕事、給料、ボーナス、福利厚生、他の部門に干渉されずに動ける権限、どうやって手に入れたと思ってんだ？　棚ぼたとでも思ってんのか？　誰が苦労して間を取り持ってると思ってんだ！　節操なんてくそくらえ！」

ずっと海外直送の高級キャットフードを食べ、日に日に太っていく大慶《ダーチン》は口をつぐんだ。

「ってか、配属辞令を見た時には、『鎮魂令《ちんこんれい》』にもうこいつの名前が入ってたんだよ。俺だって、こいつにもなにか特殊能力があると思ってたんだ。まさか鎮魂令が俺と同じく『無節操』だったとはな……」

趙雲瀾《チャオ・ユンラン》が喋り出すととめどなく、なんと「鎮魂令」にまで批判が及んだのを聞いて、

「好き勝手言うな！」

黒猫は咄嗟に窘《たしな》めた。

「鎮魂令」[8]は太古から存在するものであり、世の中の鬼や神々を管理し、神界・冥界《めいかい》・人間界、いわゆる三界の調和を取り持つものである。かつては「太史局」[9]に管理されていたが、新中国の建国以降は公安部の管理下に置かれている。特別調査所の設立も鎮魂令に深く関わっている――現所長の趙雲瀾《チャオ・ユンラン》は鎮魂令の所有者であり、すなわち鎮魂令主《ちんこんれいしゅ》である。

8　訳注：「令」とは命令を伝えるための札を指す。
9　訳注：「太史局」とは天文・暦法、また、国の法規や宮廷内の諸記録のことなどを司る機関を指す。

この鎮魂令主ときたら三界のいかなるものが相手でも如才《じょさい》なく振る舞うことができ、誰とでも盃《さかずき》を交わす八方美人だ。飲む、打つ、買う、一通りの道楽は嗜《たしな》んでいる。

ずっとそばで彼のことを見てきた黒猫から言わせれば、この立派な八方美人様は「不運」にも鎮魂令を受け継いでさえいなければ、きっととんとん拍子に出世できていたことだろう。

五

「そういえば、さっき廊下でなにがあったんだ？」

人から施しを受けている立場上、大慶《ダーチン》も趙雲瀾《チャオ・ユンラン》のことをあまり悪く言えなかったので、いっそ咳払いして話題を変えた。

「お前の『明鑑《めいかん》』[10]はなんで急に警報を出したんだ？」

「なにかが俺らを尾行してたんだ。でも明鑑にちょっと照らされただけで逃げたから、たぶん悪意はなかったと思う」

「犯人じゃないってことか？」

「いやいや、俺が死んだばかりの低級鬼と邪鬼《じゃき》を見分けられないとでも思ってるのか？」

趙雲瀾《チャオ・ユンラン》は郭長城《グオ・チャンチェン》を担いだまま廊下をうろうろと歩きながら話を続けた。

「死体の横にある手形、見ただろう。あの骨の細さと指の長さ、いったいなんなのか今の段階では俺もよ

10 訳注：「明鑑」とは曇りなき鏡のこと。ここでは趙雲瀾の腕時計を指す。

く分からないけど、人間じゃないことは間違いない……この実習生、意外と重いな。どっかに置いとこう」

趙雲瀾《チャオ・ユンラン》は実習生を廊下の適当な隅に下ろした。とはいえ、彼はまったく良心を持たない悪魔ではない。そのまま郭長城《グオ・チャンチェン》を見殺しにするようなことはしなかった。趙雲瀾《チャオ・ユンラン》はズボンを引き上げながらしゃがむとポケットから小さな瓶を取り出し、中に入っていたものを郭長城《グオ・チャンチェン》の周りに撒いたあと、自分の中指を噛んで血を絞り出し、郭長城《グオ・チャンチェン》の眉間《みけん》に塗りつけた。その血は郭長城《グオ・チャンチェン》の顔に触れた瞬間、肌に吸い込まれるように消えた。

同時に、青ざめた郭長城《グオ・チャンチェン》の頬に血の気が戻ってきた。

万全の保護対策を施したあと、郭長城《グオ・チャンチェン》の額を小突いて、

「まったく、手が焼ける奴だ」と、小さく罵った。

「もういいから。趙雲瀾《チャオ・ユンラン》、腕時計を見ろ！」

趙雲瀾《チャオ・ユンラン》が目をやると、その「明鑑」とかいう腕時計の文字盤がまたしても赤くなっている。足元のほうから大慶《ダーチン》の鋭い鳴き声が聞こえ、その視線の先を眺めると、死装束《しにしょうぞく》を着た老婆がいつの間にか三人の後ろに立っていた。

趙雲瀾《チャオ・ユンラン》と目が合うと、老婆はこちらに背を向けて歩き出したが、二、三歩進んですぐ足を止めた。趙雲瀾《チャオ・ユンラン》たちをどこかへ案内しようとしているようだ。

「これがお前が言ってた死んだばかりの低級鬼か？　低級鬼が、こんな真っ昼間から出てくるわけないだろう」

大慶《ダーチン》は短い足を動かして老婆に追いつき、にゃんにゃんと鳴きながら趙雲瀾《チャオ・ユンラン》に文句を浴びせる。

「見間違えにもほどがあるんじゃないのか。このクソバカ！」

「お前こそバカだろう！　彼女が話せないのに気付いてないのか？　まだ人間の気配がしてるのが分から

ないのか？　浮いてるんじゃなくて、ちゃんと足で歩いてるのが見えないのか？　このクソデブ！」

趙雲瀾《チャオ・ユンラン》は彼らに追いつきながら、容赦なく言い返した。

❖

言い争いながら尖った曲がり角を越えると、老婆の姿は消えていた。二人の前に現れたのは、屋上への階段だった。

「ずいぶん強い怨念《おんねん》だ」

大慶《ダーチン》がくしゃみをして鼻をすすった。

趙雲瀾《チャオ・ユンラン》は大慶《ダーチン》を抱き上げ、

「あのばあさんがわざと俺らをここに連れてきたんだろう。沈《シェン》教授はもしかしたらこの件と関係ないのかもな。さて、行くかっ！」と言った。

趙雲瀾《チャオ・ユンラン》は猫を連れて階段に向かった。その階段はふわふわしており、セメントで作られたものの踏み心地ではない。どちらかというと、生きものを踏んでいるような感じだ。踏むというよりも、闇の中から無数の生きものが自分の領域に侵入してきた人間を掴もうとして、趙雲瀾《チャオ・ユンラン》のズボンの裾に触れた瞬間猛烈な勢いで弾かれたといった感覚に近い。

「人聞きが悪いけど、すべての学校には『年間自殺者上限数』っていうのがあるんだ。自殺者数がその数字を超えてない限りは問題ないけど……」

趙雲瀾《チャオ・ユンラン》は少し間を置いてから話を続ける。

「ただ、龍城《ロンチェン》大学は三年連続でその上限数を超えてる。旧キャンパスは古い建物が多くて、ほとんどの建物がそんなに高くないから、飛び降りたって確実に死ねるわけじゃない。間違いなく死ねるのはこの辺りの新築数棟だけ。この辺りはいわゆる龍城《ロンチェン》大学の『自殺名所』って奴だ。他のビルはまだマシだけど、このビルだけはちょうど陰の気が溜まりやすい場所にあって、おまけに尖《とが》った曲がり角のせいで、部屋や廊下が拳銃のような形になっちまってるから、よからぬものが吸い込まれると抜け出せなくなる。そんな状態が長く続けば、強い怨念が溜まってもおかしくない」

言い終わった時、彼はちょうど最後の階段に差し掛かっていた。屋上へのドアは開いていないが、微かな光が向こうから差してきている。趙雲瀾《チャオ・ユンラン》が懐から交通カードを取り出し、ドアの隙間に入れて軽く回すと、壊れかけの鉄扉はギシギシと鳴りながら開いた。

ライターをつけたまま趙雲瀾《チャオ・ユンラン》はゆっくりと屋上に上がった。屋上は視界が開けて、そこに立って俯瞰《ふかん》すると、片側には原始林のような鬱蒼《うっそう》とした校内の植物、片側には人や車が行き来する賑やかな街並みが見える。

趙雲瀾《チャオ・ユンラン》たちに背を向けて屋上に立っている若い女性がいる。

「あのう、そこの学生さん……」

趙雲瀾《チャオ・ユンラン》が慎重に声を掛けてみると、その女性は突如手すりを乗り越えなんの躊躇《ためら》いもなく飛び降りようとする。

趙雲瀾《チャオ・ユンラン》は反射的に飛びついて彼女を掴もうとしたが、特に反応が遅かったというわけではないのに、確実に彼女の襟ぐりを掴んでいた趙雲瀾《チャオ・ユンラン》の指がそのまま彼女の体をすり抜けた。そして彼女はまるで空虚な空間から生まれたただの幻影だったように姿を消していった。

「どういうこと？　人間なのか？」

黒猫は転がるボールのようにどたばたと走ってきた。

「分かんない。動きが速すぎて……」

趙雲瀾《チャオ・ユンラン》は先ほどの感触を反芻《はんすう》するように指を擦りながら、

「人間なのか見分ける余裕がなかった」と続けた。

趙雲瀾《チャオ・ユンラン》は生まれながらに陰陽眼《いんようがん》[11]を持っている。幼い頃から人間界と冥界《めいかい》、これら二つの世界が目の前で交差する光景に見慣れているため、相手が人間なのか他のなにかなのかを瞬時に見分けられなかった。黒猫の返事を待たずに、後ろから慌ただしい足音が聞こえてきた。振り返ると、走ってくるのはさっきと同じ女性だ。俯《うつむ》いたまま屋上に上がってきた彼女は顔がぼやけているように見え、表情もはっきりと読み取れない。

今度は趙雲瀾《チャオ・ユンラン》が話し掛けるまえに急に足を速め、昼休みに学食へダッシュする学生のような勢いで屋上から飛び降りた。彼女の肩を掴もうとしたが、やはり同じことの繰り返しだった。趙雲瀾《チャオ・ユンラン》の手が再び彼女の肩をすり抜け、そして彼女の姿はまた空中に消えたのだ。

その後、自殺ブームが巻き起こったかのように、顔がぼやけた女が四方八方から次々に飛び降りた。趙雲瀾《チャオ・ユンラン》は一人ずつ止めようとしたが、そのうちの誰も実体ではなかった。しばらくして、額から汗が滲んできた。

大慶《ダーチン》は始めのうちは趙雲瀾《チャオ・ユンラン》についてあちこち走り回っていたが、八人目が飛び降りてからはただ無関心な顔で座り込み、時計の振り子のようにしっぽを左右に振っていた。

「もう追わなくてもいいんじゃない？　これはただの地縛霊《じばくれい》か以前飛び降りた人が残した念かなにかなんだろう」

11　訳注：「陰陽眼」とは陰の世界（冥界）と陽の世界（人間界）が両方見える霊視能力。

趙雲瀾《チャオ・ユンラン》は彼に構わなかった。

爆発力なら趙雲瀾《チャオ・ユンラン》にもある。体を鍛えているため、チンピラ数人ぐらいなら相手にもならない。しかし今はここしばらくの不規則な生活と運動不足が祟《たた》ってスタミナが続かない。何周か走り回っただけでもう息が上がってきた。

黒猫は深く嘆いた。

「二度あることは三度ある。八度もあったのに、あれが人間じゃないってまだ分かんないのか？」

「じゃあ訊くけど、お前はこの八人が同じ人だと断言できるのか？　ここに俺以外の人間がいないって証明できるのか？　次の人が出てきた瞬間、俺たちはまださっきと同じ空間にいるって保証できるのか？　その瞬間、彼女が人間なのかを見分けられる自信があるのか？　『ルール三、思い込みは厳禁』を忘れちまったのか？」

趙雲瀾《チャオ・ユンラン》は厳しい目つきで黒猫を睨みつけた。

言葉を選ばなかったことに少し後ろめたさを感じたが、黒猫はしっぽを振りながら、

「俺様に説教をするつもりか？　この数千年も生きてきた俺様を、よく上司ぶって叱ろうと思ったな！」

とぐずぐず呟《つぶや》いた。

「これ以上四の五の言ったら、キャットフード没収するぞ！」

趙雲瀾《チャオ・ユンラン》は苛立《いらだ》ってきた。

キャットフードの所有権を持っている人に楯突くのはさすがに賢明ではないと思い、大慶《ダーチン》は言い返さずにただ「うにゃー」とだけ鳴いた。

その時、九人目が現れた。

「待て！」

趙雲瀾《チャオ・ユンラン》は九人目が出てきた瞬間大声で呼び掛けたが、相手はそれを無視して、また解き放たれた矢のように素早く地面に向かって飛び降りた。

「っくそ！」

また空振りだった。趙雲瀾《チャオ・ユンラン》は苛立って冷たい手すりを叩いた。

「うーん」大慶《ダーチン》がこちらに近寄ってきて、前足を手すりに当てて念入りに嗅いだあと、「お前の話も一理ある。たまには自分の死を何度も繰り返す地縛霊がいるけど、こんなふうに急いで死のうとはしないはずだ」と説明した。

「じゃあ、なんだと思う？」

「怨念だな」

大慶《ダーチン》はその干し柿顔に全力で険しい表情を作り、説明を続ける。

「自殺って所詮『まともでない死に方』だ。自殺した人の魂は大体輪廻転生できない。それだけじゃなくて、自殺者が生と死、陰と陽の境界を越えた時、魂が不完全なものになっちゃうから、結局人間界で彷徨《さまよ》い続けて自分がなんで死んだのかも分からなくなる。とっても無様《ぶざま》な死に方だ」

「人が怨念の強い場所にいると、気持ち悪くなることはあるが、怨念って人間に危害を加えられるんだっけ？　聞いたことないな」

趙雲瀾《チャオ・ユンラン》の質問に少し躊躇したあと、黒猫は話を続ける。

「俺も聞いたことがないけど、怨念って、魂のかけらが集まってできたものだ。お互いを喰い合っているうちに強大化していって、ある程度までいったものが実体として具現化できる。だからさっきの女は怨霊《おんりょう》のかけらがたくさん集まってできた『怨《うらみ》』じゃないかと思ってる」

「実体として具現化できたらなにが違う？」

「実体だからどうこうという話じゃない。怨念は邪念と違って、攻撃性がそんなに強くない。怨念に惑わされる人あるいは傷つけられる人は、大体なにか後ろめたいことを隠してるもんなんだ。ただ怨念には、被害者の体に直接触れるような力はない。お腹を割いて殺すなんてことはなおさらだ。だから諦めよう。ここは調べる価値がない」

趙雲瀾《チャオ・ユンラン》は少し迷った。

「お前なぁ、なんでそんなあまのじゃくなんだ？　真面目にしなきゃいけない時にはあんなに無節操《むせっそう》で厚顔無恥《こうがんむち》なのに、さらっと流してもいいところで片意地を張る。『鎮魂令』が今日まで幾千年、幾万年もの間伝えられてくるうちに、ルールなんてものはとっくに拘束力がなくなってるだろう。ないも同然のルールにそんなに拘《こだわ》って意味あるのか？」

黒猫はまた嘆いた。

「いや、それでもやっぱり……」と言いかけて、趙雲瀾《チャオ・ユンラン》は言葉を途切れさせた。

十人目の女性が屋上に上がってきたのだ。

趙雲瀾《チャオ・ユンラン》も猫も一瞬にして体を張り詰めた。

その若い女性は彼らに気付かないふりをして、ゆっくりと手すりに向かって歩いていった。まえの九つの幻影と同じく、彼女は両手を手すりに当てて体を支えながら、それを乗り越えて飛び降りようとする。彼女を見た瞬間から趙雲瀾《チャオ・ユンラン》はその違和感に気付いていたため、準備はできていた。彼は即座に飛びつき、女が落ちる直前に空中でその腰を掴んだ。

突然の重さで趙雲瀾《チャオ・ユンラン》の手の甲に青筋が立った。今度は重さのある本物の人間を掴んだのだ。

黒猫は驚いて手すりに飛び上がり、青緑の目を大きく見開いた。

趙雲瀾《チャオ・ユンラン》はねじれた体勢で彼女を掴んでいるため、手に力が入らない。大きめの子供でさえ体全体を使わずに両腕だけで抱えると重く感じる。まして本物の大人ならなおさらだ。趙雲瀾《チャオ・ユンラン》は片足を手すりに引っ掛け、上半身を手すりから乗り出した。屋上の外に投げ出された状態で趙雲瀾《チャオ・ユンラン》の手にぶら下がっている彼女は急に目が覚めたように金切り声を上げ、本能で足掻《あが》き始める。

「今動いたら本当に落っこちちまうぞ！　おとなしくしてくれ！」

趙雲瀾《チャオ・ユンラン》は彼女に向かって大声で叫んだ。

その時、足を引っ掛けていた手すりからなにかが切れた音がした。年数が経っていたからか体重がかかりすぎたからか分からないが、その手すりは緩んでガタついている。

趙雲瀾《チャオ・ユンラン》はそれに気付いていないようで、ひたすら彼女に話し掛け続ける。

「大丈夫。もう少し耐えてくれ……」

言い終わるまえに「ガチャン」という音を立て、手すりの下にある棒状の鉄鋼が完全に切れてしまった。

そして周りから奇妙な笑い声が響いてきた――まるで無数の人が屋上に集まり、彼らが落ちそうになる様子をただ隣で見ながらその不幸を喜んでいるような陰険《いんけん》な笑い声だった。

その時、大慶《ダーチン》が誰かにしっぽを踏まれたように「ニャア！」と甲高く鳴いた。

間一髪というところで屋上のドアを蹴り破って誰かが入ってきたのだ。その誰かが人の目では捉え切れないほどの猛スピードでこちらに駆けつけ、それとほぼ同時に手すりは落ちてしまった。

趙雲瀾《チャオ・ユンラン》はその瞬間重心を踵《かかと》に移し、思い切りのけ反って女性を抱いたまま上半身を百八十度回した。そして、タイミングよく駆けつけてきた誰かの懐に彼女を押し付けた。しかし趙雲瀾《チャオ・ユンラン》本人は足を踏み外して落ちそうになっていた。幸いにも自由になった手で壁の縁を掴み、そのまま十八階の外にぶら下がることができたのだ。

駆けつけてきた人が誰なのか大慶《ダーチン》はこの時ようやく分かった。さっき帰ったはずの沈巍《シェン・ウェイ》だ。

沈巍《シェン・ウェイ》は自殺未遂の女を後ろに置いて膝をつき、壁の縁でブラブラ揺れている趙雲瀾《チャオ・ユンラン》の片腕を掴んだ。

「そっちの手も！　早く！」

六

趙雲瀾《チャオ・ユンラン》は一瞬迷った。屋上からぶら下がる彼は肌を刺す風の中で、沈巍《シェン・ウェイ》の瞳に目を留めた。そこには自分の姿がはっきりと映っており、まるで奥に宿されるかのように、沈巍《シェン・ウェイ》の瞳の中で夜色に深く包まれ、渾然《こんぜん》一体となっている。趙雲瀾《チャオ・ユンラン》はその瞳に思わずもう片方の手を差し出した。さながら自分の命を沈巍《シェン・ウェイ》に委ねるように。

（今……色気に絆《ほだ》された？）

趙雲瀾《チャオ・ユンラン》は手を差し出すと同時に正気に戻り、つい心を許したことを悔やむ。

そして次の瞬間、沈巍《シェン・ウェイ》は一気に趙雲瀾《チャオ・ユンラン》を引っ張り上げた。沈巍《シェン・ウェイ》はとても華奢《きゃしゃ》だが、腕力は人並み以上にある。趙雲瀾《チャオ・ユンラン》の手首は痺れて感覚がなくなるほど強く掴まれ、指先が紫色になっている。腕は擦れて袖が肘までずり上がり、皮も剥けてしまった。

沈巍《シェン・ウェイ》は趙雲瀾《チャオ・ユンラン》を抱きしめたまま地面に倒れ込んだが、その相手を包み込むような力強い抱きしめ方は、一度失った人に再び巡り合えた時の抱擁のようにさえ思える。趙雲瀾《チャオ・ユンラン》が沈巍《シェン・ウェイ》の腕の中で自分の手首に目をやると、驚くことにそこには沈巍《シェン・ウェイ》の握力で青あざができていた。趙雲瀾《チャオ・ユンラン》が自分の中に奇妙な感覚が湧き上がってくるのを感じて体を動かすと、沈巍《シェン・ウェイ》は我に返ったようにすぐ手を離し、気持ちを隠そうとメガネを直した。

趙雲瀾《チャオ・ユンラン》は世故《せこ》に長《た》け、相手の顔色を覗《うかが》うのが得意な人だ。沈巍《シェン・ウェイ》のことをちらりと見ただけで、その不自然なリアクションから、決まりの悪そうな曖昧な空気を瞬時に読み取った。

曖昧な……。

今思えば、最初に会った時ずっと趙雲瀾《チャオ・ユンラン》の視線を避けていたことも、あのぎこちない動きも、趙雲瀾《チャオ・ユンラン》を警戒しているからというよりは、恥ずかしい気持ちをどうしたらいいか分からなかったからだと言ったほうが適切かもしれない。

「本当にいいタイミングで来てくれました。あと少し遅かったら私は死んでいたかもしれません」

趙雲瀾《チャオ・ユンラン》はポケットからウェットティッシュを取り出し、腕の血と汚れを拭き取りながら、沈巍《シェン・ウェイ》にも一枚渡した。

「どうぞ使ってください」

そう言いながら趙雲瀾《チャオ・ユンラン》はさりげなく沈巍《シェン・ウェイ》の指先に触れてみた。触れられた瞬間、沈巍《シェン・ウェイ》はオジギソウのように手を引っ込めた。

その反応で、趙雲瀾《チャオ・ユンラン》がさっき感じた胸の高鳴りはさらに膨らんだ。それは打ち上げられた花火のようにぱっと大きく開き、心の空に「祝！　出会い」というキラキラ輝く文字を残し、趙雲瀾《チャオ・ユンラン》の体中すべての細胞をざわめかせた。しかし、恋の戦場で長年経験を積み重ねてきた趙雲瀾《チャオ・ユンラン》は、駆け引きの重要さを熟知している。

沈巍《シェン・ウェイ》に急接近したあと、彼はそっけなく身を引き、隣に座り込んでいる女子学生に話し掛けてみた。

「お嬢さん、なにがあったんだ？　彼氏さんと別れた？　先生に怒られた？　卒論が通らなかった？　それとも試験に落ちた？　ったく、君のために毎日頑張ってる親父さんとおふくろさんがかわいそうじゃないか……。君らガキはなんですぐに自殺しようなんて考えるんだ。他にもやることはいっぱいあるだろう」

彼の「慰め」に女子学生が堰《せき》を切ったように泣き出すと、趙雲瀾《チャオ・ユンラン》はやっと口をつぐんだ。

その泣き声で沈巍《シェン・ウェイ》はようやく我に返り、

「危うく命を落とすところでした」と低い声で言った。

「そうだよ。教授もそう言ってる。ほら、もう泣かないで。とりあえず、医務室に行こう。あと、ご両親にもちゃんと話さないと……」

趙雲瀾《チャオ・ユンラン》は沈巍《シェン・ウェイ》に続けて言った。

すると、沈巍《シェン・ウェイ》は立ち上がり、下手な「慰め」で彼女を泣かせた趙雲瀾《チャオ・ユンラン》に鋭い眼光を向け黙らせた。そして気色ばんで、彼女に向かって三十秒ほどなにも話さず、ただ厳しい目つきで彼女を見つめていた。教授が怖いからか、彼女は号泣するのをやめてしゃくり上げた。

沈巍《シェン・ウェイ》の姿を見て、趙雲瀾《チャオ・ユンラン》は思わずずっと昔に亡くなった祖父を思い出した。祖父も上品なインテリだった。立ち居振る舞いが穏やかで、思いやりがあり、いつも人を優先してばかりいた。決して下品な言葉を口にせず、喧嘩ももちろんしない。大声で他人を叱ることがなく、本気で怒るときもただ顰《しか》め面《つら》を見せるだけで子供たちはすぐにおとなしくなった。

「もしあなたのせいで他人になにかあったら、それから一生自分を咎《とが》めながら生きていくつもりですか？」

沈巍《シェン・ウェイ》は迫るような声で訊いた。

「も……申し訳ありませんでした……」

女子学生が訥々《とつとつ》と謝ってくると、趙雲瀾《チャオ・ユンラン》は鼻を擦りながら返す。

「俺は平気だけど、お嬢さんはちゃんと反省しないとな。自分のことも、ご両親のこともちゃんと考えて生きていくんだよ。君はまだ若いから、なにがあってもきっと大丈夫。ほら、もう泣かないで、医務室に行こう。自分で歩ける？」

沈巍《シェン・ウェイ》が特に反応しなかったのを見て、趙雲瀾《チャオ・ユンラン》は立つことさえままならない彼女を支えながら屋上から降りた。途中で隅に置かれた郭長城《グオ・チャンチェン》に気付くと、趙雲瀾《チャオ・ユンラン》が指示を出すまえに大慶《ダーチン》がつかつかと歩み寄り、郭長城《グオ・チャンチェン》に「ネコサス流星拳」[12]を数発繰り出した。

飛び降り自殺未遂の一件で校内は大騒ぎになり、さっきまで誰もいなかった廊下がいきなり賑やかになってきた。教員たちはみな事務室の扉や窓から身を乗り出し、事情を聞こうとしている。郭長城《グオ・チャンチェン》はこの野次馬たちの中で悲鳴を上げながら目を覚ましたのだ。

顔を黒猫にボコボコに殴られた郭長城《グオ・チャンチェン》が目を開くと、少しやつれた顔をした「ボス」が若い女性を支えながら歩いてくるのが見えた。

「若者よ、もっと体を鍛えるんだな。仕事のたびに低血糖で倒れるわけにはいかないぞ」

趙雲瀾《チャオ・ユンラン》にもっともらしく説教されると、郭長城《グオ・チャンチェン》は大勢が見ている中で、黙って恥ずかしそうに顔を伏せた。

そして趙雲瀾《チャオ・ユンラン》は少し考えたあと、郭長城《グオ・チャンチェン》に次のミッションを言いつける。

「じゃあ、こっちはまだ用があるから、君は大慶《ダーチン》を連れて被害者の身元を調査してくれ。一人で行けるか？」

イジワル所長がわざと「一人」の部分の語気を強めて言うと、大慶《ダーチン》はそれに合わせて隣で意気揚々と爪を

12　訳注：「ネコサス流星拳」は中国でも人気がある聖闘士星矢の「ペガサス流星拳」をもじった言葉。

舐めながら、「ニャー」とドヤ顔で鳴いた。その鳴き声で郭長城《グオ・チャンチェン》は思わず背中がゾワッとしたが、趙雲瀾《チャオ・ユンラン》は優しい表情で郭長城《グオ・チャンチェン》の頭を軽く叩いてそこを立ち去った。

沈《シェン》教授は依然として仏頂面で黙り込んでいる。こっそりと事情を尋ねてきた教員もいるが、彼はただ上の空で首を横に振っている。人の視線が届かない場所まで歩くと、ようやく気を緩めたようで、無意識に手で鎖骨の真ん中辺りを押さえた。薄いシャツ越しにペンダントのような輪郭が見える。その上に手を置いたまま、目をつぶって深呼吸したあと、沈巍《シェン・ウェイ》は趙雲瀾《チャオ・ユンラン》たちに追いついた。

❖

趙雲瀾《チャオ・ユンラン》は女子学生を連れてビルを降りる途中、彼女に少し話を訊いてみた。

「お名前を訊いてもいい?」

「李茜《リー・チェン》です……」

「どこの学部? 何年生?」

「外国語学部の大学院一年生です……」

「地元の人?」

李茜《リー・チェン》は少し躊躇《ちゅうちょ》して頷《うなず》いた。

「さっきはどうしてあんなことを?」

その質問に李茜《リー・チェン》は黙った。

趙雲瀾《チャオ・ユンラン》がなにかを考えるように彼女をちらりと見てみると、この李茜《リー・チェン》という女子学生は目の下が青黒く、死んだような目はどろんと充血し、眉間《みけん》の辺りには暗い影ができているではないか。明らかに悪運体質だと一目で分かる。

その時、沈巍《シェン・ウェイ》が突然口を開いた。

「外国語学部は、確か文系の選択科目の単位をたくさん取らないと卒業できないでしょう。ところで、私の授業を受けたことがありますか」

突然質問されると、李茜《リー・チェン》は恐る恐る沈巍《シェン・ウェイ》を見て頷いた。

沈巍《シェン・ウェイ》はこんな時でさえ講義中のような喋り方をしている。その声は焦らず緩まず、低くて耳に快い。彼はため息をつき、こう語った。

「どんな時も決して命を粗末にしてはいけません。授業でも言ったでしょう。この世の中で、命を捧げるに値することは二つだけです。一つは一族や国家のために命を捧げること、それは忠と孝を全《まっと》うするためです。もう一つは知己のために命を捧げること、これは自分自身を全うするためです。この二つ以外、どんな自殺行為も単に臆病者の愚行にすぎません。分かっていますか？」

「私……」

李茜《リー・チェン》の声は震えている。彼女は気持ちを落ち着かせ、唇をすぼめて話を続ける。

「本当にすみませんでした。教授、あれはほんの……出来心でした。深く考えていなくて、魔が差して飛び降りようなんて考えちゃって……しかも私のせいで、危うく……」

彼女は趙雲瀾《チャオ・ユンラン》のほうを見ると、再び俯《うつむ》いた。趙《チャオ》所長はイケメンなうえに、非常に愛想がよさそうな顔をしているが、李茜《リー・チェン》はなぜだか彼のことを恐れているようだ。趙雲瀾《チャオ・ユンラン》と目が合うと、李茜《リー・チェン》は無意識に縮こまって沈巍《シェン・ウェイ》に近寄った。

一方で趙雲瀾《チャオ・ユンラン》はタバコに火をつけ、笑っているような、いないような表情で彼女を見ている。

「魔が差したか……魔が差して人を殺すってのはよく聞くけど、魔が差して自分を殺すってのはちょっと珍しいな。鬼にでも取り憑かれたか？」

「鬼に取り憑かれた」と聞いたとたん、李茜《リー・チェン》の顔は一気に青ざめた。だが、趙雲瀾《チャオ・ユンラン》は彼女を問いただすのをやめなかった。

「なにをそんなにビビッてる？　屋上でなにを見たんだ？」

李茜《リー・チェン》は作り笑いして、

「屋上には……なにもなかったですけど」と答えた。

「本当にそうか？　俺は見たよ」

趙雲瀾《チャオ・ユンラン》は前のほうに目を向け、ゆっくりとタバコの煙を吐き出した。

「君が飛び降りようとした時、屋上に人がたくさん集まってきて、君のことを笑ってただろ」

李茜《リー・チェン》は両腕で自分の胸を抱き込み、歯を食いしばって震えている。

近づくと歯がガリガリいうのが聞こえるほどだ。趙雲瀾《チャオ・ユンラン》は彼女をじっと観察し、長く伸びたタバコの灰を弾くと彼女の背中を押し、

「よし、医務棟に着いた。入ろう」と言った。

趙雲瀾《チャオ・ユンラン》は医務棟の入り口で当直の先生に挨拶したあと、李茜《リー・チェン》のことを沈巍《シェン・ウェイ》に任せて、外でタバコを吸い始めた。

龍城《ロンチェン》大学の医務棟の前には小さな人工の川があり、そこには橋が掛けられている。趙雲瀾《チャオ・ユンラン》は橋の上で木製の手すりにのん気に寄り掛かりながら自分の腕時計に向かってゆっくりと煙を吹きかけた。白い煙はすぐに消え去ったが、腕時計の文字盤に薄い霧ができた。その霧の中で老婆の顔が見え隠れし、ガラス越しに

趙雲瀾《チャオ・ユンラン》と目を合わせているようだ。

「ネコの話も一理あり、死んで七日も経ってない低級鬼が真っ昼間から堂々と明鑑《めいかん》に姿を現すなんて見たことない。たとえそれが生前は戦国武将だったとしても、死後もこんなに活発に動けるわけがない」

趙雲瀾《チャオ・ユンラン》は訝《いぶか》しげに眉毛を吊り上げ、

「このおばあさんはいったい何者だ？」と独り言のように呟《つぶや》いた。

その時、後ろから誰かの足音が聞こえてきた。趙雲瀾《チャオ・ユンラン》が手で腕時計を拭うと、そこにいた老婆の姿は直《ただ》ちに消えた。モワーッと口から煙の輪を吹き出しながら振り向くと、沈巍《シェン・ウェイ》が小さなトレイを持って歩いてくるのが見えた。そのトレイにはウェットティッシュや薬などが置いてある。トレイを横に置くと、沈巍《シェン・ウェイ》は視線を落としたまま、擦り傷ができた趙雲瀾《チャオ・ユンラン》の腕を否応《いやおう》なしに引き寄せ、丁寧にその袖を捲り上げ、トレイに置いてあった蒸留水を手に取った。

「自分でやります」

趙雲瀾《チャオ・ユンラン》は言った。

「無理でしょう」

沈巍《シェン・ウェイ》は下を向いたまま趙雲瀾《チャオ・ユンラン》の傷口を綺麗に洗い流し、綿球を使って丁寧に水分を拭き取った。そして、触るだけですぐに壊れてしまう至宝《しほう》を取り扱うような手つきで趙雲瀾《チャオ・ユンラン》の腕を持ち上げる。

「痛かったら言ってください」

「いや、水道水で適当に洗い流せば十分ですよ」

「こんな暑い日に、しっかり消毒しないと炎症を起こしてしまいます」

沈巍《シェン・ウェイ》はやはり趙雲瀾《チャオ・ユンラン》と目を合わせようとしない。

沈巍《シェン・ウェイ》のまつ毛は長く、上から見るといっそう眉目秀麗《びもくしゅうれい》に見えた。瞼《まぶた》の輪郭は細い筆で描かれた絵のようにくっきりとしている。瞬《まばた》きのたびに上下に動くまつ毛は、趙雲瀾《チャオ・ユンラン》の気持ちをやたらと煽り立てていた。

趙雲瀾《チャオ・ユンラン》は絶大な自信家とは言え、自分には誰かを一目惚れさせるほどの魅力がないという自覚はある。それに、沈巍《シェン・ウェイ》を見ていれば彼が非常に真っ直ぐな人間であることくらい容易に分かる。外見だけで誰かに心を奪われてしまうような人ではないことなど一目瞭然だ。

なら、いったいどうして……。

沈巍《シェン・ウェイ》は傷口の消毒をしたあと、丁寧に薬を塗り、さらにガーゼで包もうとしたが、趙雲瀾《チャオ・ユンラン》にきっちり断られた。

「わざわざすみません。ただの擦り傷です。暑いですし、ガーゼで包まなくても大丈夫ですよ。みんなにも心配されるし」

趙雲瀾《チャオ・ユンラン》はタバコの火を消し、何気なく沈巍《シェン・ウェイ》の肩を抱き寄せ、

「ちょっとあの子の様子を見てみたいんですが、一緒に行きませんか」と尋ねた。

沈巍《シェン・ウェイ》は彼に触れられたとたん、体が岩石のように固まった。趙雲瀾《チャオ・ユンラン》に連れられてよたよたと何歩か進むと、首から耳たぶまで真っ赤になってしまい、慌てて趙雲瀾《チャオ・ユンラン》の腕の中から逃げ出し、落ち着いているふりをして自分のシャツを直した。

「なんかいきなり恋する乙女みたいになってません？」

趙雲瀾《チャオ・ユンラン》はさりげなく笑い、沈巍《シェン・ウェイ》がまだ気持ちを整理できていないうちに、突然話題を変えた。

「私たち、どこかで会ったことありますか？」

七

そう訊かれた瞬間、沈巍《シェン・ウェイ》はふいに趙雲瀾《チャオ・ユンラン》と目を合わせてしまい、頭が真っ白になった。一、二秒ほど、沈巍《シェン・ウェイ》はただ放心したような顔で趙雲瀾《チャオ・ユンラン》を見つめ、彼から目を離すことができなかった。しばらくしてから、ようやく多少無理をしているように口を開いた。

「はい……会ったことあります」と。

趙雲瀾《チャオ・ユンラン》は眉毛を吊り上げ、耳を澄ました。

「私……」

一瞬だけ、沈巍《シェン・ウェイ》の顔に極めて複雑な表情が浮かんだ。趙雲瀾《チャオ・ユンラン》はなにか壮大な物語が語り出されるかと期待して聞いていたが、沈巍《シェン・ウェイ》はただ淡々と、

「みなさんが事件の捜査をしているところを見かけたことがあります」と話を続けた。

期待に胸を躍らせた趙雲瀾《チャオ・ユンラン》はその答えになにか失望に似たものを感じた。

「そうなんですか。いつのことですか」

「万青橋《ワンチンチャオ》のツインタワーで連続飛び降り自殺事件が起きた時ですから、恐らく五、六年前です。当時私はもうすぐ卒業でしたので、あの近辺で部屋を探していました。自殺の一件でツインタワーの家賃が大幅に下がりましたから、事故物件ですがあえてそこの部屋を借りようとする人もいました。私もそうでした」

趙雲瀾《チャオ・ユンラン》は当時のことを思い出そうとしたが、沈巍《シェン・ウェイ》に関する記憶はなかった。

「当時私も現場にいましたが、教授を見たことはない気がします」

「趙《チャオ》警官は私を見たことがないかもしれませんが、私は最上階の部屋を借りていましたので、そこからた

またまある警官を見かけたんです。あの時……」

沈巍《シェン・ウェイ》は少し間を置き、驚いているような表情を作って話を続ける。

「あの時、一人の警官が最上階のある部屋で黒い影を捕まえて、瓶の中に入れたのを見たんです。その後、警官が後ろを向いて誰かに『容疑者を確保した！　みんな上がっていいぞ！』と言いました。屋上には警官一人しかいなかったのに」

その話に趙雲瀾《チャオ・ユンラン》は息を呑んだ。

「その警官というのが私だったんですね。あのツインタワー……しかも、最上階の部屋を借りてたんですか……。教授はずいぶん度胸がありますね」

「あの時は怪奇現象とか信じていませんでしたし、まだ学生でしたからお金がなくて……」

沈巍《シェン・ウェイ》は伏し目になって、

「賃貸記録を調べれば、私が言ったことがすべて本当だと信じていただけると思います」となにかを隠そうとあえて一言言い添えたが、かえって胡散臭《うさんくさ》くなった。

趙雲瀾《チャオ・ユンラン》は彼を見て、その話をどのくらい信じたかは分からないが、「ハハハ」と笑い出した。

「それはこちらの落ち度です。うちのルールでは、本来は関係のない一般人の記憶は消さないといけないんです。だけどあの時、私はつい調子に乗ってて、教授の存在に全然気が付いていませんでした。本当にすみません。あんな場面を見せられたら、教授の唯物主義的世界観も崩壊しちゃいますよね」

沈巍《シェン・ウェイ》は含み笑いをして、なにも答えなかった。

❖

二人が病室に入った時、李茜《リー・チェン》は校医からもらった温かいブドウ糖飲料水を手に持って窓付きの壁に凭《もた》れて座り込んでいた。ちょうど日の当たらない場所に座っているため、彼女の顔はいっそう陰鬱《いんうつ》に見える。

趙雲瀾《チャオ・ユンラン》がノックすると、李茜《リー・チェン》は驚いて顔を上げ、来た人が彼らだと確認できるとほっとしたような顔を見せた。その時、趙雲瀾《チャオ・ユンラン》は自分の腕時計をちらりと見た。文字盤にはあの老婆の姿が映っているが、針は赤くなっていない――つまり、明鑑《めいかん》に検知されなかったということだ。

（おかしいな。老婆の生気が強くなってきているじゃないか。生きている者が死気を纏《まと》ってるのは、死が近づいている兆候なのは分かるけど、死んだ者が生気を纏ってるのはどういうことなんだ？　まさか生き返るのか？）

趙雲瀾《チャオ・ユンラン》は疑問に思いながら、李茜《リー・チェン》の向こうにあるベッドに座り、メモ帳を取り出した。

「李茜《リー・チェン》さん、あなたにはまだいくつか聞かせてもらいたいことがある」

李茜《リー・チェン》はただ青白い顔で彼をぼうっと見ている。

沈《シェン》教授が自分の仕事ぶりを見たことがあると言っているなら、もう気にすることはないと思い、趙雲瀾《チャオ・ユンラン》は隣にいる沈巍《シェン・ウェイ》を意に介さず、単刀直入に訊くことにした。

「ここ最近、なにか見えないはずのものが見えるようになってないか？」

李茜《リー・チェン》は答えなかったが、その恐れおののく表情から趙雲瀾《チャオ・ユンラン》は答えを知った。

「分かった」

趙雲瀾《チャオ・ユンラン》は彼女の眉間《みけん》をじっと見て、体を少し前へ傾け、膝で肘を支える姿勢に変えた。

「しかし、君は陰陽眼《いんようがん》が開いていない。理論上は、ああいうものは見えないはずだ。よからぬものとこうやって関わり合ってるのは、霊鬼《れいき》を引き寄せやすい体質だからか、それともなにか触っちゃいけないものを触ったからか？」

李茜《リー・チェン》は思わず唇を噛み、関節が白くなるほど自分の両手を強く握った。

「そうか。この反応だと、後者だな。君はいったいなにに触ったんだ？」

趙雲瀾《チャオ・ユンラン》は低めの声で訊いた。

答えるつもりがなさそうな李茜《リー・チェン》を見て、趙雲瀾《チャオ・ユンラン》はあざ笑うように続ける。

「言いたくないか？　言わないと、一生つき纏われるぞ。お嬢さん、好奇心は猫を殺すっていう言葉、聞いたことないのか？　この世には触っちゃいけないものもあるんだよ」

「……日晷《にっき》[13]です」

しばらくして、李茜《リー・チェン》はようやく小さな声で答えた。

「いわゆる日時計です。我が家に代々伝わるものです。とても古くて、もう黒ずんでいて、裏の円盤には鱗《うろこ》のような形の石がたくさん嵌《は》め込まれています。黒曜石《こくようせき》みたいな石です」

「日晷か……」

趙雲瀾《チャオ・ユンラン》がペンを止めると、李茜《リー・チェン》は頷《うなず》いた。

「日晷は一日一周回り、太陽は一日一回東から昇って西に沈む。この流れが永遠に繰り返されていくことから、日晷は輪廻転生の象徴にもなっている」

と言いかけ、趙雲瀾《チャオ・ユンラン》はしばらく考えに耽《ふけ》り、また話を続けた。

「輪廻転生というのは、実は『死』の繰り返しだという説もある。『死』を繰り返すうちに、新しいものが古いものに取って代わり、失われたものは永遠に失われ、過ぎ去ったものが戻ってくることは二度とない。

13　訳注：「日晷」とは日晷儀の略称、影を利用して視太陽時を計測する装置。

日晷が一刻回ると、まだ過去を振り返ることはできるが、そこに戻ることはもうできない。日晷が一回りすると、世の中も移り変わり、過去を振り返ることすらできなくなる」

その話を聞いて後ろにいる沈巍《シェン・ウェイ》が突然身震いしたことに趙雲瀾《チャオ・ユンラン》は気が付かなかった。

「日晷を使ってなにをしたんだ？」

趙雲瀾《チャオ・ユンラン》の質問に李茜《リー・チェン》はただ唇を噛んで、口を開こうとしない。

「じゃあ、質問を変えよう。日晷を使ってなにか悪いことをしたことはあるか？」

「ありません！」

趙雲瀾《チャオ・ユンラン》が質問したとたん、李茜《リー・チェン》は目を見開いて答えた。

趙雲瀾《チャオ・ユンラン》はなにも言わずにただ彼女を見ている。

「本当に悪いことなんてしていません！」

李茜《リー・チェン》は体を丸め、本能で防御体勢を取った。

「うちの家宝を使って悪いことをするなんてありえないです。なんでそんなことを言うんですか？　なんで……ゴホッゴホッ……」

李茜《リー・チェン》は趙雲瀾《チャオ・ユンラン》の話に激情し、激しく咳き込んでいる。

沈巍《シェン・ウェイ》は眉を顰《ひそ》め、趙雲瀾《チャオ・ユンラン》の前に立って彼の追い詰めるような厳しい視線を遮り、李茜《リー・チェン》の背中を優しく叩きながら、

「ゆっくり話しましょう。ゆっくりと」と、優しく声を掛けた。

言い終えると、さらに後ろを向いて、

「さっきあんなことがあったばかりですので、すみませんが、あまりこの子を追い詰めないようにお願い

できますか」と、趙雲瀾《チャオ・ユンラン》に言った。

「分かりました。じゃあ、余計なことは訊かないので、最後に一つだけ教えてもらったら帰ります」

趙雲瀾《チャオ・ユンラン》は仕方なさそうな顔で答えると、ポケットから今回の事件の被害者の写真を取り出し、

「この学生と会ったことはある？」と訊いた。

李茜《リー・チェン》はその写真をさっと見て首を横に振ったが、またなにかを思い出したように趙雲瀾《チャオ・ユンラン》が持っている写真を握った。

「昨日見かけた人がなんとなく彼女に似たような顔をしていたような気がします……」

李茜《リー・チェン》はじっくりと写真を見たあと、あやふやな返事をした。

「昨日のいつ頃？　その人がどんな服を着てたか覚えてる？」

趙雲瀾《チャオ・ユンラン》は真剣な表情でさらに質問した。

「昨日の夜です」

李茜《リー・チェン》は少し考えたあとこう続けた。

「昨日の夜、寮に戻ったのは図書館が閉まったあとのことだから、たぶん十時以降です。外に買いものに行って、戻ってきた時正門で彼女に似たような人に会ったんですけど……どんな服を着ていたかまでは覚えていません……あ！　そうだ！　思い出した！　新入生歓迎会のTシャツです。私も同じのを持っています。それで彼女に気が付いたんです」

「昨日あの服を着てた人は多かったのか？」

趙雲瀾《チャオ・ユンラン》はさらに問いただした。

「あれを着ていたのはみんなうちの学生で、うーん、そんなに多くはない気がします。在学生は大体新キャ

ンパスにいますし、旧キャンパスは元々人自体が少ないですから」

「君もあれを着てたのか？」

「いえ、まだ洗っていなかったから直接肌に着るのが嫌で、自分のTシャツを着てその上にあのTシャツを重ねて着ていたんですけど、ちょっと暑かったので途中で脱いでカバンにしまったんです」

「なるほど」

趙雲瀾《チャオ・ユンラン》は少し考えて、質問を続ける。

「彼女を見かけた時、周りに誰か他の人はいた？」

「はい。通りかかった人は少なくなかったですし、車も多かったです」と答えると、李茜《リー・チエン》は趙雲瀾《チャオ・ユンラン》の質問でなにかを察したように、

「なにかあったんですか？」と尋ねた。

「いや、大学通りじゃなくて、小門の近くにある路地、彼女あそこを通ったよね？　あの時、他に誰かいなかったのか？」

それを訊かれると、李茜《リー・チエン》は急に不安になってきた。彼女は無意識に視線を逸らせて頷いたが、またすぐ動揺して首を横に振った。

「よく覚えていません。たぶん……通ったかもしれません。確かに彼女はあそこを通ったみたいですけど、私はそっちには行かなかったんです。道の先が袋小路になっていますから、そこを通るのはほとんど東エリアの寮に住んでいる学生だけです。東エリアは小門に近いから。普段はあまり人がいないんです……」

「君はあそこを通らなかったのか？」

趙雲瀾《チャオ・ユンラン》は彼女の話を遮って訊いた。

「えっと……通りませんでした」

「どうして？　君も東エリアに住んでるんじゃないの？」

「私は……」

李茜《リー・チエン》は返答に窮《きゅう》して言いよどむと、

「私は遠回りして買いものに行きました」と慌てて言い添えた。

「さっきは買いものから帰ってきたって言ったよね？」

趙雲瀾《チャオ・ユンラン》は再び彼女の話を遮り、さらに厳しい口調で続ける。

「李《リー》さん、俺も優しい警察官でいたい。できれば君を脅迫するようなことはしたくない。君が調査に協力して、本当のことを教えてくれる限りはね」

「私が言ったことはすべて本当です……」

李茜《リー・チエン》はまた緊張してきて、両手で服の裾を掴みながら答えた。

「彼女は盧若梅《ル・ルウオメイ》といって、君と同じく龍城《ロンチエン》大学の院生だ。さっき、なにかあったかって訊いただろう？　教えてあげようか。この子は——昨日の夜、殺されたんだ」

趙雲瀾《チャオ・ユンラン》は被害者の写真を見せながら、一言一言、細かく切って話すと同時に、李茜《リー・チエン》の表情をじっと観察している。

「死亡推定時刻は昨日夜十時。つまり、君は恐らく彼女が会った最後の人だ」

李茜《リー・チエン》の瞳孔は一気に収縮し、手に持っていたカップも床に落ちた。しかし、彼女はそのことにまったく気が付いていない。趙雲瀾《チャオ・ユンラン》の衝撃的な言葉に、李茜《リー・チエン》は目尻の筋肉がピクピクと波打ち、無意識にカップを離した手が小刻みに震え始め、唇も一気に青白くなった

八

趙雲瀾《チャオ・ユンラン》は体の重心を少し後ろに移し、足を組んで両手を重ねて膝の上に乗せると、顔を上げて李茜《リー・チェン》を見つめた。

「なんでそんなに驚くんだ？　彼女の死が君と関係なくて、彼女のことも知らないのなら、いったいなにをそんなに怖がってる？　昨日の夜はなんで遠回りしたんだ？　遠回りしてでもあの路地を通りたくなかったのは、なにかを見たからじゃないのか？」

趙雲瀾《チャオ・ユンラン》の詰問に李茜《リー・チェン》は突然叫び出し、全身の力が抜けたようにベッドに座り込んだまま、指を髪の中に差し込んで頭を抱え、両腕で顔を覆った。

趙雲瀾《チャオ・ユンラン》は李茜《リー・チェン》の腕を引っ張り、いっそう差し迫った声で問い掛ける。

「逃げてもむだだ。俺の目を見て答えろ。昨日の夜、いったいなにを見たんだ？」

李茜《リー・チェン》が趙雲瀾《チャオ・ユンラン》の手を振り切り、激しく足掻《あが》き出した。そのせいでベッドが少しずれてしまい、鉄の脚が床を擦りながら不気味な摩擦音を立てた。

「知りません！」

彼女はヒステリックに叫んでいる。

「私は知りません！　なにも知りませんから！　もうほっといてください。なにも知りませんから！」

「君の学校はそんなに広くはない」

趙雲瀾《チャオ・ユンラン》は低めの声で話し続ける。

「もしかしたら、君が食堂で朝ごはんを食べた時、彼女とすれ違ったことがあるかもしれない。たまたま同じ自習室を使ったり、同じ本を借りたりすることだってあっただろう……彼女がどうやって死んだか気にならないのか？　俺たちが彼女を見つけた時、遺体はあの路地に倒れてたんだ。お腹をなにか尖《とが》ったモノで切り裂かれ、内臓はほとんど取り出されていて、未だにどこにあるか分からない。現場で見つかった大腸みたいな短いものに歯形が残ってたから、恐らく犯人が彼女の内臓を喰ったんだろう。彼女の血が……あちこちに飛び散ってて、地面は血まみれになって、見るも無残だった。それに……」

「ああーー！」

李茜《リー・チエン》は突然金切り声を上げた。

趙雲瀾《チャオ・ユンラン》は少しも動じず、彼女を追い詰めるのをやめるつもりも毛頭なかった。

「お腹が切り裂かれた時、彼女はまだ生きてただろう。自分の肝臓、腎臓、胃……一つずつ取り出されるのをただ見ながら、くちゃくちゃ喰らわれる音を聞いてもなにもできなかったんだろうな。自分の内臓だぞ。彼女の気持ち、君には想像できるか？」

趙雲瀾《チャオ・ユンラン》が独り言を言うようにひたすら話し続けている間に、李茜《リー・チエン》の叫び声はどんどんかすれていった。彼女はすっかり打ちのめされたように床にうずくまり、両手で頭を抱え込んだ。

当直の校医がその叫び声を聞いて駆けつけてきた。

「どうしたんですか？　大丈夫ですか？」

趙雲瀾《チャオ・ユンラン》は自分の職員証を校医に見せ、

「すみません、警察の者です。取り調べ中なので、あと五分ください。お願いします」と言うと、否応《いやおう》なしに病室のドアを閉め、校医を中に入らせなかった。

趙雲瀾《チャオ・ユンラン》は腕を組んで病室のドアに凭《もた》れ、李茜《リー・チエン》を睨みながらさっきの質問を繰り返す。

「いったいなにを見た？　話してくれ」

この質問をするのはこれで三回目だ。

「影を見たんです……」

李茜《リー・チェン》はようやく本当のことを話し始めた。

それを聞いたとたん、趙雲瀾《チャオ・ユンラン》の表情は重苦しくなった。彼は大股で李茜《リー・チェン》の前に歩いていき、彼女の隣にしゃがむと、

「どんな影？」と尋ねた。

「気を付けて。ガラスを踏まないように」

隣にいた沈巍《シェン・ウェイ》は心配で思わず話を遮って注意し、そして部屋の隅に置いてある箒《ほうき》を取り、ガラスの破片を隅に掃き集める。

「私は席を外したほうがいいですか？　李茜《リー・チェン》さん、お水を持ってきましょうか」

沈巍《シェン・ウェイ》は少し迷ったあと、自ら訊いた。

「いえ、教授がここにいてくれたほうがいいんです。今日は女性の警官を連れてきてないので、私一人で彼女を取り調べるのはルール違反になりますから」

趙雲瀾《チャオ・ユンラン》は手を振って答えた。

そう言って彼はぐったりと座り込んでいる李茜《リー・チェン》を支えてベッドに座らせ、横のテーブルに置いてあるティッシュを彼女に渡した。

「どんな影だった？　ゆっくりでいいから話して」

「彼女とすれ違った時、そのＴシャツを見て、同じ龍城《ロンチェン》大学の学生だと気付いたんです。彼女のことは知

らなかったけど、挨拶はしました。そして向こうは『どうも』とだけ言って急いで私の横を通りました。その時……」

李茜《リー・チエン》は充血した目を上げ、激しく震えながら話を続ける。

「彼女の影が……一つだけじゃないことに気が付いたんです」

「光源が複数あるとき、影も複数重なりますので、もしかしたら、李《リー》さんが見たのは……」

沈巍《シエン・ウエイ》が低い声で言った。

「違います。そうじゃなくて」

李茜《リー・チエン》は震える声で沈巍《シエン・ウエイ》の話を遮った。

「教授が言うようなのじゃなくて、あの影は光がないところに急に現れてきたんです。普通の影より暗くて、一番変だったのは、あの影は……あの影の動きは彼女の動きと合っていなかったんです！」

病室の中は一瞬不気味なほどに静まり返った。

李茜《リー・チエン》がひたすら激しく震えているのを見て、沈巍《シエン・ウエイ》は少し躊躇《ためら》うと、彼女の頭を優しく叩き、

「李《リー》さん、落ち着いて」と慰めた。

「嘘はつきません。教授、私は本当にあれを見たんです」

李茜《リー・チエン》は沈巍《シエン・ウエイ》の服の裾を掴んで急に泣き出した。

「あの影はずっと彼女の後ろについていて、彼女が路地に入ると、突然人間のように地面から立ち上がったんです。私はびっくりして、必死に走ってそこを離れました……。あれは悪夢だ、幻覚だとずっと自分に言い聞かせていました。私の気持ちが分かりますか？　なんでこんなことを訊くんですか？　なんで彼女が……彼女が死んだことをわざわざ私に教えたんですか？」

その時、趙雲瀾《チャオ・ユンラン》の説明を思い出したからか、彼女は突然跳ね上がり、沈巍《シェン・ウェイ》を押しのけ駆け足で部屋の隅まで行って嘔吐《おうと》した。

沈巍《シェン・ウェイ》は少し責めるような目つきで趙雲瀾《チャオ・ユンラン》を見た。

「えっと……事件現場の写真を見せなくて正解でした。今朝、現場にいた新人警察官の吐き方は本当に凄まじかったから、李茜《リー・チェン》さんには事件現場の写真を絶対見せないほうがいいと思っていたけど、まさかそれでもとは……」

趙雲瀾《チャオ・ユンラン》の「弁解」を聞いて、沈巍《シェン・ウェイ》は諦め顔を見せながら首を振り、ずっと外で病室の中の様子を覗《うかが》っている校医にミネラルウォーターを一本もらい李茜《リー・チェン》に渡した。

口を漱《すす》いだあと、まともに歩けない彼女は沈巍《シェン・ウェイ》に支えられながらなんとかベッドにたどり着いた。そこに座り込むと、生気のない目で趙雲瀾《チャオ・ユンラン》を見ながら訊いた。

「彼女があの影に殺されたってことは、私も殺されるってことですか？　私もあの影を見たから、私だけが見逃されるはずなんかないんですよね？」と。

「あいつがどんな形をしてたのか教えて」

趙雲瀾《チャオ・ユンラン》は彼女の質問に答えず、さらに問い掛けた。

「よく見えなかったけど……確か人の形をしていました。立った時は……身長はこのくらいです」

李茜《リー・チェン》は手で影の高さを示した。

「黒くて、身長が低くて、ちょっと太っているように見えました……」

「身長が低くて太ってる？」

趙雲瀾《チャオ・ユンラン》はペンを止め、顰《しか》め面《つら》で訊き返すと、李茜《リー・チェン》は頷いた。

「実際は身長が低かったんじゃなくて、君に見られてすぐに逃げたから、まだ完全に地面から立ち上がってなかった、っていう可能性は？」

李茜《リー・チェン》はぼうっとして反応がさっきよりも遅くなった。彼女は足元に目を落とし、趙雲瀾《チャオ・ユンラン》の視線を避けて再び頷き、「そういう可能性もある……かもしれません」と返した。

「そのあとは？」

彼女の目線が怪しくなったのを見て、趙雲瀾《チャオ・ユンラン》はさらに詰問した。

「そのあと、私はすぐに逃げました」と、李茜《リー・チェン》は俯《うつむ》いたまま答えた。

趙雲瀾《チャオ・ユンラン》はなにも喋らず、ただ彼女をじっと観察している。

李茜《リー・チェン》が片手でもう一方の手を強く握ると、指の腹も白くなっていった。

しばらく経って、趙雲瀾《チャオ・ユンラン》はようやく彼女を問いただすのをやめ、ノートから紙を一枚ちぎって自分の電話番号を書いた。

「なにか心当たりがあったら、あるいはなにか思い出したら、すぐに連絡して。二十四時間いつでも連絡していいから。今日は本当にありがとう」

言い終わると、趙雲瀾《チャオ・ユンラン》はその紙を李茜《リー・チェン》に渡して立ち上がった。

「お送りします」

沈巍《シェン・ウェイ》は言った。

「大丈夫です。外で一服したいので、教授は彼女につき添ってあげてください。さっきはちょっと焦って彼女を驚かせたかもしれません。本当にすみませんでした」

沈巍《シェン・ウェイ》が李茜《リー・チェン》のほうに目を向けても、彼女はなにかを考えているようで、趙雲瀾《チャオ・ユンラン》の話にまったく反応を示さない。

趙雲瀾《チャオ・ユンラン》がタバコをくわえて病室を出るのを待って、沈巍《シェン・ウェイ》は優しい声で李茜《リー・チェン》に言った。

「お腹すいていませんか。食堂でなにか買ってきましょうか」

趙雲瀾《チャオ・ユンラン》がいなくなると、李茜《リー・チェン》は圧迫感が一気になくなったようにほっとした。くたくたになった彼女は沈巍《シェン・ウェイ》の言葉を聞いて、弱々しく首を振った。

「じゃあ、校医を呼ぶから体が回復するまでここで休んでください。いいですか」

李茜《リー・チェン》は頷いた。

沈巍《シェン・ウェイ》は何歩か進むと、なにかを思い出したように振り返った。

「お金は持っていますか。持っていないなら、念のため少し預けましょうか」

「お気遣いありがとうございます」

教授の思いやりに気付き、李茜《リー・チェン》は頑張って笑顔を作って答えた。

沈巍《シェン・ウェイ》は彼女を見てため息をつき、なにかを言おうとしてしばらく迷ったあと、含みがちにこう言った。

「李《リー》さん、世の中にはわざと嘘をつく者もいれば、わざとではないが嘘をついてしまう者もいます。前者は他人を欺《あざむ》き、後者は自分を欺く……どちらも非常に哀れなことだと思います」

教授の言葉に李茜《リー・チェン》ははっとした。

「いや、なんでもありません。とにかく自分を大切にしなさい」

沈巍《シェン・ウェイ》は床に目を落として続けた。

そして、医務室の薬局で飲み薬を一本もらい、足早に趙雲瀾《チャオ・ユンラン》の後を追いかけていった。

❖

病室を出た趙雲瀾《チャオ・ユンラン》はまだ医務棟の廊下で電話をしている。

「調べてきたよ。今回の件はこっちの問題じゃなくて、あっちの責任だわ」

携帯の向こうから汪徴《ワン・ジェン》とは違う女性の声がする。わざとらしいというか、思わせぶりというか、その女性は語尾を長く伸ばして喋っている。

「昨日、冥界《めいかい》の扉が開いた時、閻魔帳《えんまちょう》に記録されてる霊鬼《れいき》が十数匹いなくなったの。幸いにもほとんどが死んでから七日間も経ってない低級鬼だった。人間界を懐かしむとか、掟を知らないとかの理由で逃げ出した鬼はどうせ大したトラブルを起こさないからまだいいけど、厄介なことが一つあって、餓鬼《がき》[14]にも一匹逃げ出されてるらしいの」

「なにに逃げ出された？」

趙雲瀾《チャオ・ユンラン》は耳を疑った。

「餓鬼に」

「餓鬼を人間界に逃がしたって？　奴らはなにをやってるんだ」

趙雲瀾《チャオ・ユンラン》は激怒した。

「今期の冥府《めいふ》指導層はみんな無能だわ。大体いつもこんな感じでしょ。自分たちにメリットがあるときだけ寄ってきて、トラブルに巻き込まれそうになったら見て見ぬふりをする。所長も知ってるでしょ、奴らの本性」

携帯の向こうの女性は少し間を置き、話を続ける。

14　訳注：仏教で「餓鬼」は生前犯した罪の報いによって六道のうち餓鬼道に落ちた亡者を指す。いくら食べても飢えを満たすことができない。

「そうだ！ あの方から書状が届いたの。恐らく直々《じきじき》にいらっしゃると思う。早く戻って内容を確認して。あの方の書状を開くなんて私には無理だからね」

「あの方がなにしに来るんだ？」

趙雲瀾《チャオ・ユンラン》は眉を顰《ひそ》めた。

「まあ、分かった。いくつか君に頼みたいことがある——被害者が死んだ場所は大学通りの真正面にあるから、確かあそこの交差点に防犯カメラがあるはずだ。なにか映されてるかもしれないから、防犯カメラのデータを取り出して。あと、龍城《ロンチェン》大学外国語学部大学院一年の李茜《リー・チェン》という学生を調べてくれ。ついでに、鱗《うろこ》が刻まれてる日晷《にっき》という黒い石がどんなものなのか、あっちに訊いてみて」

ここまで話したところで、沈巍《シェン・ウエイ》が追いかけてきたのに気付いて、趙雲瀾《チャオ・ユンラン》は声を潜めて続けた。

「じゃ、まだ用があるから切る。なにか進展があったらすぐに連絡して」

電話を切ると、趙雲瀾《チャオ・ユンラン》は後ろを向いて、瞬く間に不愉快な表情を消し、チンピラが一転して文芸気質の青年に変わったかのように、見送りに来た沈巍《シェン・ウエイ》に穏やかで礼儀正しい口調で言う。

「わざわざすみません。ここで大丈夫です」

九

「どうぞ。お薬をもらっていなかったようですので、取ってきました」

沈巍《シェン・ウエイ》は医務室でもらった薬を趙雲瀾《チャオ・ユンラン》に渡すと、彼が屋上にぶら下がっていた時、壁に擦れてめくれ上がった腕の皮を見て、思わず眉根《まゆね》を寄せた。

「ここ数日はくれぐれも気を付けてください。傷口が水に触れないように。あと、刺激物もなるべく食べないように……」

沈巍《シェン・ウェイ》の注意を聞きながら、趙雲瀾《チャオ・ユンラン》はただ黙ったまま彼を見つめている。じっと見られて窮屈に感じたからか、沈巍《シェン・ウェイ》は念を押すのをやめ、

「どうしたんですか？」と尋ねた。

「沈《シェン》教授、ご結婚は？」

趙雲瀾《チャオ・ユンラン》は突拍子もない質問を投げ掛けた。

沈巍《シェン・ウェイ》は一瞬呆気《あっけ》に取られたが、

「まだです。どうして……」と即座に答えた。

「そっか」と言って趙雲瀾《チャオ・ユンラン》は質問を続けた。

「じゃ、彼女は？」

そのほどよい侵略性を帯びた目つきに、沈巍《シェン・ウェイ》はなんだか首を縦に振っても横に振ってもいけない気がした。そして、趙雲瀾《チャオ・ユンラン》は沈巍《シェン・ウェイ》の隙を突くようにその手から飲み薬の瓶を受け取り、くるくる回しながら笑っているような、いないような顔を見せた。

「いや、ただ沈《シェン》教授のように優しくて二枚目だと、きっと周りが放っておかないんだろうなと思って、つい。変なこと訊いちゃってすみませんでした」

趙雲瀾《チャオ・ユンラン》の言葉に沈巍《シェン・ウェイ》はすぐにやりにくさを感じたようだ。そんな沈《シェン》教授の様子を見て、趙雲瀾《チャオ・ユンラン》がにこやかに微笑むと、両頬にえくぼができた。

「そうだ。ちょっと携帯を貸してくれませんか」

沈巍《シェン・ウェイ》は携帯を出して渡そうとしたが、趙雲瀾《チャオ・ユンラン》は受け取らずに沈巍《シェン・ウェイ》の手の甲を軽く支えながら、そのままアドレス帳に自分の名前と番号を入力して保存した。そして、ダイヤルボタンを押し、「ツー」と鳴ったらすぐに電話を切った。

「私の電話番号です」

趙雲瀾《チャオ・ユンラン》はもっともらしい顔をして言った。

「なにか手がかりが見つかったら、いつでも遠慮なく連絡してください」

言い終えると、薬の瓶を真上に投げ上げてキャッチし、沈巍《シェン・ウェイ》に手を振りながら、

「ありがとうございます。ちょっと用があるので、お先に失礼します。落ち着いたら私のおごりでごはんでも行きましょう」と言い足した。

今度は急がず焦らず、片手をズボンのポケットに突っ込んだまま、ゆったりと歩いていった。後ろ姿は少しだらけている感じがするが、出るところが出て、締まるところが締まったメリハリのある体つきをしている。だらけていると言っても粋なだらけ方だ——まるで尾羽《おは》を広げたクジャクのように、フェロモンをムンムンに漂わせている。

趙雲瀾《チャオ・ユンラン》の姿が小さくなると、どことなく彼とのやりとりに不慣れな様子の沈巍《シェン・ウェイ》はようやくそのぎこちない表情を和らげた。趙雲瀾《チャオ・ユンラン》を見送る沈巍《シェン・ウェイ》の眼差《まなざ》しは自分の感情を押し殺しているような、深みが感じられるものだった。最後にぼんやりとした趙雲瀾《チャオ・ユンラン》の姿を一目眺めると、沈巍《シェン・ウェイ》は逆方向を向いて歩き始める。

しかし十数歩だけ進むと、沈巍《シェン・ウェイ》は感情を殺し切れないようにまた振り返った。残念ながら彼が見たかった人はすでに角を曲がって姿を消し、携帯のアドレス帳にその人の名前が保存されているだけだった。それは

本名ではなく、「阿瀾《アラン》」[15]という恋人同士で使いそうな愛称だ。携帯の画面に映っているその二文字を心の中で呟《つぶや》くと、それは刃《やいば》となり彼の心の中をひらひらと舞いながら切り裂き、最も柔らかい部分がズタズタになるまでえぐっていた。やがて彼の薄い唇に遮られ、誰も聞くことができない深い所に閉じ込められた。

指にはオーデコロンの匂いがまだ微かに残っている。沈巍《シェン・ウェイ》は瞼《まぶた》を閉じてゆっくり、そして深く嗅いでみた。趙雲瀾《チャオ・ユンラン》がどのブランドのどんな香水を使っているか知らなくても、初めて嗅いだ彼の匂いは長年夢にまで見るほど求め続けてきたもののようだった。

静かなキャンパスに聞こえるのは、みずみずしい緑の葉が地面に落ちる音だけで、沈巍《シェン・ウェイ》の顔には心情の変化が微塵も表れていない。しばらくしてようやく、自分自身をあざけり笑うかのように口角を上げ、俯《うつむ》いたまま足早にそこを立ち去った。

下を向いた瞬間だけ、彼の身に纏《まと》う薄寂しさがすっと消え、強張《こわば》る表情から殺気が密かに滲み出た。

一方、趙《チャオ》所長から「被害者の身元調査」というミッションを引き受けたポンコツ新人郭長城《グオ・チャンチェン》は、なにから調べればいいか分からなかった。そこで勇気を振り絞って、どもりながらも校内の人に話を聞いてみることにした。

（自分が使えないことくらい百も承知だ――自分なんかよりオウムのほうがよっぽどうまく喋れるだろう）

と、郭長城《グオ・チャンチェン》はそう思っていた。

所長から連絡があったのは正午近くになってからだ。落ち込む郭長城《グオ・チャンチェン》は、言葉を話すあの奇異な黒猫を連れて龍城《ロンチェン》大学の正門前にしゃがみ込み、ボスが二人を迎えに来るのをただ待っていた。

15　訳注：中国では、親しい人（特に男性）への愛称として、下の名前の前に「阿」をつけることがある。

郭長城《グオ・チャンチェン》はしゃがむときも、いつも人と違う独特なしゃがみ方をしている。背中を丸めて、顔の大半が髪の毛に覆われて隠れている。おまけに二重あごのデブ猫が隣で端座《たんざ》していたため、コントのワンシーンのような光景になってしまい、野次馬たちはあっという間に彼らの周りを囲んだ。三十分後、急いで駆けつけてきた趙《チャオ》所長はようやくこの茶番劇に終止符を打った。

郭長城《グオ・チャンチェン》は長時間しゃがんでいたせいで痺れた足をつらそうに引きずりながら、趙雲瀾《チャオ・ユンラン》の後ろについて歩いている。静かで美しいキャンパスの小道を進みつつ、趙雲瀾《チャオ・ユンラン》の細身の後ろ姿を時々ちらっと見ていた。まるで激マズ料理を客に出してしまった見習い料理人が師匠に叱られるのを怖がっているような、そんな悔しいような気持ちが表情に滲み出てきた。

趙雲瀾《チャオ・ユンラン》が迎えに来るまでの間、郭長城《グオ・チャンチェン》はずっと塀のそばにしゃがみ込み、特別調査所に入所してから十二時間も経たない間に自分がしでかした一連の出来事を猛省《もうせい》し、強烈な挫折感を味わっていた――。

（確かに廊下が少し暗かったり、光が弱くてちょっと不気味に感じたり、上司が意味不明な話をしたりするけど、決して気絶するほどのことじゃなかっただろう？　自分にはこんなに給料が高く、ボーナスも手厚い特別調査所で働く資格なんてないんだ……）と、郭長城《グオ・チャンチェン》はずっと自分を否定していた。

（しかしなんの因果か、コネを使ってここに入ってしまったからには、精一杯頑張らないといけない。能力不足で解雇されたら、自分一人が恥をかくだけで済むならまだいいが、二叔父《におじ》になんて説明すればいいのか……）

郭長城《グオ・チャンチェン》はこうして頭を抱えながら、大慶《ダーチン》を肩に乗せて歩く趙雲瀾《チャオ・ユンラン》の後ろ姿を眺めている――猫が太すぎるせいで首を微かに傾けながら歩く趙雲瀾《チャオ・ユンラン》の姿は、まるで重量級の鳩を肩に乗せたマジシャンのようだ。奇妙な姿だが、相変わらず英姿颯爽《えいしさっそう》としている。

（自分よりそんなに年齢を重ねていないのに、所長はいつも振る舞いが落ち着いていて、なにものをも恐れないみたい）と考えていると、趙雲瀾《チャオ・ユンラン》に急に振り返られ、郭長城《グオ・チャンチェン》は慌てて視線を逸らした。

「どうしたんだ？　なにか言いたいことがあるのか？」

郭長城《グオ・チャンチェン》は顔を下に向けた。脂っぽく濡れた前髪が顔に張りついて目を覆ってしまうと、額に黒い太線が一本一本整然と描かれているように見える。

「言いたいことがあるなら言っていいんだよ。チームで仕事をするうえでは、お互いに本音をぶつけ合うことが大事だ。ゆくゆくは分かると思うが、俺はめったに怒らない人だから。細かいことは気にしないし、なにか嫌なことがあっても、寝ればすぐに忘れる」

見え見えの嘘を平然と並べ始めた趙雲瀾《チャオ・ユンラン》を見て、隣にいた大慶《ダーチン》は聞いていられないと言わんばかりの表情をした。

「じ……じ……自分……」

郭長城《グオ・チャンチェン》はつっかえつっかえ話し始め、渾身《こんしん》の力を振り絞るように目を赤くして、ようやく言いたいことを吐き出した。

「自分はなんのお役にも立ててなくて……本当にすみません」

（やれやれ、ちゃんと身のほどを知ってるじゃないか）と、趙雲瀾《チャオ・ユンラン》は心の中で揶揄《やゆ》したが、表面上は親身な態度を繕《つくろ》い、優しく慰めの言葉を掛けた。

「あまり気にしないで。初めての外回りだから、うまくできなくて当然だ。誰だってミスはするもんだ。急がば回れ、自分のペースでゆっくりやっていけばいいんだよ。君ならきっとできる。一人であれこれ考えないでね――ところで、学校の先生からなにか訊き出せたか？」

「は……はい！」

郭長城《グオ・チャンチェン》はショルダーバッグからメモ帳を取り出した。

「えっと……被害者は盧若梅《ル・ルウオメイ》という数学科の院生です。地元の人で、実家は裕福なほうです。数学科は女子が少ないので、クラスメイトたちにはいつも親切にしてもらっていて、校内での人間関係はよかったみたいです。誰かと揉め事を起こしたとかいう話もないみたいです。卒業後は職員として学校に残りたいと言っていたらしいです。あと、校外活動で忙しかったので、成績があまりよくなかったと……」

郭長城《グオ・チャンチェン》はくだらない情報をだらだらと説明し続けていた。

気の毒なことに、ここは聞いてあげたほうがいいと思い、趙雲瀾《チャオ・ユンラン》は辛抱強く最後まで聞き終えて、「君はどう思う？」と訊いた。

「卒業後は学校に残りたいというなら、彼女の競争相手が一番動機が強そうですが、校外活動でおかしな人に目をつけられた可能性もなくはないと思います。彼女の交友関係を洗い出せば、容疑者が見つかるんじゃないかと……」

自分の推理にまったく自信がない郭長城《グオ・チャンチェン》は恐る恐る趙雲瀾《チャオ・ユンラン》の顔を見ると、

「す……すみません、これくらいしか思いつきませんでした」とつけ加えた。

趙雲瀾《チャオ・ユンラン》は郭長城《グオ・チャンチェン》の憶測にはコメントせず、ただゆっくりと頷《うなず》いてこう訊いた。

「じゃあ、彼女はどうやって死んだと思う？」

「殺されたんじゃないんですか」

郭長城《グオ・チャンチェン》はその質問の意図が分からず、すでに誰もが知っているバカバカしい答えを出した。

この酢でも蒟蒻《こんにゃく》でも食えない実習生を前に、趙雲瀾《チャオ・ユンラン》は思わず苦笑いを浮かべた。

一方で、郭長城《グオ・チャンチェン》は一向に空気が読めないようで、上司が笑っているのを見るとほっとし、それに合わせて笑い返してみた。

趙雲瀾《チャオ・ユンラン》は未だかつてこんな変わり者に会ったことがなく、卒倒しそうになるのを全力で抑え、

「よくできたね。考えもまとまっている。君は将来有望だ」と真面目そうな表情を作り、上司らしく郭長城《グオ・チャンチェン》を励ました。

それを聞いたとたん、郭長城《グオ・チャンチェン》はパッと顔を上げた。郭長城《グオ・チャンチェン》を見つめる所長の顔には、温かい微笑みが浮かんでいる。その顔は言葉にできないほどカッコよく郭長城《グオ・チャンチェン》の目に映った。所長のたった一言で彼の心に温もりもパワーもどんどん湧き上がり、顔も一気に真っ赤になり、（上司にこんなに優しくしてもらっていいのか⁉）と思うほど恐れ入った。

（『士は己を知る者の為に死す』というのはこういうことか！）と、その瞬間、郭長城《グオ・チャンチェン》は悟ったのだ。こんなに自分のことを評価してくれる所長のためなら死んでもいいと思った。

そのため、郭長城《グオ・チャンチェン》は自分にとって死ぬよりも難しい任務を自ら申し出た。

「では……被害者の交友関係を洗い出してきます！」と言い放ったのだ。すなわち、赤の他人に話を訊いたり、電話したりすることだ。

「そんなに急がなくてもいい。祝紅《ジュー・ホン》がまだ事務所にいるから、彼女に調べてもらおう」

趙雲瀾《チャオ・ユンラン》はうまい具合に郭長城《グオ・チャンチェン》の申し出をはぐらかした。

「そうだ、君にはもう一つ大事な任務を与えよう。君自身を鍛える大チャンスだ――さっき飛び降りようとした女子大生のこと覚えてる？　彼女はとっても重要な目撃者だ。でもなんだか俺らに隠し事してるような気がするんだよね。君は彼女を尾行して、なんで隠し事したのか調べてきな」

「はい！」

郭長城《グォ・チャンチェン》は目を輝かせ、背筋を伸ばして答えた。

「じゃ、行っといで」と、趙雲瀾《チャオ・ユンラン》は頷いた。

郭長城《グォ・チャンチェン》は胸を張り、熱い血をたぎらせて走っていった。その壮烈《そうれつ》な姿は誰かを尾行しに行くというよりも、戦場に赴くように見える。

そんな実習生の後ろ姿を見ながら、趙雲瀾《チャオ・ユンラン》は肩に伏せている黒猫に言った。

「あれはただの凡人だ」と言った。

「あれ以上平凡な奴はいないかも」

大慶《ダーチン》が干し柿のような顔を上げ趙雲瀾《チャオ・ユンラン》に同調して揶揄すると、

「あんな奴をうちに入れるなんて『鎮魂令《ちんこんれい》』はバグでも出たのか」

趙雲瀾《チャオ・ユンラン》はそう言って大慶《ダーチン》のお尻を叩き、

「俺はちょっと調べたいことがあるから事務所に戻る。お前はあいつについていってあげて」と言いつけた。

すると、大慶《ダーチン》はニャンと鳴いて趙雲瀾《チャオ・ユンラン》の肩から降り、ボールみたいにシュッと飛び出した。

十

食堂で買った弁当を持って医務室に戻る時、沈巍《シェン・ウェイ》は入り口に立っておどおどしている郭長城《グォ・チャンチェン》を見かけた。中に入りたいようだが、なかなか足を踏み出せず、ただ中の様子をこそこそと覗《うかが》っていた。郭長城《グォ・チャンチェン》の不審な挙動にはもう慣れ切ったあの人間のような黒猫は、隣でお腹を突き出したましゃがみ込み、つやつやの黒毛を舐めている。

「君はさっきの……」

沈巍《シェン・ウェイ》は言葉を途切れさせ、いささか気まずい空気を作ってしまった。先ほどはもう一人のほうばかり意識し、目の前にいるこの警官は名前すら覚えていなかったのだ。

「すみません、なんとお呼びすればいいですか」

郭長城《グオ・チャンチェン》はその声に驚いたが、すぐに沈《シェン》教授だと分かった。彼にとって沈《シェン》教授と一緒にいる時に感じる威圧感は、所長のそれと比べればなんてことはない。その雰囲気から郭長城《グオ・チャンチェン》は、沈《シェン》教授はきっといい人だ、となぜか確信した。

どんなに物腰柔らかく振る舞っていても、やはり強烈な威圧感を漂わせている趙雲瀾《チャオ・ユンラン》と違って、沈巍《シェン・ウェイ》にはそういった恐ろしい雰囲気がない。貫禄のある人を相手にしても怯むことなく余裕を持って応対でき、とことんポンコツな郭長城《グオ・チャンチェン》を相手にしても決して居丈高《いたけだか》に振る舞わない。

（これぞ学者たるものの魅力なんだろう）と郭長城《グオ・チャンチェン》は羨ましく思った。

「郭《グオ》といいます」

郭長城《グオ・チャンチェン》は弱々しい声で答えた。

「ああ、郭《グオ》警官ですか」

沈巍《シェン・ウェイ》は笑顔を見せ、

「なにかご用でしょうか」と尋ねた。

郭長城《グオ・チャンチェン》は少し戸惑った。所長から託された任務を勝手に喋っていいのか分からなかった。やはり大慶《ダーチン》に確認したほうがいいと判断し、郭長城《グオ・チャンチェン》は俯《うつむ》いて黒猫の顔色を覗おうとした。しかし、つやつやの長い黒毛に全身が覆われた大慶《ダーチン》の顔色を覗うと言っても、黒一色でなにも見えない。

大慶《ダーチン》はただ黙然と前足で顔を覆い、人間の前で猫の意見を訊くんじゃねえと言わんばかりの動作を見せた。

幸いにも沈巍《シェン・ウェイ》は狼狽《うろた》える郭長城《グオ・チャンチェン》を見て、すぐに言い添えた。

「あ、すみません。ご挨拶しようと思っただけです。なにか情報を訊き出そうとしたわけではありません」

郭長城《グオ・チャンチェン》は不甲斐なさに顔を伏せた。

我ながら、なぜいつも惨めに感じているのか彼自身もよく分からない。

「食事はまだですか？　多めに買ってしまったので、よかったら一緒にどうですか」と、沈巍《シェン・ウェイ》が尋ねた。

郭長城《グオ・チャンチェン》は遠慮しようとしたが、お腹がタイミングよくぐるぐる音を立てた——実は昨日の夜からほぼ一日なにも食べていなかったのだ。

こうして郭長城《グオ・チャンチェン》がそこに突っ立って躊躇《ちゅうちょ》している間に、沈《シェン》教授は早くも大慶《ダーチン》を仲間に取り込んでいた。

「ニャンニャン、おいで、牛乳買ってきましたよ。当番の先生がごはんに行ったみたいだから、バレないようにこっそり入りましょう」

「司令官」であるデブ猫大慶《ダーチン》が攻略され、自分を捨てて沈《シェン》教授の後ろについてつかつかと歩いていったのを見て、郭長城《グオ・チャンチェン》も仕方なく一緒に中へ入った。

「郭《グオ》警官は若いから、もしかしたら私の学生たちと同い年かもしれませんね。この仕事を始めてまだそんなに経っていないでしょう」

郭長城《グオ・チャンチェン》に窮屈さを感じさせないように、歩きながら話の接ぎ穂を探している沈《シェン》教授だった。

「今日で二日目です……」

正直に答えた郭長城《グオ・チャンチェン》に沈巍《シェン・ウェイ》は微笑み掛け、

「そうですか。社会人になってみてどうですか」と訊いた。

あまりいい体験はしていないというのが正直なところだった……。

それでも郭長城《グオ・チャンチェン》は言葉を慎んで、

「えっと……まあまあです」と返した。

「同僚や……上司の方々には親切にしてもらっていますか？」

沈巍《シェン・ウェイ》は郭長城《グオ・チャンチェン》と黒猫を連れて長細い廊下を歩きながらさりげなくあの人のことを訊こうとしたが、メガネをかけているため他からは気付かれなかったけれども、その瞳に心の乱れが一瞬だけ垣間見えた。

「所長には親切にしてもらっています。えっと、教授が今朝会った人が私の上司、趙《チャオ》所長です。同僚たちは……」

郭長城《グオ・チャンチェン》の顔が僅かに歪《ゆが》んだ。紙で作られたような呉《ウー》の顔と、斬られたあとに再び縫い合わせたような汪徴《ワン・ジェン》の首を思い出したからだろう。

「同僚たちも……優しいです」

しばらくかかって郭長城《グオ・チャンチェン》はようやくつけ加えた。

「趙《チャオ》所長」

沈巍《シェン・ウェイ》は低い声でその名前を繰り返した。

「趙《チャオ》所長はずいぶんと忙しそうですね」

「たぶん……たぶんそうですね。まだ入所二日目ですので、正直よく分かりません」

郭長城《グオ・チャンチェン》は頭を掻きながら返した。

「所長はどんな方ですか？」

「いい人だと思いますよ」

「でも、なんだか彼に怯えているように見えましたが」

純真無垢な様子で答えた郭長城《グオ・チャンチェン》を見て沈巍《シェン・ウェイ》は言った。

「そ……それは……上司だから……」

心の中を見透かされた郭長城《グオ・チャンチェン》は驚いて、目を泳がせている。

その様子に沈巍《シェン・ウェイ》は思わず笑い出してしまい、ちょうど二人は李茜《リー・チェン》の病室に着いた。

沈巍《シェン・ウェイ》は手早く弁当を机に並べてみんなに箸を渡したあと、弁当の蓋《ふた》をちぎって中に温かい牛乳を入れ大慶《ダーチン》の前に置いた。

「みなさんどうぞご遠慮なく」

郭長城《グオ・チャンチェン》はとっくにお腹がぺこぺこになっていたが、あまり箸が進まなかった。実は学校にいた時も食堂で食べることはめったになかった。甘やかされて育ったせいでまずい食堂のごはんが嫌いとかいうわけではない。混んでいるときは他の人と相席しなければならないため、そうなると必ず食欲が萎えてしまい、なにも食べられなくなるからだ。まして病室で赤の他人二人と食事するのはなおさらのことだ。

郭長城《グオ・チャンチェン》より李茜《リー・チェン》のほうはさらに食事が進んでいない。校医が大丈夫だと言っているものの、麻薬でも使ったのかと疑いたくなるほど彼女の精神状態は衰弱している。沈巍《シェン・ウェイ》がなにも喋らなければ、部屋の中は大慶《ダーチン》が牛乳を飲む音しか聞こえなくなるほど静かになる。なにか喋らなければと思い、沈巍《シェン・ウェイ》は李茜《リー・チェン》に訊いた。

「確か地元の人だと言っていましたよね。実家は学校から近いんですか？　そんなに遠くないなら、ひとまず家に帰って何日か休んだほうがいいかもしれません。なにか用があれば私から指導教官に連絡しましょうか」

李茜《リー・チェン》の箸が一瞬止まり、少し躊躇《ためら》ったあと、

「家では……葬儀をやっていて、泊まっている親戚もいますので、私の泊まる場所がないんです」と、小さな声で答えた。

沈巍《シェン・ウェイ》はその話に驚いた。

「うちのおばあちゃんが先日亡くなったんです」

李茜《リー・チェン》は箸でごはんを軽く突きながら言った。

「すみません、知らなくて。ご愁傷様です」

沈巍《シェン・ウェイ》はすぐに謝ったが、李茜《リー・チェン》は俯いたままなにも答えず、機械のようにただ白ごはんを口に運んでいただけだった。

沈巍《シェン・ウェイ》は余った箸を取り箸として使い、おかずを挟んで彼女の茶碗に乗せた。

「なにが好きか分からなかったので、いろいろ買ってきました。少し食べてみてください」

その時、ずっと透明人間のふりをしていた郭長城《グォ・チャンチェン》が突然喋り出した。

「僕は小さい時からおばあちゃんに育てられました。高二の時、おばあちゃんが亡くなって、それで半年間も学校を休んだんです」

沈巍《シェン・ウェイ》と李茜《リー・チェン》は同時に彼に目を向けた。

少し沈黙したあと、郭長城《グォ・チャンチェン》は鬱々《うつうつ》と語り出した。

「僕は子供の時から落ちこぼれで、いじめられたらやり返すどころか、おばあちゃんに心配を掛けたくないから、思い切り泣くことさえできませんでした。気付かれると、なんで逆らわないのかって叱られたりは

しますけど、そのまえにおばあちゃんは必ず僕を連れて学校に行って、先生たちに僕をいじめた人を叱ってもらいます……。いつも僕が好きなヨーグルトやチョコレート、飴、慶豊《チンフェン》[16]のおいしい野菜饅頭を買ってくれて、でもおばあちゃんは一口も食べずに全部僕にくれるんです。僕がおばあちゃんの口元に持っていったときだけ、ほんの一口食べてくれました……。大人になって自分でお金を稼げるようになったら、おばあちゃん孝行して、ヨーグルトやチョコレート、饅頭をたくさん買ってあげたいって子供の時ずっと思っていました……。けど、その日がくるまで待ってもらえませんでした……」

郭長城《グオ・チャンチェン》の言葉が李茜《リー・チェン》の心に刺さったようで、その目から涙が溢れてきた。郭長城《グオ・チャンチェン》はそれに気付かず、誰かに喋っているというよりも、独り言を言っているように語り続ける。

「おばあちゃんは夜寝ている間にあの世に行きました。誰にも気付かれませんでした。次の日ずっと起きてこなかったので、起こしに行ったら、もう……。それからの数年間、僕はしょっちゅうおばあちゃんの夢を見ていました。特に休学している間、おばあちゃんに背中を押され、『早く学校に行って、ちゃんと勉強しなさい』と言われる夢を何度も何度も見ました。そのあと、やっと学校に戻りましたけど、成績が上がるとおばあちゃんは夢の中で笑ってくれて、成績が下がるといつも仏頂面してため息をついていました。僕が大学に入るまではこうやっていつも夢の中でおばあちゃんと会っていました」

悲しい思い出に耽《ふけ》り、青菜に塩の有様になった郭長城《グオ・チャンチェン》を見て、沈巍《シェン・ウェイ》は思わず彼の頭を撫でた。

すると、郭長城《グオ・チャンチェン》は恥ずかしそうに沈巍《シェン・ウェイ》にはにかみ笑いを見せた。

「僕が合格通知書を受け取ったのは同級生たちよりも遅かったんです……。五流大学だから、いい大学の合格発表が全部終わってからやっと合格者が発表されました。もう九月になってたかと思います。おばあちゃ

16　訳注：「慶豊」とは「慶豊包子舗（チンフェンバオツープー）」の略、中国の有名な肉まんチェーン店。

んの夢を見たのはあの夜が最後でした。『お前も大きくなったから、ばあちゃんはこれで安心できる。行ってくるよ』と。どこに行くのかって訊いても、おばあちゃんはただ首を振って、『死んだ人が行くべきところだ。生きてる人に教えてはいけない』と言って教えてくれませんでした。あれから何年も経ったけど、二度とおばあちゃんの夢を見ることはありませんでした。伯父さんはおばあちゃんは転生したと言っていますが」

李茜《リー・チエン》は黙ったまま真珠のような大粒の涙をボロボロ零《こぼ》していた。

「えっと……僕が言いたいのは……」

郭長城《グオ・チャンチエン》はぎこちなく髪の毛を毟《むし》り、相手に共感したからか、自分がこんなにも長い話をよどみなく喋り続けていたことに感心した。

「李茜《リー・チエン》さん、もう泣かないでください。おばあちゃんが亡くなったばかりの時、僕も『人生終わった』って思っていました。おばあちゃん孝行ができないなら、どんだけ勉強しても、どんだけ頑張っても意味がないとか、できることなら自分の命をおばあちゃんのと交換したいとも考えていたんです。でも……ごめんなさい、うまく伝えられないかもしれないけど、僕が言いたいのは、亡くなった家族はずっと私たちのことを見守っていると思うんです。だからもう悲しまないでください」

郭長城《グオ・チャンチエン》の言葉はなんの役にも立たず、それを聞いた李茜《リー・チエン》はかえって体を震わせながら大声で泣き出し、涙が止まる気配は微塵もない。泣いているうちに彼女は徐々に意識が朦朧《もうろう》とし始め、手足も無意識に痙攣《けいれん》してきた。沈巍《シエン・ウエイ》は慌てて校医を呼びに行ったが、郭長城《グオ・チャンチエン》はこんなに激しく悲しむ人を見たことがなく、どうしたらいいか分からずただ隣で突っ立っている。

校医を呼んできたものの、普段風邪薬や下痢止めくらいしか扱わない校医には、鎮静剤を打った経験などなかった。李茜《リー・チエン》の様子を見て、

「すぐ第二病院に移送しましょう！」と校医は即座に診断書を出した。

そして、郭長城《グオ・チャンチエン》は沈巍《シエン・ウエイ》と一緒に李茜《リー・チエン》を医務室から運び出し、病院まで送ることにした。沈巍《シエン・ウエイ》の車に乗り、気息奄々《きそくえんえん》としている知らない女子院生を支えながら、窓越しに遠ざかっていく龍城《ロンチエン》大学を見て、

（働くなんて最悪だ）と郭長城《グオ・チャンチエン》は思った。

❖

沈巍《シエン・ウエイ》は李茜《リー・チエン》の指導教官でも、学級担任やスクールカウンセラーでもない。選択科目の一教授として、ここまでしてくれるのは実に親切だ。少なくとも郭長城《グオ・チャンチエン》は大学でこんなに優しい教授に出会ったことがなかった。李茜《リー・チエン》を救急科まで送った病院に着いてから、受付から診察料の立替えまですべて沈巍《シエン・ウエイ》が一人で行なっていた。たあと、さらに同僚に李茜《リー・チエン》の家族の連絡先を聞き、連絡しようとしている。

病院の廊下で沈巍《シエン・ウエイ》はいつものように焦らず、急がず、礼儀正しく喋っているが、郭長城《グオ・チャンチエン》はなにかがおかしいと感じた。沈《シエン》教授が李茜《リー・チエン》の父親と電話している時、何度も途中で言葉が止まり、ずっと相手に話を遮られているようだったのだ。しばらく経って、沈巍《シエン・ウエイ》は仕方なく電話を切り、目頭を押さえるとまた別の人に電話を掛け始めた。

だが、どこに電話しても同じだった。

横で見ている郭長城《グオ・チャンチエン》から言わせると、沈《シエン》教授は学生の家族にその病状を知らせているというよりは、政界の大物たちになにかを陳情している人に見える——向こうはただ李茜《リー・チエン》のことをたらい回しにし、結局誰も見舞いに来ようとはしない。

郭長城《グオ・チャンチエン》は隣で聞くだけでイライラしてきて、（くそったれ）と心の中で罵《ののし》った。

「いくら名裁判官でさえも家庭内のいざこざの仲裁には手を焼く」ということわざがあるように、今回の件は他人の家庭の事情であるため、沈巍《シエン・ウエイ》もなす術がなかった。電話を切ったあと、沈巍《シエン・ウエイ》は腕を組み、渋い顔で壁に凭《もた》れて立っていた。彼は肩幅が広く腰幅は狭い。足はすらりと長く、長袖シャツのボタンはきっちり留められ、おまけに縁なしのメガネをかけている。まるで香水の広告によくあるような、エロスを匂わせる男性モデルさながらの佇《たたず》まいを見せている。李茜《リー・チエン》の家族たちにあんなふうに扱われてなにか罵詈雑言《ばりぞうごん》でも吐くんじゃないかと郭長城《グオ・チャンチエン》は思っていたが、沈巍《シエン・ウエイ》はやはり黙っているままだった。しばらくして沈巍《シエン・ウエイ》は眉間《みけん》にしわの跡を残したまま、気分が晴れたように顔を上げ郭長城《グオ・チャンチエン》に笑顔を見せた。

「今日はお疲れ様でした。李《リー》さんのことは私が見ているので、郭《グオ》警官は先に帰っていいですよ。他の仕事もあるでしょう」

「他の……他の仕事がないんです……」

郭長城《グオ・チャンチエン》が訥々《とつとつ》と答えると、カバンの中から勢いよく頭を突き出した大慶《ダーチン》と目が合った。そして、その青緑の見張りの目の前で所長に任された「秘密任務」を軽率にも喋り出してしまった。

「彼女についていくように所長に言われたんですが、なにを調べるのか、いつ帰っていいのかは言われなかったんです……」

所長の口車に乗せられて一時的に血をたぎらせていたが、冷静に考えてみると、なぜこんなわけの分からない任務を任されたのか郭長城《グオ・チャンチエン》は自然と分かってきた——。

（僕は確かに人より口下手なところがあるが、頭が悪いわけじゃない。か弱い女性を尾行するなんて、どこが自分を鍛える大チャンスだ。どうせ所長は邪魔だと思ったから適当に言い訳を作って僕を追い払ったんだろう。そりゃそうだ。自分はなんの能力もなく、人に迷惑ばかり掛けて、コネを使わないと特別調査所に入ることさえできなかった。入所して二十四時間も経たない間に様々なことをしでかした。こんな役立たず、所長に邪魔物扱いされるのも当然だ）と、郭長城《グオ・チャンチェン》がまた自己否定の渦に陥った。

「趙《チャオ》所長はきっとそういう人ではないと思います。考えすぎるのはよくないですよ」

沈巍《シェン・ウェイ》は郭長城《グオ・チャンチェン》の心の中を読み取ったように慰めた。

それでも、郭長城《グオ・チャンチェン》はしょげたキノコのように落ち込んでいた。

その時、担当医師が救急処置室から出てきた。李茜《リー・チェン》の症状は外部からの刺激によるもので、長期的に抑うつ状態を抱えており、また元々栄養不足や低血圧の問題もあったため、刺激に対する反応がいっそう激しくなったと説明した。今は鎮静剤を打たれ、すでに眠りについているようだ。入院してしばらく経過観察しようと医師が提案したため、沈巍《シェン・ウェイ》は李茜《リー・チェン》の入院手続きまで済ませた。こうして男二人と猫一匹という奇妙なトリオがそのまま病院に残って李茜《リー・チェン》につき添うことになった。日が沈むまで、彼女の家族は誰一人顔を出さなかった。

「教授、李茜《リー・チェン》さんの家族はもう来ないんですか」

郭長城《グオ・チャンチェン》は小声で尋ねた。

沈巍《シェン・ウェイ》はなんと答えたらいいか分からず、ただ嘆息《たんそく》を漏らした。郭長城《グオ・チャンチェン》は李茜《リー・チェン》のベッドの隣に座り、なぜ彼女がそこまで悲しんでいたのか、なぜあんなに激しく反応し、痙攣するまで泣いていたのか、なぜ自殺を考えていたのかふと分かった気がした。世の中で唯一彼女を愛している人、彼女の喜怒哀楽に気を配ってくれる人、彼女の後ろ姿を見守りながら幸せを祈ってくれる人がもういなくなったからだ。

こうして、夜の帳《とばり》が下りた。

十一

「ここだ！　巻き戻して！」

趙雲瀾《チャオ・ユンラン》は郭長城《グオ・チャンチェン》と別れて光明通り《グァンミンどお》四号に戻るなり、大学通りの防犯カメラの映像を最初から最後まで三回チェックした。

昼間の事務所は夜のような賑やかさはなく、捜査課には女性警官が一人いるだけだった。その女性警官は見た目は二十代くらいで、髪はシンプルにポニーテールを結い、化粧は薄めで艶やかな額を見せている。上半身は制服姿で膝には毛布をかけ、ずっと椅子に座ったまま動く気配を見せない。どれだけ血色のいいつやした顔でも、首から下だけを見ると病み上がりと間違えそうになる。

彼女は薄目を開き、今にも眠りにつきそうなほど気だるい顔をしているが、テキパキと動く手が止まることはなかった。膝にかけた毛布は長すぎて両端が床に垂れている。趙雲瀾《チャオ・ユンラン》がうっかり踏むと、片方が巻き上がって毛布の下に隠れていた大蛇《おろち》のしっぽのようなものがふと現れた。そのしっぽは突然動き出し、またすぐに事務机の下に引っ込んだ。女性警官は依然として防犯カメラの映像確認に集中し、踏まれてずれた毛布を引っ張って少し整えるだけで机の下のなにかには目を向けようともしない。

事務机の角に彼女の名札が貼ってあり、そこには「祝紅《ジュー・ホン》」という二文字が書かれている。

防犯カメラの映像は超常磁場に干渉されたように途切れ途切れになり、時々ノイズが入って画像が乱れている。また、その映像から読み取れる情報自体も多くはない。殺害現場は大学の小門に近い路地にあるが、防犯カメラは大学通りの交差点に設置されているため、被害者の盧若梅《ル・ルゥオメイ》が李茜《リー・チエン》と大学通りですれ違うところしか映っていない。

防犯カメラの映像によると、当日の夜十時二十分頃、李茜《リー・チエン》が言った通り彼女は学校の小門を出て、反対側の小型スーパーに入った。五分後、スーパーを出て学校に戻る時、被害者の盧若梅《ル・ルウオメイ》とすれ違い会釈《えしやく》した。趙雲瀾《チャオ・ユンラン》の指示通り、祝紅《ジュー・ホン》は二人が別れてから盧若梅《ル・ルウオメイ》が道を渡って路地に入ろうとしたところで映像を止めた。

解像度が低いため細かい表情ははっきりと見えないが、李茜《リー・チエン》が何気なく盧若梅《ル・ルウオメイ》に目をやると、突然大きな衝撃を受けたように、後ろへ一歩退いたのが分かる。

祝紅《ジュー・ホン》はモニターの画面をじっと見て、半開きだった目をようやく少し大きく開いた。綺麗で円《つぶ》らなその瞳の中に人間にはない縦に細い瞳孔が見え、極めて奇妙に見える。

「彼女が見てるのは街灯の下の辺りだよね」

祝紅《ジュー・ホン》が言うと、趙雲瀾《チャオ・ユンラン》は頷《うなず》いた。

「街灯のところをもっとはっきり見えるようにできるか？」

祝紅《ジュー・ホン》は画像を拡大したが、画質はあまり変わらなかった。

「無理。これが限界」

「……この案件が終わったら大学院にでも入って、ちゃんと腕を磨いてきなよ」

「大学院って卒業するまでに少なくとも二、三年はかかるでしょう。私は月に一回こうなっちゃうのに、毎月休みをくれる学校なんてどこにあるのよ」

祝紅《ジュー・ホン》は自分の「太もも」を軽く叩いた。

「バーカ、生理痛だって言えばいいだろう」

「……」

少しも恥ずかしがらずに堂々としている趙雲瀾《チャオ・ユンラン》を見て、祝紅《ジュー・ホン》はしばらく絶句していた。

「所長って本当にいつも人の期待を裏切ることばっかり言うのね」

「所長だと分かってるなら俺に変な期待を持つなよ」

趙雲瀾《チャオ・ユンラン》は彼女の頭を押して、

「今月のボーナス、見送りにするぞ」と言い足した。

祝紅《ジュー・ホン》は目をさらに細め、蛇のような細長い舌でエロティックに自分の唇を舐めた。

「一晩お相手してもらえるならボーナスどころか、給料全部なしでもいいわ」

「本当に？」

趙雲瀾《チャオ・ユンラン》は立ったまま俯《うつむ》いて作り笑いをした。

「……」

祝紅《ジュー・ホン》はその発言に呆れ、この破廉恥《はれんち》所長なら、給料を体で払うことだって、やりかねないとほとほと感心した。

「仕事中に上司をからかうとはな」

趙雲瀾《チャオ・ユンラン》は祝紅《ジュー・ホン》を指差しながら、

「よし、決めた。祝紅《ジュー・ホン》さん、今年の公安部の思想教育研修会は君に行ってもらおう。ちゃんと改心するんだぞ」

と言った。

祝紅《ジュー・ホン》は余計なことを言ってしまったと後悔し、すぐに話を本題に戻そうとする。

「防犯カメラに映ってないってことは、つまり『犯人』は人間には見えないものだったってことよね。陰陽眼《いんようがん》が開いていないのにあれが見えたのは、彼女が『輪廻晷《りんねき》』を触ったからなんじゃないかな」

「輪廻晷って、あの古い日晷《にっき》のこと？　もう調べがついてるのか？」

「ええ、午後の電話の時、日晷のことを聞かれて、すぐにこれが思い浮かんだわ」

祝紅《ジュー・ホン》は机の引き出しを開け、そこから糸綴じの古い帳簿を取り出した。

「これは冥府《めいふ》から借りてきたものよ。時間がある時に読んどいたほうがいいかも。言い伝えでは、幽冥聖器《ゆうめいせいき》[17]の一番目はこの輪廻晷だそうよ。輪廻晷の下の台は三生石《さんせいせき》[18]のかけらを打ち欠いて作られたもので、裏の鱗《うろこ》は三途《さんず》の川に棲む黒魚《こくぎょ》の鱗なの。黒魚の体長は一メートルもあって、石のように固い腹鰭《はらびれ》は全部同じ方向に向いて生えてる」

趙雲瀾《チャオ・ユンラン》は頷き、話を続けるよう促した。

すると、祝紅《ジュー・ホン》はその古い帳簿を開いた。

「ここには、『幽冥聖器』は四つあり、合わせて『幽冥四聖《ゆうめいしせい》』といい、輪廻晷はその一つであるって書いてあるけど、四聖の由来や今どこにあるかまでは説明していないの。恐らく人間界のどこかに落とされたんだろうけど」

祝紅《ジュー・ホン》はすらっとした指を古い帳簿の上で滑らせ、あるところで止めた。指差された箇所を見ると、「輪廻晷」という三文字の下に「寿命共有の為の聖器」と楷書《かいしょ》で書かれた小さな注釈が見えた。

「寿命共有？」

趙雲瀾《チャオ・ユンラン》は眉間《みけん》を寄せ、李茜《リー・チェン》の後ろについていたあの死んだばかりの奇妙な低級鬼を思い出した。

「李茜《リー・チェン》のことは調べたか？　ここ一週間、周りに亡くなった人はいないか？」

「いるわ。李茜《リー・チェン》の祖母が先月の末に亡くなってる」

17　訳注：「幽冥」とは冥土、死後の世界。
18　訳注：「三生石」とは、死後三途の川の手前にある岩で、その人の過去、現在、来世が刻まれているといわれる。

趙雲瀾《チャオ・ユンラン》は納得したように微かに後ろのめりになり、ゆっくりとタバコに火をつけた。

「なら辻褄が合う。どうりであの鬼婆の魂魄《こんぱく》[19]は真っ昼間でも見えるわけだ。死ぬはずのない人が三生石に魂魄を攫《さら》い取られて死んだんだ。あの小娘、嘘ばっかりつきやがって。自分のおばあちゃんにむりやり寿命を共有してもらうなんて、よくもそんなことができるな」

「いや、日は必ず朝昇って夕方沈む。日時計、つまり輪廻晷も必ず同じ方向にしか回らないはずよ。三途の川の黒魚だって鱗は全部同じ方向を向いて生えてるでしょ。だから年配の人が若い人から寿命を共有してもらうことはできるけど、その逆はできないわ。李茜《リー・チエン》のことはなにかの間違いじゃないの？」

祝紅《ジュー・ホン》がそう言いながら空に手を伸ばすと、なにかの文字が書かれた画仙紙《がせんし》が一枚はらはらと手の中に下りてきた。

そこには李茜《リー・チエン》の名前があり、その後ろには彼女の出生時刻の干支が小さく書かれており、最後にぼやけた文字が二行続いている。なんと書いてあるのかはよく分からないが、書き直された跡があることだけは確認できた。

「冥府のほうに調べてもらったら、李茜《リー・チエン》の生没年月が修正されていた。ただ、延ばされたんじゃなくて、縮められてるの」

祝紅《ジュー・ホン》の説明に趙雲瀾《チャオ・ユンラン》は意外そうに眉を吊り上げた。

「『輪廻晷、輪廻晷、三生石の上に三遍回り、汝《なんじ》の半生と我が半世をつむぐ。同日に生まれることを得ずとも、同日に死せん事を願わん』っていうのはつまり、輪廻晷があれば、自分の残りの命の半分を死んだ人に

19 訳注：「魂魄」は広義では霊魂を指す。中国の道教では「魂」は精神を支える気、「魄」は肉体を支える気を指し、合わせて「魂魄」とも言う。民間では、三魂七魄の数があるとされる。

分けて蘇らせて、その人と改めて同じ日に死ぬことができるってことなの。本当なら、李茜《リー・チェン》の祖母は二年前に命が尽きてるはずだけど、その時、李茜《リー・チェン》が自分の余命の半分を祖母に分けて生き返らせたのね。所長が戻ってくるまえに李茜《リー・チェン》の情報を調べておいたわ。彼女の本籍は今は龍城《ロンチェン》にあるけど、そのまえはずっと祖母と田舎で暮らしてたそうよ。村の役員に電話で話を聞いてみたら、彼女は子供の時からおばあさんに育てられて、両親は出稼ぎに行っててほとんど実家に帰らなかったって。あと、弟がいるんだけど、当時は一人っ子政策が最も厳しい時だったから……彼女がどんな生活を送ってきたかはもう言わなくても分かるわね」

いわゆる男尊女卑の家庭だ。両親は息子を欲しがったが、国の計画出産政策[20]に従わず第二子を産んだことがバレた場合、罰金を科されるため、先に産まれた娘を秘密の子、つまり実在しない人間として扱っていたのだ。

「村の役員の話では二年前、李茜《リー・チェン》のおばあさんは突然脳梗塞を起こしたの。じきあの世に行くとみんな思ってたけど、なんと奇跡的に回復したって。ただ、残念なことに後遺症があって、アルツハイマー病、つまり認知症と診断された。恐らく脳梗塞による神経細胞の損傷が原因だと思う。最初は物忘れぐらいだったけど、あとになって症状がどんどん重くなっていって、誰が誰なのかも分からなくなって、認知機能の低下が日に日にひどくなっていった。半年後、李茜《リー・チェン》が大学院に受かったことで、両親は仕方なく彼女と祖母を市内に迎えることにしたらしい」

「つまり、李茜《リー・チェン》がおばあさんに余命を分けたのはおばあさんが脳梗塞を起こした時のことか」

趙雲瀾《チャオ・ユンラン》はタバコを弾いて灰を落とし、

20　訳注：「一人っ子政策」は食糧不足とそれに伴う貧困を防ぐため、一九七九年から中国で実施されていた計画出産政策。二〇一五年に撤廃され、第二子の出産が認められ、二〇二一年以降、第三子の出産が認められた。

「その時、彼女は実家に住んでたから、実家で代々受け継がれてきた輪廻暦を見つけたって話も筋が通る――でも、そんなに言いにくいことなのか？　なんで彼女はあんな嘘をついたんだ」と続けた。

「なにか事情があるのかもね」

祝紅《ジュー・ホン》は椅子の向きを変え、肘を椅子の肘置きに当て、縦長の瞳で趙雲瀾《チャオ・ユンラン》を見ながら言った。冷血動物のようなその不気味な瞳も彼女の顔に嵌《は》められると、不思議と特別な優しさを帯びているように感じられる。

「ねぇ、想像してみて。この世に、自分の余命を分けても文句はないほど愛する人がいる。でも、その人はなぜだか分からないけど、二度も自分の前から消えた。もしそんなことがあったら、あなたはどんな気持ちになる？」

趙雲瀾《チャオ・ユンラン》は祝紅《ジュー・ホン》の話にはまったく反応せず、ただ眉を顰《ひそ》め、心にまだ疑問が残っているようだった。人の涙を誘うような物語を聞いても、彼はこれっぽっちも感動しない。それどころかかえって根掘り葉掘り詮索し、李茜《リー・チェン》の証言に矛盾点を見出すまで諦めたがらない。

（所長のほうこそ冷血動物なんじゃないの）と祝紅《ジュー・ホン》はどうしようもなく嘆いた。

「分かった。もういちいち疑わないから、どういうことなのか教えて、祝《ジュー》先生」

趙雲瀾《チャオ・ユンラン》は肩を竦《すく》めて言った。

「李茜《リー・チェン》はよくネットで買いものしてたみたい。彼女の購入履歴を調べてみたけど、ほとんどが老人用のサプリメントだった。家庭教師や指導教官の手伝いをしてせっかく稼いだお金もめったに自分のためには使わない。他の女子大生はみんな洋服とか化粧品ばっかり買ってるのに。これだけでも、あの子は絶対いい子だと断言できるわ。もし今回の案件と関係ないって確認できたら、彼女のことはもう放っておけばいいんじゃない？　向こうが本当のことを言いたくないなら、むりやり言わせる必要もないでしょ」

「購入履歴だけじゃ根拠にならない。気持ちが薄れたからこそ物質面で補う場合もあるだろ……」

（この人の思考回路はどうなってるの⁉）と言わんばかりの祝紅《ジュー・ホン》の表情を見て、趙雲瀾《チャオ・ユンラン》はようやくその理詰めの反論を止めた。

「分かった。もしお前の言った通り、彼女が余命の半分をおばあさんに分けたとしたら、なぜおばあさんが亡くなったのに、彼女はまだ生きてるんだ？」

「それはなにかアクシデントにでも遭ったんじゃない？　おばあさんの寿命がまだ尽きるはずがない時になにかの事故で亡くなったとか。向こうに行った林静《リン・ジン》が昨日脱獄した霊鬼《れいき》のリストを送ってくれたけど、李茜《リー・チエン》の祖母の名前は載ってなかった。おばあさんの霊魂《れいこん》が外でうろついてるってことは、向こうはまだ彼女が亡くなったことを知らない可能性が高い。死んだのにまだ獄卒《ごくそつ》[21]に連れ去られてないのも、輪廻晷を通じて生きてる人と繋がってるからかも」

うーんと趙雲瀾《チャオ・ユンラン》は考えに耽《ふけ》った。

「なにかおかしなところでもあるの？」

「急に思い出したんだけど、李茜《リー・チエン》と盧若梅《ル・ルゥオメイ》はちょっと似てると思わないか？　体型だけじゃなく髪型も似てるし、知らない人が後ろから見たら、きちんと見分けるのは難しいかもしれない。あの日彼女たちは同じ服を着てたし、それに盧若梅《ル・ルゥオメイ》が殺されたのは李茜《リー・チエン》に会った直後だった――李茜《リー・チエン》は輪廻晷を使ったことがあるから、幽冥聖器の匂いがまだ体に残ってたとしてもおかしくない。脱獄した餓鬼《がき》が仮に獄卒の目から逃れていたとしたら、もしかして……」

「もしかして餓鬼が本来狙ってたのは李茜《リー・チエン》だったたってこと⁉」

21　訳注：「獄卒」とは地獄の下級役人。死者を地獄に連れ去り、地獄で死者を取り締まり、閻魔などの使い走りをすることなどが役目。

十二

趙雲瀾《チャオ・ユンラン》はタバコの火を消し、ポケットから携帯を取り出した。

「まずい。そろそろ日が暮れる。李茜《リー・チェン》のとこにはポンコツ一人しか残してないから、もう行かないと」

「ポンコツってあの入所初日に気絶した実習生のこと？」

祝紅《ジュー・ホン》が訊いた。

実習生のことを訊かれて、趙雲瀾《チャオ・ユンラン》は急にドッと疲れたような表情になり、（あいつにはお手上げだ）と言わんばかりの顔をして事務室を出ようとすると、急になにかを思い出したように言った。

「そうだ。斬魂使《ざんこんし》の書状を見せてくれ」

祝紅《ジュー・ホン》は顎で机の角を指し、なるべく手で触れるのを避けようとした。

そこには真っ黒な小冊子が置いてあった。

黒の表紙に朱墨で、

「孤魂帖《ここんじょう》[22]を拝呈《はいてい》いたす。令主《れいしゅ》様に手ずからお開き願《ねが》い奉《たてまつ》る」とあり、内側にはこだわりのサテン生地が施してある。

始めに堅苦しい挨拶文が並び、続いて餓鬼《がき》脱獄事件の簡単な経緯説明、最後に、

「今夜子《ね》の刻《こく》[23]、貴所にお伺いしたく存じます。突然本状を差し上げる失礼をお許しください」と書いてある。

22 訳注：「孤魂帖」とは斬魂使の書状を指す。
23 訳注：「子の刻」とは二十三時から一時までの2時間の間を指す。

痩金体《そうきんたい》[24]で整然と書かれたその書状は芸術品と言っても過言ではない。

趙雲瀾《チャオ・ユンラン》が書状を開くと、祝紅《ジュー・ホン》は少し離れたところへこそこそと椅子ごと移動した。

斬魂使《ざんこんし》の起源は幽冥界《ゆうめいかい》の深底部と言われるが、鬼仙《きせん》[25]のように十殿閻魔《じゅうでんえんま》[26]に管轄されるものではない。

言い伝えによると、斬魂使《ざんこんし》は元々幽冥の最奥に漂う一抹の邪気《じゃき》で、いわゆる不吉の塊である。

機縁に恵まれ具現化できた者がのちの斬魂使《ざんこんし》で、常に斬魂刀《ざんこんとう》を携え、三十三天《さんじゅうさんてん》[27]から十八層地獄《じゅうはっそうじごく》[28]まで、人か神かを問わず、罪を犯したあらゆる魂魄《こんぱく》をその刀で斬ることができる。

神も悪魔もあらゆるものがみな斬魂使《ざんこんし》の前ではひれ伏す。

しかし、趙雲瀾《チャオ・ユンラン》だけは例外だ。神経が図太いからか、斬魂使《ざんこんし》に対して恐ろしい存在だという認識がまったくなく、むしろ振る舞いが上品で性格は善良だと思っている。強いて言えば、話すときも文書を書くときもやたら古めかしい文語調を使い、あまりにも文芸的でむだな言い回しが多いことだけが欠点になるくらいだ。

祝紅《ジュー・ホン》が居づらそうなのが分かっているため、趙雲瀾《チャオ・ユンラン》は書状をざっと読み通したあと、「孤魂帖」を適当にカバンの中に入れた。

24　訳注：「痩金体」とは楷書の書風の一つ。北宋の徽宗が考案したもので、痩金書ともいう。
25　訳注：「鬼仙」とは鬼から仙人になったもの。
26　訳注：「十殿閻魔」は「十王」とも呼ばれ「十殿」という冥界の十の法廷を司り、亡者の審判を行う十の王。死者の国の王としてインドで信仰されていた「ヤマ」がインド仏教の「閻魔天」となって中国に伝わり中国固有の信仰と結びついて「閻魔王」の信仰が生まれた。最初は初期の仏教やインドの神話と同じく冥界の唯一の王とされていたが、のちに閻魔王が十人に増え晩唐の時期に十王信仰は成立した。第一殿秦広王、第二殿楚江王、第三殿宋帝王、第四殿五官王、第五殿閻魔王、第六殿変成王、第七殿泰山王、第八殿平等王、第九殿都市王、第十殿五道転輪王。
27　訳注：「三十三天」は「忉利天（とうりてん）」とも呼ばれ、欲界における六欲天の第二の天を指す。
28　訳注：十八層地獄、八大地獄など、仏典に書かれている地獄はいくつかの系統がある。中国では、地獄が十八層からなる説が主流。

「もう上がっていいぞ。あとの仕事は夜勤の汪徴《ワン・ジェン》に任せよう。しばらくは足で歩けないんだろう。それじゃ滑りやすいし、どこに行っても不便じゃない？　上がったら外でぶらぶらせずに真っ直ぐ帰ってゆっくり休みな――そうだ、帰るまえに林静《リン・ジン》に連絡して。用が終わったらさっさと冥府《めいふ》から帰ってこいって伝えてくれ。あそこは遊ぶところじゃないからな」

斬魂使《ざんこんし》の応対をせずに帰れることが分かると、祝紅《ジュー・ホン》は肩の荷が下りたように頷《うなず》いた。

「じゃあ、行ってくる」

趙雲瀾《チャオ・ユンラン》は大股で歩きながら郭長城《グオ・チャンチェン》に電話を掛けた。

上司から電話が掛かってきたことに気付くと、郭長城《グオ・チャンチェン》は思わず気を付けの姿勢を取った。

「電話出るの遅かったな、なにかあったのか？」

趙雲瀾《チャオ・ユンラン》は心配そうに訊いた。

電話に出ると、郭長城《グオ・チャンチェン》はまた舌がもつれてきた――午前中ずっと一緒にいたおかげで、ようやくこの温厚な所長の前ではまともに喋れるようになっていたのに、不思議なことに相手の声が電話から伝わってくると、また肝が潰れそうになった。社交恐怖症患者は往々にして本物の人よりも電話を怖がるのだ。

趙雲瀾《チャオ・ユンラン》はますます速くなる郭長城《グオ・チャンチェン》の呼吸を聞いて、自分には電話一本掛けるだけで相手に心臓発作を起こさせる力があるのかと勘違いしそうになった。郭長城《グオ・チャンチェン》の言葉がつっかえ息も上がってきたところで趙雲瀾《チャオ・ユンラン》はどうしようもないなと言わんばかりに嘆いた。

「周りに誰かいないのか？　いるならその人に代わって。いないなら大慶《ダーチン》でいい」

郭長城《グオ・チャンチェン》が黙って携帯を沈巍《シェン・ウェイ》に渡すと、沈《シェン》教授はほんの二言三言だけでなぜ李茜《リー・チェン》が病院に移されたのか、どの病院のどの病室にいるのかをしっかりと説明した。さすが沈《シェン》教授だ。

「どうかしましたか？　李《リー》さんの容疑がまだ……」

説明を終えて、沈巍《シェン・ウェイ》は訊こうとしたが、途中でザラザラしたノイズ音が入ってきた。

「もしもし……」と沈巍《シェン・ウェイ》が言った。

趙雲瀾《チャオ・ユンラン》がなにか喋っているようだが、途切れ途切れでなにも聞き取れない。沈巍《シェン・ウェイ》は窓のほうへ歩いていき、電波の強いところを探しているような様子を見せながら、郭長城《グオ・チャンチェン》に気付かれないように密かにカーテンを開けて外を眺め、

「もしもし、聞こえますか」と、状況がさっぱり分からないふりをして言った。

その時、趙雲瀾《チャオ・ユンラン》の声がはっきりと聞こえてきた。

「くそっ！　早くそこから離れろ！　今すぐ！」という短く焦った一言だった。

黒い影が沈巍《シェン・ウェイ》の漆黒の瞳に一瞬現れてまたすぐに消えていくと、沈巍《シェン・ウェイ》は思わず目を細めた。その瞬間、病室の電気が消え、目の前の窓がガシャーンと音を立てて割れた。鋭い猫の鳴き声が聞こえると同時に、隣で趙《チャオ》所長の黒猫が跳ね上がった。風が頬を掠《かす》めていったと思うと、続いて悪臭がぷんと鼻をついた――なにかが腐ったような臭いに刺激的な血腥《ちなまぐさ》さが混ざっている。

趙雲瀾《チャオ・ユンラン》がまだなにか言っているようだが、ノイズの干渉が強すぎて一言も聞き取れない。現場は大混乱に陥り、猫が金切り声を上げながらなにかと取っ組み合う音と謎の轟音《ごうおん》が鳴り響き、続いてなにかが投げられ、椅子にぶつかり倒れた音がした。沈巍《シェン・ウェイ》は後ろへ半歩退いた。趙《チャオ》所長との通話は電波が途絶えたため、すでに切れている。

沈巍《シェン・ウェイ》は携帯画面の明るさを最大にしたあと、携帯を持ち上げて目の前の闇を照らした。

その時、聞いたことのない声がした。

「みんな気を付けろ！」

椅子に投げつけられて警告を発したのは黒猫の大慶《ダーチン》だった。倒れていた椅子はちょうど慌てふためく郭長城《グオ・チャンチェン》の足に絡まり、躓《つまず》いた郭長城《グオ・チャンチェン》は床に大の字になっている。

沈巍《シェン・ウェイ》は手探りで病室の隅に置いてある木柄モップを手に取り、前方へ勢いよく突き出し、上半身を素早くのけ反らせた。歯が浮くような衝撃音とともに黒い影が物凄い勢いで沈巍《シェン・ウェイ》の頭上をすり抜けた。すると、手に持っているモップが重くなる感覚とともに、木柄が真ん中から割けて真っ二つになった。黒い影は物音一つ立てずにすり抜けていき、人の目では捉え切れない光のような速さで李茜《リー・チェン》に飛びかかった。

李茜《リー・チェン》は鎮静剤を打たれているため、意識を失いベッドで寝ている。

彼らの目がようやく暗闇に慣れてきたところで携帯の微かな光を借りて沈巍《シェン・ウェイ》はその黒い影を捉えた……。九十度以上に大きく開いた口と、後ろに反り返った首にぶら下がる頭はまるでかち割られたスイカのようだ。

この光景を目の当たりにした郭長城《グオ・チャンチェン》はこれまでのような気絶すらできなかった。彼は口をぽかんと開けて目を見開き、心臓は反応が間に合っていないようでまだ心拍がそこまで速くなっていない。だが、頭の中はすでに真っ白で、全身の血液が猛スピードで四肢に流れ込み、急激に高まった血圧によって自分の頭が普段の二倍くらい大きくなったような錯覚すら覚えた。

（あれはなんだ？　いったいなんなんだ!?）

無言の叫びが脳裏に響き続け、郭長城《グオ・チャンチェン》は発狂してしまいそうになっている。

その黒い影は人間の形をしており、胴体はひょろ長く、皮と骨ばかりに痩せこけているが、お腹だけが恐ろしいほど大きく出っ張っている。その上肢が二本の大きな鎌に変形したあと、無音の咆哮《ほうこう》とともに猛烈な勢いで李茜《リー・チェン》のお腹を切り裂こうとした。

その時、郭長城《グオ・チャンチェン》はようやく現実に引き戻されたように、「あーーあーーあーー」と絶叫した。

沈巍《シェン・ウェイ》は厳《いか》めしい表情で即座に足を踏み出しその影を止めようとしたが、そのまえに何者かが現れてベッドの前に立ちはだかった。

それは、老婆だった。体はずんぐりと丸く、頭には思わず笑ってしまいそうなほど不自然なお団子ウィッグを乗せている。なんの前触れもなくどこからともなく唐突に現れたその老婆は両手を横に伸ばして丸い体を広げ、雛を守る親鳥のように無力ながらも李茜《リー・チェン》が寝込んでいるベッドの前に立ちはだかっている。

沈巍《シェン・ウェイ》は踏み出していた足を引っ込めると、すでに次の動作に移っていた。彼は大慶《ダーチン》が倒した椅子を持ち上げ、影に向かって力強く投げつけたが、その動きはあまりにも速くて誰にも気付かれなかった。

椅子が正確無比に影の「体」に命中すると、影は二つに引き裂かれ、怒り狂ったようなけたたましい声を上げた。鉄の椅子で引き裂かれた二つの影はレンコンのように切られても糸で繋がっており、片方が本体にぶら下がりゆらゆらと揺れている。すると、繋がっている部分が沸騰した湯のようにグッグッと泡を立て、裂けた体の両側が激しく揺れ始めた。悪夢に出てくる怪物のように恐ろしい声を上げながら、少しずつお互いを引き寄せ合い、ついに完全にひっついた。

「一つに戻った！　また一つに戻った！」

郭長城《グオ・チャンチェン》は進むことも退くこともできず、ひたすら叫ぶばかりで、まったく戦力にならなかった。

致し方なく、沈巍《シェン・ウェイ》はさっきの一連の動きのなかでベッドの枕元に投げ飛ばされ床に転がっていた鉄の椅子をもう一度拾い上げ、その怪物に向かって激しく振り回した。沈巍《シェン・ウェイ》は非常に華奢《きゃしゃ》に見えるが、手を出す時は容赦ない。怒涛の勢いで繰り出された沈巍《シェン・ウェイ》の攻撃は、一発一発確実に影に当たった。他の人が恐怖に呑まれてどうしたらいいか分からなくなっているうちに、彼は一人であの化けものをばらしたあと、顔色一つ変えず、鉄の椅子を横に投げ捨てた。

病室の中は二秒ほど静まり返った。

その後、大慶《ダーチン》は李茜《リー・チェン》の枕元に跳び上がり、髭《ひげ》を震わせながら言った。

「ぼうっとしてないで、早くここを出ろ！　こいつは餓鬼《がき》だから、椅子じゃ殺せない。今倒せたのはこの部屋の陽の気がたまたま強かったからだ。餓鬼を本気で怒らせたらただじゃ済まない！」

沈巍《シェン・ウェイ》が声の方向を見ようとすると、その視線がたどり着いた先は黒猫だった。そのまましばらく猫と目を合わせると、

「そうだ、気のせいじゃない。この通り、俺が喋ってるんだ。お前がさっき鉄の椅子でボコボコにしたのは餓鬼だ。『怪力乱神《かいりきらんしん》を語らず』なんて言ってる場合じゃねえぞ。早くここを出るんだ！」と、大慶《ダーチン》が真剣な顔で言った。

メンタルが強すぎるのか、大慶《ダーチン》が言い終わるまえに、沈巍《シェン・ウェイ》はすでに李茜《リー・チェン》を背負い上げ、平然と猫と会話をし始めた。

「さっきのおばあさんは？」

「おばあさんはついてくると思う。心配ご無用。彼女は人間じゃなくて、死んだばかりの低級鬼だから」

「そうなんだ」とあっさり納得した沈巍《シェン・ウェイ》は唯物論を完全に捨てたようで、

「郭《グオ》警官、ここを出ましょう！」とだけ言った。

郭長城《グオ・チャンチェン》は、口を精一杯大きく開けて首を棒のように真っ直ぐにし、非常に難易度が高い顔芸を披露してくれた。

「郭《グオ》警官！」

李茜《リー・チエン》を背負っている沈巍《シエン・ウエイ》は、いっそう大きな声を出してもう一回彼を呼んだ。

郭長城《グオ・チャンチエン》はようやく我に返り、床から這い上がった。

「ぼ……ぼ……僕……」

「いいから早くドアを開けてください！」

沈巍《シエン・ウエイ》は叫んだ。

郭長城《グオ・チャンチエン》の脳はオーバーヒートしてまったく回らず、指示通りにしか動けない状態に陥っている。沈巍《シエン・ウエイ》に言われるなり、直《ただ》ちにこけつまろびつ走っていってドアを押し開けた。病室を出ると、廊下の電気はすべて消えていた。どの病室も蒸発したようにがらんとしており、当直の医者と看護師たちはどこにも見当たらず、この階はまるでお化け屋敷のようになっている。

黒猫はその体型からは想像できないほどのスピードで道を切り開きながら走っていった。沈巍《シエン・ウエイ》は李茜《リー・チエン》を背負っているため、郭長城《グオ・チャンチエン》は一番後ろで援護に回るしかなかった。

彼らの足音は広々とした廊下に響き渡り、窓が閉まっていないせいか、陰気な風がしばしば吹き込んでくる。郭長城《グオ・チャンチエン》はさっきまで恐怖のあまり脳の働きが停止していたが、風に吹かれてうなじの辺りが冷えてくると、頭も少し冷静になってきた。

走り続けていながらも、彼はずっとなにかに追われている気がした。

十三

しかし、郭長城《グオ・チャンチェン》には振り向いて後ろの状況を確認する勇気すらなかった。彼は幼い頃から祖母に育てられ、数々の迷信を教え込まれてきたのだ。夜道を歩くときは決して後ろを振り向いてはいけないというのもその一つ。振り向くと、両肩に灯る「命の灯火《ともしび》」が吹き消され、鬼を引き寄せてしまう。この古くから伝わる伝説を、郭長城《グオ・チャンチェン》ももちろん知っている。

彼は脳内回路の暴走を必死に抑えようとしたが、先ほど病室で見た光景が頭の中で無限ループし、抑えようとすればするほど、「あいつ」に捕まったらどうしようという恐怖が増してきた。あのウシガエルのようなお腹、カマキリのような上肢……。きっと「灯火」が吹き消されるだけじゃ済まないだろう。郭長城《グオ・チャンチェン》は自分のうなじに手を当てて、こんな貧相な首だったらいくらでも切り落とされてしまいそうだと思った。無限ループに加えて、被害者の死体が路地に転がっている光景も脳内で自動再生し始めた――郭長城《グオ・チャンチェン》は実際の現場は見ていないが、写真だけは見せられていた。横たわる女性の遺体、切り裂かれた腹部……。一つひとつのシーンが嫌でも脳内に浮かんでくる。

（後ろを確認したほうがいいかな。いや、振り向いてはいけない……。でもやっぱり確認したほうが……）

こうやって葛藤しながら走り続けていると、冷や汗が滝のように吹き出してきた。郭長城《グオ・チャンチェン》が汗を拭いて本能的に歩調を速めると、女性一人を背負って走る沈巍《シェン・ウェイ》に追いつくのはすぐだった。郭長城《グオ・チャンチェン》のような何事においても正面突破が苦手な人にとって、逃げ出すことなど猫が魚を食い、犬が骨をかじるのと同じことで、遺伝子に刻み込まれた習性のようなものだ。

（今は沈《シェン》教授と黒猫の間のポジションにいるのが最も安全だ。後ろでしんがりを務めるなんて危険すぎる）

と、その遺伝子が囁《ささや》いた。

その囁きに耳を貸しそうになっていると、沈巍《シェン・ウェイ》が突然足を止めた。李茜《リー・チェン》が微かに意識を取り戻したように少し蠢《うごめ》いて、沈巍《シェン・ウェイ》の肩からずり落ちたのだ。沈巍《シェン・ウェイ》は李茜《リー・チェン》を背負い直すために、いったん止まるしかなかった。

沈《シェン》教授が止まっている間に、郭長城《グオ・チャンチェン》は余裕で彼を追い越せたが、なぜか一緒に足を止めた。そして、自分が先に行って沈巍《シェン・ウェイ》たちを一番後ろに残すようなことをしなかっただけでは終わらない。彼は後ろを向かないように首を前に固定して、強張《こわば》った体だけ横向きにした。続いてそのまま視線だけ一瞬斜め後ろにやると、廊下の壁に背中をぴとっとつけた。

人が前方にいる仲間を守ろうとするときに取る姿勢だ。

「僕は警察だ！」という彼自身もとうに忘れていたことを郭長城《グオ・チャンチェン》がふと思い出したようだ。

そのあと、彼は録音再生機のように（僕は警察だ！　僕は警察だ！　僕は警察だ……）と心の中で何度も繰り返した。まるでこう自分に言い聞かせることで、自信と勇気が自然に湧いてくるとでも信じているようだった。

ただ、いかんせんその言葉には邪鬼祓《じゃきばら》いの効果はなく、何回繰り返しても口の中が乾燥してくるだけで、相変わらず発狂しそうなほど怖い。こうして「呪文」を唱えているうちに、郭長城《グオ・チャンチェン》はなんだか視界がぼやけてきた気がした。自分の目を触ってみると、驚愕の表情を浮かべた沈《シェン》教授と目が合った。その時、郭長城《グオ・チャンチェン》はようやく視界をぼやけさせたのは自分の涙だと気が付いた。なぜ沈《シェン》教授が驚愕の表情を浮かべたのか彼には理解できなくもない。一時間前までは平凡な教授人生を歩んでいたのに、この一時間のうちにこんなに多くの怪奇現象を目の当たりにしてきたわけだから――人間を切り裂こうとする黒い影、喋れる猫、そして恐怖で涙が止まらないヘタレ警察官……。

郭長城《グオ・チャンチエン》も自分がなぜ泣いているのか分からなかったが、泣くことは意外とどんな方法よりも恐怖を和らげる効果があるようだ。少なくとも「僕は警察だ！」という台詞《せりふ》よりよほど効いている。それを悟ると、彼は深呼吸して、いっそのこと遠慮せず泣きわめいてみることにした。

「はっ、はやく走って！　ぼ、僕が後ろを守りますので！」と、郭長城《グオ・チャンチエン》は泣きながら勇ましく叫んだ。

「……」

沈巍《シェン・ウェイ》はまた彼の言動に唖然《あぜん》とした。

あまりにも多くの怪奇現象を目撃しておかしくなったのか、沈《シェン》教授は一瞬目元が笑っているような表情になっていた。

この不思議な「トリオ」はこうして奇妙な陣形を保ったまま、階段口までたどり着いた。黒猫は飛ぶように一階に向かって駆け出し、男二人も昏睡状態の李茜《リー・チエン》を担いで後に続いた。郭長城《グオ・チャンチエン》の携帯を懐中電灯代わりに使っている沈巍《シェン・ウェイ》は走っている途中、携帯の光でふいに壁の隅を照らした。そこになにがあるのかまだはっきりと確認できていなかったが、郭長城《グオ・チャンチエン》はすでにこの世のものとは思えないほどの勢いで絶叫した。

全速力で走っているにもかかわらず、まだ泣き叫ぶ余裕があるなんて、運動オンチにしては肺活量はかなり多いようだ。

沈巍《シェン・ウェイ》が目を凝らすと、壁の隅に子供が床にうつ伏せになっているのが見えた。いや、子供より胎児と言ったほうが適切かもしれない。その胎児の体は痩せこけ、生まれたばかりの赤ちゃんよりもずっと小さく、早産児のように見える。髪の毛はまばらで、頭部はなにかに挟まれて壊れたゴムボールのようになっており、砕かれた頭骨と脳みそがむき出しになっている。歪《いびつ》に曲がった顔の上で口はぽかんと開き、中には歯も舌も見えない。まるで医学部の人体標本のように静かに横たわり、歪《ゆが》んだ空《むな》しい目でこちらをじっと見ている。

「騒ぐな！」

大慶《ダーチン》は郭長城《グオ・チャンチェン》を一喝した。

「ここは病院だ。陰の気が強いから、こんなのいくらでもいる。世間知らずみたいにいちいち騒がないでくれる？」

「あ、あれはいったいなんなんですか？」

「生まれてくるまえに中絶された幼鬼《ようき》だよ」

大慶《ダーチン》が壁の隅に向かって爪攻撃を一発食らわせると、その幼鬼は猫のような鳴き声を上げ、たちまち姿を消した。

「グズグズするな。餓鬼《がき》に追いつかれるぞ！」

大慶《ダーチン》の前世は恐らく猫ではなく、疫病神だろう。二人の話が終わらないうちに、なにかが腐ったような血腥《ちなまぐさ》い臭いが鼻をつき、郭長城《グオ・チャンチェン》と沈巍《シェン・ウェイ》は走るスピードを一段と上げた。そうこうしているうちに、彼らは二階の病室エリアから一階まで走ってきた。その時、後ろから何者かの足音らしき音が聞こえた。

「今度はまたなんなんですか⁉」

郭長城《グオ・チャンチェン》は泣き出しそうな声で訊いた。

「餓鬼って影みたいなもんじゃないんですか？　なんでこんなにも重い足音がするんですか⁉」

こういう時に彼がまだ物事を冷静に考えられるのは意外だ。

「何回言わせるつもりだ！　ここは病院だぞ！　輪廻転生が延々と繰り返される場所なんだから、よからぬものがあって当然だろ！」

大慶《ダーチン》は怒鳴った。

「それから、重いものをバカにするんじゃねえ！　まぁ、俺たちデブは確かにちょっとだけ体重が重いかもしれないけど、悪いことは何一つしてないぞ。太ってるからってなにが悪い？　誰にでも太ったままでいる権利がある！」

これで今夜何回目か知らないが、沈巍《シエン・ウエイ》はまた彼らのやりとりに絶句した。こんな方々を部下として抱える趙雲瀾《チャオ・ユンラン》の仕事場は果たしてどんな雰囲気なのか、まともに仕事できる環境なのか、彼には想像しがたい。人を一人背負っているにもかかわらず、沈巍《シエン・ウエイ》の顔には少しも疲れが見えず、息が乱れる様子もない。それだけでなく、逆上する黒猫を見て、なだめる言葉を掛ける余裕さえある。

「よしよし、喧嘩はやめましょう。それより、ニャンニャン、病院の出口はどこにありますか」

「バカみたいな名前で俺様を呼ぶな！　愚かな凡人め」

大慶《ダーチン》の怒りは収まる気配がない。

「……じゃ、猫神様」

沈巍《シエン・ウエイ》は直《ただ》ちに呼称を改め、

「私たちはもうここを一周したみたいですけど、どうしてまだ出口が見つからないのでしょうか」と尋ねた。

そう訊かれると大慶《ダーチン》は急に足を止めた。沈巍《シエン・ウエイ》は危うく大慶《ダーチン》を踏み潰すところだったが、直前で咄嗟《とっさ》に横へ移動し、どうにか足を止めた。一方で、郭長城《グオ・チャンチエン》はへろへろの犬のようになって壁に凭《もた》れかかり、大きく息を吸いながら、何度か嗚咽《おえつ》を漏らした。

大慶《ダーチン》は耳を立て、平べったい顔を傾けた。携帯の光を借りて、猫の目が微かに光っている。しばらく経って、大慶《ダーチン》は落ち着いた様子でこちらに顔を向け、

「霊鬼《れいき》の呪いがかかってるから、俺たちはずっと同じところをグルグル回ってるんだ」と答えた。

今度は彼らの正面から重い足音が伝わってきた。足音の持ち主は壁にぼやけた影を映しながらこちらに向かって移動し、その影の中でなにかが蠢いているように見える。三人が目を凝らすと、それは一つの影ではなく、無数の人の形をした影が絡み合った状態で足掻《あが》きながら、無音の叫びを上げているのが分かった。一つひとつがしっかりとくっつき、互いに喰い合っている……。

毎日否《いや》が応《おう》でも数多くの人がこの病院で命を失い、霊魂《れいこん》だけがここで未練がましく彷徨《さまよ》い続けている。彼らは生きている者たちに嫉妬し、人間から生気を吸い取ろうとするが、近づくことさえできない。

そして怨恨《えんこん》と絶望が日に日に募っていく……。

「みんな走るんだ！」と、大慶《ダーチン》がまた叫んだ。

今夜の大慶《ダーチン》はこの台詞ばかり口にしているようで、陸上競技のスターターとの違いは、もはやその手にピストルを持っていないことくらいだ。

❖

大慶《ダーチン》は李茜《リー・チェン》を背負う沈巍《シェン・ウェイ》とどうにかこうにか走り続けている郭長城《グオ・チャンチェン》を連れて、小さな物置部屋に潜り込んだ。一番最後に入ったのは郭長城《グオ・チャンチェン》で、ひどく錆びたドアを急いで閉めると、すぐに全体重をかけて押さえた。

鍵がかかる音が聞こえてようやく、彼はズルズルと流れ出ていた鼻水をすすり上げる余裕ができた。その顔は自分がまだ生きていることが信じられないようだ。ここに走ってくる途中に郭長城《グオ・チャンチェン》は自分の首が一瞬なにかの手のようなものに掴まれた感覚を覚えた。その冷たい感触はまだ肌に残っている。

一方で、沈巍《シェン・ウェイ》は李茜《リー・チェン》を横に置いたあと、直ちにドアのところに戻り、郭長城《グオ・チャンチェン》と一緒に部屋中のものを移動させドアを塞いだ。

二人がまだ慌ただしく動いている時に、「ボン!!」となにかが外側からその小さなドアに体当たりするような音がした。郭長城《グオ・チャンチェン》はその大砲のような爆音に驚いて思わず跪《ひざまず》いた。

幸いにも爆音は二、三回しか続かなかった。そのあと部屋の中はしばらくの間しんと静まり返っていたが、今度は爪で鉄のドアを引っ掻くような不気味な音が聞こえてきた。

ドアに凭れながら地面へ沈み込んでいくところだった郭長城《グオ・チャンチェン》はまたその音に驚いて、感電したかのように跳ね上がり、全身にブワッと鳥肌を立てた。

「僕はまだ最初の給料ももらっていないいんですよ。使わせてもらえなくてもいいから、せめて死ぬまえに一度だけ初任給を見せてもらえないでしょうかね」

郭長城《グオ・チャンチェン》は泣き面で沈巍《シェン・ウェイ》に向かって嘆いた。

こんな時に笑い出すのは失礼だと思い、沈巍《シェン・ウェイ》は笑いたい気持ちを隠そうとメガネを触った。

「沈《シェン》教授はなにか死ぬまえに叶えたい願いがありますか?」

郭長城《グオ・チャンチェン》はすすり泣きながら訊いた。

郭長城《グオ・チャンチェン》の意識を恐怖から逸らすためか、沈巍《シェン・ウェイ》はしばらく真剣に考えてから、

「あります」と頷《うなず》いた。

「それはどんな願いですか?」

「昔、偶然知り合った方がいます。その方にとって、私は単に言葉を交わしたことがあるだけの赤の他人にすぎないかもしれません。私とは縁もゆかりもないと……」

爪がドアを引っ掻く背景音のもとで、泣き面の郭長城《グオ・チャンチェン》を前に、沈巍《シェン・ウェイ》は優しい声で続ける。

「それでも、もう一度彼に会ってみたいです」

十四

　ここに一人、男がいる。歳の頃は三十代、中肉中背で、天地幅の広いメガネをかけ手首には白檀《びゃくだん》の数珠をつけている。車から降りると、ポケットから携帯を取り出しカメラを起動させ、自分の顔にレンズを向けた。病院を背景にして暗い闇の中で自撮りしながら、誰かに報告するようにこう言った。

「二千ＸＸ年九月一日、二十一時二十三分、東町《ドンちょう》の宝塔東通《バオタードンどお》り、龍城《ロンチェン》第二病院にて特殊任務を執行する。執行者、林静《リン・ジン》。以上」

　言い終わったところで、猛スピードでこちらに向かってきた黒いＳＵＶが急ブレーキで男の前にとまった。乱暴にシートベルトを外し、運転席から飛び降りてきたのは趙雲瀾《チャオ・ユンラン》だった。

「さっさと来い！　自撮りしてる場合か！　頭いかれてんのか？」

「はいはい」と、その「林静《リン・ジン》」と名乗る男が答えた。

「なんで俺がこんな奴らと一緒に働かなきゃいけないんだ」

　趙雲瀾《チャオ・ユンラン》はのんきな林静《リン・ジン》に思わず苛立《いらだ》ってきて、ぶつぶつと文句を垂れた。

「たった数人しかいない部下なのに、人間じゃない奴かいかれた奴しかいない……」

❖

　病院全体が黒い霧に覆われ、周辺は彼ら以外誰一人いない。宝塔東通《バオタードンどお》りを通りかかる人々の目には、まるでこの病院が見えていないようだ。

　趙雲瀾《チャオ・ユンラン》は郭長城《グォ・チャンチェン》と沈巍《シェン・ウェイ》に電話を掛けてみたが、いずれも圏外だった。小さく悪態をついて、乱暴に病院の扉を蹴り開けると、黒い霧が猛烈な勢いでこの不意の客に襲い掛かってきた。趙雲瀾《チャオ・ユンラン》は足を止めることなく、素早く重心を下げ、足首のところから長さが手のひらくらいの匕首《あいくち》を引き抜いた。そして、つま先で床を軽く踏み、その勢いで体を横へ半歩移動させた。匕首を持つ手を頭上に上げ、次の瞬間一気に振り下ろしたかと思うと、黒い影はたちまち真っ二つに切り裂かれた。

しかし、病院の中から外へ飛び出そうとする黒影は後を絶たない。林静《リン・ジン》は趙雲瀾《チャオ・ユンラン》の後ろで懐から拳銃を取り出し、ぶつぶつと経を唱えながら撃ち始め、黒い影を一つひとつ漏らすことなく仕留めていった。

「あのポンコツ新人は疫病神なのか？」

趙雲瀾《チャオ・ユンラン》は不満げに言った。

黒影ですし詰め状態になった廊下を見ると、趙雲瀾《チャオ・ユンラン》は髪の毛で詰まった下水道の中にでも入ったかのような錯覚を覚えた。

「あいつが学校に行くと、怨霊が現れる。病院に来ると、低級鬼に襲われる。ったく、余計なものばかり引き寄せやがって……」

「色即是空《しきそくぜくう》[29]――じゃあ、今度郭《グオ》くんのためにお祓《はら》いさせてもらおう」

「シキソクなんちゃらとか難しいこと言って高尚ぶるんじゃねえ。ニンゲンに分かる言葉を使え！　じゃなきゃ黙ってくれ」

「……空即是色《くうそくぜしき》」

林静《リン・ジン》は淡々と次の句を続けた。

29　訳注：「色即是空」とは『般若心経』等にある有名な仏教用語で、僧侶たちがよく口にする。「空即是色」と対をなし、「この世にあるすべてのものは因と縁によって存在しているだけで、その本質は空であり、また、その空がそのままこの世に存在するすべてのものの姿である」という仏教の教えを八文字で表した言葉。

「犯すぞ、こらぁ！」

趙雲瀾《チャオ・ユンラン》に怒鳴られた林静《リン・ジン》は、少し黙ったあと、

「ボスのほうこそ、そんな下品な言葉を使わないほうがいいぞ。怒りや情欲に流されて生きてるとろくなことないよ」と懇《ねんご》ろに戒《いまし》めた。

「……」

趙雲瀾《チャオ・ユンラン》は言葉を失い、（自分はきっとこういう奴がいるから自らの職務にまで抵抗を感じるようになったんだ）と思った。

趙雲瀾《チャオ・ユンラン》は深呼吸して匕首を口にくわえ、黄色い御札《おふだ》を取り出し空中に投げ上げた。ライターの火をつけると、御札はぱっと燃え出し、逃げ遅れた低級鬼を巻き込みながら思い切り燃え広がった。霊鬼《れいき》を呑み込んだ炎はにわかに一メートルほど高く伸び上がり、数々の低級鬼をさらに吸い込んだ。ガス爆発のような勢いで、入り口から廊下の突き当たりまで火の龍が舞い上がり、咆哮《ほうこう》しながらあらゆる障害物を祓った。

「阿弥陀仏《あみだぶつ》、どうかご慈悲《じひ》を……」と、林静《リン・ジン》が唱えた。

「……ったく」

エセ和尚の「礼儀作法」には参ったと言わんばかりの顔で趙雲瀾《チャオ・ユンラン》は呟《つぶや》いた。

三十秒ほど経ったかという頃、廊下の突き当たりにはもはや蝋燭《ろうそく》のような微かな炎しか残っていなかった。先ほど天井まで伸び上がった猛炎《もうえん》はまるで束《つか》の間《ま》の花火だったかのようだ。趙雲瀾《チャオ・ユンラン》は大股で突き当たりまで歩いていき、屈《かが》んでその小さな炎でタバコに火をつけ口にくわえた。手招きで林静《リン・ジン》を呼んだあと、突き当たりのドアを押し開け、奥のほうへ進んでいった。

物置部屋に隠れているトリオは援軍がすぐ近くまで来ていることを知らなかった。餓鬼《がき》が爪でドアを引っ掻く音がますます鋭くなり、テンポも一段と速くなるにつれ、郭長城《グオ・チャンチェン》の呼吸も速くなっていき、気絶の一歩手前まできている。

❖

沈巍《シェン・ウェイ》はひとまず郭長城《グオ・チャンチェン》の介抱を後回しにして、下にいる猫に訊いた。

「これから私たちはどうすればいいんですか？」

「さっきのお前の電話で、所長はすでに事情を把握してるはずだ。安心しろ。あと少し踏ん張れば、所長が助けに来る」

黒猫は淡々と答えた。さすが世間のことをいろいろ見てきただけのことはある。

一方で、沈巍《シェン・ウェイ》は眉間《みけん》にしわを寄せている。

「彼一人で来るんですか？　危険すぎませんか？　どうやってここまで入ってくるんですか？」

（そこ？　沈《シェン》教授が心配するポイントは実に独特だな）と思い、大慶《ダーチン》はしっぽを振りながら気怠《けだる》げに言った。

「心配ご無用。あいつはそこそこ丈夫だから、低級鬼が相手なら死ぬことはまずない」

沈巍《シェン・ウェイ》は壁に凭《もた》れて少し考えたあと、

「私たちはなんとか自力で脱出できないでしょうか」と訊いた。

大慶《ダーチン》は顔を上げて横目で彼を見て、心に少し疑問が浮かんできた——（この教授はいかにも冷静すぎやしないか）

「どうやって自力で脱出しろと言うんだ」と返すと、大慶《ダーチン》はここにいる「戦力」を一つずつ数え始める。

「お前はただの凡人、こいつは役立たず、そして意識不明の女子学生、あと、俺——マスコット一匹——

こんな顔ぶれで自力脱出するなんて、餓鬼に『どうぞ、めし上がってください』って言ってるも同然だ。餓鬼のデザートにでもなる気か！」

「でもさっき、沈《シェン》教授は椅子だけであれをバラバラに砕けたじゃないですか」

郭長城《グオ・チャンチェン》が震えながら言うと、大慶《ダーチン》は少しイライラした口調で返した。

「それはあいつがお腹を空かせてたからとにかく早くなにか喰おうと焦って後ろに隙を作っただけだ。それにお前らは男だから陽の気が強い。それであいつの力が少し弱まっているうちに、俺たちはここまで逃げてこれたんだ。病院は陰の気が強いから、ここまで追いかけてくる途中で、あいつは低級鬼をさんざん喰ったただろうな。今頃このドアの向こうで体力を取り戻して腕が鳴ってるはずだ……。くそ、なんでこんなところにまで出るんだ」

大慶《ダーチン》の話は部屋の隅から伝わってきた子供の鋭い笑い声に遮られた。沈巍《シェン・ウェイ》が下を向くと、そこにはおよそ五、六歳の、蒼白な顔をした女の子がしゃがみ込み、不気味な笑い声を発しながら黒猫のしっぽで遊んでいる。その小さな女鬼《じょき》がどんな顔つきをしているのかはっきりと確認できるまえに、沈巍《シェン・ウェイ》は体が一気に重くなったのを感じた――コアラが木に抱きつくように郭長城《グオ・チャンチェン》が体をくっつけてきたのだ。

「助けてぇー！」

ついさっきみんなのことを守ると大言壮語《たいげんそうご》した警察官は、今や沈巍《シェン・ウェイ》にしがみついて身震いしながら鼻水や涙にまみれた顔で、

「お、お、おにだぁあぁあぁ！」と叫んでいる。

この一日中我慢して言わなかった言葉をようやく思い切って叫び出したのだ。

女鬼は子供のうちに心が成熟しないまま死んだからか、鬼になってもお転婆のままでいる。彼女は新たな

楽しみ方を見つけたようで、猫のしっぽで遊ぶのをやめ、すーっと郭長城《グオ・チャンチェン》の足元へ飛んでいき、顔を上げてこの腰抜けコアラおじさんを興味津々で「鑑賞」し始めた。郭長城《グオ・チャンチェン》が目を細めて恐る恐る俯《うつむ》くと、女鬼は突然舌を出して白目を剝き、顔を上に向けたまま頭を三六十度回転させ、首の骨が折れたようにゆらゆらと頭を揺らし始めた。

今度は郭長城《グオ・チャンチェン》が驚いて白目を剝き、少し気を静めて再び目を開いてみるとまた驚きのあまり白目を剝いてしまった。これを三回繰り返してどうにか完全には気絶せずに済んだが、沈巍《シェン・ウェイ》の太ももにしっかりとしがみつき、上に向かって登ってこようとした。沈巍《シェン・ウェイ》のことをまるでユーカリの木だと思っているようだった。それと同時にもう一度「おぉにぃだぁ！」と渾身《こんしん》の力を込めて叫び出した。

沈巍《シェン・ウェイ》はため息をつき、ズボンが郭長城《グオ・チャンチェン》に引っ張られてずり落ちる羽目にならないようにベルトを引き上げた。後ろにはドアを引っ掻く餓鬼、前には首を揺らす子鬼《こおに》、胴体には子鬼に怯えて張りつくポンコツコアラという窮地に沈巍《シェン・ウェイ》はなんだか不思議な滑稽さを感じた。

❖

一方で、趙雲瀾《チャオ・ユンラン》が病院に入ると、十数メートルしか進んでいないのに、その腕時計——「明鑑《めいかん》」はすでに血に染まったように真っ赤になっている。針は時計の機能を捨て、狂ったコンパスのように回転し始め、何周回っても止まる気配はない——よからぬものが多すぎて、「明鑑」の正常稼働が阻害されたのだ。

「エセ和尚、俺の時計がまた壊れた。他になにか手はないか。なんとかして早く彼らを見つけないと……」

趙雲瀾《チャオ・ユンラン》は大きな声で林静《リン・ジン》に迫った。

そう言われると、林静《リン・ジン》はあぐらをかいて床に座り込み、目を閉じて数珠玉を一個ずつ繰って数えながら唇を動かし続け、瞑想で無我の境地に入った高僧のように念仏を唱え始める。しばらくすると、林静《リン・ジン》はぱっと目を開き、「は！」と一喝した。

白檀の数珠が彼の手の中でがらがらと音を立てると、林静《リン・ジン》は無表情で立ち上がり、仙人の如くある方向を指差しながら、自信満々に「こっちだ」と言った。

それを聞いて趙雲瀾《チャオ・ユンラン》は直《ただ》ちに指差された方向に向かって歩き出す。

「今日は見つけ出すの早かったな」

「いるのが男二人だから陽の気が強くて、たとえ陰気臭い大慶《ダーチン》が一緒にいたとしても、こんなに陰の気が強い病院では非常に目立つんだ」

林静《リン・ジン》が後ろで彼ならではののろのろした口調で返すと、趙雲瀾《チャオ・ユンラン》はぎょっとし、

「男二人？　もう一人小娘が一緒にいるだろう？」と訊いた。

「小娘もいるのか？　だとしたら彼らと一緒ではないみたいだが」

趙雲瀾《チャオ・ユンラン》は思わず眉を顰《ひそ》めた。実習生の郭長城《グオ・チャンチェン》がいざとなるとどんな行動に出るのか、まだなんとも言えないが、大慶《ダーチン》が一般市民を見捨てるようなことをするはずがない。普段は食いしん坊の怠け者だが、職業倫理くらいは守ってくれる。それに、沈《シェン》教授も彼らと一緒にいる。

「ありえない。沈巍《シェン・ウェイ》が自分の学生を見殺しにするはずがない」

趙雲瀾《チャオ・ユンラン》は迷うことなく断言した。

沈巍《シェン・ウェイ》と知り合ったばかりだが、趙雲瀾《チャオ・ユンラン》には彼が決して自分の学生を見捨てて一人で逃げるような臆病者ではないという確信がある。

「シェンウェイって誰？　新人さんは確か郭《グオ》という名前だよね」

林静《リン・ジン》は訊いた。

趙雲瀾《チャオ・ユンラン》は説明するのが面倒だと思い、

「お前の知らない人さ」とだけ答えた。

「ほぉ？　このまえそんなふうに僕をごまかした時は、結局、大学時代の女神に会いに行ってただろう。わざわざ一張羅《いっちょうら》を着てさぁ。所長が挙動不審になる理由はいつもただ一つ！――美人さんに巡り合えたに違いない。正々堂々と紹介してくれればいいじゃないか。そのシェンウェイって人は男？　女？　せめてそれだけは教えてよ」

趙雲瀾《チャオ・ユンラン》は薄暗い顔をして、

「阿弥陀仏、色即是空」と唱えた。

「……」

今度は林静《リン・ジン》が言葉を失った。

趙雲瀾《チャオ・ユンラン》が長くて気味の悪い廊下に入り、ライターの火をつけて周囲を見渡すと、人気《ひとけ》もなく静まり返った廊下が蜘蛛の巣のように四方八方に通じているのが見える。なぜ林静《リン・ジン》は李茜《リー・チェン》が沈巍《シェン・ウェイ》らと一緒にいないと言ったのか？　なにかやむをえない理由で彼女をどこかに置いたのか、それとも……。

彼らは自分たちが李茜《リー・チェン》と一緒にいると思い込んでいるだけなのか？

その時、物置部屋の隅で、「李茜《リー・チェン》」がそっと目を開けた。

十五

郭長城《グオ・チャンチェン》が物音に気付いて振り返ると、李茜《リー・チェン》はすでに起き上がって部屋の隅に立っている。ただ、彼女の動きはあまりにも硬く、下手な操り人形のようなその姿は名状《めいじょう》しがたい不気味さを帯びている。昏睡状態から目が覚めたばかりでまだ鎮静剤が効いているのかもしれないと思い、郭長城《グオ・チャンチェン》はその動きをさほど気に留めることなく、

「よかった！　よかった！　やっと目覚めてくれましたね」と安堵した。

李茜《リー・チェン》はなんの反応もせず、ただそこに突っ立ってぼうっと彼を見ている。

「李《リー》さん？」

郭長城《グオ・チャンチェン》はようやくその違和感に気付き、声を掛けてみた。

さらに前へ一歩踏み出して彼女の様子を確認しようとすると、手を伸ばしてきた沈巍《シェン・ウェイ》に止められた。

その時、李茜《リー・チェン》が突然笑い出した。歪《ゆが》んだ口は奇妙な形を呈し、喉の奥から「ガラガラ」と不気味な音を発しながら、錆びた機械のようにぎこちなくゆっくりと肩を動かすと、その場で何度か全身を揺らした。鎮静剤の影響で体が麻痺したのかと郭長城《グオ・チャンチェン》が疑っていたところに、李茜《リー・チェン》は突然人間とは思えないスピードでこちらに飛びかかってきた。当たるべからざる勢いで郭長城《グオ・チャンチェン》の前に立つ沈巍《シェン・ウェイ》に体当たりすると、口を広げて沈巍《シェン・ウェイ》の肩に噛みつこうとした。

彼女の顔にちょうど携帯の光が当たり、よく見ると、大きく開いたその口の中で、歯が歪《いびつ》に並んでいる。鼻の上にはしわが寄り、目は四白眼《しはくがん》のようにカッと見開かれ、恐ろしく凶暴な怪物のように見える。

「まずい！　あいつは悪霊《あくりょう》に取り憑かれてる！」

黒猫の大慶《ダーチン》は毛を逆立てながら言った。

「餓鬼《がき》の次は悪霊かよ！　沈《シエン》教授、君の教え子はいったい何者なんだ？　いくら憑依体質だといっても、こんなのおかしいぞ」

　脳内で「ぶうん」という音が響き、郭長城《グオ・チャンチェン》はまた頭が真っ白になった。彼は本能で李茜《リー・チェン》を攻撃し始め、手と足を使って我流の「技」を繰り出した——李茜《リー・チェン》の髪を掴んだり、爪で顔を引っ掻いたりするなど、なんなら彼女に噛みつくことすらやりそうな勢いだ。

　エア犬かきのような一連の動作を繰り出していると、郭長城《グオ・チャンチェン》の手がたまたま李茜《リー・チェン》の顔面に当たった。彼女の首を後ろへのけ反らせるほど強い平手打ちだった。さらに、混乱しているなかで彼は、知らず知らずのうちに李茜《リー・チェン》の足を何度か強く踏みつけていた。郭長城《グオ・チャンチェン》の挙動はまさに勇士そのものだが、その中身が弱虫であることはいかんせんこれまで通りしっかり維持されている。

「近づかないで！　近づかないで！　お願い！　誰か助けてぇ！　誰かぁ！」

　彼は鼻水と涙まみれの顔でひたすら叫んでいるのだ。

　その時、郭長城《グオ・チャンチェン》と李茜《リー・チェン》の真ん中に挟まれている沈巍《シエン・ウェイ》は片手で郭長城《グオ・チャンチェン》を押しのけ、もう一方の手で李茜《リー・チェン》を押さえ込むと彼女の肘を捩《ね》じ上げ、このてんやわんやの状況に終止符を打とうとした。しかし、李茜《リー・チェン》の暴走は止まる気配がない。彼女は歯をむき出しにし、手を振り回しながらなにかを噛もうとし始めた。沈巍《シエン・ウェイ》は片手で後ろから李茜《リー・チェン》のうなじを掴んで、そのまま体の向きを変えて壁に押し付けると、もう一方の手で彼女が闇雲《やみくも》に振り回している両手を押さえた。

　この小さな物置部屋は中も外もずいぶんと賑やかになっている——中には正気を失って「シーシー」と不気味な声を発している女、涙も鼻水も止まらない警察官とその太ももにしがみつく小さな女鬼《じょき》、その横で怒鳴る黒猫、外には鋭い爪でひたすらドアを引っ掻く諦めの悪い怪物。

沈巍《シェン・ウェイ》は常に人間離れした冷静さを保っているとは言え、こんな状況に置かれてさすがにてんてこ舞いになってきた。

「誰か紐を探してきてくれませんか？　彼女を縛らないと」

沈巍《シェン・ウェイ》は言った。

しかし、郭長城《グオ・チャンチェン》は泣くばかりで、猫はひたすらに怒鳴り続け、誰も彼に構うものはいない。沈巍《シェン・ウェイ》は仕方なくいっそう声を張り、郭長城《グオ・チャンチェン》に向かって、

「郭《グオ》警官、泣かないで。その子鬼《こおに》は人を噛まないみたいですから、ちょっと手伝ってくれませんか」と言った。

沈巍《シェン・ウェイ》の話を証明したいのか、子鬼は歯が三本しか生えていない口を開け、ぱくっと郭長城《グオ・チャンチェン》の太ももを噛んだ。郭長城《グオ・チャンチェン》がホイッスルのような甲高い悲鳴を上げると、いつの間にやら跳び上がってきていた大慶《ダーチン》に猫パンチを一発食らわされた。

「バカタレ、よく見ろ！」

それを聞いて、郭長城《グオ・チャンチェン》は薄目を開けて俯《うつむ》くと、子鬼の歯も手も彼の体をすり抜け、噛むどころか触れることすらできていないことに気が付いた。

一方で、李茜《リー・チェン》の足掻《あが》き方はますます激しくなってきている。戦力にならない彼らを連れていると、いくら沈《シェン》教授でも冷や汗が出そうになった。

「郭《グオ》警官！」

沈巍《シェン・ウェイ》はもう一度郭長城《グオ・チャンチェン》を呼んだ。

郭長城《グオ・チャンチェン》は慌てて立ち上がってベルトを外し、トイレを我慢しているような姿勢でずり下がるズボンを両も

も挟んだまま、沈巍《シェン・ウェイ》を手伝って李茜《リー・チェン》を縛った。

その時、しばらく姿を潜めていた老婆が再び現れた。李茜《リー・チェン》の横で幻影のようにチラチラする老婆は、ずいぶんと弱っているように見える。何度も李茜《リー・チェン》を触ろうとするが、いくら試しても手が彼女の体をすり抜けてしまう。そしてすり抜けるたびに、老婆の体はよりいっそう透明になっていく。

「おばあさん……」

見ていられなくなった郭長城《グオ・チャンチェン》は老婆を止めようとした。

しかし、彼の手もそのまま老婆の体をすり抜けてしまった。

老婆が振り向いた時、郭長城《グオ・チャンチェン》はようやく彼女の顔がはっきりと見えた――深く刻まれたほうれい線に大きな目袋、薄い白髪はお団子ウィッグでなんとか頭上に留まり、白髪の隙間からカサカサの醜い頭皮が露わになっている。額のしわで目尻が重く垂れ下がっているため目が三角形になり、その目から覗く眼球はどろんと濁っている。なにかを言おうと焦っているが、口を開いても声が出せず、いくら手を伸ばしてもなんにも触れないことに気付くと、老婆の顔に滲み出た焦りの色は絶望の色に変わった。

老婆は徐々に落ち着きを取り戻し、ぼうっと李茜《リー・チェン》を見つめながら、手も足も出せずにただそこに突っ立っている。

そして静かに泣き出した。

その涙は眼球と同じでひどく濁り、泥水のように見える。郭長城《グオ・チャンチェン》はバカみたいに横に突っ立ったまま、どうしたらいいか分からないと訴えるような目で沈《シェン》教授と大慶《ダーチン》を見て、李茜《リー・チェン》を指差して、

「李《リー》さんは……いったいどうしたんですか」と訊いた。

沈巍《シェン・ウェイ》は俯いたまま、なにかを考えているようで郭長城《グオ・チャンチェン》の質問に答えることはなく、一方で大慶《ダーチン》がふんっと

鼻を鳴らして口を開いた。

「彼女はよからぬものに取り憑かれたんだ。でも、飲まぬ酒には酔わぬ。悪運体質のお前が無事なのに、彼女が取り憑かれたってことは、お前より彼女のほうがよっぽど運が悪いってことだ」

褒められているのか、貶《けな》されているのか、郭長城《グオ・チャンチェン》はすぐには反応できなかった。

しかし、彼にはそんなことを考える余裕もなかった。「カチッ」という音が聞こえ、物置部屋の小さなドアに大きな穴が開けられると、カマキリの前足のようなものがその穴から伸びてきたのだ。

沈巍《シェン・ウェイ》は素早く体を屈め、その勢いで李茜《リー・チェン》をかたわらに押しやった。それと同時に、鎌のような餓鬼の前足が彼の頭皮をギリギリで掠《かす》めていった。続いて、ドアが完全に破られ、さっきより何倍にも膨らんだ餓鬼がとてつもなく凶悪な形相で部屋の中に突入してくると、彼らに襲い掛かってきた！

餓鬼は真っ先におばあさんの魂魄《こんぱく》に向かっていったかと思うと、そのままおばあさんをすり抜けた。身を躱《かわ》すのが遅れたおばあさんは、たった一瞬の間に水が蒸発して水蒸気になったかのように消えてしまった。顔に驚愕の表情を浮かべたまま、その空間から綺麗さっぱり姿が消えたのだ。

「みんな早く逃げるんだ！」

大慶《ダーチン》が吠えた。

郭長城《グオ・チャンチェン》が腰を抜かしてしまい地面に座り込んだまま動けなくなっている時、大慶《ダーチン》はすぐさま高いところへ跳び上がった。その体は瞬時に通常の二倍くらいに膨らみ、目は眩《まぶ》しく光る黄金色に変わっている。まるで豹に変身したかのような大慶《ダーチン》は人間の耳には聞こえない音波と、目には見えないエネルギーを放ちつつ、この狭い物置部屋の中で暴れ回る餓鬼に向かって飛びついていった。

郭長城《グオ・チャンチェン》は大慶《ダーチン》のエネルギーを肉眼で確認することはできなかったが、そのエネルギーが刀のようになって眼前を掠めてきたのははっきりと体感できた。鼻が削がれたかと思った次の瞬間、餓鬼はすでに空中にふっ飛ばされ、壁に押し付けられていた。微かな光を借りて、その衝撃で壁に小さなひびが入ったことに沈巍《シェン・ウェイ》は気付いた。

餓鬼は壁にピタッと張りついて動かなくなり、その様はまるでヤモリが釘で打ちつけられているように見える。大慶《ダーチン》の体も通常の猫の大きさに戻っている。しかし意識が遠のいていき、よろめきながら前へ一歩踏み出すと、そのまま高いところから真っ直ぐ下に落ちてしまった。幸いにも沈巍《シェン・ウェイ》が咄嗟《とっさ》に手を伸ばし、しっかりと受け止めた。虫の息となった大慶《ダーチン》は沈巍《シェン・ウェイ》に目をやると、無意識に彼の手のひらに何度か顔を擦りつけ、目を閉じて動かなくなった。

てっきり大慶《ダーチン》が死んだと思い、郭長城《グオ・チャンチェン》はパニックになりかけたが、沈巍《シェン・ウェイ》に撫でられながらその手とともに起伏する黒猫のお腹を見て、大慶《ダーチン》はただ眠りについただけだと分かり胸を撫で下ろした。

「僕たち、これからどうすればいいですか」

郭長城《グオ・チャンチェン》は地面から立ち上がりながら訊いた。

沈巍《シェン・ウェイ》が答えるより先に、天地を揺るがすような怒号《どごう》が響いてきて、それを聞いた郭長城《グオ・チャンチェン》はまた腰を抜かしてへなへなと地面に沈み込んでしまった。

驚いた二人が壁のほうに目をやると、先ほど大慶《ダーチン》の攻撃で餃子の皮のように薄く伸ばされ壁に張りついていた餓鬼がなんと、再び膨れ上がってきている！

黒く汚れた綿の塊がぬいぐるみの中に充填されていくように、廊下から吸い寄せられた数え切れないほどの影たちが、ぽっかりと開いた餓鬼の口の中に次から次へと呑み込まれていった。餓鬼は腹部を急速に膨らませ、大きなビニールボールのようになり壁から剥がれ落ちた。

餓鬼の体は膨らみ続け、足だけは細いままで、地面に落ちるとよろめきながら歩き始め、まるで巨大なカマキリのように見える。何回か頭を揺り動かしたあと、突然口を百八十度近く開いた。横から見るとその頭は真っ二つにかち割ったあと並べて置かれたスイカのようになっている。続いて、物置部屋の中から恐ろしい風の音が聞こえてきた。郭長城《グオ・チャンチェン》は自分の足が勝手に前へ滑り出した気がして、驚いて振り向くと、沈《シェン》教授が徐々に自分から遠ざかっていくことに気が付いた。

「僕が吸い込まれてるぅ！」

郭長城《グオ・チャンチェン》の声色《こわいろ》がガラリと変わり、この危機的状況のなかでどこからそんな余裕が生まれたか知らないが、彼はさらに比喩を使ってその感覚を説明してくれた。

「蒟蒻《こんにゃく》ゼリーみたいに吸われてるぅ！　どうしよう！　僕は喰われちゃう！」と。

宙ぶらりんになった郭長城《グオ・チャンチェン》はなんとか体の向きを変え、歪《いびつ》な体勢で必死にエア犬かきを始めた。

「ぼ……僕は警察だ！　喰われるのは嫌だ！　僕は警察だ……」

郭長城《グオ・チャンチェン》は沈巍《シェン・ウェイ》のほうへ手を伸ばしながら、支離滅裂な言葉をわめき立てた。

「僕は警察だ」というのは元々自分自身を鼓舞《こぶ》するための言葉であったことを、郭長城《グオ・チャンチェン》はとうに忘れていた。デザートの分際でうるさすぎると思ったのか、餓鬼は口を大きく開けてもう一度咆哮《ほうこう》した。すると郭長城《グオ・チャンチェン》は見えない手で首を絞められたように、わめくのをやめた。彼は力の限りを尽くして頭を動かし、首を上げたまま無意識に両手でうなじ辺りを引っ掻き始めた。手の甲に血管が浮き出て喉からふいごのような不気味な音が漏れている。沈巍《シェン・ウェイ》は郭長城《グオ・チャンチェン》が助けを求めて伸ばした手を咄嗟に掴んだが、その腕力があまりにも強かったため、郭長城《グオ・チャンチェン》は自分が餓鬼と沈《シェン》教授に引っ張られて真っ二つになるんじゃないかと思った。

大慶《ダーチン》は依然として昏睡状態のままで、李茜《リー・チエン》は魂が抜けたような顔で地面で藻掻《もが》き続けている。狭い物置部屋は虎視眈々《こしたんたん》と郭長城《グオ・チャンチェン》たちを狙う餓鬼と隙を見てご馳走にありつこうとする低級鬼たちで混雑している。

これ以上にカオスな状況もなかなかないだろう。

その時、鋭い口笛の音が闇を劈《つんざ》いた。鼓膜を突き刺すような鋭い音だった。

いつの間にか部屋の隅に隠れ込んでいた子鬼は恐れおののいた表情で無音の悲鳴を上げながら床の下に突っ込んでいき、そのまま姿を消した。それに続いて真っ黒な短刀が誰かのぼやけた影とともに彼らの目の前をさっと掠め、郭長城《グオ・チャンチェン》と餓鬼の間に差し込まれた。その間を繋ぐ目に見えない紐のようなものを絶ち切ったようだ。それとほぼ同時に、餓鬼はなにかに押されてドーンと勢いよく壁にぶつかった。郭長城《グオ・チャンチェン》を引っ張っていた力が消えると、反動で彼は沈巍《シエン・ウエイ》のほうへ仰向けで大の字に倒れ込み、沈巍《シエン・ウエイ》も巻き込まれて一緒に転倒しそうになった。

郭長城《グオ・チャンチェン》はそのまま地面に転んで尻もちをついたが、沈巍《シエン・ウエイ》は誰かに受け止められていた。趙雲瀾《チャオ・ユンラン》が沈巍《シエン・ウエイ》の腰を抱き寄せ横へ引き抜いたのだ。ライターの炎に照らされた趙雲瀾《チャオ・ユンラン》の顔は端正で冷酷さを帯びつつ、やや痩せているが彫刻刀で彫り出されたかのようなシャープな輪郭線が鮮明に映し出されている。顔の陰影が最も濃いところで目が刺すような視線を放ち、その瞳には小さな炎が映っている。

ずる賢い趙雲瀾《チャオ・ユンラン》はこの体勢を保ったまま沈巍《シエン・ウエイ》の目を見つめ、あえて声を低めて優しく言葉を掛けた。

「沈《シエン》教授、大丈夫ですか?」と。

一方で、足元に転がって悲鳴を上げている実習生には一向に注意を向けていなかった。

十六

趙雲瀾《チャオ・ユンラン》に腰を抱かれたまま、数秒間だけ、沈巍《シェン・ウェイ》は上の空のようになってしまった。しかしこの状況下でもほんの少しの間余所事《よそ》を考えてしまった沈《シェン》教授を責める権利は誰にもない。この絶体絶命の窮地のなかで、ポンコツ警察官より、文人気質の沈《シェン》教授のほうがよほど落ち着きを保っているからだ。一時的に上の空になったあと、沈巍《シェン・ウェイ》は目を伏せ、自分の腰に置かれたスケベ所長の手を押しのけて、メガネを直すと、

「大丈夫です。ありがとうございます」と言った。

「所長！　助けてください！」

郭長城《グオ・チャンチェン》は膝をついたまま、首を伸ばして魂からの叫びを発した。生まれてこの方、誰かに会えたことでこんなに感動したことはないようだ。

哀れな郭長城《グオ・チャンチェン》の姿は実に面白かった。趙雲瀾《チャオ・ユンラン》は狭い物置部屋を見渡し、被害者が出ていないことを確認するとひとまず安心し、大混乱にもかかわらず、伝統演劇の名判官を演じるかのように郭長城《グオ・チャンチェン》にふざけて言う。

「汝《なんじ》らはなにか理不尽な目に遭ったのかい？　遠慮なく聞かせてごらんよ。訴状を用意しているなら、早く見せてごらん！」

その余裕っぷりに感服したか、ドン引きしたか分からないが、郭長城《グオ・チャンチェン》はぱたんと地面に伏せた。

ふざけている趙雲瀾《チャオ・ユンラン》を見て、沈巍《シェン・ウェイ》は自分の鼻を擦りながら、上がってきた口角を隠した。

その時、趙雲瀾《チャオ・ユンラン》に倒された餓鬼《がき》が無限復活ロボットのように再び立ち上がった。沈巍《シェン・ウェイ》がふと顔を上げると、餓鬼が鎌のような大きな前足を振りかざして趙雲瀾《チャオ・ユンラン》の背後を狙って飛びつこうとするのが見えた。

「気を付けて！」

趙雲瀾《チャオ・ユンラン》が身を躱《かわ》すと、冷たい風とともにその大きな鎌が趙雲瀾《チャオ・ユンラン》の目の前を掠《かす》め、続いてもう片方の鎌も襲い掛かってきた。趙雲瀾《チャオ・ユンラン》は両手を交差させ短刀でその攻撃を止め、餓鬼の「手首」を一気に掴んだ。彼の動きは速度も力も非の打ち所がない。過酷な訓練を受けていない限り、このような的確で切れのよい動きをここまで余裕の表情で繰り出すことはまず無理だろう。餓鬼と視線が合った時、その目にはまだ笑みが残り、えくぼも浮かんでいたが、思わず背筋が凍るような笑顔だった。

「南無阿弥陀仏《なむあみだぶっ》——」

餓鬼の後ろから男性の太い声が聞こえた。

続いてどこからか鐘の音が響いてきた。それは人の体内で骨を通じて魂まで響くような音だった。郭長城《グォ・チャンチェン》は頭の中に「ぶーん」という音が響き渡り、目も眩《くら》んできている。一方で、空足掻《からあが》きを続けていた李茜《リー・チェン》は一度体を大きくのけ反らせ、そのまま動かなくなった。

餓鬼も銃弾で頭を打たれたようにのけ反りながら凄まじい悲鳴を上げ、吸い込まれていた黒い影は一つずつその体から剥がれ落ちていった。趙雲瀾《チャオ・ユンラン》が手を離した時、餓鬼はすでに人ほどの大きさに縮み、四肢は枯れ木のように痩せこけ、お腹周りだけが出っ張っていた。ちょっと触るだけで消えてしまいそうなほど弱々しい影になっている。

趙雲瀾《チャオ・ユンラン》が慌てず騒がず懐から手のひらサイズのガラス瓶を取り出すと、瓶の口がピカッと冷たい光を放ち、それを見た餓鬼は思わず体を縮こませ逃げようとしたが、後ろのドアのところに立っている林静《リン・ジン》に阻まれた。林静《リン・ジン》は両手を合わせ、素早く金剛手印《こんごうしゅいん》を結んだ。そして、このさっきまで容貌が十人並みの冴えない男だった林静《リン・ジン》もいきなり山の如く動かざる気迫を纏《まと》い始めた。逃げようとした餓鬼は一か八かドアにぶつかっていったが、勢いよく弾かれた。

その時、趙雲瀾《チャオ・ユンラン》はすでにガラス瓶のコルク栓を引き抜き、瓶の口を餓鬼に向けていた。

たった一瞬で餓鬼の禿げた頭がムンクの『叫び』のように歪《ゆが》み始め、漫画のようなヒステリックな演出で丸ごと瓶の中に吸い込まれ、透明なガラス瓶も一気に黒くなった。趙雲瀾《チャオ・ユンラン》はコルク栓をしっかりと瓶の口に差し込み、その窮屈な「監房」を耳に当て、力強く何度か振って中の音を確認したあと、ようやく嬉しそうに後ろの林静《リン・ジン》に「ミッション終了！」と言った。

❖

「またこんなに乱暴なことをして、俺様の睡眠を邪魔しやがって……」

昏睡していた大慶《ダーチン》は薄目を開け、気息奄々《きそくえんえん》としている。

趙雲瀾《チャオ・ユンラン》が猫を持ち上げ、自分の書類カバンの中に入れると、

「遅いぞ」と、大慶《ダーチン》は消え入りそうな声で文句を垂れた。

「二号東南環状線が渋滞してたからさ」

趙雲瀾《チャオ・ユンラン》は黒猫の頭を軽く叩きながら
「今日はお疲れさん。ボーナスは多めに出すから、安心して休みな」と続けた。

大慶《ダーチン》はゆっくりと瞼《まぶた》を閉じ、うわ言のように呟いた。

「ボーナスよりカツオの炒め煮が食べたい……」と。

「……」

趙雲瀾《チャオ・ユンラン》は大慶《ダーチン》の食い気に言葉を失った。

「これで……ミッション終了……ですか？」

郭長城《グオ・チャンチェン》はぼんやりした顔で所長を見ながら訊いた。

趙雲瀾《チャオ・ユンラン》はいちいち説明するのが億劫《おっくう》だと思い、つい郭長城《グオ・チャンチェン》を相手にしたくないような顔を見せ、せっかく演出したお人好しキャラを危うく壊しかけたところで、沈巍《シェン・ウェイ》もそこにいることをふと思い出し、速やかに微笑みを作って、

「あと少しだけ」と答えた。

言い終えると、趙雲瀾《チャオ・ユンラン》は郭長城《グオ・チャンチェン》をよけて沈巍《シェン・ウェイ》の腕を引っ張った。

「怪我とかしていませんか？　教授を巻き込んじゃって本当にすみません。早くお医者さんに診てもらいましょう……」

「本当に大丈夫……」と言いながら沈巍《シェン・ウェイ》は深く考えず趙雲瀾《チャオ・ユンラン》に手を渡した。

言葉を途切れさせたまま、沈巍《シェン・ウェイ》は一瞬頭の中が真っ白になったような表情を見せ、そのまま一気に意識を失ってしまった。

趙雲瀾《チャオ・ユンラン》は自分の懐に倒れ込んできた沈巍《シェン・ウェイ》を優しく受け止め、片膝をつき、片手で沈巍《シェン・ウェイ》の膝の裏を支えながら、耳元で囁《ささや》いた。

「今日、あなたは李茜《リー・チェン》という飛び降り自殺未遂の女子学生をこの病院に連れてきた。ところが、あなたは低血糖を起こして、一日入院して様子を見ることになった。昔ツインタワーに住んでた時、連続自殺事件が起きて、そこで当時担当の警官趙雲瀾《チャオ・ユンラン》に会ったことがある。その連続自殺事件は噂になったような心霊事件ではなく、実際はオカルト教団が起こした集団自殺事件だった。よく覚えといてね」

林静《リン・ジン》は李茜《リー・チェン》を指差して、趙雲瀾《チャオ・ユンラン》に目配せした。

すると、趙雲瀾《チャオ・ユンラン》は沈巍《シェン・ウェイ》の耳元でこう言い添えた。

「李茜《リー・チェン》は殺人事件に関わっているので、事情聴取のため今夜警察に連れていかれることになった。その他のことについて、あなたは一切覚えてない」

沈巍《シェン・ウェイ》のメガネが鼻からずり落ちて、すらりとした眉と目が露わになっている。意識を失った彼が趙雲瀾《チャオ・ユンラン》の肩を枕代わりに寝ていると、趙雲瀾《チャオ・ユンラン》に抱き上げられ、お姫様抱っこで外へ運ばれていった。

林静《リン・ジン》は李茜《リー・チェン》を片方の肩で担いで進み出すと、郭長城《グオ・チャンチェン》がまだついてこないことに気が付き、振り返って郭長城《グオ・チャンチェン》に向かって、

「こっちの肩はまだ空いているので、そなたも一緒に乗るか」と丁寧に訊いた。

「いやいやいや……。大丈夫です。ありがとうございます」

郭長城《グオ・チャンチェン》は気抜けしたような顔で答えた。

「阿弥陀仏、どういたしまして」

林静《リン・ジン》は片手を胸の前に上げ軽く会釈《えしゃく》し、ゆったりと遠くへ歩いていった。

一方で、趙雲瀾《チャオ・ユンラン》はいつの間にかまた現れてきた当番看護士の目を避けながら、沈巍《シェン・ウェイ》を李茜《リー・チェン》の病室まで運んだ。丁寧に沈巍《シェン・ウェイ》のメガネを外して横に置き、さらに布団をかけてクーラーの温度も上げた。少し考えたあと、また沈巍《シェン・ウェイ》の右手を持ち上げ、人差し指で彼の手の甲に見えない安神符《あんじんふ》[30]を描いた。描き終えると、にやりと笑い沈巍《シェン・ウェイ》の手の甲に軽くキスした。

「お休みなさい、眠れる美男。事件が解決したら、また改めて誘わせてください」

立派な「セクハラ」をしたあと、趙雲瀾《チャオ・ユンラン》は得意満面に言った。

「帰るぞ。今夜は大事なお客様がいらっしゃるんだ。早く帰って報告しないと」

30 訳注：「安神符」とは人の身を守り、心を落ち着かせるための護符。

趙雲瀾《チャオ・ユンラン》は手招きしながら林静《リン・ジン》と郭長城《グォ・チャンチェン》を呼んだ。

趙雲瀾《チャオ・ユンラン》たちの足音が完全に廊下から消えると、病室で熟睡していた沈巍《シェン・ウェイ》が突然目を開けて起き上がった。眠気などこれっぽっちもない顔をした彼が自分の右手を上げ、もう片方の手で軽く触ると、右手の甲に優しい金色の光を放つ護符《ごふ》が現れた。沈巍《シェン・ウェイ》は温かい目でその護符をじっくりと見て、思わず口角が上がってきたが、笑みはすぐに消え、沈巍《シェン・ウェイ》は再び眉を顰《ひそ》めた。心配しているようにも、苦しんでいるようにも見える。

沈巍《シェン・ウェイ》が低い声でなにかを唱えたあと、金色の護符は紙のように彼の手の甲から離れ、ひらひらと空中に浮かんできた。沈巍《シェン・ウェイ》はその護符を手に取って大事にしまい、丁寧に病室のベッドを片付けたあと、躊躇《ためら》いなく二階の窓から飛び降り、暗い夜の帳《とばり》の中に姿を消した。

❖

零時前、趙雲瀾《チャオ・ユンラン》たちはようやく光明通《グァンミンどお》り四号に戻ってきた。門番はすでに夜勤の呉《ウー》に替わっている。

「おっと、郭《グォ》くん、おかえり！　初任務、どうだったかい？」

郭長城《グォ・チャンチェン》を見かけると、呉《ウー》は血の滴《したた》る口をぱっくりと開け、興奮気味に訊いた。

餓鬼に追われて一晩中死に物狂いで走り回っていた郭長城《グォ・チャンチェン》はすでに紙で作られた呉《ウー》の恐ろしい顔すら懐かしく思えるようになっている。ひ弱な郭長城《グォ・チャンチェン》は微笑みを作って、

「まあ……いい感じでしたよ……」と本音を隠した。

「最初はうまくできなくても大丈夫。ちゃんと学んで、頑張ればきっと慣れるよ。君は生きてる人間だから、前途洋々《ぜんとようよう》だ」

呉《ウー》は爽やかに笑った。

（生きてるだけで前途洋々か……）

自分にもちゃんとキャリアアドバンテージがあることを郭長城《グオ・チャンチェン》は初めて知った。

李茜《リー・チェン》を中に連れていくよう林静《リン・ジン》と郭長城《グオ・チャンチェン》に言いつけたあと、趙雲瀾《チャオ・ユンラン》は車をとめ、腕時計の時間を確認すると、呉《ウー》だけに言った。

「今回の案件、呉《ウー》さんも聞いてるよね。俺らの権限では脱獄者を逮捕するところまでしかできないから、斬魂使《ざんこんし》があとで直々《じきじき》に審判に来る。対応よろしくね」

「あ……あの方が⁉」

呉《ウー》は驚いて思わず背筋を伸ばし、声を抑えて確認した。

趙雲瀾《チャオ・ユンラン》は頷《うなず》き、「よろしく頼むよ」といった意味で呉《ウー》の肩を軽く叩いた。疲れた彼は眠気を覚ますためにタバコを一本吸ってから事務所に入った。

その後、呉《ウー》はいつものように受付に座って悠長に新聞を読むことなどできるはずもなく、歩哨《ほしょう》に立つ兵士のように、気を付けのポーズを保ったまま特別調査所の入り口で直立していた。

趙雲瀾《チャオ・ユンラン》は手招きで郭長城《グオ・チャンチェン》を事務所の中に呼び寄せ、新しい事務机を指差しながら、片手間に説明し始める。

「この机を使えばいいよ。特別な事情がない限り、勤務時間は朝九時から夕方五時まで。タイムカードを押す必要はない。たまに用があって遅れたり早く帰ったりする時は、俺に一言言ってくれれば大丈夫。ある意味で出勤は自由だ。正午から午後一時まではお昼休み、二階にある食堂は所員はみんな無料で利用できる。あと、休暇を取っても給料は減らない。各種保険と住宅積立金も完備してるから安心して」

言い終えると、趙雲瀾《チャオ・ユンラン》はズボンのポケットからキャッシュカードを一枚取り出し郭長城《グオ・チャンチェン》に渡した。

「初期パスワードは1が六つで、変更はＡＴＭでできるから自分でしといて。これから給料とボーナスは全部この口座に振り込まれる。給料日は毎月旧暦の十五日。一か月目の分はもう振り込んどいた。あと、出張に行った場合は、汪徴《ワン・ジェン》が旅費精算をしてくれる。領収書はちゃんと貼ること……。貼り方は他の所員に訊いて。旅費精算書を汪徴《ワン・ジェン》の机の上に置いとけば、その日の夜に精算してくれるから、次の日に机に置いてあるお金を取りに行けばいい」

郭長城《グオ・チャンチェン》は両手でキャッシュカードを受け取ると、あの頭部を首に縫いつけられた女性所員への恐怖心を押しのけ、言い表せないほどの誇らしさを感じた——給与をもらったということは、こんな自分でも真の意味で人生最初の仕事に就いたことを意味しているからだ。

「ぼ……僕は初任給をもらったんだ！」

郭長城《グオ・チャンチェン》はどもりながら目を輝かせて言った。

おバカなわりにお金への執着心は強い、このドラマチックな「設定」に趙雲瀾《チャオ・ユンラン》は思わず苦笑いした。

「君の叔父は確かすごく偉い人だよね。お金に困ることなんてないだろう。そんなに嬉しいか？」

「困っています。本当にお金に困っています」

郭長城《グオ・チャンチェン》は顔を上げて真面目に答えた。

しかし、なんでお金に困っているかは説明しなかった。

ただ物珍しげにキャッシュカードを見て、財布の中に丁寧にしまっただけだった——まるでそれがキャッシュカードではなく、なにかの秘宝だったかのように。

趙雲瀾《チャオ・ユンラン》が一言なにか言おうとした時、郭長城《グオ・チャンチェン》の背中で仏像の光背《こうはい》のような白いものが輝いているのを見て驚いた。

（光背が出てるのか？　こいつはいつの間にそんなに大きな功徳《くどく》を積んだんだ？　先祖のご加護のおかげか？　それとも、実は彼は人間に生まれ変わった仏だったりして？）

などと疑問が浮かんだ。

趙雲瀾《チャオ・ユンラン》はタバコの火を消し、目を細めてほくほく顔の郭長城《グオ・チャンチエン》をしばらく観察したあと、反対側にある「所長室」を指差して、

「俺は普段あそこにいるから、なにかあったら呼べばいい」と、淡々と言った。

言い終えて趙雲瀾《チャオ・ユンラン》が顔を擦っていた時、郭長城《グオ・チャンチエン》はようやく所長の目の下の大きなクマに気が付いた。疲れ果てていた趙雲瀾《チャオ・ユンラン》は一気に椅子に座り込み、机の上に突っ伏して少し寝ようとした。

「ちょっと寝るから、あの方が来たら起こして」

「あの方」とは誰のことなのか分からなかったが、林静《リン・ジン》もそばにいたため、この哀れな実習生はひとまず気にしなかった。二十四時間一睡もできず、緊張で体がずっと強張《こわば》っていた郭長城《グオ・チャンチエン》は、クーラーがギンギンに効いた事務所で座って少し休むと、すぐに気絶したように眠りについた。

しばらく経ったところで、郭長城《グオ・チャンチエン》はなにかに驚いたように目を覚ました。どこからか形容しがたい寒気を感じたのだ。

十七

それは空気まで凍らせるような奇妙な寒気だった。いつの間にかエアコンから冷風が送り込まれなくなっ

ている。事務所全体の気温が急激に下がったため、窓に薄い霜《しも》もできた。あちこち飛び回って仕事をしていた霊鬼《れいき》スタッフはみんな足を止め、俯《うつむ》いて恭《うやうや》しく一列に並び、誰か大物が来るのを待っているように見える。

趙《チャオ》所長はいつの間にか起きていたようで、端座《たんざ》したまま机の上に並べられた四つの湯呑みにお茶を注いでいる。ぎこちなく立ち上がった林静《リン・ジン》を見て、なにがなんだか分からないまま郭長城《グオ・チャンチェン》も起立した。

その時、エアコンが小さな音を立て、冷房モードから暖房モードに自動で切り替わった。

続いて、はっきりとした足音が聞こえた。がらんとした廊下に響き渡るその落ち着いた足音は、捜査課事務室の前で止まった。そして呉《ウー》がドアを押し開け、誰かを連れて中に入ってきた。呉《ウー》の態度はあまりにも恭しすぎて少し見苦しい感じさえする。

来客を事務室の奥まで案内した呉《ウー》は、椅子を引いて俯いたまま、

「どうぞおかけください」と言うだけで、顔を上げる勇気はない。

「失礼します」

その人が丁寧に返した。

男性だった。耳に心地よい声をしており、話し方も穏やかで礼儀正しいが、見る人が思わず頭を下げるほど厳《おごそ》かな佇《たたず》まいをしている。寝起きで頭が回らなかったからか、みんなが黙って必死に自分の気配を消そうとしているなか、郭長城《グオ・チャンチェン》は思いがけず大胆な行動に出た――勇気を振り絞り、顔を上げその男性をちらっと見たのだ。

その「人」はすらりと背が高く、全身は黒いマントで覆われ、手と足は露出せず、顔も黒い霧の中に隠され、全身漆黒に包まれ隙がない雰囲気を漂わせている。男性はドアのところで立ち止まり、遠くから趙雲瀾《チャオ・ユンラン》

に拱手《きょうしゅ》の礼[31]をすると、長いマントの袖が足の甲を掠《かす》めた。

「お忙しいところ、失礼します」

その「人」が言った。

趙雲瀾《チャオ・ユンラン》は黄色い御札《おふだ》を一枚手に取って燃やすと、燃え尽きて落ちてきた灰を湯呑みで受けた。その灰はたちまち温かいお茶の中に溶け、さっきまで湯気を立てていたお茶が一瞬で冷え、立っていた湯気も綺麗さっぱり消えてしまった。それと同時に、黒マントを纏《まと》う者の手に湯気を立てる湯呑みが現れた。

「いいえ、こちらこそ。斬魂使大人《ざんこんしたいじん》[32]にわざわざ寒い道のりを駆けつけていただいて、本当に恐縮です。とりあえず、お茶でも飲んで体を温めましょう」

御札を燃やして相手にお茶を差し出すこの一連の作法を見て、郭長城《グォ・チャンチェン》は法事やお墓参りの時に燃やす「冥銭《めいせん》」[33]のことがふと頭に浮かんだ。

（寒い道のり？）

郭長城《グォ・チャンチェン》はその言葉に引っ掛からずにはいられない。

（真夏日なのに、どうして所長は寒いと言ったのか？　この人はいったいどこから来たのだろう？）

郭長城《グォ・チャンチェン》は突然またなにか怖いことを思い出したように小刻みに震え出した。子供の頃おばあちゃんから聞いた話だが、臨終の老人には、必ずおいしいものを腹いっぱい食べさせ、暖かい服を着させること。黄泉路《よみじ》は長いうえに、魂まで凍るほど寒いからだと。

もしかして彼は黄泉の国から……。

31　訳注：「拱手の礼」とは中国の敬礼の一つで、一方の手で拳をつくり、そこにもう一方の手をかぶせること。
32　訳注：古代中国では貴族や官吏を「大人」と呼んでいた。現代では年長者や自分の配偶者などに対する敬称として使われることがある。
33　訳注：「冥銭」とは紙幣を模したもので、墓前などで「冥銭」を焚くことで、それが冥界の通貨となってあの世に届くと信じられている。

斬魂使《ざんこんし》はお茶をほんの一口飲むと、

「おいしゅうございます」と言った。

そして、郭長城《グオ・チャンチェン》のそばを通り過ぎ、趙雲瀾《チャオ・ユンラン》の向かいに腰掛けた。すれ違った瞬間、郭長城《グオ・チャンチェン》はなにか特別な匂いを感じた。一晩中病院で缶詰になっていた郭長城《グオ・チャンチェン》の脳裏には、まだ病院の腐敗臭が染みついている。それを拭い去るような匂いを感じたのだ。その匂いにはある独特な香りが微かに溶け込んでおり、彼に大興安嶺《だいこうあんれい》[34]の厳冬を思い出させた——一晩雪に降られたあと、翌朝ドアを押し開けて最初に肺に吸い込む空気のようだ。万年雪で覆い尽くされた銀世界ならではの匂い。潔く、そして骨まで沁みるほど寒い空気に、瀕死の花が放つ……悠遠《ゆうえん》で、命の終焉《しゅうえん》にたどり着いた時の寂しげな香りが混ざっている。

斬魂使《ざんこんし》は穏やかな声質に、上品な文語調を使っているため、まるで時代劇によく見られる昔の教養人のようだ。強いて言えば、黒い霧の中に隠されたその顔は確かに少し奇妙に見えるが、他に異様なところは一つもない。それでも徐々に眠気が去ると、郭長城《グオ・チャンチェン》も嫌というほどこの斬魂使《ざんこんし》という者の恐ろしさを思い知った。

その恐ろしさはまったく根拠のないものだが、見る人の魂の奥から勝手に湧き上がってくる。なぜ霊鬼スタッフたちがみんな斬魂使《ざんこんし》の前で猫に出くわした鼠《ねずみ》のようになるのか、郭長城《グオ・チャンチェン》はようやく分かってきた。

(彼は南半球から来たんだ。南半球は冬だから寒いんだ……)

郭長城《グオ・チャンチェン》は目をつぶり、心の中で呪文を唱えるかのようにひたすら科学的根拠を並べて自分に言い聞かせ続けるばかりで、斬魂使《ざんこんし》を再び見る勇気はない。

(科学を信じろ。そう、僕は科学を信じるんだ……)

34 訳注:「大興安嶺」とは中国東北部を南北に走る大山脈。

意識を失った黒猫を除いて、部屋の中には人と鬼が合わせて四人いるため、趙雲瀾《チャオ・ユンラン》はお茶を四杯入れたが、林静《リン・ジン》と郭長城《グォ・チャンチェン》は机に近づく勇気が出ず、お茶の香りが部屋全体に充満するに足るほどの長い時間、湯呑みを手に取ることができなかった。趙雲瀾《チャオ・ユンラン》だけは事務机の後方で堂々と椅子に座っている。

斬魂使《ざんこんし》がゆっくりとお茶を一杯飲み終えるまで待って、趙雲瀾《チャオ・ユンラン》は喋り出した。

「人間界に逃げた餓鬼《がき》くらいで、わざわざ大人《たいじん》がいらっしゃるほどのことでもないと思いますが、どうして……」

「これには少しやむをえぬ事情がありまして……。旧暦の七月十五日、冥府《めいふ》で大規模な霊鬼脱獄事件が起きたのは、実はあるものが人間界に再び現れたがゆえのことです」

「輪廻晷《りんねき》のことですか」

趙雲瀾《チャオ・ユンラン》はふと思い出した。

斬魂使《ざんこんし》は頷《うなず》いて話を続ける。

「おっしゃる通り、輪廻晷です。令主《れいしゅ》はすでにお聞き及びかもしれませんが、輪廻晷は幽冥四聖《ゆうめいしせい》の一つであり、人間界から姿を消してから長い年月が経ちました。このたび再び人間界に現れたことが幸いなことなのか、災いをもたらすことになるのか、確信が持てなかったがゆえに、直接確認したく参りました」

「幽冥四聖っていったい何物なんでしょうか?」

趙雲瀾《チャオ・ユンラン》はさらに尋ねた。

斬魂使《ざんこんし》は少し黙ってから、

「封印です」と答えた。

「封印?」

「言い伝えによると、陰陽の均衡や六道《りくどう》輪廻に関わる大封印だそうです。太古の昔から伝わってきたものであるため、文献の考証は難しいですが。それが真実か否かはさておき、輪廻晷の持つ力は生霊や死霊にとって極めて魅力的なもので、その誘惑が容易に拒めないほど強いものであることは否めません。それさえあれば、思うままに人から寿命を分けてもらえるからです。今現在、輪廻転生の秩序はすでに乱されております。もし邪心のある者の手に渡れば、想像を絶するほどの恐ろしい事態になりかねません」

どうりで餓鬼や悪霊の類《たぐい》が李茜《リー・チェン》のところに寄ってたかって集まるわけだ。彼女が輪廻晷を触ったからだ。

その説明を聞くと、趙雲瀾《チャオ・ユンラン》は表情を改めてすぐに立ち上がり、

「では、取調室へ行きましょう」と言った。

斬魂使《ざんこんし》は黙然と趙雲瀾《チャオ・ユンラン》の後ろについて取調室に向かった。

「令主は少し顔色が優れないようですね。こちらの不祥事に巻き込まれて連日奔走し続けて、さぞお疲れでしょう。くれぐれも御身《おんみ》お大切になさってください」

人や鬼を問わず、誰もが貝のように口を閉ざす静寂のなか、斬魂使《ざんこんし》が世間話をするように口を開いた。

「大丈夫、大丈夫」

趙雲瀾《チャオ・ユンラン》はゆったりと手を振りながら答えた。

「何日か徹夜するだけじゃ死にやしません。たとえ死んだとしても特に困ることもありませんし。冥府で雑用でもさせてもらって、死後も公務員生活を楽しめるんなら、それはそれでいいんじゃないですかね」

斬魂使《ざんこんし》は趙《チャオ》所長の話に賛同しなかった。

「いついかなる時も決して命を粗末にするべからず。令主、軽々しくそういう冗談を言わないほうがよろしいかと思います」と誡《いまし》めた。

趙雲瀾《チャオ・ユンラン》は爽やかに笑い出し、斬魂使《ざんこんし》の話には答えず取調室のドアを押し開けた。

❖

取調室に閉じ込められた「李茜《リー・チェン》」はいつの間にか「目を覚ましていた」。耳が痛くなるほどの金切り声が絶えず中から響いてきていたが、斬魂使《ざんこんし》が取調室に入った瞬間一気に止まった。「李茜《リー・チェン》」は斬魂使《ざんこんし》を見るなり、首を絞められた親鳥のように体を激しく震わせ、恐れおののいた表情でドアのほうを睨みつける。しばらくして彼女は突然白目を剥き、崩れるように倒れ込んだ。

それと同時に、ずっと二人の後ろについていた郭長城《グオ・チャンチェン》はなにかが自分の顔に向かって飛びついてきた気がして、慌てて一歩後ずさった。前にいる斬魂使《ざんこんし》が腕を上げるると、マントの巨大な袖が黒い波を立てながら空中で翻《ひるがえ》り、続いて郭長城《グオ・チャンチェン》の頭上にぼんやりとした鬼の影が現れた。女鬼《じょき》のようだった。髪が長く、ボロボロのロングドレスを着ている。歪《いびつ》な顔で体をくねらせながら、悲鳴を上げ続けているその女鬼はあっという間にすり潰され、黒い煙になって斬魂使《ざんこんし》の袖の中に吸い込まれた。

「頑冥不霊《がんめいふれい》な者よ、人間の体を奪い取るなど、誅《ちゅう》すべきだ」

斬魂使《ざんこんし》は淡々と言った。その柔らかい口調は先ほどの挨拶と何一つ変わらない。

郭長城《グオ・チャンチェン》は思わず戦慄した。

一方で、趙雲瀾《チャオ・ユンラン》は目の前の出来事に慣れ切った様子で、どうぞと言わんばかりに手を差し出した。取調室にはすでに四脚の椅子が用意されており、顔が真っ青になった李茜《リー・チェン》は机の横に置かれた椅子に縛りつけられている。

林静《リン・ジン》はじょうろを持って李茜《リー・チェン》に近づき、容赦なく彼女の顔面に向かって水をぶちまけた。まるで目の前に

いるのがか弱い女性ではなく凶悪な鬼かのような扱いだ。やがて彼女の目が覚めると、林静《リン・ジン》は金剛力士像《こんごうりきしぞう》のような仏頂面で、

「警察だ。質問に正直に答えろ。じゃないと、どうなっても知らんぞ」と無慈悲《むじひ》な口調で言った。

すると、さっきまで虚ろな目つきをしていた李茜《リー・チェン》は思わず竦《すく》み上がり、恐怖の色が浮かんできた目を郭長城《グォ・チャンチェン》と趙雲瀾《チャオ・ユンラン》のほうに向けた。二人がいることが分かると、なにかを言おうとしたが、自分が椅子に縛られていることに気付いて驚いた。

「私……なにかしましたか」

「盧若梅《ル・ルウオメイ》を殺害し、君を襲った犯人はすでに逮捕された。でも、形式上まだ君の証言が必要だから、供述調書を取るためにちょっと協力してくれないか」

趙雲瀾《チャオ・ユンラン》は林静《リン・ジン》の隣に座り、李茜《リー・チェン》に訊いた。

林静《リン・ジン》の出方より、趙《チャオ》所長のほうがずっと穏やかで、口調も柔らかい。まるでテレビで見るスポークスマンのようだ。

とはいえ、その場の雰囲気は証人尋問というより、最高裁判所で審判を行なうかのように厳かだった。

李茜《リー・チェン》もバカではない。一瞬頭の中が真っ白になっていたが、すぐに冷静になり、

「じゃ、なんで私が縛られているんですか」と警戒感を示した。

そう訊かれると、趙雲瀾《チャオ・ユンラン》は眉を吊り上げ、指を鳴らした。

そして、李茜《リー・チェン》を縛る紐が音声制御機能がついていたかのように自動的に解けた。李茜《リー・チェン》は一瞬驚いたものの、すぐに落ち着いたふりをして顔を上げ、自分をじっと観察する趙雲瀾《チャオ・ユンラン》の視線を避けようともしなかった。しかし、体は本能的に椅子の奥のほうへ動いていた。

「犯人が捕まったなら、犯人に訊けばいいんじゃないですか。私が知っていることはもう全部話しましたから。今何時ですか？　もう帰らせてもらえますか？」

李茜《リー・チエン》は虚勢を張った。

すると、「バン！」と林静《リン・ジン》が机をぶっ叩いた。どうやら道理の通用しない悪刑事役を徹底的に演じ切ろうとしているようだ。

「所長が協力しろと言ってるんだからおとなしく協力しろ。ぐずぐず言うな。それとも犯人を庇《かば》うつもりか？　その理由は？　犯人とはどういう関係なんだ？」

激怒するふりの林静《リン・ジン》を見て、趙雲瀾《チャオ・ユンラン》は善人役を演じようと彼の肩を軽く押さえ、愛想のいい顔を作って李茜《リー・チエン》にこう言った。

「八月三十一日夜十時二十分頃、君が学校の正門で被害者の盧若梅《ル・ルウオメイ》とすれ違って、その時、彼女の後ろについてたものを目撃したことはもう確認済みだ。事件の詳細も大体把握できてる。だけど俺にはまだいくつか疑問が残ってるんだよね。たとえば――君はいつからああいうものが見えるようになったのか？　実家のあの……輪廻盤が刻んである古い日時計を使ってからか？」

李茜《リー・チエン》は恐る恐る林静《リン・ジン》に目をやると、顔にまた少し恐怖の色を浮かべた。ここは正直に認めたほうがいいと判断し、視線を下に落とすと、軽く頷いた。

趙雲瀾《チャオ・ユンラン》はすらっとした指で机を軽く叩いた。

「言い伝えによると、輪廻晷は三生石《さんせいせき》を基盤として作られたもので、裏には三途の川に棲む黒魚《こくぎょ》の鱗《うろこ》が嵌《は》め込まれている。輪廻晷さえあれば、亡くなった人を蘇らせることができる。しかし、生きてるうちに自分の寿命を死んだ人に分けるなんて、黄泉路に半分足を踏み入れたも同然だ……。それを使ったから、君の目には冥界《めいかい》と人間界、これら二つの世界が重なって見えるようになったんだろう。違うか？」

その詰問に李茜《リー・チエン》は微かに肩を震わせ、趙雲瀾《チャオ・ユンラン》の指をじっと見て、黙ったまま再び頷いた。

趙雲瀾《チャオ・ユンラン》は椅子の背に寄り掛かり、話を続ける。

「君がおばあさん孝行なのは認める」

趙雲瀾《チャオ・ユンラン》が目を細めると、密なまつ毛と深い瞼《まぶた》のくぼみによってその目つきはいっそう朦朧《もうろう》としているように見える。

「『家にいるときは親孝行を心掛け、外に出たときは年長者を敬いなさい』っていう孔子の言葉は昔から標榜されてきたけど、輪廻晷が実際に目の前に現れたとして、自分の命を親に分けられる人って果たしてどのくらいいるんだろうな」と、趙雲瀾《チャオ・ユンラン》は嘆くような話し方で続けた。

「輪廻晷は幽冥四聖の一つとして、陰陽の秩序を乱す力が宿っておるゆえ、凡人が勝手に使うことは断じて許されません」

斬魂使《ざんこんし》が口を挟んできたが、李茜《リー・チエン》はみんなと同じく斬魂使《ざんこんし》を直視することができず、その話を聞くと、指を強く絡め、余裕のない表情で喋り出した。

「あれがいったいなんなのか私もよく分かりませんでした……。昔から伝わってきた御利益があるものだとは聞いていましたが……。あの時、おばあちゃんが脳出血を起こして、気付いた時はもう手遅れだったんです。私は学校にいたからなにも知らなくて、おばあちゃんに会えた時、もう息を……。おばあちゃんは、ただ私と一緒に暮らしてたってだけじゃありません。両親に邪魔者扱いされてきた私を小さい時から育ててくれたのはおばあちゃんです。二人だけでお互いに支え合って生きてきたんです……。そんな唯一の心の支えを失った気持ち、あなたたちに分かりますか？　あの時、私は泣くことさえできませんでした。おばあちゃんが亡くなったことをどうしても信じられませんでした。どうしておばあちゃんが亡くなったのか、人間はどうして死ぬのか、そんなことばかり考えるようになりました」

「それで輪廻晷を使うことを思いついたわけか」

趙雲瀾《チャオ・ユンラン》は言った。

「私もあんなものを信じた自分はどうかしてると思います。でも、あれは本当に私の願いを叶えてくれたんです……」

李茜《リー・チェン》はぶつぶつと続けた。

「おばあちゃんを失ってから、もう恐れるものはなにもないって思いました。自分はまだ若いから、ひょっとしたらあと百年生きられるかもしれません。仮に五十年の寿命をおばあちゃんに分けたとしても、定年になる歳まで生きられます。これだけ寿命が残ってるなら、おばあちゃんに分けてもいいじゃないですか。凡人が冥界のものを触ってはいけないというなら、なんであれがこの世界に現れたんですか？　なんで私の願いを叶えてくれたんですか？」

十八

李茜《リー・チェン》の質問にその場にいた全員が黙り込んだ。しばらく経ってから、斬魂使《ざんこんし》は口を開いた。

「輪廻晷《りんねき》がそなたの願いを叶えたのは、あの時、そなたが一切を省みず祖母を蘇らせようとしたからです。時には人間の強い意思さえあれば、どんな願いも叶えられます。しかし、叶えられたとはいえ、その願いが必ずしも正しいとは限らぬのです」

李茜《リー・チェン》は涙が零《こぼ》れそうになったが、すぐに意地を張って視線を余所《よそ》に移した。ふいに湧いてきた窮屈な気持ちを他人に見せたくないようだ。しばらくかけて、低い声で返した。

「そうです。私はただの凡人です。どんな状況に置かれても――唯一自分のことを愛してくれる親族が突然亡くなって、自分の存在を煙たがる両親しかいなくなっても、努力が周りに認められなくても、毎年の学費を捻出するために精一杯お金を稼いで、こんなに頑張ったのに結局龍城《ロンチェン》でまともな仕事を見つけられなくても、目の前の状況を丸ごと受け止めるしかありませんでした。こんな有様、傍から見たらきっとかわいそうに見えますよね。こんなことなら、おばあちゃんを蘇らせなければよかったのかもしれません。いっそのことおばあちゃんと一緒に死んだほうがマシでした」

趙雲瀾《チャオ・ユンラン》は静かな顔で李茜《リー・チェン》を見ているだけで、口を挟もうとはしない。

「自分は亀のようなものだと思いながら生きてきました。どれだけ遅くても精一杯地面を這って一歩ずつ進んできました。でも、一生懸命頑張っていても、ある時通りかかった人に軽く蹴られて、それだけで簡単に裏返しになっちゃいました。その人は私が必死に足掻《あが》いて、全身の力を使ってやっと元に戻ったのを横目で見て、また足先で私を小突きました。たったそれだけでこれまでの自分の努力は全部水の泡になるんです。笑えるでしょう」

李茜《リー・チェン》は聞こえないほど微かな声で続けた。必死で自分の気持ちを抑えようとしていたにもかかわらず、言葉では言い表せない鬱憤《うっぷん》と不満はやはりその顔に滲み出てきた。

彼女の言葉で郭長城《グオ・チャンチェン》はひたすら不甲斐なさを感じている。

（僕は賢くないし、努力をすることもなく、毎日ダラダラと人生をむだに過ごしてきたのに、ある日突然なんの苦労もせずこの仕事を手に入れた）と思って自分の情けなさにいたたまれなくなった郭長城《グオ・チャンチェン》は、「お……お水を持ってきます」と李茜《リー・チェン》に申し訳なさそうに言った。

感傷に浸っている李茜《リー・チェン》は彼に構わなかった。

「輪廻晷が君の願いを叶えてくれて、おばあさんの命を蘇らせたけど、そのあとおばあさんはずっと体調が悪かったそうだね。その時、介護をしてたのは君だった？」

趙雲瀾《チャオ・ユンラン》は訊いた。

「私以外に誰かおばあちゃんの世話をしてくれる人がいると思いますか」

李茜《リー・チェン》は無表情で答えると、

「両親がおばあちゃんを市内に迎え入れたのは、彼らが自分のメンツを保つために払った最大の『犠牲』です。それ以上なにかしてくれるなんてこと望めません」と言い添えた。

趙雲瀾《チャオ・ユンラン》は頷《うなず》き、

「君は学校もあるから、自分の学費と生活費を稼がないといけないだろう。こんな状況で、おばあさんの介護をするなんて大変だったんじゃないか」と訊いた。

その時、林静《リン・ジン》は訝《いぶか》しげに上司の趙雲瀾《チャオ・ユンラン》に目をやった。取調室に入った時、所長が自分に合図して悪役を演じさせたのは、てっきり李茜《リー・チェン》が餓鬼《がき》事件の取り調べで嘘をついたから、今回は間違いなく彼女から真実を訊き出すためだと思っていた。それなのに、取り調べがこんな展開になるなんて思ってもみなかった。

（いくらなんでも話がずれまくっているのではないか？）

所長がいったいなにを企んでいるのか、林静《リン・ジン》はさっぱり分からなくなった。

斬魂使《ざんこんし》がずっと隣で端座《たんざ》し、この意図が分からない雑談をやめさせるつもりもなさそうなのを見ると、林静《リン・ジン》も余計なことは言わず、疑問を抱えながらも黙って隣に座り話の続きを聞くことにした。

郭長城《グオ・チャンチェン》がすたすたと歩き温かい湯を持ってきて李茜《リー・チェン》に渡すと、彼女は礼も言わず、ただ眉を微かに動かし、そのカップをじっと見ていた。顔は落ち着いているように見えるが、手に持つカップの湯は小刻みに揺れている。

「あの時、おばあちゃんは毎日朝四時半に起きて朝ごはんを用意してくれていました。でも認知症がひどくなって、ある日、牛乳を温めていた時、鍋から吹き零れているのにおばあちゃんは全然気が付かなくて、零れた牛乳で火が消えて危うく一酸化炭素中毒になるところでした。そんなことがあったから、料理はもうさせてはいけないと思ったんです。けど、何度言ってもその次の日も必ずいつものように起きて朝ごはんを作ろうとしてくれるんです。仕方なく私も毎日おばあちゃんの時間に合わせて四時半に起きて朝ごはんを作ることにしました」

「昼間は授業が入ったり、指導教官の研究課題を手伝ったり、実習などに行ったりして家にいられないけど、どこに行ったとしても、お昼は必ずバスで四十分から一時間ぐらいかけて家に戻って、おばあちゃんのごはんを作って、薬も飲ませるようにしていました。自分は急いで戻らなきゃいけなかったからお昼を食べる余裕もありませんでした。夜家に着いてからは、おばあちゃんの介護をして、それが終わってからやっと自分の勉強ができますけど、効率はいつも悪かったです……。おばあちゃんはもう歳だから、やたらと話し掛けてくるんです。その話に付き合わなきゃいけなくて、全然勉強に集中できませんでした。おばあちゃんが寝てくれるのはいつも十時ぐらいでした。そのあとやっと翻訳などのバイトに手をつけられますが、バイトの作業は大体深夜まで続くから、眠たくてそのまま机に突っ伏して寝ちゃうこともよくありました」

そこまで話すと、李茜《リー・チエン》は長嘆息《ちょうたんそく》を漏らした。顔にどっと疲れたような表情を浮かべ、まるで喋るだけで大きな負担を感じているようだ。

「大変だったでしょって言われてもね……」と言いかけ、彼女は一瞬苦笑いを見せて、湯を少し飲んでその表情を隠し、改めて冷淡な口ぶりで話を続ける。

「こんなことを聞いても時間のむだでしょう。事件についてなにか訊きたいことがあれば、単刀直入に訊いて構いません」

「言い方悪いけど、正直なところおばあさんが亡くなって、君もだいぶ楽になったんじゃない？」

趙雲瀾《チャオ・ユンラン》が机に置いた供述調書を軽く叩きながら尋ねると、李茜《リー・チエン》は彼を睨みつけ、

「どういう意味ですか」と辛辣な口調で訊き返した。

「文字通りの意味だ」

趙雲瀾《チャオ・ユンラン》は少しも動揺せずに答えた。

それを聞いて、李茜《リー・チエン》は微かに唇を動かし、勢いよく立ち上がった。その動きでカップの中の湯が半分くらい机に零れた。

「あなた方警察官は、いつもこんなふうに取り調べしてるんですか？　罪のない市民を根拠もなく拘置して、濡れ衣を着せるんですか？」

「落ち着いて。座ろう」

趙雲瀾《チャオ・ユンラン》はティッシュを取り出して零れた湯を拭き取った。

「負担が減れば普通は楽になるだろうと思って訊いただけだ。濡れ衣を着せるつもりなんてちっともない。君が頭の中でどんなことを考えていても、テロリストのようにペンタゴンを爆撃しようって企んでいても、

行動に移してない限り、罪にはならない。ここでは思想犯っていう罪は問わないから」

「どうでもいいからもう帰らせてもらえませんか？　あなたたちに私を拘置する権利はないでしょう」

李茜《リー・チェン》が硬い口調で言い返すと、趙雲瀾《チャオ・ユンラン》は彼女に目をやり、頷いた。

「では、関係のない話はさておいて、君は学校の正門で盧若梅《ル・ルゥオメイ》とその後ろについてた『影』を見たって、今日午前中に言ったよね。その影はどんな形をしてたか覚えてる？」

「はっきり見えなかったから、よく覚えてません」

そう言って、李茜《リー・チェン》は眉を顰《ひそ》めた。

彼女の返事に趙雲瀾《チャオ・ユンラン》はつい吹き出した。えくぼを見せているが、笑うと目尻にできるしわがいつものように見えなかったため、視線がかえって鋭く感じられた。

「すれ違った人の顔を覚えてないとか、交通事故の加害者が男か女か覚えてないとかはよくあるけど、自分をあんなふうに驚かせたものを覚えてないなんて、そんなわけあるか？　覚えてないなら、どうしてこんなに震えてるんだ？」

李茜《リー・チェン》は一瞬固まって、ほっそりとした手を握り締めた。

「身長はこのくらいとか、黒くて背が低くてちょっと太ってるように見えたって、午前中にそう教えてくれたよね」

趙雲瀾《チャオ・ユンラン》の口ぶりがいっそう厳しくなってきた。

それを聞いて李茜《リー・チェン》の顔色は一気に青白くなった。

趙雲瀾《チャオ・ユンラン》は目を細めて、

「李《リー》さん、気まぐれに供述を翻《ひるがえ》されるのは困る。君が見た黒い影は本当に午前中に言ってたような形をしてたのか？」と訊いた。

林静《リン・ジン》は所長に合わせて容疑者の口から供述を吐かせるのが得意なようで、李茜《リー・チェン》がなぜ突然驚いたように顔を青ざめさせたのか分からなかったが、彼女が取り乱しているところを狙って勢いよく机を叩き、

「早く答えろ！」と恫喝《どうかつ》した。

趙雲瀾《チャオ・ユンラン》が一歩ずつ李茜《リー・チェン》に詰め寄り、彼女の神経をゴムのようにギリギリまで張り詰めさせ、そして林静《リン・ジン》がそのゴムをぷつりと切ったのだ。

「そうです……。そういう形をしてたんです。だからなんですか！」

李茜《リー・チェン》は深く考えずに答えた。

「そうか。背が低くて太ってるか」

趙雲瀾《チャオ・ユンラン》はゆっくりと李茜《リー・チェン》の話を繰り返し、椅子に背を預けた。指を交差させたまま机の上に手を置いて尋ねる。

「じゃ、そいつは男か？　女か？　お年寄りか？　それとも若者か？」

そこにいる全員は、李茜《リー・チェン》を除いてみんな餓鬼の本当の姿を知っている——男でも女でもお年寄りでも若者でもなく、そもそも人の形をしていない。四肢は痩せこけ、腹部だけ大きく出っ張り、人間より背が高く、前足はカマキリのような形だった。

（あれ？）と思い郭長城《グォ・チャンチェン》は李茜《リー・チェン》に訝しい視線を向けたが、斬魂使《ざんこんし》は相変わらず恐ろしい存在感を漂わせているだけで微動だにしない。社会経験が浅い李茜《リー・チェン》はこういう場が苦手というか、そもそも経験したことがなく、今は自分が無数の目に見張られているように感じて窮屈で仕方がない。冷酷な人々が自分の内面を覗きながら揶揄《やゆ》しているようで、みんな自分が隠した秘密を知っていると李茜《リー・チェン》はそう思い込んでいる。

その思い込みで彼女はパニックに陥った。

趙雲瀾《チャオ・ユンラン》はさらに声を低め、耳元で囁《ささや》くようにこう言った。

「今のは冗談だよ。人間の記憶はぼやけることもある。なんの前ぶれもなく突然ショックを受けた場合は特にそうだ。だから目撃者の供述が必ずしも正確とは限らない。その影に恐怖を感じたから、君の脳は自分がその恐怖に耐え切れないと判断して、自己防衛の本能から記憶に一瞬の空白を作ったんだ。それで君の想像が無意識にその記憶の空白を埋めた。つまり今日午前中に君が教えてくれたのは、ただの君の想像だ——君自身が想像する一番怖いものなんだ」

さすがにここまでくると、郭長城《グオ・チャンチェン》もようやく目の前で起きているのは単なる形式上の証人尋問ではなく、本格的な「警察の取り調べ」であることに気が付いた。郭長城《グオ・チャンチェン》は賢くはないがわりとセンシティブで、いったいなにがあったのかよく分からないものの、本能的に嫌な予感を覚えた。山のように動じない斬魂使《ざんこんし》の雰囲気と威圧的な取り調べで郭長城《グオ・チャンチェン》は息苦しくなっている。

李茜《リー・チェン》も青白い顔に沈鬱《ちんうつ》な色を浮かべた。

「なんで今朝飛び降り自殺しようとしたのか、教えてもらわないとな」と言って、趙雲瀾《チャオ・ユンラン》は和やかな笑みを消した。

一方で、李茜《リー・チェン》は胸に波の起伏のような激しい鼓動を打たせている。

「昨日は一晩寝てなかっただろう。屋上にいた時、『いっそのこと死んだらもうなにも怖くなくなる』『どんなことがあったとしても、死んだらチャラにできる』とか考えてなかった？」

趙雲瀾《チャオ・ユンラン》は冷笑しているような、嘆くような表情を見せた。

「李《リー》さん、自分は一応人生の先輩だから言わせてもらおう。君たちのような若い子は死ぬなんて怖くないっ

『鎮魂 Guardian 1 』初回特典

「沈教授の雲瀾ドキドキめがね拭き」応募QRコード

シリアルコード

zuez4

https://subarusya1.com/pleiades/chinkon-tokuten/

【応募方法】

上記 URL または QR コードより応募ページへアクセスし、シリアルコードと必要事項を入力しご応募ください。

【応募締切】

2024 年 3 月 31 日（日）午後 11 時 59 分まで

【注意事項】

・シリアルコードの譲渡、転売、貸与などの行為は禁止致します。
・シリアルコードはいかなる場合も再発行できません。
・シリアルコード一つにつき、一回の応募です。
・本企画は、予告なく中断、中止または内容の変更等が行われる場合がございます。
・応募後の入力項目の変更、追加、取消は一切致しかねます。
・アクセス集中の際は時間をおいて再度アクセスしてください。先着順ではございません。
・応募のための通信料はお客様のご負担となります。
・応募のための通信の際のトラブルについては、責任を負いかねます。
・一部の機種において本サービスが正常に利用できない場合があります。
・日本国内送料無料。
・海外の場合、送料のご負担をお願い致します。応募後、送料についてご連絡致します。
The international shipping cost will be charged to customers. We will estimate the shipping cost individually and get in touch with you by email.
・発送後、発送完了メールの配信はございません。

て思ってる人が多いみたいだけど、俺から言わせると、それはただ若いから死ぬことの本当の意味が分かってないだけだ。君のような……気が強くて、決断も早くて、衝動的な若い子は特にそうだ。死ぬなんて全然怖くないって思ってただろう」

李茜《リー・チェン》は本能に駆られて言い返そうとしたが、声はか細くなっている。

「どうして……どうして断言できるんですか？　他人に向かって死ぬことの本当の意味が分かっていないなんて、そんなことどうして断言できるんですか？　私には分かります。この目で見たんですから！　昨日まで元気に話し掛けてくれていた人が自分の知らないところで急に……心臓が止まって、息も止まって、体が少しずつ……少しずつ縮こまって、冷たくなっていって、死体になっていくのを見たんです。人間じゃなくなったんです。もう、どこに行ってもその姿は見つからなくなって。二度と会えなくなって……、もう二度と……」

「李《リー》さん」

趙雲瀾《チャオ・ユンラン》はその話を遮った。

「君は分かってるつもりかもしれないが実は怖がってるのは、死ぬことじゃなくて、別れることだ。君はただおばあさんが急にそばからいなくなったことをまだ受け入れられていないだけなんだ」

取調室にいるみんなは黙り込んだ。秋風に震える落ち葉のように李茜《リー・チェン》は身震いしている。

「あの夜、君が学校の正門で見た被害者の後ろについてた影は、綿入れの服を着て、頭にお団子ウィッグを乗せたおばあさんだっただろう」

趙雲瀾《チャオ・ユンラン》は再び尋ねた。

その質問に、みんなの顔に浮かんでいた困惑の色は驚愕の色に変わった。

一方で、李茜《リー・チェン》はしわがれ声で短い叫び声を上げ、五官が歪《ゆが》むほど恐ろしい表情を浮かべた。

（気が狂ったのかな？）

郭長城《グオ・チャンチェン》は口をぽかんと開けたまま思った。いったいどういうことなのか彼にはさっぱり分からない。ボスのほうに目をやると、趙雲瀾《チャオ・ユンラン》は無意識に指先を擦っている。指でタバコを挟んで持っているような手つきは、吸いたい気持ちをどうにか我慢しているようだった。

趙雲瀾《チャオ・ユンラン》の眼差《まなざ》しは静かで思慮深く、照明がその顔としわが寄った真っ白なシャツに当たると、まるで別世界の人のように見える。彼はポケットから写真を一枚取り出した。

おばあさんの遺影だった。慈悲《じひ》深い顔つきで口角を上げ、穏やかな表情をしている。それは間一髪のところで病室で寝込んでいた李茜《リー・チェン》の前に立ちはだかった老婆だと、郭長城《グオ・チャンチェン》は一目で分かった。

趙雲瀾《チャオ・ユンラン》はその写真を机の上に置いたまま李茜《リー・チェン》の前に突き出すと、両手の指先を合わせて連日の残業で不精ひげが伸びた顎を支えた。

「王玉芬《ワン・ユーフェン》、一九四〇年春に生まれ、八月末に亡くなった。死因は血糖降下薬の誤飲」

李茜《リー・チェン》は目を瞠《みは》ってその遺影を見つめている。彼女の姿を見て、目が眼窩《がんか》から飛び出るんじゃないかと郭長城《グオ・チャンチェン》は思った。

「君は小さい頃からおばあさんに育てられて、おばあさんと非常に仲がよかった。彼女のために輪廻晷を使って、余命の半分も分けた。蘇ったあと『認知症』になったおばあさんの面倒をずっと見ていたのも君だ。所員から聞いた話だけど、君のネット購入履歴はほとんどが高齢者用のものだったらしいな。ところで、医者の話では、おばあさんは認知症になっても、人を攻撃することは決してなかった――なら、李《リー》さん、どうして亡くなったおばあさんが君を殺そうとしてるなんて言うんだ？　どうしてそんなにおばあさんのことを怖がるんだ？　聞かせてごらん」

李茜《リー・チェン》はろう人形のように固まった。

「どうして黙ってるんだ」

趙雲瀾《チャオ・ユンラン》はさらに問い詰めた。

「最後にもう一回訊くけど、ここで本当のことを教えてくれないと、真実を話すチャンスはもう二度とこない。その罪悪感から抜け出したくても一生抜け出せなくなる。嘘はいつまで経っても嘘のままだ。軽率に嘘をついたら、一生その嘘を背負って生きていくしかない」

今日、李茜《リー・チェン》は別の人にも似たようなことを言われた。

その言葉を聞いて、彼女はようやく死んだような視線を少しずつ上げてきた。

すると、趙雲瀾《チャオ・ユンラン》は体をやや前に傾け、その目を見ながら一言一言真剣に語り出した。

「輪廻晷で繋がっている二人は生死をともにするって所員から聞いたけど、君のおばあさんが亡くなったのに、君はちゃんと生きてる。ってことは、おばあさんは命が尽きる予定よりまえに亡くなったことになる。それはどうしてなのかずっと分からなかった。地獄の獄卒《ごくそつ》がミスしたのか、誰かがおばあさんの生霊を拘束したのか、いろいろ推測してたけど、もう一つの可能性が思いつかなかった自分は本当にバカだなって今になって思う。命を維持してくれる輪廻晷との繋がりが、なんらかのハプニングで絶たれたって可能性も十分あるよな？――そう、つまり、彼女に寿命を分けた人自身が彼女を殺したってことだ」

趙雲瀾《チャオ・ユンラン》は少し間を置いてから話を続ける。

「認知症に罹《かか》った老人は子供みたいなもんだ。なにもできず、食いしん坊で、スナックを食べるのが大好きだろう。お宅を捜査させてもらったけど、おばあさんが好きそうな飴を集めた箱があったよね。血糖降下薬をあの箱の横に置いたのは誰か、君なら分かってるだろう」

取調室の中は針が落ちる音さえ鮮明に聞こえるほど静まり返っている。

そのあとの数秒間で、李茜《リー・チエン》は最初はとてつもない恐怖に襲われたような表情を浮かべたが、続いてその表情が驚くほど落ち着いたものに変わった。まるで彼女の中の恐怖心が風船のように、徐々に膨らんで、そして極限まで膨らんだ瞬間にパッと破裂し、綺麗さっぱり消えたみたいだ。

郭長城《グオ・チャンチェン》も思わず息を殺した。

その沈黙を打ち破ったのは、李茜《リー・チエン》の小さなしわがれ声だった。

「私です」と。

十九

「子供の頃、おばあちゃんは毎朝私を起こして、髪をお下げに編んでくれて、学校まで送ってくれていたんです。朝は眠いから、髪を編んでもらっている間はいつもおばあちゃんの懐に凭《もた》れ込んでうとうとしていました。編み終わったら、おばあちゃんは私の頭を優しく叩いて、『ほら、寝坊助。早く起きなさい』って言って私を起こしてくれるんです。学校に向かいながらいろんな物語を聞かせてくれて、孫悟空《そんごくう》が白骨妖姫《はっこつようき》と三度戦う話とか、猪八戒《ちょはっかい》が西瓜を食べる話とか、『隋唐演義《ずいとうえんぎ》』にも詳しくて物語が丸ごとおばあちゃんの頭の中に詰め込んであるみたいで、ラジオで聞く説話よりよっぽど面白かったです。自分は両親に可愛がってもらえなかったから、子供の時、誰が一番好きって訊かれたら、必ずおばあちゃんと答えていました」

李茜《リー・チエン》は周りを気にせず、独り言を言うかのように語っている。

一方で、ずっとタバコを我慢していた趙雲瀾《チャオ・ユンラン》はやがてポケットから一本取り出し、指に挟んで弄《まさぐ》りながら黙っている。

「今は……好きじゃなくなったんですか」

郭長城《グオ・チャンチェン》は冴えない表情で訊いた。

その質問に李茜《リー・チエン》は意味深な視線を返し、

「あなたは確かできることなら自分の命をおばあさんのと交換したいって言ってましたよね。私からすれば輪廻晷《りんねき》に出会わずに済んだあなたは本当にラッキーですよ」と答えた。

郭長城《グオ・チャンチェン》はぼうっと彼女を見て、彼には理解できない話を自分なりに頑張って解釈しようとした。

「李《リー》さんはおばあさんの介護が大変で、自分自身の生活にかかる負担が大きすぎたから、それで……」

「そんなバカバカしい憶測で私を侮辱しないでください！」

李茜《リー・チエン》の瞳は血が滴《したた》り落ちそうなほどに赤くなり、その目つきは相変わらず冷ややかで、無関心の色を宿しつつ、形容しがたい残酷さを帯びている。その様子は本当に人間なのかと疑わせるほどだったが、彼女が人間であることは間違いない。

李茜《リー・チエン》に話を遮られた郭長城《グオ・チャンチェン》は顔が一気に真っ赤になった。

「おばあちゃんは少しずつ私の知らない人間に変わっていったんです。いつも隣でうるさく小言を言い続けるし、昨日起きたばかりのことすらなにも覚えていなくて、同じことを何度も何度も繰り返していました。徐々に自分のトイレの管理もできなくなって、おしっこが漏れると、いつもそこに突っ立ってバカみたいに笑っていました。食事の時、ごはん粒が服についたり、床に落ちたりするのは日常茶飯事です。なにもせずただ座ってよだれを垂らしているんです。時計も読めなくなって、私がどんなに忙しくしてても、いつもふらふらしながら後ろについてきて、誰が聞いても意味が分からないようなことをひたすら喋っていました。そんな悪夢のようなことが毎日毎日繰り返されていたんです！」

「毎日おばあちゃんの姿を見るたびに、これが私の寿命と引き換えに蘇らせた人なのかってつい思っちゃうんです」

ここまで話すと、李茜《リー・チェン》は不気味に口角を吊り上げ、冷酷で異様な笑みを浮かべた。その表情を見て郭長城《グオ・チャンチェン》は心がトゲに強く刺されたような気がした。

「大好きなおばあちゃんは二度と私のそばに帰ってきませんでした。私が莫大な代価を払って蘇らせたのは、ただのおばあちゃんとそっくりな……」

李茜《リー・チェン》は一気に表情を歪《ゆが》め、そして彼女の脳裏に思い浮かぶ言葉の中から最も酷薄《こくはく》なものを選んでいるかのように、

「怪物でした」と続けた。

李茜《リー・チェン》は真っ赤に充血した目を上げ、じっと郭長城《グオ・チャンチェン》の顔を見つめながら話を続ける。

「あいつのことを恨んでいたんです。一年中、三百六十五日、毎日見るたびに、殺したいという衝動が嫌でも湧いてくるんです。その衝動を抑えながら、ごはん食べる？　トイレに行く？　疲れてない？　寒くない？　って優しい声で辛抱強く訊いて、でもどんなことを訊いてもあいつはなにも答えずただバカみたいに笑うだけでした」

膝に置いた郭長城《グオ・チャンチェン》の手が小刻みに震え出した。

「私は輪廻晷に騙されました。ご存知ですか？　世の中には、人間を蘇らせられるものなんてどこにもな

いんです。あれは私のおばあちゃんじゃなかったんです。昔、田舎に住んでた頃、家には扇風機もなくて、おばあちゃんは私につらい思いをさせないために、暑い日は一晩中起きてうちわで扇ぎ続けてくれました。そんなおばあちゃんがどうしてあんな怪物になったんですか？　どうして私を殺そうとする怪物になったんですか？」

李茜《リー・チエン》は鋭い声を詰まらせながら続ける。

「なにも分かってないあなたにあれこれ言われたくありません！　あいつは生きてる時から毎日私につき纏《まと》ってて、死んだあともしつこくつき纏い続けるんです。私……」

「これからはもうつき纏われることはないでしょう」

郭長城《グオ・チャンチエン》は、突然、李茜《リー・チエン》の話を遮った。自分がこんなに厳しい口調で他人と話せることを、彼自身も知らなかった。

「おばあさんはもう消えたんです。あなたがなにかに取り憑かれて意識を失っていた時、餓鬼《がき》があなたを喰おうとしたんです。その時、おばあさんは李《リー》さんを守ろうとして餓鬼に殺されました。僕たちはみんな見ていたんです。あなたのためにおばあさんはもう一度この世から消えました。このことを知らないのはたぶんあなただけです」

その話に李茜《リー・チエン》は狐に摘まれたような顔になった。

郭長城《グオ・チャンチエン》は悲しい気持ちが絶えず心の奥底から湧き上がり、思わず顔を伏せ、泣き出しそうになっている。誰のためにこんなに悲しんでいるのか彼自身もよく分からない。

郭長城《グオ・チャンチエン》はやがて小さな声で話を続けた。

「仮に……目の前で起こったことを見ていたとしても、あなたにはおばあさんが自分のことを殺そうとしているようにしか見えなかったかもしれないけど、本当は……そうじゃないんです。おばあさんは李《リー》さんにつき纏ったり、責めたり、殺そうとしたりなんてしていなかったと思います」と。

簡単に心変わりする者に限って他人が先に心変わりしたせいだと責めたがるものだ。

「事情は大体分かった。計画的殺人は俺らの管轄外だ」と言って、趙雲瀾《チャオ・ユンラン》は立ち上がり、郭長城《グオ・チャンチェン》の肩を叩いた。

「帰ろう。彼女は送らなくていい。今夜はここに拘置して、明日祝紅《ジュー・ホン》に公安部刑事課の同僚に連絡してもらうから、拘留するか、追加調査するかは彼らに任せよう。沈《シェン》教授のほうには俺が明日朝一電話で伝えるから……。えっと、大人《たいじん》は他になにかご用はございませんでしょうか」

斬魂使《ざんこんし》は机に沿って李茜《リー・チェン》の前へ歩いていき、その気配に彼女は本能的に縮こまった。

「人間界のことに私は干渉せぬゆえ、怖がることはありません。ただ、聖器《せいき》に関わっているからには、確認せねばならぬことがあります。そなたが言う実家にあった輪廻晷は、今はどちらに？」

「う……うちにあります」李茜《リー・チェン》は小声で答えた。

「親が借りてくれた小さな部屋でおばあちゃんと一緒に暮らしていたんです。彼らは全然会いに来てくれませんが」

「住所は？」とだけ斬魂使《ざんこんし》は訊いた。

「南城通り《ナンチェンどお》〇〇号〇棟〇〇〇室です」

「どうも」

斬魂使《ざんこんし》は礼儀正しく会釈《えしゃく》し、李茜《リー・チェン》を見つめたあと、少し間を置いて淡々と言った。

「そなたの行ないが是《ぜ》か非《ひ》かは、いずれ黄泉《よみ》の国で会った時に改めて審判します」

郭長城《グオ・チャンチェン》はぼんやりと趙雲瀾《チャオ・ユンラン》の後ろについて取調室を出て、斬魂使《ざんこんし》を出口まで送ると、釈然としない顔で振り返って取調室でぼうっと座っている李茜《リー・チェン》を眺めた。

❖

日が昇るまえに輪廻晷を回収すべく、斬魂使《ざんこんし》は直《ただ》ちに特別調査所を後にした。斬魂使《ざんこんし》が去ると、窓についていた霜が一気に融け、室内の温度も急激に上がりエアコンがまた冷房モードに切り替わった。しかし、郭長城《グオ・チャンチェン》が感じた背中の寒気はおさまらない。

彼は相変わらず金魚の糞のように趙雲瀾《チャオ・ユンラン》の後について歩き、なにか言いたそうな顔をしながら黙っている。

趙雲瀾《チャオ・ユンラン》は車の鍵を手に取り書類カバンを持ち上げ、郭長城《グオ・チャンチェン》に目をやった。

「もう上がっていいんだぞ。帰らないのか」

郭長城《グオ・チャンチェン》はつま先のほうに視線を移し、

「所長、餓鬼に斬られた魂は復活できますか……生まれ変われますか？」と尋ねた。

「できないだろう」

趙雲瀾《チャオ・ユンラン》は軽く眉を上げた。

「じゃあ……あのおばあさんはあれで永遠に消えたままになっちゃったんですか？」

趙雲瀾《チャオ・ユンラン》はわざと考え込むような真面目な顔を作って、しばらくしてまたからかい切れなかったように急に笑い出すとポケットから小さな瓶を取り出し、子犬を呼ぶような手つきで郭長城《グオ・チャンチェン》を呼んだ。

「忘れるところだった。郭《グオ》くん、こっち来て」

どういうことか分からなかったが、郭長城《グオ・チャンチェン》は素直に所長のところへ歩いていった。

「これを持ってて。さっき斬魂使《ざんこんし》からもらったんだ。あの方でもたまには大目に見てくれることもあるんだよ」

その小さな瓶を郭長城《グオ・チャンチェン》の手のひらに握らせたあと、趙雲瀾《チャオ・ユンラン》は猫ハウスのほうへ歩いていき、いたずらで大慶《ダーチン》の鼻を摘まんだ。ぐっすり眠る大慶《ダーチン》がいびきのような音を出しながら、足を伸ばして可愛くエアかきかきする様子を楽しんだあと、ようやく大慶《ダーチン》をからかうのをやめた。

「明日一番に来た人は食堂のスタッフに揚げ魚を用意してくれるよう頼んどいて」

所長から自分の手のひらより小さいガラス瓶を受け取ると、郭長城《グオ・チャンチェン》はその瓶を見て、まず顔に困惑の表情を浮かべ、そして目を見開いた——その透明な瓶の中に、消えたはずの老婆の姿が見えたのだ！

老婆は指の爪くらいの大きさになり、穏やかな顔で瓶の中に座って郭長城《グオ・チャンチェン》に淡い笑みを見せた。続いて、老婆の顔に伸びるしわがあっという間に消え、髪の量も増え、毛先から根元まで少しずつ黒色に変わっていった。さらに白い歯が生えてきて、体もすらりとした体型に変わった。まずは三十代の成熟した姿、そして二十代の活気に溢れた若々しい姿に変わり、続いて体がいっそう細くなり身長も縮み、次第に少女時代、子供時代の姿に戻った……。最後に、赤ちゃんになって体を丸く縮こめた。

赤ちゃんがゆっくりと目を閉じると、その小さな体は瓶の中から消えていった。

郭長城《グオ・チャンチェン》は驚いて、

「お……おばあちゃんが消えちゃった！」と騒ぎ出した。

「それは往生瓶《おうじょうびん》というんだよ。彼女は再び輪廻に入ったんだ」

いつの間にか郭長城《グオ・チャンチェン》の後ろに立っていた林静《リン・ジン》が言った。

「生から死へ、また死から生へ、幼年期から老年期へ、また老年期から幼年期へ、一周してまた始まる。延々と続いていく。これが輪廻っていうもんだ」

言い終わると、林静《リン・ジン》は視線を落とし、仏の名号を小さく唱えた。

「もう退勤時間だぞ。早く帰ろう。明日の出勤時間は朝九時。八時から食堂で朝ごはんを食べられるから、ここで食べたいなら早めに来て。遅刻しないようにね」

郭長城《グオ・チャンチェン》は念願が叶ったように胸を撫で下ろし、丁寧にガラス瓶をカバンの中にしまって、満足そうに帰っていった。

単純な実習生を立ち去らせると、林静《リン・ジン》は振り返って趙雲瀾《チャオ・ユンラン》にこう言った。

「斬魂使《ざんこんし》からなにかを受け取ってるようには見えなかったけど。李茜《リー・チェン》は無断で幽冥聖器《ゆうめいせいき》を使ったから、たとえおばあさんが災いに遭って死んだとしても文句は言えないだろう。彼女のおばあさんだって、本心から彼女の代わりに死ぬことを選んだんだ。全部因果応報なんだから、大目に見る必要なんてないじゃない？」

趙雲瀾《チャオ・ユンラン》はふんと鼻を鳴らした。

「はいはいはい、お前って本当に目ざとくてごまかせない奴だな」

「ボスがあの実習生に不満だらけで、ここを辞めさせようとしてるって聞いてたけど、なんでこんなことまでして彼の望みを叶えてあげたんだ？」

趙雲瀾《チャオ・ユンラン》はタバコに火をつけ、ふてくされるように手を振った。

「俺がそうしたかったからしたんだ。なにか文句ある？　早く帰れ！」

林静《リン・ジン》は首を横に振りながらため息をつき、なにかを言い返そうとしたが、すぐそこで睨みを利かせている趙雲瀾《チャオ・ユンラン》の姿に気付くと、楯突くのを諦め、事務机に置かれた自分のコップを取ると足早に逃げていった。

趙雲瀾《チャオ・ユンラン》はさっさと家に帰って寝ようと思い、鍵をかけて事務所を出ようとしたが、急いで特別調査所を立ち去った斬魂使《ざんこんし》のことをふと思い出し、不思議とあの伝説の「幽冥聖器」に興味が湧いてきた。いっそ明日は仕事をサボってとことん寝ることにして、車で李茜《リー・チェン》が言った住所へ駆けつけた。

❖

趙雲瀾《チャオ・ユンラン》が着いた時、マンション全体は黒い血の気配に包まれていた。彼は驚いて、なんの仕業でこんなふうになったのか見当がつかないままひとまず車を路肩にとめて、銃を持って階段を駆け上がった。

マンションの上空には巨大な黒い穴が空いており、それはまるで大きく開いた怪物の口のようだった。エレベーターが止まっているため、趙雲瀾《チャオ・ユンラン》は階段で一気に屋上まで走ると、そこには一面に白骨死体が転がっている。

屋上に横たわる死体をよく見ると、わけの分からない怪物ばかりだ。頭部が三つあるものや、体の両面におへそが見えるもの、白骨体の上に人間の頭が乗っているものなど……どれも刀のようなもので首を斬り落とされていた。辺りを照らす赤みがかった月の光はまるで血のように地面に広がっている。斬魂使《ざんこんし》が片手に斬魂刀《ざんこんとう》を持ち、目の前の「人」の肩に刃を乗せているのが見える。

正確にいうと、「人間」ではない。顔全体が肉腫に埋もれ、五官は不気味に歪み、実に恐ろしくて気持ちの悪い顔だ。

「それはなんの妖怪ですか？」

趙雲瀾《チャオ・ユンラン》は懐へ手を差し込み、

「斬魂使大人《ざんこんしたいじん》、お手伝いしましょうか」と訊いた。

斬魂使《ざんこんし》は振り返らずこちらに手だけ振り、肉腫怪物に、

「最後にもう一度だけ訊く。輪廻晷はどこだ」と言った。

斬魂刀《ざんこんとう》が首まで迫っているなか、肉腫怪物は強張《こわば》った姿勢で首を回し、趙雲瀾《チャオ・ユンラン》の方向を真っ直ぐ見ながら斬魂使《ざんこんし》にこう言った。

「大人《たいじん》に伝言するようご主人様からことづかって参りました。大人《たいじん》は百年一日の如く職務を全《まっと》うし、心の底から大切に思う人のこともひたすら避け続けてこられました。自制を極めているように見えますが、本心では自分を抑え切れなくなるのを怖がっているのではないでしょうか」

斬魂使《ざんこんし》はなにも答えず、その身に纏《まと》う寒気はさらに冷たくなってきた。

「ご主人様はひたむきな大人《たいじん》のことを哀れに思い、わざわざあの方をそちらに送ったのも、大人《たいじん》は本当に欲がないかどうかを確かめ……」

言い終わるのを待たずに斬魂使《ざんこんし》はいきなり刀を振り下ろした。肉腫怪物の頭から血が噴き出し、眩暈《めまい》がするほど血腥《ちなまぐさ》い臭いが一気に広がった。屋上に強風が吹き荒れ、趙雲瀾《チャオ・ユンラン》は目を開けることもできなくなっている。しばらくして風がやむと、屋上は通常に戻り、ついさっきまで地面に横たわっていた白骨体も怪物も綺麗さっぱり消えていた。

「ちょっと待って、斬《ざん》……」

斬魂使《ざんこんし》は遠いところから振り返って別れの礼をしたあと、なんの説明もせずそそくさと空に空《あ》いている黒い穴の中に飛び込んだ。いつも落ち着きを保っている後ろ姿が、少し慌ただしさを帯びているように趙雲瀾《チャオ・ユンラン》には見えた。

（たとえ神でも、斬魂刀《ざんこんとう》の前ではただひれ伏すばかりなのに、斬魂使《ざんこんし》の逆鱗に触れるようなことを言い放ったあいつはいったい何者なのか？）

趙雲瀾《チャオ・ユンラン》は思わず眉根《まゆね》を寄せた。

（それに、あの輪廻転生の秩序を掻き乱す「輪廻晷」はいったい誰に盗まれたのだろうか？）

第一部　輪廻晷　完

第二部

山河雖

一

光明通り《グァンミンどお》四号は『西遊記』に書かれたような人喰い蜘蛛女が棲む盤糸洞《ばんしどう》でもなければ、白骨妖姫《はっこつようき》の根城でもない[1]。特に昼間は幽霊の気配など微塵もなく、受付に座っているのも人のよさそうな顔をした、いたって普通のお爺さんだ——あとになって郭長城《グォ・チャンチェン》はようやく気付いたが、そのお爺さんも完全に普通というわけではない。お爺さんは動物の骨を彫って工芸品を作るのが趣味で、そのため受付室の隅にはいつも多種多様な骨が重ねて置かれている。準備もなく窓を開けようものなら、骨の粉が一気に舞い上がり、部屋中がクリーム色になる。

捜査課の事務室はいつも清潔に保たれ、室内の採光もよくて部屋全体が明るく感じる。所員はみな事務机とパソコンを一台ずつ持っており、机の横には各種事務用品の他に、観葉植物も飾ってある。毎日午後二時にはパート清掃員もやってくる。事務室の中にはセントラル空調がしっかりと設置されている。隣には小さな部屋が設けられ、小部屋の中には冷蔵庫とロッカーがあり、キャットフードはそこに保管されている。他にもヨーグルト、果物、スナックなど、すべて自由に食べられる。

郭長城《グォ・チャンチェン》は冷凍庫にしゃぶしゃぶ用の生肉が詰め込んであるのを見たことがある。なぜ事務所にしゃぶしゃぶ用の生肉があるのか最初は分からなかったが、ある時、美人所員の祝紅《ジュー・ホン》がそこから一袋取り出し解凍させているのを見かけた。彼女はポテトチップスを食べるかのように、生肉を一切れずつ指で摘まんで、融け出して溜まっている赤い汁をつけて食べていた。そして生肉を食べた翌日、祝紅《ジュー・ホン》は一日休みを取った。理由は

1 訳注：「人喰い蜘蛛女」と「白骨妖姫」はいずれも『西遊記』より。「人喰い蜘蛛女」の正式名は「蜘蛛（くも）の精（せい）」、盤糸洞に棲む七人の女妖。「白骨妖姫」の正式名は「白骨夫人（はっこつふじん）」または「白骨の精」、白骨洞に棲む女妖。正体は人骨。

月に一回の避けては通れない「自然現象」が起きたからだと――もちろんみなさんが思っているようなことではない。翌々日、祝紅《ジュー・ホン》が出勤してきた時、郭長城《グオ・チャンチェン》は死ぬほど驚いた。彼女の体になぜか大蛇の長いしっぽがついていているのだ。祝紅《ジュー・ホン》はそのまま数日間連続で生肉を食べ続けたあと、ようやく人間の足が再び生えてきて、食事も普通の人間のものに戻った。

捜査課には美人蛇、エセ和尚、デブ猫の他に、もう一人所員がいる。その所員は餓鬼《がき》事件が一段落して半月経ったかという頃、ようやく長い出張から帰ってきた。ずいぶん苦労していたようだ。帰ってきた日の午後は事務室の隅に座りっぱなしで、黙ったまま旅費精算に必要な領収書をひたすら貼っていた。それが終わると、机に突っ伏して気絶したように寝てしまい、結局趙《チャオ》所長に送ってもらえなかったら帰宅すらできそうになかった。

彼の机には「楚恕之《チュー・スージー》」という名札が貼ってあり、みんな彼のことを「楚兄《チューにい》」と呼んでいるが、郭長城《グオ・チャンチェン》には自ら彼に話し掛ける勇気はあまりない――楚恕之《チュー・スージー》は歳の頃は林静《リン・ジン》と同じくらいで、見た目は頬がへこむほど痩せこけ、体はほぼ骨と皮しかなく、はっきりとした輪郭と眉間《みけん》に寄ったしわが特徴的だ。気のせいか分からないが、郭長城《グオ・チャンチェン》は楚恕之《チュー・スージー》が自分を見る時だけいっそう険しい顔つきになっている気がする。

特別調査所での仕事は最初の二、三日だけ激務だったが、普段はまったく忙しくない。

（給料が高いのに仕事量が少なく、実家から近い。これ以上おいしい仕事はないだろう）と、郭長城《グオ・チャンチェン》はいつも感心している。

特調に回されてくる案件はひと月に二、三件あるかないかだ。そのうえ、「鬼に関する事件は喜んで引き受けるが、人間界のいざこざは真っ平御免《まっぴらごめん》」というポリシーを貫いてきた趙《チャオ》所長は、人間界の案件が回されてくると、いつも誰か他の所員に現場の様子を見に行かせるだけで、基本的にそれ以上の対応はしない。

人間界で起こる事件は怪奇的なものもあるが、大体は誰か人間が仕組んだことであるため、所員はいつも現場に行ってちらりと見ただけですぐに帰ってくる。型通りの調査報告書を書いて提出すれば、それでミッション完了。

残りの時間はそれぞれ自分の持ち場で本を読んだり、ネットサーフィンをしたり、世間話をしたりしてダラダラと過ごし、定時になると帰るだけだ。

そして、郭長城《グオ・チャンチェン》は今になってようやく分かった。特別調査所が一つの案件を引き受けるためにどれほど煩《わずら》わしい手続きが必要なのかということを――怪しい案件が発生すると、まず趙《チャオ》所長は誰か手が空いている所員を現場に向かわせ、状況を確認して報告書を提出させる。そのあと、その報告書に基づいて引き受けるかどうかの判断を下す。特調の業務範囲に該当すると認められれば、所長が改めて報告書を作成し公印を押したうえで上層部に提出する。緊急案件の場合は、一営業日ぐらい待てば上層部が承認書を発行し、さらに特調の所員が自由に動けるよう関係官庁に通達して所員が利用できる権限とその責任を明示する。ここまで進んで、所長はようやく自ら表に顔を出し、案件を担当する公安機関と連絡を取り始める。

旧暦七月十五日の事件はたまたま死者が出た緊急案件だったうえに、手が空いている所員が折悪《おりあ》しくみな不在だった。また事件現場が龍城《ロンチェン》の中心部にあることや、大慶《ダーチン》が幽冥《ゆうめい》の匂いを感じ取ったということもあり、趙雲瀾《チャオ・ユンラン》が直《ただ》ちに動き出し、本来事前に行なうべきだった手続きを捜査終了後まで先延ばしにしたのだ。

ちなみに、その手続きを済ませるために、林静《リン・ジン》はまる三日、各官庁を駆け回り、自分の席に戻って一息つくこともできなかった。

こうして郭長城《グオ・チャンチェン》は最初の案件以来一度も事件に触れることなく、知らず知らずのうちに三か月の試用期間を終えて奇跡的に本採用の資格を手に入れた。

それ以上に奇跡的だったのは、趙《チャオ》所長が当初自分がどれほどこのコネ入所の足手纏《あしでまと》いポンコツ新人を追い出したがっていたか綺麗さっぱり忘れたように、郭長城《グオ・チャンチェン》の本採用申請書にあっさりとサインしたことだ。人気《ひとけ》のない昼間の人事部にも郭長城《グオ・チャンチェン》は少しずつ慣れてきたようで、正所員登録の手続きをしてもらうために、所長のサイン入り申請書を持ってうきうきしながら人事部へ向かった。

右手と右足、左手と左足を揃えて歩く彼の滑稽な後ろ姿を見て、大慶《ダーチン》はしっぽを立て趙雲瀾《チャオ・ユンラン》の事務机に飛び乗った。

「男心と秋の空って言うんだっけ？　このままであんなに邪魔物扱いしてたのに、今になってあいつを所に残すのはどういう風の吹き回しだ？」

「あいつが積んだ功徳《くどく》はさ、オックスフォード辞典よりも厚いんだ。ああ見えて運がいい奴だよ。まあ、マスコットだと思って残してもいいじゃない？　意外と面白いしさ」

携帯で誰かにWeChat[2]メッセージを打ちながら趙雲瀾《チャオ・ユンラン》は顔も上げずに答えた。

「功徳が厚い？　あいつが？」

趙雲瀾《チャオ・ユンラン》が机の引き出しを指差すと、黒猫はお尻を揺らしながら歩いていき、手で引き出しを開けた。そこには中身がパンパンに詰まった書類袋が置いてあり、中には「特別助成プロジェクト」と書いてある書類や、ボランティア活動の記念写真、寄付活動の記念アルバムなどが入っており、写真のコピーも一枚ある。写真に映っているのは貧困山間部のある小学校の壁に貼ってある絵葉書だ。その絵葉書に汚い字で「みんな元気でいてね」という一文が書かれている。

郭長城《グオ・チャンチェン》は、何人かの貧困学生に寄付しているようだ。その記録から見ると、慈善活動はもう十年も続いて

2　訳注：WeChatは中国最大のソーシャルメディア、「中国版LINE」とも呼ばれている。

いるらしい。

「全部あいつが寄付したの⁉」

大慶《ダーチン》は驚いた。

「そう、実家の財力から見れば、あいつは子供の時からお金に困らない生活を送ってきたはずだ。でも家のお金を使うのが申し訳ないからか、ずっと寄付のことは内緒にして一人でやってたらしい。家族や親戚たちは誰もあいつが寄付をしてることを知らなくて、まさかお金に困ってるなんて思いもしなかったって。それで今までずっと質素な暮らしを続けてたみたいだな」

「なるほど……。それにしても、ここまでの善人はなかなかいないね」

数か月前よりも一回り大きく太った黒猫は頭を振りながら感心した。そしてこそこそと趙雲瀾《チャオ・ユンラン》の横へ歩いていき、ちらりと携帯の画面を覗き見た。

「お前なにやってんだ。向こうの片思いだなんて散々言っといて、自分から毎日こまめに連絡したり、相手のことやたら気に掛けたり、ちょっかいを出したりしてさ。それで結局まだ食事の誘いまでしか進んでないのかよ」

黒猫は見下げたような口調で言った。

メッセージを送信し終えたところで趙雲瀾《チャオ・ユンラン》が大慶《ダーチン》にデコピンをすると、その勢いで大慶《ダーチン》は机に座り込んだ。

「急がば回れ。これぞ粋ってもんだよ！　お前になにが分かるんだ」

そう言ったとたん、沈巍《シェン・ウェイ》から返信が来た。

「すみません。今夜は学年例会が入っていますので」という一言だけだった。

黒猫は抱腹絶倒し、危うく机から落ちそうになった。

「学年例会って、ハハハ！　沈《シェン》教授、なかなかやり手だ！　恋の戦場で負けたことはないってどの口が言ったんだっけ？　『女の子はみんな俺にべた惚れだ』とか、『ネコなんて俺の姿を見るだけでヨダレものだぜ』とか、よくあんなほらを吹いたな。完全にしくじってるじゃないか。せっかくだから、断られた感想を聞かせてよ」

大慶《ダーチン》の毒舌に趙雲瀾《チャオ・ユンラン》は奥歯を食いしばり、猫鍋にして食べてやろうかと思った。

餓鬼事件が終わってから、彼はずっと沈巍《シェン・ウェイ》と連絡を取り合っている。最初は業務連絡を口実に、沈巍《シェン・ウェイ》に李茜《リー・チェン》の事件の進展を知らせ、事件が一段落すると今度はありとあらゆる手を使って誘い出そうとしている。ただ沈《シェン》教授は本当に時間がないのか、わざと彼を避けているのか定かではないが、誘いに応じたことは一度もない。

並大抵の人は一回断られたら身を引くだろうが、いかんせん趙雲瀾《チャオ・ユンラン》は並大抵の人ではなく、右に出る者はいないほどの自惚れ屋だ。どれだけ断られようとも、やはり沈巍《シェン・ウェイ》は自分に気があると思い込んでいる。いつも恋人に尽くされるほうだったからか、沈巍《シェン・ウェイ》のそっけない態度がたまらなく、相手が受け身でいればいるほど、趙雲瀾《チャオ・ユンラン》は焦れったくなる。

その時、電話が掛かってきた。ゴシップ好きな大慶《ダーチン》が聞き耳を立てると、知らない人の声が聞こえた。

「もしもし……趙《チャオ》さんですか。先日、うちの祖父が集めた古文書をすべて買い取りたいとおっしゃったのは本当ですか」

緊張しているような声だった。

「はい、そうです。ぜひ買わせていただきたいです。いつお渡しいただけますか。早ければ早いほどいいのですが」

趙雲瀾《チャオ・ユンラン》は目を輝かせながら返した。

「あのう……値段のほうは……」

「値段はいくらでも構いません。早く時間を決めていただけたら助かります」

恋の前にお金は心底どうでもいいと言わんばかりの顔だ。

買い手が見つかって相手はずいぶん感動しているようで、午後に会って直接渡すと約束してくれると、「こんなに古文書を愛している人にお買い上げいただけるのは、本当にありがたいです」とか、「趙《チャオ》さんのようにこんなに文化遺産の価値を理解してくれる人は最近は本当に少ないです」とか褒め言葉をたくさん並べてから、ようやく名残惜しそうに電話を切った。

「口説けないときはお金で動かすか。どこの御曹司だよ、鎮魂令主《ちんこんれいしゅ》。売ってくれる人はあんたが大作映画や武侠《ぶきょう》小説にしか興味がない奴だってことを知ってんのかね」

大慶《ダーチン》はまた毒を含んだ一言を吐いた。

趙雲瀾《チャオ・ユンラン》が財布と車の鍵を取って、猫の首の後ろを掴んで持ち上げると、「うにゃー」という悲鳴とともに、大慶《ダーチン》は所長室から投げ出されてしまった。向かいの事務室にいる所員たちもその騒動に気が付き、一斉にドアのほうを見たが、ローソク足チャートの分析に没頭する楚恕之《チュー・スージー》が顔を上げた時には、急いで通り過ぎる所長の後ろ姿が一瞬見えただけだった。

「もう、また遊びに行ってる」

祝紅《ジュー・ホン》が楚恕之《チュー・スージー》の横で嘆いた。

❖

夕暮れ時、趙雲瀾《チャオ・ユンラン》は龍城《ロンチェン》大学の講義棟の前で沈巍《シェン・ウェイ》を見つけた。

趙雲瀾《チャオ・ユンラン》の車を見たとたん、沈巍《シェン・ウェイ》は驚いたが、俯《うつむ》いたまま気付かないふりをして足を速め、駐車場のほうへ向かった。趙雲瀾《チャオ・ユンラン》は呼び止めようとはせず、ただ鼻歌を歌いながら、悠然と彼の後について車を走らせている。沈巍《シェン・ウェイ》はとぼけ続けるつもりだったが、あいにく趙雲瀾《チャオ・ユンラン》は諦めが悪く、ずっと後ろからついてくるため、学生たちがみんな好奇心でこちらに目を向けてきた。沈巍《シェン・ウェイ》は趙雲瀾《チャオ・ユンラン》のように衆目に晒《さら》されても平気なタイプではなく、やがて彼の執拗さに負けて振り返り、趙雲瀾《チャオ・ユンラン》のほうへ歩いていった。

「趙《チャオ》警官、私になにかご用でしょうか」

趙雲瀾《チャオ・ユンラン》は車の窓を開け、眩《まぶ》しい笑顔を見せると、助手席から大きな木箱を持ち上げ、沈巍《シェン・ウェイ》に渡した。

「これ、どうぞ」

「……」

沈巍《シェン・ウェイ》は箱を開けて中身をちらりと見ると、即座に趙雲瀾《チャオ・ユンラン》に突き返そうとした。

「いや、こんな貴重なものを……」

「そんなこと言わずに」

趙雲瀾《チャオ・ユンラン》は突き返される箱を手で押し止め、もっともらしく説明し始める。

「これはプレゼントなんかじゃありません。近々海外に移住する友人がいて、古文書愛好家でね、絹本《けんぽん》とか、竹簡《ちくかん》とか海外に持っていけなくて、興味ない人にあげると、大切に扱ってくれないかもしれないって言って困ってたんですけど、その話を聞いて教授のことを思いついたんです。友人が長年かけて集めてきたものだし、沈《シェン》教授のような方にあげないと、きっと他の人だと宝の持ち腐れになると思って。まあ、俺からのお願いだと思って、友達のものを預かってあげるくらいの気持ちでお納めください。お願いします」

立て板に水のように平然と嘘をつく趙雲瀾《チャオ・ユンラン》だった。

「いや……」

沈巍《シェン・ウェイ》は口を開いたとたん、また話を遮られた。

「またそんなこと言って、俺たちはもう友達でしょう。ちょっと荷物を預かってもらうくらいどうってことないでしょ。これから食事会が入っているので、もう行かないと。とりあえず、教授のとこで預かってください。お礼として明日俺のおごりでごはんに行きましょう。ぜひ来てくださいね」

言い終わると、趙雲瀾《チャオ・ユンラン》は沈巍《シェン・ウェイ》にノーと言う隙も与えずアクセルを踏んで龍城《ロンチェン》大学を離れた。

（無事プレゼントは受け取ってもらったし、いよいよデートまでたどり着けそうだし、大快挙だな）と思って趙雲瀾《チャオ・ユンラン》は思わず口笛を吹き始めた。

自分のような粋な男はそこら辺の人で簡単に満足してはいけないと趙雲瀾《チャオ・ユンラン》はずっとそう思っている。財を成した人が往々にして書画骨董などの古美術品を集め風流人を装うのと同じで、それもまた粋を求めている証しだ。

そして沈巍《シェン・ウェイ》も――まだ快挙を成し遂げた快感に浸って自惚れている趙雲瀾《チャオ・ユンラン》はルームミラーに映る自分の顔を見ながら、心の中でその名前を呼んだ――沈巍《シェン・ウェイ》もあたかも貴重な染付《そめつけ》磁器のようなものだ。たとえ永久に独り占めできなくても、数日家に飾るだけで目の保養になる。彼にとって、沈巍《シェン・ウェイ》はまさしくそのような存在だった。

二

黄泉《よみ》の国、冥府《めいふ》にて。

斬魂使《ざんこんし》が黒い霧を立て幽冥《ゆうめい》に姿を現したとたん、鬼仙《きせん》たちが邪神にでも降臨されたかのように慌てふためきながら一斉に集まり、最敬礼で斬魂使《ざんこんし》を迎える体勢を取った。声を揃えて挨拶されると、斬魂使《ざんこんし》は僅かに頷《うなず》いた。そして斬魂使《ざんこんし》が再び視線を上げると同時に、鬼仙たちは道を開けようとさっと両側に分かれ、できた道の奥からマントを纏《まと》った判官《はんがん》[3]が小走りで駆けつけてきた。真っ赤なマントを纏っているため、中国時代劇に登場しそうな赤一色の新郎のようにさえ見える。

判官は斬魂使《ざんこんし》からずいぶん離れたところで足を止め、視線を地面に向けたまま冷や汗を拭いた。

「大人《たいじん》」と言いかけ、走ってくる途中頭の中で考えた建前を並べようとしたとたん、斬魂使《ざんこんし》が手を上げ彼の話を遮った。

「お世辞は不要だ。それより輪廻晷《りんねき》の行方はまだ分からぬか」

判官は深く考えもせず首を横に振ったが、また慌てて説明を加えた。

「各地で人員を追加して捜しているところでございます。ここ数日は獄卒《ごくそつ》を総動員して捜しておりますが、今のところ有力な手がかりはまだ掴めておりません。我々に見つけられないようにあの魔物がなにか手を使ったのかもしれません。輪廻晷に関する情報が入り次第お伝えしますので、ご安心ください」

斬魂使《ざんこんし》の顔は黒い霧に覆われているため、表情がよく見えないが、その瞳から放たれた視線は斬魂刀《ざんこんとう》のように鋭いものだった。

3　訳注：「判官」とは冥府の官職。死者の罪を裁く者を指す。

「幽冥四聖《ゆうめいしせい》は幽冥を支えるものであり、天地を支えるものでもある。それがどれほど大事なものであるか、言わなくてもよく知っているだろう。だが、最近はなぜか怪しい予感がする。恐らく山河錐《さんがすい》も近々再び世の中に現れる……」

言い終わらないうちに、鬼仙たちはみんな顔に驚愕《きょうがく》の色を浮かべた。

「なんですと？」

判官は思わず心の声を漏らした。

「四聖が次々に現れ、『混沌鬼王《こんとんきおう》』にも逃げ出されたことは、大封《だいふう》[4]が緩んだ証しだ」

斬魂使《ざんこんし》は彼らの反応に構わず話を続ける。

「大封が完全に破れるまでに四聖を集め、改めて封印することだ。さもなければ、このうえなく恐ろしい事態になるだろう。『輪廻晷』が混沌鬼王に奪われた現在、状況はすでに一刻の猶予も許されなくなっておる」

「かしこまりました。直《ただ》ちに十殿閻魔《じゅうでんえんま》に上奏《じょうそう》いたします。三界の同志と手を組んで、混沌鬼王およびその残党を一人残らず狩り集めます」

判官は厳《おごそ》かな口調で返した。

その答えを引き出すと、斬魂使《ざんこんし》はこれ以上念を押すのをやめ、僅かに手を振って別れの礼をしたあと、そこを離れようとした。

判官は少し躊躇《ためら》い、

「大人《たいじん》はもう人間界にお戻りになるんですか？」と斬魂使《ざんこんし》を呼び止めた。

「ええ」

4 訳注：「大封」とはすなわち「大封印」のこと。

斬魂使《ざんこんし》の一挙手一投足《いっきょしゅいっとうそく》はしっかりと礼儀作法を守っているものの、なぜか常に人を寄せつけない雰囲気を漂わせている。斬魂使《ざんこんし》は判官に目をやり、

「失礼する」とだけ言った。

言い終わるか終わらないかのうちに、斬魂使《ざんこんし》は霧に溶けたようにそのまま姿を消した。

それとともに、判官の顔から笑みが消え、ついさっきまで顔を綻《ほころ》ばせていた「新郎」が突然離縁を言いわたされたかのような切ない顔で深く嘆いた。

「判官大人《たいじん》、なぜため息を……」

後ろにいる獄卒が声を掛けてきた。

「大封になにかが起こるたび、よい結末を迎えたことはあるまい」

判官はゆっくりと言った。

「封印が行なわれた時、伏羲《ふっき》[5]大神がお隠れになり、その後大封は二度も緩んでしまった。その時は女媧《じょか》[6]と神農《しんのう》[7]が相次いで消え入り、大荒山聖《たいこうさんせい》も輪廻に入った。この星も光を失う混迷の末法《まっぽう》[8]時代に、今さら太古の神を捜し出そうとしても無理な話だろう。こんな時に大封が緩んだら、我々はいったいどうすればよいのか」

5　訳注:「伏羲」とは古代中国神話に登場する人頭蛇身の神。姓は風、「風氏伏羲(ふうしふっき)」「太昊伏羲(たいこうふっき)」とも呼ばれている。八卦(はっけ)を作り、諸人に漁猟や牧畜などを教えたとされ、「女媧」「神農」とともに中国神話の「三皇五帝(さんこうごてい)」の「三皇」に挙げられることが多い。

6　訳注:「女媧」とは古代中国神話に登場する人頭蛇身の女神。姓は風、「風氏女媧(ふうしじょか)」「媧皇(かこう)」とも呼ばれ、中華圏で非常に有名。泥をこねて人間を造った話は後漢末の『風俗通義(ふうぞくつうぎ)』にみられる。伏羲とは兄妹または夫婦とされている。

7　訳注:「神農」は「炎帝(えんてい)」とも呼ばれ、諸人に農耕の術を教え、またあらゆる植物を吟味して人々に食用と毒草の違い(医療)を教えたという。

8　訳注:「末法」とは仏教用語、釈迦の入滅後、正法(しょうぼう)・像法(ぞうぼう)に次ぐ時期を指す。仏の教えが廃れ、教法だけが残る最後の時期とされる。

「我々には大封の番人——斬魂使大人《ざんこんしたいじん》がいらっしゃるのではありませんか」

獄卒が訊いた。

「斬魂使《ざんこんし》か」

判官はせせら笑った。

「斬魂使《ざんこんし》はあの混沌鬼王と元々起源が同じだ。あの時、大荒山聖のおかげで悟りが開いて半神《はんしん》[9]になったことで、兄弟の混沌鬼王とともに大封に閉じ込められずに済んだだけだ——番人とはいえ、自分の兄弟を絶対に逃さぬ保証はどこにもないだろう。もしかしたら輪廻晷が混沌鬼王に攫《さら》われたのも誰かさんの仕業かもしれぬな」

判官の話に獄卒は顔色を豹変させ、

「しかし、あの時、斬魂使《ざんこんし》が大封の番人になるよう山聖が直々《じきじき》に任命なさったのではないのですか……」

と尋ねた。

「伏羲大神が作った天地を支える大封がどれほど強力なものなのかそなたには分からぬのだろう。太古の神のような神力を持っておらぬ限り、番人を務めるのは到底できるはずもあるまい。あの時、天柱《てんちゅう》が崩れ、創世神である盤古《ばんこ》[10]が残した神力が弱まり、人間界の霊気も徐々に薄くなり、やがて巫族《ふぞく》[11]と妖族も次々と没落した。他に山聖の跡を継いで大封を守れる者がおらぬのだ」

判官は少し間を置いてから声を潜めて続ける。

「斬魂使《ざんこんし》に頼んだのもやむをえずのことだったのだろう」

9　訳注：「半神」とは神には至らない下級神を指す。
10　訳注：「盤古」とは古代中国神話に登場する神。元々混沌として一つであった天と地を分離した天地開闢（てんちかいびゃく）の創世神とされる。
11　訳注：古代中国では神を降臨させる力を持つ者を「巫（ふ）」と呼ぶ。

「しかし、斬魂使《ざんこんし》は太古から生き残る唯一の半神ですぞ。山聖が輪廻に入って以降、その斬魂使《ざんこんし》を牽制できる者などもういないではありませんか。万が一、斬魂使《ざんこんし》が寝返った場合、我々はどうすればよいのでしょうか」

獄卒は愕然とした顔で訊いた。

判官はしばらく黙り込んだ。三途の川から死者を弔う鐘の音が轟きわたり、風が吹いてもいないのに彼岸花が「サッサッ」と音を立てながら揺れ始めた。骨に沁みるほどの強い寒気に覆われた幽冥の世界では、幾千幾万の霊魂《れいこん》が輪廻の中で延々と生死を繰り返している。

しばらくして、冥府の宮殿から深い嘆きが聞こえた。

「それでは、山聖を蘇らせるしか……」

❖

今年の龍城《ロンチェン》は冬の訪れがいつもより早い。木の葉はその寒さに負けてまだ青みを帯びたまま散ってしまったが、趙雲瀾《チャオ・ユンラン》は無事沈巍《シェン・ウェイ》とデートの約束を取りつけることができた喜びで春風を浴びるように心がポカポカしている。

デート当日、彼はいつもより早く起きて、ジェルで髪型をきっちりと整え、膝丈より長いロングコートに丁寧にアイロンをかけた。身に纏うと、スリムフィットのコートで体のラインがいっそう浮き彫りになった。広い肩幅に細い腰回り、普段は身なりにさほど拘《こだわ》らない趙雲瀾《チャオ・ユンラン》も、周囲の目が釘付けになるほどの男振りに変わっている。出掛ける直前に彼はなにかを思い出したようで、部屋に戻ってうなじ辺りに香水をつけた

――ウードウッドという沈水香木《じんすいこうぼく》[12]の香りだった――これで色、味、香り、三拍子が揃っておいしく召し上がっていただけるだろうと言わんばかりの顔で、趙雲瀾《チャオ・ユンラン》はすらりとした足を踏み出し、待ちに待ったデートへ向かった。

彼は約束の時間ぴったりに、予約した高級レストランに着いた。

洗練されたインテリアを配した店内では、小さな楽団がコーナーで楽しそうに生演奏しており、気分をほぐす音の粒はレストランの中に充満している。フロアにはテーブル席がずらりと並び、全体照明は暗く落とされ、各席の真上に吊るされたペンダントライトが手元を薄暗く照らしているだけだ。テーブルの上では、一輪挿しに飾ってある「ピーチアバランチェ」というバラがライトの柔らかい光に包まれながら静かに咲いている。感謝祭の次はクリスマスといったように、西洋の祝日が多いこの季節にレストランはいつも以上に客足が伸びている。店内を見渡すと、薄暗い照明の下に座っているのは、いずれもひそひそと幸せそうに話している恋人たちで、割高にもかかわらず、カップルに高い人気を誇っているようだ。

趙雲瀾《チャオ・ユンラン》は店内を一目見ただけで沈巍《シェン・ウェイ》を見つけた。

彼は奥の席に座り、視線をテーブルの一角に落としてなにかを考え込んでいるようで、その辺りを照らした光の分子も流れてきた音の粒も、すべて沈巍《シェン・ウェイ》の周りで動きを止めているように見える。ライトの光が当たらない側の顔に濃い影ができたため、横顔の輪郭は朦朧《もうろう》となり、消そうとしても消えないような憂鬱さと寂しさが顔に滲み出ているように見える。その姿に趙雲瀾《チャオ・ユンラン》は一瞬胸が詰まった気がした。

バイオリンのテンポに合わせて、足音を立てずに沈巍《シェン・ウェイ》に近づくと、その周りは結界が張られたように静か

12 訳注：「沈水香木」は「沈香」とも呼ばれ、普通の木よりも比重が重いため水に沈むことに由来する。中東ではoud（ウード）と呼ばれ、「香りのダイヤモンド」と称されている。

だった。

「お待たせしました」

趙雲瀾《チャオ・ユンラン》の一言がその静謐《せいひつ》な空気を破った。

沈巍《シェン・ウェイ》は驚いて、音楽でほぐれてリラックスしていた体が瞬時に凝り固まってしまった。趙雲瀾《チャオ・ユンラン》が椅子に腰を掛ける時、体をやや前に傾けると、マフラーについた穏やかな沈水香木の香りが狙い通り向かいの席に広がり、沈巍《シェン・ウェイ》の周りの空気はたった一瞬で彼の匂いに染まった。だが、趙雲瀾《チャオ・ユンラン》は少し攻めただけですぐに身を引き、ボタンを外してコートの裾をひらめかせ椅子に座った。

「俺のことがそんなに怖いですか？　会うたびに緊張してるみたいですけど」

沈巍《シェン・ウェイ》は照明が当たらないところからちらりと趙雲瀾《チャオ・ユンラン》を覗いたあと、すぐに視線を余所《よそ》に移し、

「またまたご冗談を」と愛想笑いを交えて答えた。

趙雲瀾《チャオ・ユンラン》は店員からメニューを受け取った。

「ここはとても雰囲気がいいから、教授をお連れしたいと思ってたんですよ。料理もお口に合うといいんですが。ところで、なにか嫌いなものはありますか」

沈巍《シェン・ウェイ》は答えず、突然手を伸ばしてきてメニューの一角を押さえた。

「ん？」

メニューを読んでいた趙雲瀾《チャオ・ユンラン》は片眉を吊り上げ、顔を上げた。彼は目鼻立ちがはっきりとしており、ペンダントライトの光が鼻根と眉骨に当たると、瞼《まぶた》に深い影ができてその目も深い愛情を秘めているように朧《おぼろ》げに見える。

一方で、沈巍《シェン・ウェイ》は両頬の筋肉を強張《こわば》らせ、なにかを決断したように席の横からあるものを持ち上げ、そっと

テーブルの上に置いた。それが先日むりやり彼に受け取らせた古文書だと趙雲瀾《チャオ・ユンラン》は一目見て分かった。勘のいい趙雲瀾《チャオ・ユンラン》は、この無言の滑り出しから（今日は口説き文句の出番はないな）とすぐに察した。

「私は趙《チャオ》警官のことを……ゴホッ……非常に素晴らしい方だと思っていますが」

最初の何文字かを喋っただけで声がかすれてきたため、沈巍《シエン・ウエイ》はいったん咳払いをしてから話を続けた。

「私がなにかおかしなことをして、勘違いさせてしまったのなら申し訳ありません」

自惚れ所長は「デート」開始早々「自意識過剰男」というレッテルを貼られてしまい、惨めな結末を出だしの一言で情け容赦なく知らされたのだ。

二人が黙っているなか、沈巍《シエン・ウエイ》のメガネは怪しく光っている。いつの時代のものか知らないが、市販のメガネではとうの昔に使われなくなった反射レンズを使っているため、その瞳はよく見えない。

「あまり高価なものでなければ気にせず受け取ったかもしれませんが、今回のものは……。私のために大金を使わせてしまい、本当に申し訳ありません。ですから……早いうちに気持ちをお伝えしなければと思いまして……」

沈巍《シエン・ウエイ》はやんわりと言った。

（そうか……自分は自意識過剰どころか、相手の断りたい気持ちさえ読めない間抜けな奴だ）と、趙雲瀾《チャオ・ユンラン》はようやく自覚した。

趙雲瀾《チャオ・ユンラン》は学生時代から世故《せこ》に長《た》け、社交的で口達者だった。言外の意を汲み取れないようなことは今まで一度もなく、こんなに気まずい経験をしたのはもう何年前のことか分からない。まるで硬い氷が食道に詰まっているように胸の辺りは冷たい閉塞感に締めつけられ、その「氷」は吐き出すことも呑み込むこともできない。せっかくつけてきた香水も、もはや香木なんかではなく、朽木みたいな腐った臭いを放っているようにしか感じられない。しかし、人前で取り乱してはいけないと思い、やがて自嘲《じちょう》めいた微笑みを浮かべ、古文書の箱に手を被せた。

「大金なんて使っていません。これは本当に頂きものですからご心配なく。俺のところには保管できそうな場所がないので、やっぱり教授のところに預けてもいいですか？　俺が持っててもせっかくの古文書がもったいないんですよ」

「えっと……」

趙雲瀾《チャオ・ユンラン》は手を上げ、沈巍《シェン・ウェイ》の話を遮って冗談半分に言う。

「人間にとって『気まずさ』と『恥ずかしさ』は最もネガティブな気持ちだっていう説、ご存じですか？　俺に言わせれば、自分が自意識過剰な奴だって気付かされるより気まずくて恥ずかしいことはないんですよ。そんなに簡単に消化できないから、せめて気持ちを整理する時間を少しくれませんか？　これを持って帰るより気まずいことありますか？　お願いだから、お受け取りを。どうしても嫌なら学校の図書館に寄付しても構いません。微力ながら龍城《ロンチェン》の教育事業に貢献させていただきます」

「……すみません」

「おわりおわり。謝られると余計恥ずかしくなるから。はっきり言ってくれたおかげで勘違いって気付けたから逆によかったよ」

趙雲瀾《チャオ・ユンラン》が椅子に背を預けたとたん、その立ち居振る舞いに微妙な変化が起こった――さっきまでの魅惑的な態度は跡形もなく消え、その仕草はまるで気の知れた近所のお兄さんのようになっている。

「長い間迷惑を掛けて本当に悪かったね。今日の食事は俺からのお詫びだと思ってご馳走させてください」

沈巍《シェン・ウェイ》が唇を動かすと、趙雲瀾《チャオ・ユンラン》はまるで次にどんな言葉が出てくるかを知っているかのように、沈巍《シェン・ウェイ》を指差して彼を止めた。そして、指を鳴らして店員を呼び寄せ、「遠慮は禁止ね」と沈巍《シェン・ウェイ》に言った。

趙雲瀾《チャオ・ユンラン》はいったん吹っ切ると決めたら素早く気持ちを切り替えられる。そのうえ、場を盛り上げるのが得意で、たった二言三言で話題を変え、最初はぎこちなくて居ても立っても居られなかった沈《シェン》教授もいつの間にか打ち解けて会話を楽しんでいた。二人は李茜《リー・チエン》の親族殺害事件の続きから話し始め、食べ終わる頃にはすっかり意気投合して親友のようになっている。先ほどまでの凍りつくような気まずさも綺麗さっぱり解けた。

別れる時、趙雲瀾《チャオ・ユンラン》はまた自嘲めいた冗談を挟んでこう言った。

「本来なら自宅まで送るべきだけど、振られた立場だとそうはさせてもらえないよね……。今日はご自分で運転代行を呼んでもらうしかないな。飲んだら乗るな乗るなら飲むな、だからね。年末は取り締まりが厳しいし、本当に捕まっちゃうから、ちゃんと代行を呼んで。はい、警察からの忠告は以上です」

三

趙雲瀾《チャオ・ユンラン》はすっかり吹っ切れたふりをしてレストランを去り、振られたことをまったく気にも留めない様子を最後まで演じ切ったが、車に戻るなりしょぼくれてしまった。苛《いら》立ちを抑え切れない彼は、ジェルで丁寧に整えた髪を掻き乱し、タバコを連続三本吸っても胸が痛むようなつらさからまだ気を逸らせない——今回もいつものようにすんなり攻略できると完全に思い込んで、結局思い通りにならなかったのもあるが、本気で沈巍《シェン・ウェイ》に惚れていた自分に気付いたのもある。

だが、人に惚れるなんてことは珍しくもなんともない。誘惑に満ちた都会で生きる人間はみな様々なものに惚れまくりだ。相手がその気じゃなかったら潔く手を引けばいい。これ以上つき纏《まと》うと見苦しくなる。それが大人の掟というものだ。

「うそだろ……」

趙雲瀾《チャオ・ユンラン》は思わず嘆きを漏らした。

信号が青に変わると、趙雲瀾《チャオ・ユンラン》は灰皿でタバコを潰し、車を発進させようとした。ところが、さっき食べた料理が胸を締めつける寒気とともに食道に詰まっているように感じて気持ちが悪くなり、そのせいで焦燥感がいっそう募ってきた。ただでさえ苛ついているのに、発進が少し遅れると後ろの車が一斉にクラクションを鳴らし始め、カエルのようにやかましくてたまらない。趙雲瀾《チャオ・ユンラン》は悪態をついて車の窓を下げ、後ろに向かって中指を立てた。

❖

惨めなデートを経験した趙雲瀾《チャオ・ユンラン》はその後の数日も遊ぶ気になれず、毎日退勤したらすぐに帰って家に引きこもっていた。彼は早々に親離れして一人暮らしを始め、都心に二十五畳近いワンルームマンションを買い、典型的な男の一人暮らし生活を送ってきた――人前ではそれなりに身なりを整えているが、家の中はゴミ屋敷のように散らかり、人間らしい暮らしを営もうという努力は一向に見られない。

金曜になると、一週間も歓楽街から姿を消していた趙雲瀾《チャオ・ユンラン》は遊び仲間に連れ出され、泥酔するまで飲んでいた。そして家に戻るなりばたりとベッドに倒れ込み、翌日の昼まで寝てしまった。週末は特に予定が入っていないため、彼はいつの食べ残しかも分からないパンと水でブランチを済ませたあと、六、七枚の左右が揃わない靴下が散乱したビーンバッグチェアに寝転がり、ゲームに没頭してそのまま夕食を抜いた。やがて日が暮れると、またいつもの胃痛に襲われ、趙雲瀾《チャオ・ユンラン》は嫌でもゲームの世界から現実世界に引き戻された。

部屋に常備してある胃薬がなくなっても、買いに行くのが面倒だと思い、趙雲瀾《チャオ・ユンラン》は白湯《さゆ》を飲んで胃を暖めて痛みをなんとか紛らわそうとした。しかし、思いがけず胃痛はひどくなるばかりで、収まる気配はない。しばらくすると、あまりの痛さで冷や汗が滝のように噴き出してきた。仕方なく彼はコートとズボンを探し出してパジャマの上に適当に羽織り、靴下も履かずにだらしない格好のまま出掛けた。

趙雲瀾《チャオ・ユンラン》は家の近くの交差点にある食堂に行って、ピータン入り豚肉粥といくつかの惣菜の持ち帰りを頼んだ。惣菜は注文を受けてから調理するため、できるまで少し時間がかかる。そこで彼はその間に近くの薬局とスーパーに薬やタバコを買いに行くことにした。

食堂から薬局までは八、九百メートルぐらい離れている。趙雲瀾《チャオ・ユンラン》はあまり暖かい格好をしていないため、冷たい風がひたすら袖口や襟から侵入してくる。あまりの寒さに、風が弱い近道で食堂に戻ろうとして、趙雲瀾《チャオ・ユンラン》はある狭い路地を通った。そこには街灯が三基あるが、うち二基が壊れている。そんな暗い路地をガタガタ震えながら歩いていると、突然誰かの声が聞こえた。

「金を出せ！　グズグズするな」

酒臭い男が怒鳴っている。

「悪く思うなよ。こっちだって生活があるんだ。仕方ないんだよ。こんな立派な服を着てるくらいだから、金は持ってるだろう。もうすぐ春節だし、おとなしく金を出して無事春節を迎えたほうがみんな万々歳だろう。違うか？」と、もう一人の声が聞こえ、趙雲瀾《チャオ・ユンラン》はその屁理屈に思わず呆れた。

これほど多くの人口を抱える大都会龍城《ロンチェン》なら、もちろんいい人もいれば、悪い人もいる。年末を控え、どうやら治安がまた悪化したようだ。少し出掛けただけで、強奪現場を目撃してしまった。趙雲瀾《チャオ・ユンラン》が遠くから目を凝らして見てみると、鋭利な刃物を持った三、四人のチンピラが一人の男を囲んでいるのが見えた。囲まれているその男に見覚えがある気がして、よく見てみると——それは沈巍《シェン・ウェイ》じゃないか！

（なんて偶然だ！）

沈巍《シェン・ウェイ》は実に気立てがいい人だ。自身に近しい人だけでなく、強奪犯に対しても春のように優しい。意外なことに、この高身長の成人男性は強奪犯を前に、抵抗しようとせず、言い返しもせず、ただ従順に財布を差し出した。

この人になにを要求しても逆らいそうにないことに気が付くと、チンピラたちは互いに目配せをして、いっそう調子に乗って、

「腕時計もだ！」と命令した。

すると、沈巍《シェン・ウェイ》は一も二もなく腕時計を外した。

見ていられないと思って趙雲瀾《チャオ・ユンラン》は嘆声《たんせい》を漏らし、ポケットに手を突っ込んだまま沈巍《シェン・ウェイ》のほうへ歩いていく。足音を立てておらず、路地も暗いため、誰も彼に気付いていない。チンピラたちは沈巍《シェン・ウェイ》の腕時計を奪い、その勢いで彼を後ろへ押しやった。すると、沈巍《シェン・ウェイ》はよろめいて壁にぶつかり、その瞬間、首に赤い線が見えた。

「あれ、こいつ首になにか掛けてるぞ」

それを聞いてもう一人のチンピラが沈巍《シェン・ウェイ》の襟を掴んで下へ引っ張ると、鎖骨の間に掛けている小さなペンダントを見つけた——親指の爪ぐらいの大きさで、どんな材質か分からないが、蛍のように微かな街灯の光の下で眩《まぶ》しいほどに輝いている。

「こいつはなんの宝石だ？」

チンピラがそのペンダントに目を奪われ、手を伸ばして攫《さら》い取ろうとすると、さっきまでいいなりだった沈《シェン》教授もついに眉を顰《ひそ》め、ペンダントを握り締めた。

「お金と他のものは全部渡しましたから、もう十分でしょう」

いきなり顔色を変えた沈巍《シェン・ウェイ》はまるで従順だった操り人形が突然目を覚ましたようだった。

黒々とした沈巍《シェン・ウェイ》の瞳は冷ややかな光を放ち、見る人を怯えさせるほどの鋭い目つきをしている。彼の襟を掴んだチンピラはその眼光に気付くと、思わず手を離した。怯《ひる》んだ仲間を見て、もう一人のチンピラは手を上げ、沈巍《シェン・ウェイ》の頭を狙って一発食らわせようとした。

チンピラの経験上、こういうインテリメガネは、まずは不意を突いて頭を殴ってメガネを落とし、次にローキックを一発食らわせれば大体倒せるのだ。

ところが、このチンピラが手を上げたとたん、まだ振り下ろしてもいないというのに、背中を誰かに強く蹴られてしまった。胸に強烈な痛みを感じて、口から血が噴き出そうになりながら前へ倒れ込むと、沈巍《シェン・ウェイ》がすぐに身を躱《かわ》し、続いてチンピラは大の字になって壁にぶつかり、フライパンに貼りつけられたクレープのようになった。

沈巍《シェン・ウェイ》が驚いて顔を上げると、趙雲瀾《チャオ・ユンラン》が少し離れたところで、寒さで真っ白になった顔でガタガタ震えながら両手に息を吐きかけて温めているのが見えた。

「こんな寒い日に追剥《おいはぎ》ぎか、強奪犯としては勤勉だな」

意表を突くその気迫の一蹴りに圧倒され、チンピラたちはみんな呆然とし、しばらく経ってからその中の一人がようやく我に返った。

「お前……お前何様のつもりだ？　警告だ。余計なことすんじゃねえ！」

趙雲瀾《チャオ・ユンラン》が首を回してポキポキ鳴らしながら冷笑を浮かべると、頬にえくぼが現れた。

五分後、趙雲瀾《チャオ・ユンラン》は最寄りの交番に通報し、さっさとチンピラたちを片付けに来るよう伝えたあと、さっきの一蹴りで倒れたチンピラをつま先で小突いた。

「俺が警察デビューした時、お前たちはまだどっかで母乳を飲んでたんだぞ。今度から手を出すまえに、誰の縄張りなのかちゃんと調べてきな」

「いてっ！」

趙雲瀾《チャオ・ユンラン》に踏まれてチンピラは惨めな声を上げた。

「あ……兄貴、お……俺らはもう二度と……ああ！」

「お前、風見鶏か？　誰がお前の兄貴だ。馴れ馴れしく呼ぶな！」

趙雲瀾《チャオ・ユンラン》はもう一発蹴りを食らわせた。

「自分でベルトを外せ、早く！」

チンピラが外したベルトを使って慣れた手つきで彼らを街灯に縛りつけたあと、趙雲瀾《チャオ・ユンラン》は沈巍《シェン・ウェイ》の財布と腕時計を拾って彼に渡した。

「大丈夫？」

「すみません」

沈巍《シェン・ウェイ》は服についた汚れを優雅に払い落とし、趙雲瀾《チャオ・ユンラン》が渡してきたものを受け取った。

その時、趙雲瀾《チャオ・ユンラン》はふいに沈巍《シェン・ウェイ》のペンダントに視線を落とした。それは水晶で作られた小さな玉で、中が空洞になっている。輝いているのはその中に入れられた蛍光体のようなものだ。趙雲瀾《チャオ・ユンラン》はこんな独特な光を見たことがなく、その眩しい光を見ていると、目の前の小さな水晶玉に火の種が入っているような錯覚すら覚えた。その「火」はまるで生命力が宿っているかのようで、見ているうちになぜか心の奥から不思議な懐かしさが湧いてきた。

沈巍《シェン・ウェイ》が手でそのペンダントを覆うまで、彼は自分があまりにも沈巍《シェン・ウェイ》を見つめすぎていることに気が付かなかった。趙雲瀾《チャオ・ユンラン》はすぐに視線を逸らし、

「奇遇だね。俺が仕組んだふうに見えるかもしれないけど、違うよ」と冗談でごまかした。

沈巍《シェン・ウェイ》は冗談だと分からず、戸惑った顔で彼を見ている。

「英雄ぶって美人を救って点数を稼ぐみたいな仕掛け」と、趙雲瀾《チャオ・ユンラン》が手を広げて説明すると、沈巍《シェン・ウェイ》は笑い出し、振り返ってベルト一本で街灯の下に縛られたチンピラたちを見て、

「彼らもいろいろ大変そうです……」と言った。

「ここは少し教訓を与えとかないと、ますます暴れてくるから。でも安心して。拘置所も部屋が足りないから、数日拘束されるだけですぐに釈放されると思う――お前ら、二度と俺の前に現れるな。じゃないと、会うたびに殴ってやるからな。分かったか」

趙雲瀾《チャオ・ユンラン》は追剥ぎに脅しをかけたあと、沈巍《シェン・ウェイ》に触れないようにしながら、彼の肩をこちらに引き寄せる仕草をした。

「途中まで送ろうか――そういえば、教授もこの近くに住んでます？　見かけたことない気がするけど」

「こんな大都会なら、たとえ同じ団地に住んでいたとしても、一生知り合うことがないままの人たちも少なからずいるかもしれません。恐らく縁がないってことですね」と、沈巍《シェン・ウェイ》が小声で答えると、その目つきが急に寂しげになってきた。

話しながら、沈巍《シェン・ウェイ》は趙雲瀾《チャオ・ユンラン》の後ろを半歩遅れて歩いている。趙雲瀾《チャオ・ユンラン》の見えないところで、彼の目つきは極めて奇妙なものに変わった。メガネの奥の薄暗いところから、渇望に近い眼差《まなざ》しで趙雲瀾《チャオ・ユンラン》の後ろ姿をじっと見つめているのだ。貪欲な気持ちが溢れ出るような、その気持ちを必死に抑えているような視線を放っているものの、その口から出た言葉は相変わらず落ち着いたものだった。

「この辺りの治安はわりとよくて、こんなことに遭ったのも初めてです。寒いですから、もう送らなくて大丈夫ですよ」

趙雲瀾《チャオ・ユンラン》が沈巍《シェン・ウェイ》を暗い路地から連れ出すと、明るい道が目の前に現れた。車や人の往来も多く、時折遠くにビジネス街のイルミネーションが閃《ひらめ》くのが見える。

「分かった。こっから先は賑やかになるし、治安の心配はないだろう。俺はこれで失礼する。気を付けて帰ってくださいね」

趙雲瀾《チャオ・ユンラン》は沈巍《シェン・ウェイ》につき纏うことなく、手を振りながら言った。

「ありがとうございます」

沈巍《シェン・ウェイ》は書類カバンを脇に挟んで頷《うなず》いた。礼儀正しいがなんとなく距離を置いているように感じられる。

二人は路地の出口で別れ、違う方向に向かって歩き出した。まるで永遠に交わらない二本の平行線のように。昔は人口が少なく、みな小さな村や町に集まって暮らし、お互いのことをよく知っていた。前世で百年修行すれば、修行で手に入れた縁によって二人は現世でもまた巡り会えるとされていた。しかし、今は数千万人も同じ街で暮らしているのに、そのほとんどが一生交わることもない。「縁」というものの価値も時間が経つにつれ下がってきたようだ。

前へ進み続ける沈巍《シェン・ウェイ》の目つきは冷淡だが、曲がり角に差し掛かると、やはり思わず振り返ってみた。思いがけないことに、趙雲瀾《チャオ・ユンラン》がまだそこに留まっている。

――彼が片手を壁に当て、前屈《かが》みになって苦しそうに左の脇腹をきつく押さえているのが見える。

四

ズキズキと脈打つような胃の痛みが急に襲ってきたのだ。追剥《おいは》ぎに遭った沈巍《シェン・ウェイ》を助けた自分に酔って舞い上がったからか、冷気が体内に侵入してきたからか、趙雲瀾《チャオ・ユンラン》は五臓六腑《ごぞうろっぷ》が激しく掻き混ぜられているような凄まじい痛みを覚えた。手足が次第に冷たくなり、視界もかすんできて、立つことさえままならない状態になっている。救急車を呼んだほうがいいかもしれないと思い始めたところで、誰かの手が伸びてきて彼の体を支えた。

「大丈夫ですか?」

耳元で聞こえた声は若干取り乱している。

(沈巍《シェン・ウェイ》なのか?)

趙雲瀾《チャオ・ユンラン》はこめかみから冷や汗が噴き出し、なにも答えられないでいる。

「病院に行きましょう」

(やっぱり沈巍《シェン・ウェイ》だ)

趙雲瀾《チャオ・ユンラン》は苦しそうに唸り声を上げ、沈巍《シェン・ウェイ》の腕伝いにするりと倒れていき、地面に座り込んだまま動きたがらない。しばらくして胃痛の発作が少し落ち着くと、やっと喋る余裕ができ、コートのポケットを軽く叩いて、

「……いいよ。常備薬があるから」と言った。

「よくないです！」

趙雲瀾《チャオ・ユンラン》は少し痛みが薄らいだようで、

（追剥ぎに遭った時もこんなふうに言い返せればいいのに）と心の中で呟《つぶや》いた。

「慢性病だからさ、なかなか治ってくれないけど、死ぬこともない」

趙雲瀾《チャオ・ユンラン》はこんな時でさえ相変わらず余裕のある様子を見せようとしている。

「病院に行くと、内視鏡検査とか、生検とか、いろいろ面倒くさいんだよね。結局、いつも同じような薬しか出してもらえないし。生活習慣に気を付けろとか言われてもな……。診断結果が暗唱できるようになるくらい、病院には通ったから……。もう行かなくていい。ちょっと手を貸してくれないか……。すまない」

趙雲瀾《チャオ・ユンラン》は沈巍《シェン・ウェイ》の手を借りて立ち上がり、風が入り込まないようにコートをいっそうきつく締め、持ち帰りを頼んだ食堂に向かおうとした。

すると、沈巍《シェン・ウェイ》は眉根《まゆね》を寄せ、思わず彼を呼び止めた。

「こんな体で家に帰らずどこへ行くんですか？」

「さっき頼んだ……」

趙雲瀾《チャオ・ユンラン》は突然なにかに気付いたようで言葉を途切れさせ、一瞬だけ愕然とした顔を見せたあと、

「……お粥を取りに——いや、教授はなんで俺んちがこっちの方向じゃないって知ってるんですか？」と訊き返した。

沈巍《シェン・ウェイ》は思わず驚いた。街灯の蒼白な光に照らされる沈巍《シェン・ウェイ》の顔は血の気が失せ、まるで雪のように白い。

（もしかして……）と、心の中でなにかを思いついたように、趙雲瀾《チャオ・ユンラン》は冷や汗が滲む眉間《みけん》にしわを寄せ、

訝《いぶか》しげな表情を浮かべた。二人の間に言葉では形容しがたい微妙な空気が流れ始めている。

「あっちは……住宅街じゃないみたいだからきっと……」

沈巍《シェン・ウェイ》は答えを絞り出すのに三十秒ほどかかった。

しかし彼が指差した方向は、大規模な住宅団地が三つもある。昔ながらの繁華街で、住民も多いため、龍城《ロンチェン》では有名な渋滞スポットとなっている。

「そっか」

納得していないが趙雲瀾《チャオ・ユンラン》は答えた。

「ご自宅までお送りしますので、お店に電話してお粥はあとで私が取りに行くと伝えてください」

「いや……」

「遠慮している場合ではありません」

沈巍《シェン・ウェイ》は趙雲瀾《チャオ・ユンラン》の話を遮り、

「寒いから早く帰りましょう」と促した。

普通は体が弱っている時に家まで送ってくれる人がいたら心強く感じるものだが、趙雲瀾《チャオ・ユンラン》は逆に気まずさでさっきから心が乱れっぱなしになっている。帰る道中、沈巍《シェン・ウェイ》はずっとなにかを考え込んでいるようで、二人はほとんど言葉を交わすことなく黙々と歩いている。たった数百メートルの道のり、千歩ほどの距離だったため、二人はすぐにマンションの下に着いた。趙雲瀾《チャオ・ユンラン》に食堂の場所と電話番号だけ教えてもらうと、沈巍《シェン・ウェイ》は彼を先に上がらせ、食堂に向かおうとした。見るからに彼の住所を知っているようだ。その後ろ姿を見つめて、趙雲瀾《チャオ・ユンラン》はしばらく唖然《あぜん》としていたが、やがて沈巍《シェン・ウェイ》を呼び止めた。

「あのう……うちは九階なんですけど」

その一言で、沈巍《シェン・ウェイ》の後ろ姿は鉄板のように固まってしまった。

「九〇二号室、エレベーターを出て左側の一番手前」

趙雲瀾《チャオ・ユンラン》は気まずさを和らげるために一言言い添えたが、かえって空気を凍りつかせてしまった。

そして、沈巍《シェン・ウェイ》は逃げるように慌ててそこから立ち去った。

❖

沈巍《シェン・ウェイ》の後ろ姿が見えなくなるまで見送ったあと、趙雲瀾《チャオ・ユンラン》は病人らしく少しずつ体を引きずって部屋に上がり、玄関の椅子にべたりと座り込んだ。電気もつけないまま、とりあえずタバコに火をつけた。先端のオレンジ色の火種が指の間でチカチカしている。

（初めて沈《シェン》教授に会った時、容疑者だと勘違いするくらい彼は俺と目を合わせるのを避けていた。なのに、龍城《ロンチェン》大学の屋上にぶら下がっているところを引っ張り上げてくれた時は、とても大切に思ってくれているようなそぶりだった。でも、そのあとこっちから接近しようとしたら、いつもアプローチを躱《かわ》し、ついには面と向かって断ってきた――冷静に考えると、あの高級レストランで断られた時、沈巍《シェン・ウェイ》は気まずそうというより、むしろ苦しそうだったじゃないか。それに……なぜか自分の住所を知っている）

趙雲瀾《チャオ・ユンラン》の心に疑問が浮かんだ。

（どういうことだ？　俺のことを調べたのか？　それとも尾行したのか？　どちらにせよ、自分の住所は国家機密じゃないし、その気があれば突き止めるのは簡単だ。気になるのは、なぜ沈《シェン》教授がそんなことをしたかってことだ。もしかして、この間自分が出すぎたことをしたから要注意人物と断定されて、身を守るため敵の居場所を把握しておこうとして調べられたってこと？　それとも……）

趙雲瀾《チャオ・ユンラン》がタバコをくわえ、体の不調で固まった脳みそを絞って考えていたところで、インターホンが鳴った。彼は驚いて、心臓が鞭打たれて突っ走る馬のように激しく脈打ち始め、そのせいでこめかみもピクピクと動いてきた。帰ったあとずっと座りっぱなしだった趙雲瀾《チャオ・ユンラン》は、インターホンを聞いて条件反射的に立ち上がってドアを開けると、強烈な足の痺れに襲われた。また、後ろの豚小屋のように汚い部屋は他人に見せられないものだとふと思い出したが、ドアを開けたからにはもう手遅れだ。

「あのう……」

「あのう……」

二人が同時に口を開き、また同時に黙った。こうして玄関先で二人が顔を見合わせて突っ立っていると、突然地面が揺れ始めた。下駄箱の上に置いてある黒猫の置物は滑り落ち、玄関のペンダントライトも激しく揺れている。趙雲瀾《チャオ・ユンラン》は素早く手を伸ばして置物を受け取り、

「地震？」と呟いた。

龍城《ロンチエン》は平原地帯に位置し、地震帯ではないため、地元の人は防災意識が薄いようで、部屋の外に出て状況を確認しようとする者など一人もおらず、廊下はいつものように清閑なままだ。しかし、この地震は意外と長く続き、揺れは小さいが、止まる気配がない。その揺れのなかで、趙雲瀾《チャオ・ユンラン》は胸の奥から得体の知れない奇妙なものが湧き上がってくるのを感じる。たとえて言うなら、夢の中で足を踏み外して飛び起きた時に感じた動悸に近い。

なにか……。

なにかとてつもないものが世に現れたようだ。

その時、趙雲瀾《チャオ・ユンラン》は耳元でブーンと耳鳴りがするような音が聞こえ、無意識に一歩前へ踏み出した。まるで

暗いどこかへ吸い込まれていくように。それを見た沈巍《シェン・ウェイ》は、咄嗟《とっさ》にドア枠に手を当てて彼を止めた。その動きに趙雲瀾《チャオ・ユンラン》はふと我に返ると、ちょうど沈巍《シェン・ウェイ》と目が合った——その深い眼差《まなざ》しは氷みたいに冷たく、追剥ぎに遭ってもおとなしく財布を差し出すような華奢《きゃしゃ》な文人とはまったく無縁のものだった。

「揺れは収まったみたいです。気を付けて」

沈巍《シェン・ウェイ》が言った。

その挙動に趙雲瀾《チャオ・ユンラン》が訝しげな視線を返すと、沈巍《シェン・ウェイ》は耳元が一気に真っ赤になり、ぎこちなく視線をずらした。あたかもさっき相手と視線が絡んだことがただ束の間の錯覚だったかのように。

「あのう……」

「どうぞ上がって」

二人はまた同時に口を開いた。ハプニング連発の夜に疲れて捨て鉢になったのか、沈巍《シェン・ウェイ》は少し迷ったあと素直に頷いた。

電気がついていなかったため、趙雲瀾《チャオ・ユンラン》は慌てている間に、玄関で開きっぱなしの傘に躓《つまず》いた——龍城《ロンチエン》の冬はめったに雨が降らないことからすると、最後に傘を使ったのは少なくとも一か月はまえのことだろう。まだ閉じてもいないなんて、持ち主はいったいどれほどだらしないのだろうか。電気をつけると、下駄箱の上にクリーニング屋から戻ってきた服が一袋置いてあるのが見える。袋に貼られたシールには二日前の日付が書いてあり、しばらく着ないからかまだ開けられていない。

沈巍《シェン・ウェイ》は静かに部屋の中を見渡した。ソファーにはシャツ、ズボン、ニットベストなどが散乱し、ベッドには様々な本が一面に投げ散らかされ、本の下にスリープモードのノートパソコンが一台埋もれている。部屋全体が想像を絶する汚さで、足の踏み場もない。

「すみません」と趙雲瀾《チャオ・ユンラン》は早口で謝りながらソファーの上の服を片側に押しやり、座るスペースをなんとか作り出して立ち上がろうとして、またキリキリと差し込むような激しい胃痛に襲われた。

「そのままで大丈夫ですから、あまり動かないで」

沈巍《シェン・ウェイ》は持ち帰りの袋をリビングテーブルに置くと、ため息をついた。ベッドに散乱している本を一か所に寄せて、

「普段はどこにしまっていますか」と尋ねた。

「昼間はベッドに、夜は床に」

「……」

沈巍《シェン・ウェイ》が速やかに本を積み重ねると、あっという間に二つの本の山ができた。同じく散らかっている机にスペースを作ってそこに本を並べ、パソコンをナイトテーブルの上に置いた。

「とりあえず横になってください。お水を持ってきます……。あのう、お水はどこに……」

趙雲瀾《チャオ・ユンラン》は腰をエビのように曲げながら、キッチンの食器棚に置いてある小型のウォーターサーバーを指差した。こんなに体が弱っているときでさえ、この男はしっかりとコートを羽織り、まるで今から病院の美男コンテストに参戦する患者のように見える。

「コートは脱いだほうが体が楽になるかもしれません、着たまま寝ると息苦しいでしょう」

「……脱いで教授に痴漢扱いされるのが怖いからさ」

こんな厳冬なのに、趙雲瀾《チャオ・ユンラン》の額は汗まみれになっている。どれほど激しい痛みだったのか、この様子を見れば容易に想像できる。しかし、こんなふうになっても、趙雲瀾《チャオ・ユンラン》はいつもの調子で冗談を欠かさない。

沈巍《シェン・ウェイ》は顔色を改め、

「冗談を言わずに早く横になって休んでください」と急かした。

すると、趙雲瀾《チャオ・ユンラン》はため息を漏らし、遠慮するのをやめコートとズボンを脱ぎ、堂々とパジャマ姿で沈巍《シェン・ウェイ》の前に立った。胸元の肌の大半と腹筋の美しい輪郭が露わになっており、その姿に沈巍《シェン・ウェイ》は顔から火が出そうになった。

「教授が早く脱げって言ったから」

趙雲瀾《チャオ・ユンラン》は依然として堂々としている。

沈巍《シェン・ウェイ》は目のやり場に困りパジャマ姿の趙雲瀾《チャオ・ユンラン》から素早く視線を逸らし、ヘッドボードに枕を立て、丸まって団子になった布団を広げると、顔も上げずに、

「コップはどこに置いていますか？　お水を持ってきます」と言い、またすぐに、

「裸足になっているじゃないですか！」と続けた。

趙雲瀾《チャオ・ユンラン》が靴を脱いだため、先ほど素足で出掛けた時寒さで青紫になった両足が露わになっているのだ。

「ちょっと薬を買いに行くだけだったから、靴下を履くとまた洗濯しなきゃいけなくなるし……」

趙雲瀾《チャオ・ユンラン》は平気そうに答えたが、最後まで話し終えられなかった。

彼の足が突然しゃがみ込んだ沈巍《シェン・ウェイ》に素手で直接掴まれたからだ。冷たい両手だったが、痺れるほど凍りついた趙雲瀾《チャオ・ユンラン》の足よりはまだ暖かい。趙雲瀾《チャオ・ユンラン》が驚いて反射的に足を引っ込めようとすると、沈巍《シェン・ウェイ》はしっかりとその足を握り、足つぼを強く押し始める。

「いやいやいや……まだ洗ってないから……ひー！」

「あなたは血行が悪くて、脾臓や胃の働きも悪いみたいです。おまけに不規則な生活をしているから、それで胃腸の調子が悪いんですよ……」

そう言いながら沈巍《シェン・ウェイ》はつい眉を顰《ひそ》めたが、口調があまりにも親しくなりすぎたと気付き、すぐに口をつぐんだ。一方で、趙雲瀾《チャオ・ユンラン》は足つぼを強く押され、痛すぎて感覚も麻痺してきたが、男前のイメージを維持するために声も上げず、唇が真っ白になるまで我慢し続けている。しばらくすると、不思議なことに足元が温かくなってきた。そして、彼はそのまま丸ごと布団の中に押し込まれた。

沈巍《シェン・ウェイ》は手を洗って薬を取り、温かい湯を持ってきて、趙雲瀾《チャオ・ユンラン》が薬を飲み終えるまでずっと隣で見ていた。

五

趙雲瀾《チャオ・ユンラン》のパジャマは実に色っぽかった。ボタンは二、三枚しかなく、胸元の開きもやたらと大きい。左脇腹を押さえているため、襟元がずれてしまい、セクシーな腹筋が見え隠れしている。沈巍《シェン・ウェイ》は目を逸らし、なにかやることを探そうと、持ち帰った料理を開けてキッチンに持っていって温めることにした。

部屋のカーテンは閉めっぱなしで、ほぼ空のゴミ箱の中にはちぎられたパン屋の紙袋しかなく、そこに書いてある賞味期限は一週間もまえの日付だ。冷蔵庫を開けてみると、中には開封されたキャットフードが半分残っている以外、他になにも入っていない。食器や調理器具は新品のままで、まだシールを剥がしていないものもある。彼の部屋はこのキッチンだけがさながらモデルルーム並みに綺麗で、仮にゴキブリが棲みつこうとしても飢え死にするだけだろう。

「今日は一日出掛けていないみたいですけど、なにか食べましたか?」

沈巍《シェン・ウェイ》が訊いた。

趙雲瀾《チャオ・ユンラン》は答えずただゴミ箱を指差した。

「今日一日パンしか食べていないんですか？　昨日は？」

「昨日は飲んだくれてたから、よく覚えてない」と答えながら趙雲瀾《チャオ・ユンラン》はこめかみ辺りを揉んでいる。

「……」

沈巍《シェン・ウェイ》は絶句し、持ち帰った袋を開けた――長年胃痛に苦しめられてきてそれなりの経験があるからか、趙雲瀾《チャオ・ユンラン》が頼んでいたのはいずれも消化しやすく、胃病患者に優しい料理ばかりだ。料理を温めてあげたあと、沈巍《シェン・ウェイ》はこれで帰ろうとしたが、帰るまえに、玄関に立って少し迷ってからこう訊いた。

「趙《チャオ》警官はそろそろ結婚してもいい歳ですし、仕事も安定していますし、そばで支えてくれる人を探すつもりはないんですか？」

「君がいいなと思ったんだけど、振られたからにはどうしようもない」

趙雲瀾《チャオ・ユンラン》は両手を広げてお手上げのポーズをした。

その赤裸々な言葉を聞いて沈巍《シェン・ウェイ》の手は一瞬震えてしまい、彼はその手を後ろに隠して握り締めたまま、「そんな、とんでもないご冗談を。私はこれで……。では、ゆっくり休んでください」と言い残して、逃げるように立ち去った。

❖

沈巍《シェン・ウェイ》は本当に謎の塊のような男だ。趙雲瀾《チャオ・ユンラン》はさっさと夕食を済ませ、ナイトテーブルに置かれたパソコンを手に取り、公安の内部システムにログインして沈巍《シェン・ウェイ》の資料を調べ始めた。システムに登録された資料はしっかりと揃っており、あやふやにされたところなど一つもない。その経歴を見れば、沈巍《シェン・ウェイ》が若くして極めて有能であることは一目瞭然だ——名門大学で博士課程まで進学し、卒業後は大学に残って教職に就いた。未婚、父親は病気ですでに他界、母親は退職後海外に移住。怪しいところなど一つもない。

いろいろと調べていると、知らず知らずのうちに真夜中になっていた。街も静かになり、住宅街の電気もほとんど消え、行き来する車の音も少なくなってきた。たまに窓の隙間から差してくる微かな光もカーテンですっかり遮られている。

短針と長針が十二時に重なった瞬間、趙雲瀾《チャオ・ユンラン》の腕時計「明鑑《めいかん》」から小さな音が鳴った。それに続いて、静寂の闇から夜回りの拍子木《ひょうしぎ》の音が響いてきた。その音は少しずつ大きくなり、どうやらこちらに近づいてきているようだ。

誰か男性の掛け声も聞こえる。遠いようで近いようで、語尾を長く伸ばしている。

「獄卒《ごくそつ》参上、生霊退散——」と。

一日中閉めっぱなしのカーテンが勝手に両側へ開き、霜《しも》が張った窓が目に入った。窓の隙間から白い朧《おぼろ》げな光が見え、その光源が静かに窓の外に止まっている。

趙雲瀾《チャオ・ユンラン》は起き上がってパジャマの襟元を締め直し、コートを羽織って「どうぞ」と言った。

言い終えると、解錠の音が聞こえ、窓が徐々に開いていった。肌を刺すような冷たい風が部屋の中に一気に流れ込み、露出する趙雲瀾《チャオ・ユンラン》の皮膚に鳥肌が立った。見れば、白い紙提灯を下げた人がそのまま九階の上空——窓の外で漂っている。

その人も紙で作られたようなもので、背の高さは人間と同じくらい、顔には生気のない目が描かれ、口から血が滴《したた》り、口角は目尻まで大きく裂けて広がっている。その美しさは光明通《グァンミンどお》り四号の呉《ウー》といい勝負だ。

趙雲瀾《チャオ・ユンラン》は少しも驚かず、こういう場面に慣れ切っているようにナイトテーブルの引き出しからセラミック製のボウル、冥銭《めいせん》、線香を取り出すと、線香に火をつけボウルの縁のへこみに差し込み、そして冥銭にも火をつけ、ボウルの中に入れた。

「ほんの気持ちですが」[13]と言って、趙雲瀾《チャオ・ユンラン》はその「人」に会釈《えしゃく》した。

すると、紙人間はその恐ろしい口元を引き攣《つ》らせた。硬い動きだが、愛想笑いのつもりのようだ。この世の中で陰と陽二つの世界を行き来できるほどの人は往々にして傲慢で、獄卒のような低級な者など普通は相手にしない。「ほんの気持ち」とはいえ、鎮魂令主《ちんこんれいしゅ》のような、どんな状況であっても忘れず獄卒に「贈りもの」をする人は珍しい。

「わざわざ深夜にいらっしゃるとは、なにかご用でしょうか」

趙雲瀾《チャオ・ユンラン》が尋ねた。

紙人間は拱手《きょうしゅ》の礼とお辞儀をしたあと、丁寧に語り出した。

「このたびの餓鬼《がき》脱獄事件で、閻魔《えんま》様は大変お怒りになり、三界を徹底的に調べよと命を下されました。我々は生霊、死者、処分待ちの霊魂《れいこん》など一つずつ調べて帳簿に登録し、生死簿《せいしぼ》[14]とまとめてこの冊子をお作りしました。十殿閻魔様の命に従い、令主にも一冊お届けするために参ったのでございます。人間界での執務のお役に立てれば幸いです」

そう言いながら、紙人間は黒いカバーの手帳を趙雲瀾《チャオ・ユンラン》に渡した。それは柔らかい牛革のビジネス手帳のようで、非常に軽い。趙雲瀾《チャオ・ユンラン》は手に乗せその重さを確認し、指の腹で表面を軽く触り、紙の匂いを嗅いでみた。

13　訳注：焚かれた冥銭は冥界の通貨となって、線香の煙は冥界の食べものとなってあの世に届くと信じられている。
14　訳注：「生死簿」とは閻魔帳。

「扶桑紙《ふそうし》[15]に海龍墨《かいりゅうぼく》[16]で書かれ、そして生死簿と功徳録《くどくろく》[17]を一冊にまとめたというのなら、請神符《しょうしんふ》[18]に調べたい人の苗字と出生時刻の干支を書いてここに貼るか、もしくはそれが分からない場合でもその人の髪を一本取って、捜神符《そうじんふ》[19]で包んで燃やせば、その人の生前と死後のことを調べられる、ということでしょうか」

「さすが博識な令主。お察しの通りです」

紙人間の獄卒が答えた。

「いえ、私も古文書で読んだことがあって、作ってくれるようずいぶんまえから冥府《めいふ》に頼んでいたんですよ」

趙雲瀾《チャオ・ユンラン》はその「手帳」をめくり、作り笑いをした。

「ずっと作ってもらえなかったから、てっきり材料を集めるのが大変なのか、あるいはそちらの方々が他になにかお考えがあるのだろうと思っていました」

今期の十殿閻魔はなぜか人間界の組織以上に官僚的で、都合のいいときだけ寄ってきて、こちらから頼み事があるときはいつも先延ばしにされ、実に腹が立つ。鎮魂令《ちんこんれい》を所有している特別調査所は地下の世界との間に軋轢が生じて長いが、趙雲瀾《チャオ・ユンラン》はいつも向こうと業務提携しながら水掛け論を繰り広げてきた。長年の経験によると、向こうがわけもなく親切にしてくるときは必ずなにか企みがあるに違いないのだ。

獄卒はただ「はいはい」と頷《うなず》いて趙雲瀾《チャオ・ユンラン》の言外の意味を読み取れないふりをしている。趙雲瀾《チャオ・ユンラン》が獄卒に疑ぐり深い視線を送ると、手帳から薄い紙が落ちてきた。

15　訳注：「扶桑紙」とは「扶桑」という中国神話で東方の果てにある神木で作られた紙。
16　訳注：「海龍墨」とは海に棲む龍の墨、出典不明。
17　訳注：「功徳録」とは人の功徳を記録した帳簿。
18　訳注：「請神符」とは神様や魂魄を招来するための霊符。
19　訳注：「捜神符」とは魂魄を捜し出すための霊符。

「手配書？」

元々真っ白な画仙紙だったが、趙雲瀾《チャオ・ユンラン》の手が触れた瞬間、突然紙から黒い霧が立ち昇り、続いて霧の中になにかの顔が浮かび上がった。それは人間に似たような形をしているが、大きな頭部に毛は生えておらず、猫背で首を竦《すく》め、顔全体は肉腫に埋もれている——斬魂使《ざんこんし》が輪廻晷《りんねき》を追っていた時に屋上で殺した奴によく似ている。

これこそ獄卒がわざわざ訪ねてきた目的のようだ。

「手配されたのは……？」

趙雲瀾《チャオ・ユンラン》は顔色一つ変えずに尋ねた。

そう訊かれると、獄卒はようやく何百回と唱えてきた台詞を吐き始めた。

「それは人と似て非なるもので、名は『幽畜《ゆうちく》』といい、混沌から生み出されたものでございます。言葉を喋れますが、このうえなく凶暴で、人間の肉体と魂に目がなく、光と火を怖がります。万が一出くわしてしまったときは、くれぐれもお気を付けください。殺しても構いません」

（幽畜か……）

獄卒はダラダラと喋り続け、特に「幽畜に遭ったときどうやったら殺せるか」を取り立てて説明したが、幽畜の由来については依然としてあやふやなままだ。趙雲瀾《チャオ・ユンラン》は思わずその話を遮り、

「ちょっと待って。その『幽畜』とやらがいったいどこから来たのか、もう一度教えてもらえますか？」

と訊いた。

「混沌から生み出されたものでございます」

獄卒は丁寧に繰り返した。

答えになっていない。中国の神話の中で、「混沌」とは盤古《ばんこ》が天地を切り開くまえの、天地と時空が混然としている状態を指す。そう考えると、天も地も人もすべて混沌から生み出されたものだと言える。由来の分からない怪物がいれば、とにかく「混沌から生まれ出たもの」の一言で濁すことができる。

なぜだか「人間とは似て非なる」という言い回しに妙に引っ掛かり、

「人と似て非なる幽畜って、聞いたことないんですけど、斬魂使《ざんこんし》がおっしゃった『大封印』となにか関係があるんでしょうか」と趙雲瀾《チャオ・ユンラン》はさらに問い掛けた。

「『正義の力が強まれば、邪悪の力も強くなる』という言葉があるように、こういった穢《けが》れたものはどうしても生まれてくるのです」

獄卒は言葉を詰まらせ、まったく質問に答えていないまま慌てて俯《うつむ》いて、

「それでは失礼いたします」と言った。

言い終えると、白い紙提灯がチカチカと点滅し、獄卒はそのまま姿を消した。

陰気な風がやみ、開いていた窓とカーテンも自動的に閉まり、暖房の暖かい空気がまた部屋中に広がった。もし趙雲瀾《チャオ・ユンラン》の手に残された黒い手帳と床に置いたあの燃え殻がまだ残っているボウルがなければ、今起こったことはまるで幻覚だったようにすら思える。

（斬魂使《ざんこんし》、四聖器、大封印、幽畜、説明があやふやな獄卒……）

思いを巡らせながら趙雲瀾《チャオ・ユンラン》がベッドに仰向けに倒れ込むと、すっかり冷たくなった掛け布団でパジャマから露出している肌が粟立った。横にはなったものの、夜が深まるにつれ、趙雲瀾《チャオ・ユンラン》の思考も次第に深まっていく。獄卒に眠りを邪魔され、おまけに体の具合が悪かったため、彼は寝返りを打ってばかりでほとんど眠れ

ない。それゆえに、朝七時過ぎにインターホンが鳴らされた時、あまりの眠さに上下の瞼《まぶた》がぴったり貼りついているのかと思った。

鉛のように重い頭で体を起こすと目が回ってしまい、なんとかベッドから立ち上がった時は関節がメリメリと悲鳴を上げた。だるくて重たい体を引きずって玄関にたどり着くまでの間、苛《いら》立った趙雲瀾《チャオ・ユンラン》はインターホンを鳴らした人をどんな酷刑で始末しようかすら考えていた。

まるで狂犬のような状態だった。

ドアを開けると、目の前に大きなレジ袋をいくつか手に持った沈巍《シェン・ウェイ》が立っている。

趙雲瀾《チャオ・ユンラン》は一瞬呆然としたがすぐ我に返り、今にも噛みついていきそうな凶暴な表情を収め、旧正月の時、挨拶回りに来た親戚に「春節おめでとう！」と言うような表情を作ろうとした。あいにく寝起きで頭が回っていないせいか、表情筋がいつものように柔らかく動かず、結局「噛みついていきそうな表情」と「春節おめでとうと言うような表情」のどっちつかずな残念な顔になってしまった。

強いて言うなら……。

人に噛みついてきそうな顔をしているものの、めでたい春節を連想させる伝説中の獣——「年獣《ねんじゅう》」[20]に近いかもしれない。

20 訳注：「年獣」は中国民間説話の中で、毎年旧暦の大晦日に人里に出没し、人間を食べる獣。春節の時、爆竹を鳴らすのも年獣を追い払うためとされている。

顔色が悪そうな趙雲瀾《チャオ・ユンラン》を見て、沈巍《シェン・ウェイ》は片手を空けて彼の額を触った。

「熱が出てるじゃないですか。こんなところに突っ立ってないで早く中に入ってちゃんと休まないと」

ぼんやりした状態の趙雲瀾《チャオ・ユンラン》を押して部屋の中に戻らせると、沈巍《シェン・ウェイ》は予告もせずいきなり彼の手首を掴んだ。趙雲瀾《チャオ・ユンラン》は驚いて、無意識に手を引っ込めようとしたが、なんと引っ込められない——こういうことは今回で二回目だ。一回目は龍城《ロンチェン》大学の屋上にぶら下がっているところを沈巍《シェン・ウェイ》に腕力一つで一気に引っ張り上げられた時。あの手はどう考えても華奢《きゃしゃ》な学者の手だとは思えないものだった。指先が異常に冷たく、なによりその腕力が人並みではない。おまけに、虎口《ここう》[21]と人差し指に少しタコができている……。それは決してペンやマウスを強く握りすぎてできたものではないだろう。

趙雲瀾《チャオ・ユンラン》は熱が出てしばらく頭が回らなかったが、驚いて冷や汗をかいたため、かえってすっきりしてきた。一方で、沈巍《シェン・ウェイ》はそのまま趙雲瀾《チャオ・ユンラン》の手首を握って、余計なことは何一つせず、ただ漢方医のように脈をとっている。そして温かい湯と解熱剤、胃薬を持ってきてナイトテーブルに置いた。

「私のことは気にしないで、まずは胃薬を飲んで少し休んでください。なにか食べるものを作ってくるので、残りの薬は食後にしましょう」

「……」

趙雲瀾《チャオ・ユンラン》は唖然《あぜん》とし、(漢方医のように脈を診ておいて、西洋薬を出してくるなんて、やぶ医者じゃないのか？しかも中洋折衷の）と、心の中で揶揄《やゆ》した。

21　訳注：「虎口」とは親指と人差し指の付け根の間の部分。

幸いなことに沈巍《シェン・ウェイ》が持ってきたのはいずれも一般的な市販薬で、長患いしている趙雲瀾《チャオ・ユンラン》は説明書を読まなくてもそれらがどういう薬なのかが分かる。ざっと見て、特に問題なさそうだと思い一気に飲んだ。一方で、沈巍《シェン・ウェイ》は少し時間をかけ、ようやく自分が買ってきたものをあの空っぽの冷蔵庫に収め切った。そして小さな土鍋を取り出し、洗ってから横に置き、下処理をした食材を入れて一度沸騰させてから弱火でゆっくり煮込み始めた。それが終わったあと、手を洗い、オイルヒーターにかざして温めることにした。振り返ると、趙雲瀾《チャオ・ユンラン》がヘッドボードに背を凭《もた》れかけて目をつぶって休んでいるのが見える。

沈巍《シェン・ウェイ》は遠くから彼を見つめながら、無意識に息を殺した。恐らく体調不良のせいで乾いている唇、枕に埋もれた顔、額の輪郭に沿って垂れる髪、それはいつもの印象より柔らかそうで、優しく絡み合っているように見える。沈巍《シェン・ウェイ》は舐めるような視線を彼の目頭から眉尻へ這わせ、筆代わりに自分の目を使って、心の中で彼の顔を一筆ずつ丁寧に模写している。こうして見とれていると、突然湯が沸騰し、驚いた沈巍《シェン・ウェイ》は急いで蓋《ふた》を開けたが、趙雲瀾《チャオ・ユンラン》が目を開けてこちらを見ていることには気が付かなかった。

「沈巍《シェン・ウェイ》、君は……」

趙雲瀾《チャオ・ユンラン》の突然の一言で、沈巍《シェン・ウェイ》はまた驚いて危うく蓋を落としそうになった。

「……」

てんてこ舞いになる沈巍《シェン・ウェイ》を見て、趙雲瀾《チャオ・ユンラン》は続きを言わずただ、

「驚かせてごめん」とだけ言った。

「趙《チャオ》警官が体調を崩して、そのうえ看病してくれる人もいなくて、それを知ったからには、ほっておくわけにはいかないでしょう……。昨日助けてもらったばかりですから……」

趙雲瀾《チャオ・ユンラン》がまたなにか意味ありげな質問をしてきそうなのを察して、沈巍《シェン・ウェイ》は訊かれるまえに自ら断っておい

たが、その気持ちは隠すほどに露わになってしまう。

「つまり、恩返し？」

沈巍《シェン・ウェイ》は少し間を置いてから、

「友人としての道義を全《まっと》うするためです」という言葉を絞り出した。

趙雲瀾《チャオ・ユンラン》はその言葉をよく咀嚼し、脳裏でどういうふうに解釈したか分からないが、意味深な笑みを浮かべた。その笑みに沈巍《シェン・ウェイ》は思わず竦《すく》み上がり、視線を逸らしてぎこちなく土鍋を見つめるしかなかった。趙雲瀾《チャオ・ユンラン》のほうから物音が聞こえなくなってしばらくしてから、沈巍《シェン・ウェイ》はようやく勇気を出し、彼に目をやった。薬を飲んで眠気に誘われたからか、体の不調で気力がないからか、彼はすでに眠りについている。

沈巍《シェン・ウェイ》は静かに息を吐き、物音を立てないようにベッドの横に歩いていった。手を伸ばして趙雲瀾《チャオ・ユンラン》の顔をそっと撫でたとたん、その顔は横へやや傾き、頬にまつ毛の影が落ちてきた。よりいっそう深い眠りに入ったようだ。ヘッドボードに寄りかかっている趙雲瀾《チャオ・ユンラン》を丁寧に寝かせると、沈巍《シェン・ウェイ》は思わず彼の寝顔に見入ってしまった。その眼差《まなざ》しは敬虔と言っても過言ではない。そうして見つめながら、沈巍《シェン・ウェイ》は趙雲瀾《チャオ・ユンラン》の体に触れたばかりの両手の指を交差させた。彼の体温を少しでも長く手のひらの中に残そうとしているかのように。しばらくすると、沈巍《シェン・ウェイ》は自嘲気味な笑みを浮かべ、趙雲瀾《チャオ・ユンラン》が適当に床に放り投げたコートを拾い上げた。

その時、沈巍《シェン・ウェイ》はふと床に置いてある変なセラミック製のボウルに気が付いた。中には燃え尽きた線香の灰がまだ残っている。その灰を少し摘まんで指で擦ってみると、茶色だった灰が地面に落ち、白色に変わった。まるで誰かに線香の生気を吸い取られたかのようだ。

（獄卒《ごくそつ》が来たのか？）

沈巍《シェン・ウェイ》は疑問に思いながらメガネを直し、しっかりと閉まっているカーテンに目を向けた。

❖

不眠な一日になるだろうと趙雲瀾《チャオ・ユンラン》は思っていたが、予想に反してぐっすりと眠っていたようで、目が覚めた時、太陽の光はすでにカーテンを通して部屋の中に差し込んでいた。寝ている間にかいた汗で布団がべたべたと肌に張りついていて気持ち悪いし、眩暈《めまい》もするため、彼はもうしばらく休むことにした。こうして横になっているうちにようやく嗅覚も目を覚まし、嗅いだことのない料理の匂いを時間差で感じた。

趙雲瀾《チャオ・ユンラン》が目を開けると、沈巍《シェン・ウェイ》がソファーに座って、古い奇談集を静かに読んでいるのが見える。じっくりと読書に集中しているその姿はまるで一幅の絵画の如く、言葉で言い表せない美しさを放っている。物音に気が付いた沈巍《シェン・ウェイ》は顔を上げ軽く笑みを見せた。

「起きたんですか。気分はいかがですか」

趙雲瀾《チャオ・ユンラン》が起き抜けでぼんやりしていて返事もできなかったのを見て、沈巍《シェン・ウェイ》は彼の額に手を当てた。

「熱は下がったようですが、胃はまだ痛いですか」

趙雲瀾《チャオ・ユンラン》は首を横に振ると、部屋中に散らかっていた服を沈巍《シェン・ウェイ》がすべてきちんと畳んで、ナイトテーブルに置いてくれたのが分かった。触ってみると、スチームヒーターで温められていたようで、暖かくて非常に気持ちいい手触りだ。

「そろそろ起きてくるかなと思って、お風呂の暖房をつけておきました。汗で気持ち悪いのなら、先にお風呂に入ってください。ちょっと台所を借りて簡単なものを作りましたから、お風呂から上がったら食べてみてください」

沈巍《シェン・ウェイ》はいったん言葉を途切れさせ、ため息をつき、

「ちゃんと自分のことを大切にしないと」と続けた。

その言葉に趙雲瀾《チャオ・ユンラン》は珍しく恥ずかしがり、黙ったまま服を持って浴室に入った。

彼は早くから親元を離れ、飲み会や出前ばかりの日々にはとうに慣れている。ごはんの香りの中で目が覚め、お風呂を急かされるなんていつぶりだろう。お風呂から上がってすっきりした格好で浴室を出ると、豚小屋並みに汚かった部屋が綺麗に片付けられている。カーテンは束ねられ、窓も一度開けて部屋を換気していたようで、室内の温度は少し下がっていたが空気は新鮮になっている。沈巍《シェン・ウェイ》は買ってきた竹の箸を沸騰しているお湯からすくい上げ、冷水ですすぎ洗いしたあと箸立ての中に入れた。そして土鍋の蓋を開け、レンゲで一口味見すると、濃厚な香りが鍋から立ち昇り、部屋中に広がってきた。

その瞬間、趙雲瀾《チャオ・ユンラン》は深い沼にはまったかのように、胸が激しく波打ち始めた。

沈巍《シェン・ウェイ》がガスコンロの火を消し、キッチンから手料理を二皿持ってくると、趙雲瀾《チャオ・ユンラン》が受け取ろうと手を伸ばしていったが、掴めたのは皿ではなく、沈巍《シェン・ウェイ》の手だった。

熱い食器を持っているのに、沈巍《シェン・ウェイ》の手はとても冷たい。趙雲瀾《チャオ・ユンラン》が思わずその手を引き寄せ、自分の手のひらで温めようとすると、沈巍《シェン・ウェイ》が激しく身震いしたのを感じた。

「あのう……」

「教授は本当に俺のことが好きじゃないんですか?」

沈巍《シェン・ウェイ》は手を引っ込めようとしたが、口を開いたとたん、話を遮られた。趙雲瀾《チャオ・ユンラン》は沈巍《シェン・ウェイ》へにじり寄りながら皿を横に置いて、さらに彼を逃がさないようにしっかりと押さえた。

「沈巍《シェン・ウェイ》、俺の顔——俺の目を見ながらもう一度言ってみろ。俺のことが好きじゃないってはっきりと」

沈巍《シェン・ウェイ》はパッと顔を上げ、いつものような優しい表情ではなく、追い詰められたせいかやや攻撃的な表情を浮かべた。

「男は妻を娶《めと》り、子供を作るのが道理でしょう。まだお若いのに、倫理を無視するのは、実に勝手気ままです」

急にレッテルを貼られて趙雲瀾《チャオ・ユンラン》は少し呆れた。

「倫理なんてそんな大げさな……」

沈巍《シェン・ウェイ》は一気に手を引っ込めた。

「男と一緒にいて、自分の代で家系が途絶えてしまったら、両親に合わせる顔がありますか？　それに、子供がいないと、老後は誰が面倒を見てくれますか？」

その質問に趙雲瀾《チャオ・ユンラン》は訝《いぶか》しげな顔を浮かべた。

「両親に合わせる顔は普通にあるよ。少子化対策担当大臣じゃあるまいし、老後は俺は……年金で老人ホームに入ればいいだろう。そんなこと言って、本当は自分の『属性』を認めたくないだけなんじゃないんですか？　早く目を覚まして、沈《シェン》教授！　もう時代が変わったんだ」

「……」

趙雲瀾《チャオ・ユンラン》は言葉を詰まらせた沈巍《シェン・ウェイ》を改めて観察し始めた。このそばにいるだけで身も心も蕩《とろ》けさせてくる美男が、中身は時代錯誤な頑固者だったとは思いもしなかった。

「異性だけが好きな人も、必ずしも自分に見合った相手を見つけられるとは限らない。たとえ結婚しても、必ず子供を作れるというわけではない。子供を作れたとしても、無事に成長して大人になれると決まっているわけでもないし、大人になれたとしても、ちゃんとした人間になれるかどうか分からない。子供が出世して面倒を見てくれることに老後の人生を賭けるなんて、リスクが高すぎると思いませんか。宝くじで億万長者になるより確率が低いだろう。本当に子供が好きなら、家が貧乏で学校に行けない子供を援助すればいいのに。できればより多くの子供を援助してさ、そうすれば必ずそのうちの何人かが時々は見舞いに来てくれるだろう」

その屁理屈に沈巍《シェン・ウェイ》は返す言葉もなく、ただ顔を強張《こわば》らせて黙っている。

「生きていくうえで大切なのは、うまくいかないときは二の舞を演じないようによく考えること。だが、うまくいって幸せを掴んだときは逆にあれこれ考えないほうがいい。いろいろ考えているうちに、目の前にある幸せを逃がしてしまうと、もったいないから。想像してみてください。もし今日地球が突然爆発して、すべての人間がゾンビになるとしたら、最後に自分の人生を振り返って、生まれてから一度も思うままに動いたことがなかったって気付くと、絶対悔しいだろう。違うか？」

「思うままに生きたくても、そうはいかないことが多いじゃないですか」

沈巍《シェン・ウェイ》は小声で返した。

「その通り」

趙雲瀾《チャオ・ユンラン》は両手を広げ、

「他人の事情で思うままに動けなくてつらい思いをするのは仕方ないかもしれない。だからこそ、それ以上自分で自分につらい思いをさせてはいけない。じゃないと生きる意味ないでしょう？　そんなことなら、早く死んで自由になったほうがマシだ」と答えた。

「そんな縁起の悪いことを言わないでください」

沈巍《シェン・ウェイ》は叱った。

「やっぱり君は俺のことが好きなんだね」と、趙雲瀾《チャオ・ユンラン》はきっぱり言い切った。

それを聞いて、沈巍《シェン・ウェイ》はなにも答えずすぐに部屋を出ていこうとした。趙雲瀾《チャオ・ユンラン》は止めようとしたが手が滑ってしまい、彼を引き留めることができなかった。

「沈巍《シェン・ウェイ》、逃げてどうにかなるのか？　俺の言葉から逃げられたとしても、自分の気持ちからずっと逃げ続けられると思うのか？」

あまりにも露骨な言葉に沈巍《シェン・ウェイ》は恥ずかしくなり、穴があったらすぐにでも入って逃げたいと思った。

沈巍《シェン・ウェイ》が部屋を出ても、趙雲瀾《チャオ・ユンラン》は追いかけずただ窓のほうへゆっくりと体を移動させ、彼がマンションを出るのを待つことにした。三分くらい経って、沈巍《シェン・ウェイ》が急いでマンションを出るのが窓から見えると、趙雲瀾《チャオ・ユンラン》は寒さも恐れず窓を押し開け、上半身を乗り出した。

（沈巍《シェン・ウェイ》は必ず振り返る）――なぜかそういった強い予感が趙雲瀾《チャオ・ユンラン》の頭をよぎった。

彼の予想通り、沈巍《シェン・ウェイ》はやはり振り返って部屋の窓を見上げ、そこに待っていた彼とちょうど目を合わせてしまった。趙雲瀾《チャオ・ユンラン》は両手でハートの形を作ってマンションの下のほうへ飛ばすと、思わず口角が上がり、蒼白の顔に輝くような笑みを零《こぼ》した。一方で、彼の情熱的すぎるハート攻撃に無防備な沈巍《シェン・ウェイ》はたちまち打ちのめされ、しばらく狼狽《うろた》えていた。

その後ろ姿が見えなくなるまで窓のそばで見送ると、趙雲瀾《チャオ・ユンラン》は沈巍《シェン・ウェイ》が作ってくれた熱々の料理を最後の一粒まで綺麗に食べ終え、お腹も心も満たされたような気分になっている。

（まだまだ時間はある。君はもう俺の手から逃れられない）

趙雲瀾《チャオ・ユンラン》はどうやら自信満々のようだ。

七

月曜の朝、特別調査所の事務室に香ばしい朝食の香りが充満している。祝紅《ジュー・ホン》が食堂で肉まんを三袋も買ってきたのだ。皮が薄くて具材が多く、香りはあっという間に部屋の隅々まで広がった。朝食を食べた人もまだの人も、みんなその香りに誘われ集まってきた。いつも大抵行方不明の趙《チャオ》所長も今回は例外ではない。

「タバコ、お酒、脂っこいものはなるべく控えてください」とあれほど沈巍《シェン・ウェイ》に念を押されていたのに、趙雲瀾《チャオ・ユンラン》はとうにその忠告を忘れ、二口で肉まんを一つ完食し、脂っぽい手で郭長城《グオ・チャンチェン》の頭を叩いた。

「郭《グオ》くん、テレビつけてくれない？　ニュースでも見よう」

郭長城《グオ・チャンチェン》がてくてくとテレビのほうへ行くと、祝紅《ジュー・ホン》はその後ろ姿を見て、

「郭《グオ》くんって本当にいい人ね。まめに働いてくれるし、物分かりもいいし、唯一残念なのは臆病だってこと。入所してこんなに経っても、未だに私以外の人が用意したものは食べられないみたいよ」と言った。

「そりゃそうだ。彼は対人恐怖症だから」と趙雲瀾《チャオ・ユンラン》が言うと、祝紅《ジュー・ホン》は所長の話に賛同し、頷《うなず》こうとしたが、なにか違う気がした。

「君を怖がらないっていうのは、君のことを人として見てないってことだよ」

趙雲瀾《チャオ・ユンラン》は親切に説明を加えた。

「……」

毒舌所長に絶句していた時、祝紅《ジュー・ホン》は大慶《ダーチン》が密かに事務机に飛び乗ったのを見た。大慶《ダーチン》はこそこそと周りを見渡し、趙雲瀾《チャオ・ユンラン》が肉まんを口へ運ぶ瞬間を狙って、素早く前足を使って正確無比に肉まんの具を叩き落とした。そしてそのまま空中で具をくわえ、見事な後方宙返りを披露して着地した。一連の動作は流れる水の如

く滞りなく行なわれ、それは見る人に大慶《ダーチン》が重量級のデブ猫であることを忘れさせるほどだ。

そして、大慶《ダーチン》はお尻を揺らし、しっぽをピンと立ててそこを離れ、呆気《あっけ》に取られている趙雲瀾《チャオ・ユンラン》には脂っこい肉まんの皮しか残さなかった。

「くそ猫め！」

「これを天罰が下るっていうのよ」

今度は祝紅《ジュー・ホン》が容赦なく返した。


その時、朝のニュース番組がちょうど土曜の夜に発生した地震の報道を流し始め、事務所の中は静かになった。震源地は人口が少ない辺鄙《へんぴ》な山間地だったため、被害はさほど大きくない。現時点では死傷者は出ておらず、その他の損失もないようだ。

趙雲瀾《チャオ・ユンラン》は肉まんの皮を口に放り込みながら、

「一昨日の地震か……。この辺りの揺れは結構大きかったな。震度四以上はあったんじゃないかな」と呟《つぶや》いた。

ところが、いつものように相槌を打ってくれる人は一人もいない。周りを見てみると、みんな自分に訝《いぶか》しげな視線を投げかけている。

「どうしたんだ？」

「ボス、寝ぼけてるの？」

祝紅《ジュー・ホン》が不思議そうに言った。

「震源地は龍城《ロンチェン》からだいぶ離れてる西北部にあるのよ。マグニチュード五程度の地震だったし、この辺りで揺れを感じられるはずがないでしょ」

趙雲瀾《チャオ・ユンラン》がニュースをよく見てみると、確かにかなり小さな地震だったらしいことが分かる。それだけでなく、震源地から龍城《ロンチェン》までの距離は中国本土の幅の半分にも及んでいる。

「俺が感じてたのはこれじゃなくて別の地震だったかな。土曜の夜九時過ぎくらい、結構揺れてたぞ。みんな感じなかったのか？　部屋の階数が低いからじゃないのか？　俺んちは九階だから結構強かった……」

「僕は十六階だよ。九時過ぎくらいはまだ起きてたし、全然揺れとか感じなかった」

林静《リン・ジン》が言った。

「うちは十二階よ――郭《グオ》くんは？　揺れを感じた？」

祝紅《ジュー・ホン》も言い添えた。

郭長城《グオ・チャンチェン》が答えるまえに、楚恕之《チュー・スージー》がふと顔を上げ、驚いたように口を開いた。

「汪徵《ワン・ジェン》？　まだ昼間なのに、どうして出てきたんだ？」

「早くカーテンを閉めて！　彼女は日光に当たっちゃいけないの」

祝紅《ジュー・ホン》も飛び上がるほど驚いた。

郭長城《グオ・チャンチェン》と林静《リン・ジン》が慌ててカーテンを閉めると、部屋の中は一気に暗くなったが、趙雲瀾《チャオ・ユンラン》から奪った肉まんの具を完食した大慶《ダーチン》が飛び上がって、足蹴りで電気のスイッチを入れた。

透明になりそうなほど薄くなった汪徵《ワン・ジェン》は、部屋の中から太陽の光が完全に消えるのを待ってからようやくこちらへ飛んできた。彼女は崩れるように椅子に座り込んで体を丸く縮こめ、今にも消えてしまいそうなほど弱っている。林静《リン・ジン》は自分の事務机の引き出しから線香を一束取り出し、火をつけて汪徵《ワン・ジェン》の鼻先まで持っていった。

「大きく吸って」

線香が半分まで燃えると、汪徴《ワン・ジェン》はようやく生き返ったようにほっと息を吐いた。体にも実体感が戻り、幻影のようには見えなくなった。

「どういうつもりだ？」

趙雲瀾《チャオ・ユンラン》は手加減なく彼女の額めがけて手を振った。汪徴《ワン・ジェン》は本来触れられるはずのない霊魂《れいこん》だが、趙雲瀾《チャオ・ユンラン》は普通に触れられるのだ。その突然の一撃で汪徴《ワン・ジェン》は一気に体をのけ反らせた。

「お前、死ぬ気か？　死にたいなら早く言いな。日光浴に連れていって綺麗な小麦肌に焼いてやろう！」

郭長城《グオ・チャンチェン》はボスがこんなふうに逆上したところを見たことがなく、驚いて思わず小さく身を震わせた。

一方で、汪徴《ワン・ジェン》は言い返さずただ苦しそうに手を上げ、テレビを指差した。ニュース番組はちょうど救援部隊と記者が震源地周辺の村で被害状況を確認しているところを映している。震源地は西北部にあり、悪路ばかりで住民も少ない。テレビの画面を通して遠くの山に煉瓦《れんが》造りの民家がちらほら映っているのが分かるが、住民がいるかどうかまでは見えない。建物が壊れていないことから、地震の被害はさほど大きくないようだ。

村の入り口にボロボロに朽ちた石碑が建てられている。カメラが近づくと、「清渓村《チンシー》」と書いてある道標だと分かる。

汪徴《ワン・ジェン》はただその石碑をじっと見つめている。彼女の目つきはいつも蕩《とろ》けているように見えて、まるで目の前が永遠に晴れない霧に覆われているようだ。その霧の奥から投げ掛けてきたぼんやりとした視線は、テレビに映っている石碑に留まっている。テレビの画面が変わると、汪徴《ワン・ジェン》はようやく蚊の鳴くような声で口を開いた。

「あそこが私の……」

（故郷なのかな）

郭長城《グオ・チャンチェン》は思った。

「死体が埋まっているところです」

汪徴《ワン・ジェン》の一言で事務所に陰気な風が吹き込んできたようだ。

「所長、仕事をしばらく休ませていただけませんか」

汪徴《ワン・ジェン》の声は遠くて消え入りそうだ。

「もう自分の肉体を見つけて、しばらく土に還って心を休ませたいです」

「君……」

趙雲瀾《チャオ・ユンラン》は眉を顰《ひそ》め、タバコを一本抜き出した。

「所長、スモークハラスメントですよ」

汪徴《ワン・ジェン》は敬遠するように体を後ろに反らした。

「……鬼の分際で、そんなに拘《こだわ》る？」

「鬼でもタバコの匂いは分かります。このままタバコを吸い続けると、所長はいずれ人間蚊取り線香になっちゃいますよ」

汪徴《ワン・ジェン》の「口撃」に趙雲瀾《チャオ・ユンラン》は仕方なく、鬱々《うつうつ》とライターをポケットにしまい、話を本題に戻した。

「幽霊の身で鎮魂令《ちんこんれい》に名が入っている以上、君はもう輪廻転生はできない。土に還ったって心は安まらない。今さら土に還る意味なんてあるのか？　そもそもあの辺は土葬なんて流行ってないだろ」

汪徴《ワン・ジェン》は黙ったまま顔を俯かせ、しばらく経ってから、

「とにかく故郷に帰りたいです」と繰り返した。

趙雲瀾《チャオ・ユンラン》はため息をつき、

「帰りたいって、こんな体でどうやって？」と訊いた。

「それはまだ……」

「お日様の光を浴びながら帰るつもりか？」

苛《いら》ついてきた所長に汪徴《ワン・ジェン》は黙りこくった。

趙雲瀾《チャオ・ユンラン》はニュース番組に映っている朽ち果てた清渓《チンシー》村に目をやると、その石碑からなにか引き寄せられるものをそこはかとなく感じた。

彼しか感じられなかったあの奇妙な地震、遠くから響いてくるような耳鳴り……。趙雲瀾《チャオ・ユンラン》は手を上げてまた下ろし、しばらく迷ったあと、

「とりあえず明鑑《めいかん》の中に入って休みな。夜になるまで出ないで。どうやって連れて帰るかは、俺がなんとかする」と汪徴《ワン・ジェン》に言った。

所長の話を聞いたとたん、汪徴《ワン・ジェン》はこれ以上は一秒たりとも身が持たないようで、一抹の白煙に化して趙雲瀾《チャオ・ユンラン》の腕時計の中に潜り込んだ。

「所長、いつも出張とか面倒くさがって俺たちに行かせてたのに、あんなに遠い西北部に行くなんて、どういう風の吹き回しだい？」

楚恕之《チュー・スージー》は不思議そうに訊いた。

「うるせぇ」

趙雲瀾《チャオ・ユンラン》は肉まんを手に取って、パクっと口の中に入れ、

「俺だって、所員のためならやる時はやるんだ」と返した。

❖

午前中の授業が終わり、学生たちが次々と教室から出ていくなか、沈巍《シェン・ウェイ》は教壇に残り教案を片付けている。窓から差し込んできた光が眩《まぶ》しいと思い、沈巍《シェン・ウェイ》は一瞬手を止めた。俯《うつむ》くと、その光は一本の金色の糸のようになり、窓を通り抜けこちらに伸びてきて、沈巍《シェン・ウェイ》の首につけたペンダントに巻きついた。手で遮ろうとしたが、その光はそのまま彼の指の隙間から漏れた。光に巻きつかれた小さな水晶玉は眩しく輝いており、思わずそれを握った沈巍《シェン・ウェイ》は、心が千々《ちぢ》に乱れていた。

あの日、ヘッドボードに凭《もた》れて休む趙雲瀾《チャオ・ユンラン》の横顔は瞼《まぶた》の裏に焼きついたように、目を閉じるとすぐに浮かび上がってくる。

まるで幾千年幾万年も飢えや寒さに晒《さら》されてきた人の前に突然禁断の花街が広がったかのようだ。周りは致命的な誘惑だらけで、悶《もだ》え苦しみながらそれに抗《あらが》おうとする沈巍《シェン・ウェイ》の理性をじわじわと侵食してくる。「趙雲瀾《チャオ・ユンラン》」という三文字が脳裏を掠《かす》めるたびに、彼は底なし沼に一段と深く沈んでいき、今はもはや首まで浸かり、溺れそうな状態に陥っている――。

「沈《シェン》教授！」

沈巍《シェン・ウェイ》は驚いて目を開け、やがてなんとか先生らしい顔を作り元気を出して、「どうしたんですか」と返した。

声を掛けてきたのは沈巍《シェン・ウェイ》の学生だった。その学生は書類ホルダーを開き、

「教授、今回の民俗文化現地調査の日程表です。この日程で問題ないかご確認いただけませんか」と尋ねた。

沈巍《シェン・ウェイ》はメガネを外し、指で鼻筋を摘まんだ。

「先日あそこで地震が起きたばかりだから、まだ危ないかもしれません。現地調査は来年に先送りするのはどうですか」

「それはもう調べておきました。マグニチュード五程度の地震で、民家が壊れるほどの大地震じゃないらしいです」

その学生は携帯のニュースを沈巍《シェン・ウェイ》に見せ、切実な口調で続ける。

「あそこは山間地だから若者はみんな出稼ぎに行って、清渓村《チンシー》に残っているのはお年寄りか体の不自由な方ばかりです。残り僅かな村民も今回の地震で引っ越そうとしたら、これからどうやって調査対象を集めればいいでしょうか。教授、研究計画も着手報告書も提出しましたし、これからいくつかの調査地を回らないといけないので、先送りにすると来年の中間報告が間に合わなくなってしまいます」

沈巍《シェン・ウェイ》は「清渓村《チンシー》」という三文字にしばらく目を留めてから、

「分かりました。では、計画通り水曜日に出発しましょう。しっかり準備しておいてとみなさんに伝えてください。あと、部外者をチームに入れないように。私一人だけじゃみなさんの面倒を見切れませんから」

と返した。

❖

丸一日姿を消していた趙《チャオ》所長は定時直前に、事務所に電話を掛けてきた。林静《リン・ジン》と祝紅《ジュー・ホン》はボスがいない間にとっくに仕事をサボって早退した。大慶《ダーチン》はパソコンの放熱口の後ろに突っ伏してぐっすり眠っている。楚恕之《チュー・スージー》はいつもの顰《しか》め面で仕事中に堂々とマインスイーパをやっている。

仕方なく、郭長城《グオ・チャンチェン》は電話に出てみた。

「もしもし」

「郭《グオ》くん？　今暇？　ちょっと手伝ってくれる？」

「はい、どうぞ」

郭長城《グオ・チャンチェン》はすぐに答えた。

「明鑑――俺の腕時計なんだけど、邪気《じゃき》が強いから汪徴《ワン・ジェン》がそんなに長くいられないんだ。近日中に彼女を連れて地方に行くから、なにか別の媒体に宿らせなきゃいけない。ネットで人型のおもちゃを探してくれない？　できれば大きめで手足が動かせるやつがいい。必ず発送元が龍城《ロンチェン》にあるショップを探して。すぐ使いたいから明日中に届けてもらおう」

郭長城《グオ・チャンチェン》は頷きながら、電話を肩に挟んでネットで探し始めた。

「所長、等身大で、関節が曲げられて、自分で立てるものを見つけました……」

「そうそう、それがいい。すぐ届けてもらって」

趙雲瀾《チャオ・ユンラン》はなにか急用があるようで、すぐに郭長城《グオ・チャンチェン》の話を遮った。

「分かりました」

購入手続きに進もうとしたが、郭長城《グオ・チャンチェン》はふいに店舗名に目が留まった。

なんとアダルトグッズショップだったのだ！

この純情オタクは顔が一気に真っ赤になり、

「しょ……所長、これはちょ……ちょっと……」と、つっかえつっかえ言った。

「ちょっとくらい高くても構わない。ちゃんと領収書をもらって――じゃ、また。必ず急いで届けてもらうんだぞ」

郭長城《グオ・チャンチェン》が答えるまえに、先に電話を切られてしまった。

そして彼はぼうっとパソコンを見つめ、「フリーズ」状態に陥ってしまった。

八

等身大のダッチワイフが光明通《グァンミンどお》り四号に届いた時、次の配達先に向かおうとそこを離れた配達員の耳にすら趙雲瀾《チャオ・ユンラン》の怒号は届いた。

「郭長城《グオ・チャンチェン》、お前の頭はただの飾りなのか！」と。

好奇心に駆られて大慶《ダーチン》が前足で触ってみると、彼女はすぐに反応していやらしい喘ぎ声を出し、大慶《ダーチン》を驚かせて毛を逆立てさせた。趙雲瀾《チャオ・ユンラン》は顰《しか》め面でわなわなと手を震わせながら彼女を指差し、三十秒ほどそこに突っ立ったまま二の句が継げない。

郭長城《グオ・チャンチェン》は萎えたキノコのように体を縮め、脇見する勇気もなく、ただ壁の隅にくっついてぼんやりと立ち尽くしている。

趙雲瀾《チャオ・ユンラン》は辛うじて怒りを飲み込んだが、喉がつかえてしまい、しばらく休ませてから、ようやくか細い声で祝紅《ジュー・ホン》に言った。

「とりあえず……あいつを服に着せて……」

言い終えると、趙雲瀾《チャオ・ユンラン》も自分の言い間違えに気が付き、さっき辛うじて鎮めたばかりの怒りがまたぶり返し、そのまま胸を押さえながら荒々しくドアを閉めて出ていった。

「オニ所長をオとニを言い間違えるほど怒らせたのね。さすがだわ！」

「……」

祝紅《ジュー・ホン》の「褒め言葉」に郭長城《グォ・チャンチェン》は一言も返せなかった。

「僕も今やっと気付いたんだけど、郭《グォ》くんこそ、正真正銘の勇士だ！」

林静《リン・ジン》は彼の肩を叩いて言った。

その「フォロー」で郭長城《グォ・チャンチェン》はさらに泣き出しそうな顔になっている。

楚恕之《チュー・スージー》だけはなにも言わず、大慶《ダーチン》を抱き上げ、見るに堪えないと言わんばかりに、手で大慶《ダーチン》の目を覆い、いつもの仏頂面でそっぽを向いた。

祝紅《ジュー・ホン》はどこからか行軍の兵士が使いそうな特大バッグを持ってきて、ダッチワイフを丸ごとバッグの中に詰め込んだあと、

「もう少し明鑑《めいかん》の中にいてね。つらいだろうけど。飛行機を降りたらすぐに出られるから」と目の前の空気に向かって言った。

すると、そこに置いてあった趙雲瀾《チャオ・ユンラン》の腕時計から一抹の白い煙が立ち昇り、祝紅《ジュー・ホン》の周りを一周回って彼女の前に止まって、ぼんやりとした女性の輪郭を現した。趙雲瀾《チャオ・ユンラン》は陽の気が強すぎるため、明鑑のバリアがあったとしても、鬼にとって彼のそばは決して居心地のいいところとは言えない。長時間明鑑の中に入っていた汪徴《ワン・ジェン》はだいぶやつれているように見える。

「大丈夫。あとで飛行機に乗るし、乗りもの酔いみたいなもんだと思っていればなんとかなる」

汪徴《ワン・ジェン》は消え入りそうな声で言った。そしてこれから使う仮の「体」を見ると、いつも霧に覆われているような目にも少し毒気に当てられたような色が浮かんできた。

郭長城《グオ・チャンチェン》は壁の隅でただ俯《うつむ》いて、汪徴《ワン・ジェン》と顔を合わせることすらできなかった。

❖

空港に向かう道中、所長の逆鱗に触れるようなことをしないようにみな細心の注意を払っていた。大慶《ダーチン》ですら指輪サイズのネコチャームに変身し、祝紅《ジュー・ホン》の携帯の上でおとなしくうつ伏せになっている――それでも、彼らのボスはさっきからハイジャックにでも行くかのような怖い顔をしている。

空港の搭乗ゲート前で沈巍《シェン・ウェイ》とその学生たちを見かけるまでは。

沈巍《シェン・ウェイ》を見ると、趙雲瀾《チャオ・ユンラン》は一瞬驚いたが、鍋底の焦げよりも暗い顔にたちまち晴れやかな表情を浮かべた。冷酷な目つきが和らぎ、身に纏《まと》う黒いオーラも綺麗さっぱり消えていった。その流れるような表情の変化に所員はみな呆れ果てた顔になっている。

趙《チャオ》所長は迷いもなく所員たちを捨てて、学生たちに囲まれる男性のほうに大股で向かい、「奇遇ですね」と挨拶した。

確かに奇遇だ。声を掛けられると、沈巍《シェン・ウェイ》は一瞬視線を泳がせ、趙雲瀾《チャオ・ユンラン》のような「驚喜《きょうき》」の表情ではなく、「驚愕《きょうがく》」に近い色を顔に滲ませた。そして、固まった体のままで慌てて頷《うなず》き、「趙《チャオ》警官、こんにちは」とだけ挨拶した。

林静《リン・ジン》は沈巍《シェン・ウェイ》だと分かると、

「あの方は前回……郭《グオ》くんと一緒に病院に閉じ込められた沈《シェン》教授じゃない？　ボスは確か彼の記憶を消したよね」と訝《いぶか》しげに訊いた。

「消し切れてないいんじゃないの？」

祝紅《ジュー・ホン》は軽く鼻で笑い、

「鬼所長はわざとよ、きっと」と続けた。

楚恕之《チュー・スージー》は「うん」と言って、遠くから沈巍《シェン・ウェイ》の顔を観察しながら、

「色ボケしてるんだ、きっと」と続けた。

一方で、趙雲瀾《チャオ・ユンラン》は沈巍《シェン・ウェイ》と絶妙な距離を置いてその隣に座った。社会的な距離より近く、密接な距離より遠いその微妙な間隔で、沈巍《シェン・ウェイ》は逃げるのも、堂々と向かい合うのも、どちらも不正解な気がした。

沈巍《シェン・ウェイ》と違って、趙雲瀾《チャオ・ユンラン》は依然として堂々と振る舞っている。学問三昧に耽《ふけ》る無邪気な学生たちを相手に、彼は持ち前の話術でたやすくみんなの信頼を勝ち取り、二言三言でその目的地と調査内容を訊き出した。

「君たちも清渓村《チンシー》に行くのか？」

趙雲瀾《チャオ・ユンラン》は意味深げに沈巍《シェン・ウェイ》を見て、

「それはもはや奇遇じゃなくて、運命だね！」と言った。

「運命」という言葉を聞いてから、沈巍《シェン・ウェイ》は膝の上に置いた手をふと握り締め、居ても立ってても居られなくなっている。

そこで趙雲瀾《チャオ・ユンラン》はわざと困るような表情を作ってため息を漏らした。

「そういえば、清渓村《チンシー》には空港がないから、周辺の都市に飛ぶしかないだろう。そっから清渓村《チンシー》までは車で十数時間くらいの距離があるし、それも全部曲がりくねった道だし……。みなさんは空港からどうやって行くつもりですか？」

沈巍《シェン・ウェイ》はすぐに彼の意図を読み取ったが、答えようとすると、趙雲瀾《チャオ・ユンラン》の「下心」を知らない純真無垢な学生に先を越された。

「高速バスで行くつもりです」

赤い服を着た女子班長がずばり答えた。

「高速バスか。一日一本しかない、朝六時発車のバスのことだろう？　あれは清渓村《チンシー》までは行かないらしい」

「そうなんですけど、地図で調べてみたら、途中で降りてそこから歩いて行けそうなんです……」

「歩いて行けそう？　君たちの体力じゃ、四、五時間はかかるかな」

趙雲瀾《チャオ・ユンラン》はゆったりと話しながら横目で沈巍《シェン・ウェイ》を見た。

「我が国の地形と言えば、東部は平原、西部は山岳だろう。西北の山間部は龍城《ロンチェン》と大違いだぞ。地図では近く見えるけど、実際はまだ開墾《かいこん》されてない荒れ山をいくつか登り下りしなきゃいけないかもしれない。四、五時間はかかるって言ったのも、迷子にならなかった場合の話だ。君たちのプランだと、バスから降りた時点でもう夜でしょ。そっから四、五時間歩くと、山の中で野宿するしかないぞ。この季節じゃ、向こうはもう君たちが想像できないくらい寒くなってるはずだ。雪の上で寝る覚悟はできてるのか？」

学生たちは狙い通り、趙雲瀾《チャオ・ユンラン》の大げさな発言に驚いて、ひよこのようにピーピー騒ぎ出した。

脅しが効いたのを見ると、趙雲瀾《チャオ・ユンラン》は話を続けた。

「まあ、落ち着いて。こうやって出会えたのは縁があるってことだ。俺は向こうに友達がいるから、目的地も一緒だし、彼らに車を何台か用意してもらって、一緒に行くのはどうだ？　なにかあったらすぐお互いに助け合えるし、どう？」

女子班長は少し迷った。

「それは本当にありがたいお言葉ですが……そんなご迷惑をお掛けするわけにはいきません」

趙雲瀾《チャオ・ユンラン》は手を振り、沈巍《シェン・ウェイ》の肩を引き寄せ、班長に目配せした。

「迷惑なんてことはないよ。俺と沈《シェン》教授、どんな仲なのか知ってる？　俺たちは――」

「そんな冗……」

「ご近所さんだよ！」

趙雲瀾《チャオ・ユンラン》は沈巍《シェン・ウェイ》の話を遮り、肩を押した。

「いいか。社会に出たらこれだけはよく覚えとけ。遠くの親類より近くの他人。ご近所さんとうまくやれば、時には家族よりも親しい絆ができるんだぞ。なぁ、沈《シェン》教授」

沈巍《シェン・ウェイ》は返す言葉が見つからなかった。

「そうだ」

趙雲瀾《チャオ・ユンラン》は立ち上がり、

「みなさん食事はまだだろう。ちょっと待っててね」と言うと、そこを離れた。

しばらくすると、趙雲瀾《チャオ・ユンラン》はファストフードの袋をいくつか抱えて戻ってきた。所員たちの近くを通る時、ついでにそのうちの二袋を自分に近い席にいる郭長城《グオ・チャンチェン》に渡した。

「ありがたいな。てっきり俺たちのことは忘れちまったと思ってた」

楚恕之《チュー・スージー》は趙雲瀾《チャオ・ユンラン》に口笛を吹いて言った。

林静《リン・ジン》は趙雲瀾《チャオ・ユンラン》が買ってきた骨つきフライドチキンに向かって、

「阿弥陀仏《あみだぶつ》、どうかお許しを」と一応形式だけ念仏を唱えた。

唱え終えると、このエセ和尚は待ち切れないといったような勢いでフライドチキンを取って口にくわえ、さらにコーラも手に取った。趙雲瀾《チャオ・ユンラン》が買ってきたものはこうしてあっという間にみんなに取られてしまい、郭長城《グオ・チャンチェン》の分まで奪われてしまった。郭長城《グオ・チャンチェン》がまだぼやっとしていた時、隣から誰かがハンバーガーを渡してきた。

ハンバーガーを取っておいてくれたのは祝紅《ジュー・ホン》だった。ところが、それを渡してくれた時、祝紅《ジュー・ホン》は郭長城《グオ・チャンチェン》のほうではなく、趙雲瀾《チャオ・ユンラン》のほうに顔を向けていた——趙雲瀾《チャオ・ユンラン》がなにを喋っているかは分からないが、周りの学生たちはみんな爆笑している。どこに行っても、いつも輪の中心になれるような人がいるが、趙雲瀾《チャオ・ユンラン》はまさにそういう人だ。

「ありがとうござ……」

「ううん」

祝紅《ジュー・ホン》が郭長城《グオ・チャンチェン》の言葉を遮り、

「あの男……沈《シェン》という人は誰なの?」と小声で尋ねた。

郭長城《グオ・チャンチェン》は祝紅《ジュー・ホン》が見ている方向を眺めながら、

「あの方は龍城《ロンチェン》大学の教授です。前回の案件は沈《シェン》教授にもいろいろ協力してもらいました。所長が病院に来るまでの間、僕と一緒に餓鬼《がき》と戦っていたんです。でも、所長は教授はそのことを忘れると言っていました」

と答えた。

それを聞いた祝紅《ジュー・ホン》は細長い目をさらに細めた。

「彼はもう教授なの? ずいぶん若く見えるわね……。でも教授だってことは、そんなに若くはないってことよね。結婚はまだなの?」

「そんなこと……僕が知るわけないじゃないですか」

郭長城《グオ・チャンチェン》はわけが分からないといった顔で自分の髪を毟《むし》りながら返した。

そんな郭長城《グオ・チャンチェン》を横目で一瞥《いちべつ》し、祝紅《ジュー・ホン》はまた趙雲瀾《チャオ・ユンラン》のほうに視線を戻した。すると、沈巍《シェン・ウェイ》がチキンナゲットを手にしたとたん、趙雲瀾《チャオ・ユンラン》がすぐにソースの蓋《ふた》を開けて沈巍《シェン・ウェイ》の前に持っていったところをちょうど目にした。彼は祝紅《ジュー・ホン》の席からずいぶん離れたところにいるが、沈巍《シェン・ウェイ》のことは目に入れても痛くないと言わんばかりの優しい目つきをしていることは、遠く離れていても分かる。今朝地団駄《じだんだ》を踏んで激怒した人とはまるで別人だ。

「あの様子じゃ、結婚はまだのようね」

祝紅《ジュー・ホン》がしばらく観察したあと、小声で話を続ける。

「鬼所長は立派な無頼漢《ぶらいかん》だけど、聞いた話では既婚者には手を出さないらしい……。チッ……チェッチェッ、見てらんないわ」

なにが祝紅《ジュー・ホン》を絶句させたかというと――その時、コールセンターのようにいつも誰かから電話が掛かってくる趙雲瀾《チャオ・ユンラン》の携帯がまた鳴り出した。すると、趙雲瀾《チャオ・ユンラン》は片手で飲みものを取り、もう一方の手で携帯を持ちながら、沈巍《シェン・ウェイ》が手に持っていたフライドポテトをそのまま直接自分の口にくわえて素早く奪い取ったのだ。そのポテトを一口で食べ終わると、さらに沈巍《シェン・ウェイ》を見つめながら唇を舐めた。やりづらいと感じて、沈《シェン》教授はぎこちなくポテトを持っていた手の指を折り曲げた。

❖

結局、特調の所員らはそのまま趙《チャオ》所長に三時間半も放置されていた――搭乗する時、教授の「清渓村《チンシー》民俗講義」を聞きたいという名目で趙雲瀾《チャオ・ユンラン》は他の乗客と席を交換したのだ。

やがて、飛行機が清渓《チンシー》村の最寄り空港に着陸した。

彼ら一行が到着口に向かうと、遠くに毛皮のコートを纏った小太りの中年男性が見えた。太っちょ男は「趙《チャオ》所長」と書いたボードを手に持ち、きょろきょろと辺りを見渡している。趙雲瀾《チャオ・ユンラン》が所員と学生たちを率いて、大股で向かっていくと、太っちょ男は一瞬躊躇《ためら》ったが、真っ直ぐこちらに向かってきた趙雲瀾《チャオ・ユンラン》を見て、すぐに所長だと察し、親切に迎えに行った。

「趙《チャオ》所長！　趙《チャオ》所長でお間違いないですよね？　雰囲気からただものじゃないって一発で分かりますよ。どうりで若くしてこんなに偉い役職にお就きになったわけですね」

「偉いなんて、そんな大げさな」

趙雲瀾《チャオ・ユンラン》は一歩前へ踏み出し、両手を差し出して男と握手を交わした。

「ここは本当に寒いですね。朗兄《ランにい》が待ってくれてるって聞いてたから、本当に心強かったです」

この「朗兄《ランにい》」という太っちょ男は趙雲瀾《チャオ・ユンラン》の手を掴んで、上下に力強く振り始める。

「謝兄《シェーにい》から電話をもらった時、誰か迎えに行かせてくれないかって頼まれたけど、パシリに迎えに行かせるなんて失礼だろうって返したんですよ。謝兄《シェーにい》と俺は兄弟のような仲だから、彼の友達はつまり俺の友達。あの言葉、なんていうんでしたっけ。朋《とも》あり遠方《えんぽう》より来《きた》る——自分で迎えに行かないといけない、でしょう」

「謝四兄《シェーよんにい》[22]とそんな親交がある方だとは知らなかった」

趙雲瀾《チャオ・ユンラン》はわざと驚いたように目を見開き、朗兄《ランにい》を指差しながら気色ばんだ顔を作って、

「俺たちはもう友達じゃなくて、兄弟でしょう。謝四兄《シェーよんにい》の兄弟はつまり俺の兄弟だからさ。他人行儀なこと言ったら怒るぞ」と続けた。

朗兄《ランにい》は趙雲瀾《チャオ・ユンラン》の言葉に甘えて、げらげらと笑い出した。

「そう言ってくれてありがたいです。これからは、俺の兄弟は龍城《ロンチェン》のお偉方だってみんなに自慢できる。

22　訳注：中国では呼称の前にその人の生まれ順をつけて呼ぶことがある。また、特に小説では、世間での呼び名として、生まれ順と関係なく呼称の前に順番をつけることもある。

これはメンツが立つぞ！　さて、いったん荷物を下ろして、そのあとみなさんの歓迎会をやろうか！　遠慮はいらない。遠慮したらこっちも怒るぞ！」

社交家の二人はペラペラと建前を並べ、「運命的な出会い」のようなワンシーンを恥ずかしげもなく演出し、あっという間に赤の他人から親兄弟のようになっている。

沈巍《シェン・ウェイ》と学生らは呆れて顔を見合わせるばかりだった。

九

わけがよく分からないまま沈巍《シェン・ウェイ》と学生らは趙雲瀾《チャオ・ユンラン》についていって、朗兄《ランにい》においしいものをご馳走してもらい、さらに現地唯一の五つ星ホテルに泊まらせてもらった。

翌日の朝、日が昇るまえ、ホテルの正門前にすでに三台のオフロード車がずらりと用意されていた。トランクを開けると、中には防寒着、アウトドア用品、高カロリー食品、救急箱など、必要なものはすべて揃っている。ほとんどがまだ開封されていない新品で、極地観測隊も安心して出陣できそうなほど周到だ。

趙雲瀾《チャオ・ユンラン》はずいぶんと気楽な様子で、ここまで親切にしてもらって申し訳ないなんて気持ちは微塵もないようだ。運転手たちに高級タバコ「中華」[23]を一本ずつ配るように林静《リン・ジン》に言いつけて、また見送りに来た朗兄《ランにい》と親しそうにしばらく雑談を交わしていた。朗兄《ランにい》はとても親切で、昨夜は趙雲瀾《チャオ・ユンラン》に白酒《バイチュウ》[24]を四合も勧められ

23　訳注：「中華」とは中国の有名な高級タバコ。中国では初対面の男性にタバコを勧める習慣があり、タバコは人間関係の潤滑油のようなものになっている。
24　訳注：「白酒」とは中国の蒸留酒。ここでの「白」は「無色透明」の意味。一般的に度数が高い。

て潰れてしまったが、ずいぶんと喜んで飲んでいたそうだ。一晩休むと、すっかり復活した——酒で顔がパンパンに腫れていること以外、元気満々だ。

名残惜しい様子で朗兄《ランにい》に別れの挨拶をしたあと、趙雲瀾《チャオ・ユンラン》は振り返って声を落として沈巍《シェン・ウェイ》に訊く。

「山道の運転はそんなに簡単じゃない。学生たちを連れて俺らと一緒に行くのはどう？　俺と林静《リン・ジン》と祝紅《ジュー・ホン》、一人一台ずつ、学生たちをバラバラにして、清渓村《チンシー》に着いたらそこで集合。いかがですか？」

金を払ってツアーガイドを雇っても、そこまで親切にしてくれるとは限らない。こんな状況で、せっかく助け舟を出してくれた趙雲瀾《チャオ・ユンラン》をみんなの前で断るのはさすがに無神経だと思い、沈巍《シェン・ウェイ》は趙雲瀾《チャオ・ユンラン》の提案に乗るしかなかった。しかし、沈巍《シェン・ウェイ》は趙雲瀾《チャオ・ユンラン》のような面の皮が厚い人ではなく、平然と濡れ手で粟を掴むようなことはできず、車に乗ってからもずっと申し訳なさそうな顔をしている。

「今回は私の手配が不十分だったせいで、こんな迷惑を掛けてしまって本当にすみません。面識もなかった朗《ラン》さんにもあんなに手厚いおもてなしをしてもらって、帰ったらなにかお返しを送らなければいけませんね……」

趙雲瀾《チャオ・ユンラン》はお偉方のように手を振った。

「いいって。今回は俺が朗兄《ランにい》に一つ借りができたということで、いつかお返しするから、気にすることはない。俺には、なおさら遠慮することないだろう」

「……」

沈巍《シェン・ウェイ》は返す言葉がなく、ただ黙っている。

その時、ちょうど信号が赤に変わった。趙雲瀾《チャオ・ユンラン》はブレーキを踏み、横を向いて彼に笑顔を見せると、両頬に微かにえくぼができた。その笑顔を見て、沈巍《シェン・ウェイ》の顔にたちまち薄い赤みが浮かんできた。後ろの席に学生二人がいることをふと思い出してちらっと後ろを見て、彼らが興奮気味に窓外《そうがい》の景色を眺めているのを確認すると、沈巍《シェン・ウェイ》はようやく安堵の顔を見せた。

そこでずる賢い趙雲瀾《チャオ・ユンラン》は悪知恵が働き、さらにもう一歩攻めてみてもいいと思った。彼は手を伸ばして内側に折れている沈巍《シェン・ウェイ》のシャツの襟先を引っ張り、平らになるように優しく整えてあげた。そして、折り曲げている人差し指でそのまま、わざとのようでわざとじゃないように沈巍《シェン・ウェイ》の耳たぶを掠《かす》め、少し触ったところでまたすぐに離れる。

「襟が折れてたから」

趙雲瀾《チャオ・ユンラン》はバックミラーを調整したあと視線を正面に戻し、真面目ぶって言った。

そのさりげない動きに沈巍《シェン・ウェイ》は顔だけでなく、耳も赤くなってしまった。

信号が青に変わると、趙雲瀾《チャオ・ユンラン》は再びアクセルを踏んだ。脇目も振らずに運転に集中しているように見えるが、口角は密かに上がっている。

一方で、隣の沈巍《シェン・ウェイ》は黙って窓外に目を向けた。最初は照れているようだったが、その頬から赤みが次第に消えていき、顔はまえよりもいっそう蒼白になっている。ところが、彼がそっぽを向いているため、趙雲瀾《チャオ・ユンラン》はその変化にさっぱり気が付かなかった。その時、沈巍《シェン・ウェイ》はまた眉根《まゆね》を寄せた。眉間《みけん》に深いしわができそうになるほど、彼はいつも眉を顰《ひそ》めている。そして、そのたびに、彼の温和で紳士的な顔に名状しがたい冷厳さが滲み出て、孤独で悠遠《ゆうえん》の彼方にいるように見えてくる。

❖

曲がりくねった山道を運転するのは体力を消耗する。道がデコボコで酔いやすいうえに、六、七時間も車に揺られると、後ろの学生二人はとうに姿勢を崩してすっかり寝込んでしまった。前へ進めば進むほど道が狭くなり、カーブも増えてくる。車のすぐ横、車輪から一メートル先はもう崖となっており、ガードレールがないため、うっかりすると崖下に転落することなど十分ありえる。

幸いなことに朗兄《ランにい》が用意してくれた車は性能がよく、ドライバー役の趙雲瀾《チャオ・ユンラン》がややだらしなく見えるが、運転技術は意外としっかりとしている。険しい道とはいえ、ここまで無事に走り続けてきた。山の奥に進むにつれ、気温はどんどん下がっていき、道端の積雪が厚くなり、人の姿もほとんど見えなくなった。

元々距離を詰めて走っていた三台の車は同時に速度を落とし始め、徐々に距離を広げる。趙雲瀾《チャオ・ユンラン》がゆっくりとギアを下げ、注意深くブレーキをかけると、後ろについている車もとまった。

「こっから先の道はちょっと走りにくいかも。タイヤチェーンをつけといたほうがいいな」

趙雲瀾《チャオ・ユンラン》はそう言って車から降り、

「外は寒いから、降りないで」と続けた。

沈巍《シェン・ウェイ》はその言葉に構わず、手伝おうと車から降りた。山々の奥から吹き込んでくる風は鉄鞭《てつべん》のようで、体に当たると転んでしまいそうになるほど強い。ただ天気が寒いだけならまだしも、これほど強い吹雪に吹かれると、どんなに厚手のダウンジャケットも着ていないも同然だ。まして趙雲瀾《チャオ・ユンラン》がカッコつけるために羽織ったスリムフィットのコートはなおさらだ。

学生二人も目を覚まし、状況が分かると手伝うために車を降りようとしたが、趙雲瀾《チャオ・ユンラン》にドアのロックをかけられてしまった。

「ありがとな。でも君たちは車の中にいてくれたほうが助かる。こんなところで風邪を引いたら大変だ」

二人は手早くタイヤチェーンをつけたが、僅かな時間でも、指が凍りつきそうになっている。趙雲瀾《チャオ・ユンラン》は背中を伸ばし、狂風の中で遥か遠くを眺めた。目の前で山々が幾重《いくえ》にも重なり、雪山の隣に雄大な氷河が聳《そび》え立っている。薄い雲が峰々にかかり、空は高く、世界が果てなく広がっていく。

趙雲瀾《チャオ・ユンラン》は後ろについている所員に電話を掛け、雪道運転の注意事項を言い聞かせたあと、「もうすぐ氷河地帯に入るから、絶対に大声を出さないで。クラクションも鳴らすな。雪崩を起こしたら、今後特調は全員夜勤になっちゃうぞ」と冗談を交えてさらに念を押した。

彼らがいる山間地帯全体は一面銀世界になっている。運転しているうちに、太陽が西に傾き、空模様もぼんやりとしてきた。辺り一帯が次第に暗くなっていき、地面に残っている車輪の跡も少なくなり、周囲から寒気が徐々に漂ってきていっそう物寂しく感じてしまう。遥か遠くに見えていた氷河が目の前に迫ってくるにつれ、その稜線《りょうせん》がますます朧《おぼろ》げになり、氷河の先端だけがどこからか差してくる光を反射して一瞬閃《ひらめ》き、また姿を隠した。

趙雲瀾《チャオ・ユンラン》はヘッドライトをつけた。彼の気が散らないように、沈巍《シェン・ウェイ》はずっと黙っている。速度を極限まで落として窓外に目を向けると、高さ数千メートルの山がすぐ横にあり、皚皚《がいがい》たる山肌に灰褐色の岩石がまばらに見える。

❖

雪を頂く峰々がそそり立ち、雪明かりが蝋燭《ろうそく》のように暗澹《あんたん》たる南の空を灯している。

やがて、夜が訪れた。

後ろにいる学生二人は、一人は赤い服の女子班長、もう一人はメガネをかけた男子で、二人とも黙って静かに座っている。

「教授、私たち今夜はこの山を降りられそうですか？　泊まるところを見つけられるでしょうか」

メガネくんは密かに沈巍《シェン・ウェイ》に訊いた。

「清渓村《チンシー》は雪山に隣接してるから、もう少し我慢すれば着くと思う。でも……」

趙雲瀾《チャオ・ユンラン》が沈巍《シェン・ウェイ》より先に答えた。

「でも」の続きを言うまえに、目の前に微かな光が現れたことに気が付いた。趙雲瀾《チャオ・ユンラン》は思わず眉根を寄せ、すぐギアを下げて注意深くポンピングブレーキをかけ、車を一面の銀世界にとめた。

「どうしたんですか？」

女子班長が緊張した声で訊いた。

沈巍《シェン・ウェイ》は手を振りながら、

「大したことはありません。前のほうでなにかが光っているみたいだから、ちょっと見てきます。君たちはここにいてください」と返した。

「君にも見えるのか？」

趙雲瀾《チャオ・ユンラン》は沈巍《シェン・ウェイ》と目を合わせ、二人ともやや重苦しい表情を浮かべた。

繊細な女子班長は本能的に異様な雰囲気を感じ取り、

「そ……それは街灯の光ですか？」と訊いた。

「この道に街灯なんてない」

趙雲瀾《チャオ・ユンラン》は振り返って彼女に目をやった。

「君たちは降りるな。後ろにチョコレートとビーフジャーキーがあるから、お腹がすいたら自由に食べて」

言い終えると、趙雲瀾《チャオ・ユンラン》はドアを開けて車を降り、沈巍《シェン・ウェイ》も彼に続いて一緒に降りた。

風はいつの間にかやんでいたが、周りはさっきより一段と暗くて寒くなっている。それはただ気温が低いことからくる寒さではなく、骨の髄まで沁みる、体から追い出そうとしても追い出せないゾクゾクするような寒さだ。辺り一帯は静まり返っている。さほど遠くないところで光っているなにかはとても冷ややかな感じで、時々点滅しており、誰かが手に下げた提灯のように見える。こうして眺めていると、昔の、出棺《しゅっかん》する時に使う白張の提灯が思わず脳裏に浮かんできた。車を降りて見てみると、その光はさっきよりもこちらに近づいてきているようだ。

風が吹く音も、雪が舞う音も途切れ、歩き出すと無意識に足音を抑えてしまうほどに辺りは完全な静寂が支配している。

趙雲瀾《チャオ・ユンラン》は細めていた目を見開いて遠くを眺めると、車のドアを開けて沈巍《シェン・ウェイ》を中に押し込んだ。そして振り返り、様子を確認しようと車を降りた後ろの所員たちに手を振って、「車の中に戻って」と合図した。続いて自分自身もすぐに車の中に戻り、ドアをロックした。

その僅かな間だけで、「提灯」を下げる者の姿が見えるほど光が近づいてきた。

「このあとなにを見たとしても、口を開くな。顔を窓に近づけないで、声も一切出すな」

趙雲瀾《チャオ・ユンラン》は振り返って、後ろにいる学生二人に早口で言った。

外があまりにも寒いため、窓は曇っている。フロントガラスだけは視界がまだ多少クリアで、ガラス越しにその光と人影がさらに近づいているのが見える。ある人が提灯を下げて一番前で案内し、後ろに大勢の人がついてこちらに向かってくるのが肉眼でも分かる。その中には男も女もいて、大多数がお年寄りか子供で、いずれもボロボロの服を身に纏《まと》い、まるで大飢饉を逃れてきた難民集団のようだ。

しかし、なぜこんなに多くの人がこの山間地の車道を歩いているのか？

「彼らは何者なんですか？」

女子班長は震えながら忍び声で尋ねた。

「彼らは人間じゃない」

趙雲瀾《チャオ・ユンラン》も小声で返した。

「これはいわゆる陰兵借道《いんぺいしゃくどう》[25]だ」

女子班長は咄嗟《とっさ》に手で口を覆った。この時、「難民」たちの顔もはっきり見えてきた。みんな虚ろな目つきで、体はどうやってできたか分からない傷だらけだ。最も奇妙なのは一番前で紙提灯を下げている「人」。五官が見えず、とても高い帽子を被っており、顔はその帽子で顎まで遮られている。蒼白な顎先しか露出しておらず、全身真っ白でまるで白紙で作られたもののようだ。硬直している体は白い凧のように、遠くから風に乗ってこちらへ飛んでくる。

「紙人間」は周りを見ていないようだが、趙雲瀾《チャオ・ユンラン》たちがいる場所を通る時は完璧にその車を避けた。すれ違う瞬間だけ、少し歩みを止め、ぼやけている窓ガラスを通して車の中に向かって二回もお辞儀した。趙雲瀾《チャオ・ユンラン》が軽く頷《うなず》き返すと、「紙人間」は再び前へ進み始める。その後ろにいる大勢の者たちもついていき、山道に沿って前へ進んでいく。

これら奇妙な人たちの姿が見えなくなると、趙雲瀾《チャオ・ユンラン》はようやく車から降りて、トランクを開け、中から懐中電灯を取り出した。

「前のほうでなにかが起こったのかもしれない。ちょっと見てくるから、この子たちを見ててくれ」

25　訳注：「陰兵借道」とは、獄卒が大量の死霊を導いて冥府へ連れていくこと。「陰兵」とは通常、冥界の兵を指す。「獄卒」と同じ意味。「借道」とは道を通過するという意味。

彼の言葉に沈巍《シェン・ウェイ》はまた眉を顰めてしまった。

その心配そうな顔を見て、趙雲瀾《チャオ・ユンラン》は思わず沈巍《シェン・ウェイ》の手を握った。その手はなぜか際立って冷たい。少し触るだけで、自分の体温が一気に吸い取られてしまいそうになる。その冷たさに、趙雲瀾《チャオ・ユンラン》の胸に言葉で言いようのない哀れみが湧いてきた。

「そんな顔をしないで」

趙雲瀾《チャオ・ユンラン》は眉間にしわを寄せた沈巍《シェン・ウェイ》に言った。

「俺は大丈夫だから」と。

十

山々を掠《かす》める狂風は荒々しさを増し、路面の積雪を空高く巻き上げた。頬に当たると刀で刺されたように痛む。夜空も色を変え、趙雲瀾《チャオ・ユンラン》の懐中電灯の光は蛍火《ほたるび》のように朧《おぼろ》げになり、彼の姿もあっという間に吹雪の中に隠され、見えなくなった。

二十分経っても戻ってこないため、沈巍《シェン・ウェイ》は居ても立っても居られなくなっている。

「ちょっと趙《チャオ》所長を探してくるから、懐中電灯を取ってくれませんか」

沈巍《シェン・ウェイ》は学生たちに言った。

「すぐに戻りますから、車を降りないで。ここでじっとしていて」

「教授……」

女子班長は沈巍《シェン・ウェイ》を呼び止め、心配そうに訊く。

「もしかして趙《チャオ》所長になにかあったんですか？」

沈巍《シェン・ウェイ》は少し間を置いて、

「心配することはありません。私のいるところで、彼の身になにか起こるなんてことはまずありません」

と返した。

薄暗い光の下で、彼は自分自身のすべてをその薄いメガネの奥に隠したように見えた。言い終えると、沈巍《シェン・ウェイ》は服をしっかりと着込み、車を降りて大股で前へ進んでいく。

鳥のかすれた鳴き声が辺りに響き、沈巍《シェン・ウェイ》が雪で濡れたメガネを外して遠くを眺めると、果てのない銀世界になぜか一羽の鳥が立っている。鴉《からす》のようにも見えるが、普通の鴉よりずっと大きい。後ろに長い引き尾を垂らし、血のように赤い目で真っ直ぐ沈巍《シェン・ウェイ》の方向を眺めており、人を怖がらないようで、むしろ興味津々で彼を観察している。

狂風の中で沈巍《シェン・ウェイ》がなんとか前へ数歩踏み出すと、その大きな鳥はしばらく彼を見つめたあと、突然首を上げて長い鳴き声を上げた。鳴き終わると、今度は黙然と顔を下に向けた。くちばしが地面に届きそうなほど低く顔を下げるその様子は、まるでなにかのために黙祷《もくとう》しているかのようだ。猛風で吹き上げられた雪に沈巍《シェン・ウェイ》の視界は遮られ、体もあまりの寒さに痺れてきた——硬直したのではなく、麻痺してきたのだ。まるで体中の血液の流れが止まり、末梢《まっしょう》神経まで凍りついたように。

鼻が痺れてきたにもかかわらず、沈巍《シェン・ウェイ》は吹雪の中に独特な匂いが漂っているのを感じ取った。少し臭い気もするが、たまらないほど臭い匂いではない。まるで深い積雪の下に眠っているなにか穢《けが》れた者の腐臭が地面から滲み出てきたような感じである。沈巍《シェン・ウェイ》がふと足を止め、目の前の白い雪道を見つめていると、地面の一部が僅かに盛り上がり、山頂に向かって動き始めた。

地面の下になにかいる！

しばらくの間、沈巍《シェン・ウェイ》は自分が誰なのかすら忘れて、体の横に置く手を無意識に握り締めた。その黒々とした瞳には名状しがたい邪気《じゃき》が煮えくり返っているように見える。彼にじっと見つめられていると、不思議なことに地面が熱湯のように沸騰し始めた。中に隠されているなにかも、今にも地面を突き破って飛び出してきそうだった……。

その時、後ろから誰かの声が聞こえた。

「車の中にいてって言っただろう。なんで出てきたんだ？」

沈巍《シェン・ウェイ》は驚くと同時に、目から殺意がすっと消え、顔に当惑の色が浮かんだ。振り返ろうとすると、体が突然なにかに包まれた。寒さに本当に強いのか、ただ強がっているだけなのか、趙雲瀾《チャオ・ユンラン》が自分のコートを脱いで沈巍《シェン・ウェイ》の体をすっぽり包むように羽織らせたのだ。すると、薄いニットシャツを通して彼の体温が絶えず沈巍《シェン・ウェイ》の体に伝わってきた。

一方で、趙雲瀾《チャオ・ユンラン》は寒すぎて顔が青ざめているが、そんな寒さをものともしないといったように笑顔を見せた。強張《こわば》っているが温かい笑みだった。

「俺を探しに来たのか？」

（彼に応えるな！　断じて応えるな！）

沈巍《シェン・ウェイ》の心の奥で発狂しそうな声が響いている。しかし、荒れ狂う風が体を掠めるたびに彼の理性は削られていき、やがてその心に辛うじて残っていた蝉の羽のように薄い理性もぽきっと引きちぎられてしまった。

沈巍《シェン・ウェイ》はなにかに惑わされたように思わず頷《うなず》いた。

そんな彼を見て趙雲瀾《チャオ・ユンラン》は低い笑い声を上げながら、沈巍《シェン・ウェイ》の肩を引き寄せようとした。彼を丸ごと懐に抱き込もうとするような形だった。一瞬、趙雲瀾《チャオ・ユンラン》の鼻先が沈巍《シェン・ウェイ》の頬を擦りそうになるほど二人の距離が一気に縮まり、熱を帯びた息が沈巍《シェン・ウェイ》の顔を掠めていった。まるで彼の頬にじっとりとしたキスをしているかのように。沈巍《シェン・ウェイ》は息を殺しているものの、早鐘を打ち始めた胸の鼓動は抑え切れなくなっている。寒々とした風が吹き荒び、雪が舞い上がるなか、この果てしない世界で、自分の手の届くところにいてくれるのは、隣にいる彼一人だけのような気がする。

「戻ろうか」

趙雲瀾《チャオ・ユンラン》は少し近寄っただけですぐ身を引いた。ややかすれた声でさっきまでの魅惑的な空気を打ち破り、誰かを夢から呼び覚ました。沈巍《シェン・ウェイ》は黙って趙雲瀾《チャオ・ユンラン》のすぐ後ろに続く。身長が同じくらいの二人がかたまって歩くと、互いの足が容易に絡まるため、趙雲瀾《チャオ・ユンラン》は懐中電灯をクリップで襟のところに固定すると、沈巍《シェン・ウェイ》の手を握った。

沈巍《シェン・ウェイ》は無意識にその手を振り切ろうとしたが、少しも譲ろうとしない趙雲瀾《チャオ・ユンラン》にいっそう強い力で握り締められた。

「ジタバタしないで」

趙雲瀾《チャオ・ユンラン》が耳元で言った。

「滑りやすいから、足元に気を付けて」

先ほど道端に立っていた大きな鳥はたちまち空へ飛び立ち、上空を二周すると、遠くへ消えていった。

趙雲瀾《チャオ・ユンラン》は沈巍《シェン・ウェイ》が見ている方向を眺めると、

「報葬鳥《ほうそうとり》――凶報を知らせる鳥。お年寄りから聞いた話だけど、こういうでかくて、尾羽が長い鴉は『報葬鳥』

というらしい。災いが降臨するまえにしか姿を現さない不吉な鳥だ」と言った。

沈巍《シェン・ウェイ》が口を開くまえに、趙雲瀾《チャオ・ユンラン》はなにかを思いついたように目を細めると、わざと眉を顰《ひそ》めて当惑した表情を作り、

「もしかして教授も悪運体質なの？　なんでいつもこんなものにばっか遭うんだ」と探りを入れた。

「さっきなにかあったんですか？」

沈巍《シェン・ウェイ》は明らかにその質問に答えたくないようで、すぐに話をはぐらかした。

「周りを見てきたんだけど」

趙雲瀾《チャオ・ユンラン》も根掘り葉掘り訊くことはせず、

「今夜はどこか泊まる場所を探さないといけないかも。この先のほうで雪崩が起きたみたいで、通れないんだ」とだけ続けた。

そう言いながら、彼は車のドアを開けようとしたが、手が悴《かじか》んで力が入らず、二回ドアハンドルを引っ張ったがまだ開かない。

沈巍《シェン・ウェイ》は代わりにドアを開けて、

「早く入って体を温めてください」と言った。

車の暖房が効きすぎるせいで趙雲瀾《チャオ・ユンラン》は眩暈《めまい》がして、つらそうに眉根《まゆね》を寄せこめかみのつぼを押しながら、女子班長が渡してきたチョコレートを手に取った。

「この幹線道路は開通してからもう七、八年も経ってる。わりとマイナーなドライブルートでさ、旅行雑誌に載ったこともある。俺の記憶では、麓《ふもと》にいくつか集落があって、観光客がしょっちゅう来るから、旅館に改造された民家も多い。でもこっから先は通れないし、麓の様子も見えない。望遠鏡で眺めてみたけど、雪

に埋まった大木が何本かギリギリ見えるくらいだ。枝だけ外に出ててさ」

「もしかして、さっきここを通りがかったのは雪崩で死んだ村民の霊だったりしませんか？　お爺さんお婆さんから聞いた話なんですけど、大震災が起きた時、陰兵借道《いんぺいしゃくどう》を見た人がいたって」

メガネくんが恐る恐る訊いた。

趙雲瀾《チャオ・ユンラン》は首を横に振ったあと、携帯を取り出し、誰かに電話を掛けて簡単な挨拶をすると、現地の地質災害のモニタリング状況を訊き始める。

「分かった。ありがとう……。一晩ならなんとかなるけど……。うん、分かってる」

趙雲瀾《チャオ・ユンラン》は電話を切り、

「ちょっと厄介なことになっちまった」と言った。

「本当に雪崩が起きたんですか？」

「うん」と言って、趙雲瀾《チャオ・ユンラン》は話を続ける。

「ニュースにもなってる。激甚《げきじん》災害だってさ。前回の地震よりも被害が深刻で、麓の集落は全部雪に埋まっちまったらしい。救助隊がどうにかしようとしてるけど、救出はたぶん無理だろうな」

「じゃ、私たちはどこに泊まればいいんですか？　車の中ですか？　一晩中エアコンをかけっぱなしにできますか？　ガソリンは足りるでしょうか？」

女子班長が訊いた。

「ガソリンは足りるけど、雪崩が起きたばかりだから、ここに泊まるのは危ない。もっと高いところに行かないと。でも怖がることはない。俺についてきて。山頂に小屋が一軒あるからそこに泊まろう。なんのために建てられたのか分からないが、望遠鏡で確かめてみたら、住んでる人はいないみたいだけど、なによりちゃんと屋根がついてるから、今夜はそこに泊まろう」

体が少し温まると、趙雲瀾《チャオ・ユンラン》は再びコートを羽織り、車を降りてトランクを開けた。そこから食べものを詰め込んだ大きな袋を取り出したあと、屋外用の防寒アノラックも何枚か引っ張り出して他の人に放り投げた。

「みんなちゃんと防寒着を着て、なにか食べて腹ごしらえをしておこう。今食べないものは持って行ってもいい。後ろにいるみんなにも来てもらうから、あとで各自寝袋とテントを持って山頂に行こう。女の子は食べものだけを持てばいい。寝袋は俺が持つから」

他の人も趙雲瀾《チャオ・ユンラン》の通知を受け、すぐに準備を整え駆けつけてきた。その時、用心深い沈巍《シェン・ウェイ》はふいに気が付いた。特調一行は……今朝より一人多いようだ。

その人は一番最後についていて、ずっと黙っている。体型だけ見ると恐らく女性だが、着ている服が厚すぎて顔が完全に遮られてしまいよく見えない。非常に奇妙な雰囲気を纏《まと》っており、寒さで体が悴んでいるからか、動きはなんとなくぎこちない気がする。

祝紅《ジュー・ホン》は時々一番最後に回って彼女になにか話し掛けているが、その人はただ首を縦か横に振って、口は一切開かない。それればかりでなく、沈巍《シェン・ウェイ》はもう一つ奇妙なことに気が付いた。彼女は首を振るたびに足が止まってしまい、首の動きが止まってから、ようやく再び足を踏み出しゆっくりと前へ進むことができる。まるで二つの部位を同時に動かせないみたいだ。

不審に思っているところに、突然誰かが手を伸ばしてきて、沈巍《シェン・ウェイ》の肩を抱き寄せ、手の甲を彼の頬に当てた。あまりにも親密な動きで、人が見ているなか、沈巍《シェン・ウェイ》は身を躱《かわ》してても躱さなくてもやりにくく感じて、一瞬固まってしまった。幸いにも趙雲瀾《チャオ・ユンラン》はすぐに手を引っ込めた。

「そんなに寒いの苦手なの？」

「いいえ、寒くありません」とだけ沈巍《シェン・ウェイ》は答えた。

「また強がりやがって、唇が紫になってるよ」

趙雲瀾《チャオ・ユンラン》はさっき羽織ったばかりのアノラックを脱ぐと否応《いやおう》なしに沈巍《シェン・ウェイ》の体に纏わせる。

沈巍《シェン・ウェイ》は驚いて、勢いよく趙雲瀾《チャオ・ユンラン》の手を掴んだ。

「なにをしてるんですか！　さっき自分で言ったでしょう、こんなところで風邪を引いたら大変だって」

「俺は防寒用のアンダーウェアを着てるから」

趙雲瀾《チャオ・ユンラン》はシャツの襟を少し開いて沈巍《シェン・ウェイ》に見せた。

「麓の友達の家に泊まれたとしても、そこには暖房がないから、ちゃんと暖かい格好をして来たんだ。君たちのようになんの準備もしないで来たわけじゃないからね。ほら早く着て！」

沈巍《シェン・ウェイ》は依然として譲らない。

「ほら早く、心配させないで」

趙雲瀾《チャオ・ユンラン》は声を柔らかくし、沈巍《シェン・ウェイ》の耳元で囁《ささや》いた。

その口ぶりや目つきに免疫がない沈巍《シェン・ウェイ》がうっかりしていると、趙雲瀾《チャオ・ユンラン》はその隙を突くようにアノラックを沈巍《シェン・ウェイ》の体に羽織り直させ、大股で後ろへ下がっていった。

「みんな足元に気を付けて。お互いに手を貸すんだ。郭《グオ》くん、祝紅《ジュー・ホン》姉さんの荷物を持ってあげて。気が利かないな。もっと頭を使えよ」

趙雲瀾《チャオ・ユンラン》は声を荒げて叱り飛ばし、所長の威圧感を漂わせている。怒られた郭長城《グオ・チャンチェン》は首を竦《すく》めて黙ったままおどおどと一番後ろに回り、祝紅《ジュー・ホン》から荷物を受け取った。

沈巍《シェン・ウェイ》は趙雲瀾《チャオ・ユンラン》の後ろ姿をじっと見つめながら、彼の体温がまだ残っているところを名残惜しそうに触ると、アノラックのジッパーを閉め、鎖骨辺りにつけている小さなペンダントを押さえた――そのペンダントも密かに熱を放っているようで、白く覆われた寒い世界でその温かみが極めて鮮烈《せんれつ》に感じられる。

微かな温かみだが、彼の心にこのうえない慰めを与えている。

❖

三十分ほど歩いて、彼らはようやく趙雲瀾《チャオ・ユンラン》が言った小屋を目にした。すぐそこまで来たように見えていたが、実際にたどり着くまでさらに三十分ほどかかった。小屋は石で建てられたもので、外側は木で固定されている。屋根は牛革で作られたもので、風を防げるし、積雪で屋根が潰れる心配もない。周りは庭のようになっており、周囲にボロボロの柵があるが、ほぼ雪に埋もれている。

朽ちた小屋は寂しげに山頂に建ち、独特な光景を呈している。

趙雲瀾《チャオ・ユンラン》が柵を押し開けようとすると、ずっと祝紅《ジュー・ホン》のカバンに隠れていた大慶《ダーチン》が突然飛びついてきた。どこから猫が飛んできたのかみんなの反応が追いつかないうちに、大慶《ダーチン》は鋭い鳴き声を上げ、全身の毛を逆立たせた。

「どうしたんだ?」と、趙雲瀾《チャオ・ユンラン》が咄嗟《とっさ》に大慶《ダーチン》を抱き上げたが、大慶《ダーチン》はただ雪に埋もれた庭をじっと見つめている。

その時、後ろから誰かの声が響いてきた――。

「所長、大慶《ダーチン》は庭になにかが埋まっているって言いたいみたいです」

汪徴《ワン・ジェン》の嘆くような声だった。

十一

もし汪徴《ワン・ジェン》が人間であれば、きっと耳に快い声をしているのだろう。鬼になった時に声も肉体とともに劣化してしまったようで、彼女ならではの消え入りそうな話し方と相まって、鳥肌が立つような不気味な声になってしまっている。

汪徴《ワン・ジェン》の突然の一言でみんな思わず息を呑んだ。

趙雲瀾《チャオ・ユンラン》は両手を擦って手のひらを少し暖めると、

「みんなここで待ってて。ちょっと中の様子を見てくる」と言った。

さすが所長だけのことはある。趙雲瀾《チャオ・ユンラン》は言い終わるとなにも恐れずに柵を押し開けて庭に入った。沈巍《シェン・ウェイ》も一秒たりとも躊躇《ちゅうちょ》せず、すぐ後ろについていく。

凍った地面はなぜかデコボコしている。趙雲瀾《チャオ・ユンラン》は歩を緩め、ゆっくりと庭を一周回った。その懐にいる黒猫の目は小さな提灯のように、闇の中で微かに赤い光を放っている。突然、黒猫は趙雲瀾《チャオ・ユンラン》の懐から飛び降りて、シュッシュッと庭の隅まで走っていき、太い前足を上げて地面の突起を狙ってやたらと掻き始め、なにかを掘り出そうとする。

趙雲瀾《チャオ・ユンラン》はすぐにしゃがみ込んで、デブ猫大慶《ダーチン》の首の後ろを掴んで持ち上げ、汚れを気にせず服の袖でその前足を拭き、また懐中電灯で大慶《ダーチン》が掘ったところを照らした。そこに象牙のような白いものが埋まっているのだ。趙雲瀾《チャオ・ユンラン》は手探りで靴の踵《かかと》から小さなハンドスコップを取り出し、それを使って地面を突き刺したり砕いたりし始めた……。やや平べったい頭蓋骨の前額部と空っぽな眼窩《がんか》の半分が地面からはっきりと露出するまで掘り進めると、趙雲瀾《チャオ・ユンラン》はようやく自分が掘り出したのが髑髏《どくろ》だったことに気が付いた。

後ろについてきた沈巍《シェン・ウェイ》は周りを見渡し、この小さな庭の地面にできた一つひとつの突起を見て、身が竦《すく》むような推測をふと脳裏によぎらせた――彼らが立っている場所のすぐ下には恐らく無数の白骨死体が敷き詰められているのだろう。

沈巍《シェン・ウェイ》は振り返り、庭の入り口に突っ立って身を震わせている学生たちを見ると、前屈《まえかが》みになって趙雲瀾《チャオ・ユンラン》の腕を押さえながら、

「埋め直しましょう。みなさんには言わないほうがいいと思います」と小声で言った。

趙雲瀾《チャオ・ユンラン》はさっき掘り出した凍った土で頭蓋骨を埋め直したあと、さりげなく立ち上がって、学生と所員たちを呼び寄せる。

「なんの問題もない。ただ瓦《かわら》のかけらが埋まってるから、ちょっと地面がデコボコしてる。足を挫《くじ》かないように気を付けて。みんな早く小屋に入ろう。中でテントを張って、しっかり体を温めて」

趙雲瀾《チャオ・ユンラン》はハンドスコップをしまい、寒さに震えながらタバコに火をつけ、横に立ってみんなが一人ずつ足早に小屋に入るのを見ている。

ずっと一番後ろにいた汪徴《ワン・ジェン》は趙雲瀾《チャオ・ユンラン》の前で足を止め、囁《ささや》くような声で訊く。

「所長はあれを見たんですよね？」

「……うん」

「実はその下にもっとたくさん埋まっています」

その言葉に趙雲瀾《チャオ・ユンラン》は困った顔を見せた。

「もうこんなぎゅうぎゅう詰めの雑魚寝《ざこね》状態なのに、下にもっとたくさん埋まってるなんて、死後は三段ベッドかよ。ってか、ただでさえ狭いのに、俺らが勝手に泊まっていいのか？　さすがに特調に苦情を言い

に来ないよね」

「勝手に泊まるのは確かにタブーかもしれません」

汪徴《ワン・ジェン》は少し躊躇《ためら》ったあと、

「私が話を通しておきますから、ちゃんと手順を踏んで挨拶すれば、一晩泊まらせてもらうくらい……たぶん問題ないでしょう」と言った。

趙雲瀾《チャオ・ユンラン》は頷《うなず》いて、

「じゃ、早く挨拶してきて」と汪徴《ワン・ジェン》を促した。

汪徴《ワン・ジェン》は少しずつ足を動かし小屋のドアまで歩くと、突然後ろへ二歩退いて体の向きを変えゆっくりと跪《ひざまず》いた。そして両手の上に額を置き、庭に向かってひれ伏して拝んだ。それは正真正銘の五体投地《ごたいとうち》の礼[26]である。

学生たちが好奇心に駆られてドアのところに集まり、耳打ちしながら彼女を見ていると、

「静かにしなさい」と沈巍《シェン・ウェイ》に叱られ、背を押されながら一人ずつ部屋の中に入らされた。

なぜ沈巍《シェン・ウェイ》がそうしたかというと、それは汪徴《ワン・ジェン》の袖からプラスチック製の「指」が一部出ており、大きなフードからはナイロン製の「髪の毛」が飛び出していることに気付いたからだ。

趙雲瀾《チャオ・ユンラン》も小屋の壁に凭《もた》れかかって汪徴《ワン・ジェン》を見つめている。

彼女はドアの前に跪いたまま、なにかを呟《つぶや》き出した。どの民族の言葉なのか分からないが、低く抑えた声で聞き取れない言葉が流れるメロディーのようによどみなく彼女の口から吐き出され、庭に響きわたっている。庭に棲む古い魂を呼び起こすようなその声を聞いて、そこにいる全員がたった一瞬で、心の奥底が揺り動かされるような胸の鼓動を感じた。

26 訳注：「五体投地」とは、両手、両膝、額を地面に投げ伏して礼拝すること。

沈巍《シェン・ウェイ》が連れてきた学生たちを含めて、小屋にいるみながその声に奥深い感銘を受け、思わず顔を伏せた。

周りに厳《おごそ》かな空気が流れ始めたが、趙雲瀾《チャオ・ユンラン》だけは依然としてタバコをくわえ、無関心の顔で横に立っている。

「これはどういうこと……？」

祝紅《ジュー・ホン》は思わず小声で訊いた。

「祖先の亡霊に……」

汪徴《ワン・ジェン》は立ち上がり、硬い動きでズボンについた土を払って話を続ける。

「簡単ですが挨拶は済ませましたから、もう大丈夫です。みんなここに集まってないで中に入って休みましょう。庭にゴミを捨てないように気を付けてください。あと、出掛ける時はみんなに一言言ってくださいね。トイレに行きたいときは遠いところでお願いします」

その言葉でみんなようやく胸を撫で下ろし、庭のほうに向かって拝むと、小屋の中に入った。

みんなが中に入るまで待つと、汪徴《ワン・ジェン》はしんがりを務める趙雲瀾《チャオ・ユンラン》に低い声でこう言った。

「所長は生まれつきもう一つの世界が見えて、他人が信じないものとも一緒に生きてきたから、元々鬼や神様の存在も認めているでしょう。でも、なぜか祠《ほこら》を通るときも、お寺に行くときも、神様や仏様への敬意が微塵も感じられません。正直、どうかと思います」

趙雲瀾《チャオ・ユンラン》は汪徴《ワン・ジェン》の言葉をまったく意に介さず、窓枠についている埃を弾き飛ばし、にこりと頷いた。

「そうだね。こんなマネ、ひどいよね。しっかり受け止めて反省しないと。信仰の自由を尊重しなければならないって憲法にも定められてるし、他人の信仰を尊重しないとな」

汪徴《ワン・ジェン》はプラスチック製の目から鋭い眼光を放ち、声をよりいっそう低く抑え、耳打ちするように続ける。

「この世間にはきっと所長が知らない人や物事があるでしょう。所長は確かにすごい方ですけど、人間として生まれてきたからには、いくら敏腕だからといっても、天地や運命まで左右できるはずがありません。やはりあまり傲慢にならないほうがよいかと……。所長、神様や仏様も眼中にないように振る舞ったらいつか罰が当たるかもしれません。それでもいいんですか」

趙雲瀾《チャオ・ユンラン》は口角に浮かんだ微笑みを消し、視線を落として汪徴《ワン・ジェン》に目をやると、ややずれた彼女の上着とそのフードを直した。丁寧で優しい動きをしているものの、口から出てきた言葉は冷ややかだった。

「俺は後ろめたいことはなにもないし、神にお願いしたいこともないから、神にも仏にも妖怪にも悪魔にも、俺のよし悪しを言われる筋合いはない。仏や神は尊い存在だってことは認める。ただ、自分で自分を崇拝してりゃ世話がないだろう。なんで俺まで気を遣わなくちゃいけないんだ？」

汪徴《ワン・ジェン》は彼に深い眼差《まなざ》しを向け、嘆声《たんせい》を漏らした。そしてそのプラスチック製の手でなにかを画《えが》くかのように目の前の空気を何回か叩いたあと、誰も聞き取れない台詞を呟き、趙雲瀾《チャオ・ユンラン》の額を軽く突いた。

「所長はいい人ですから。慈悲深い神よ、どうかご寛恕《かんじょ》ご加護を賜りますように」

汪徴《ワン・ジェン》は軽い声で言った。

趙雲瀾《チャオ・ユンラン》は避けようとせず、むしろ汪徴《ワン・ジェン》の手が届きやすいように自ら頭を下げた。そして汪徴《ワン・ジェン》の一連の動作が終わるのを待ってようやく口を開いた。

「君も生前はさぞかしいい人だったんだろうな。それで神様のご寛恕やご加護を賜ったのか？」

汪徴《ワン・ジェン》が顔を上げると、そのプラスチック製の硬い目になぜか悲しみが浮かび上がったように見える。

それを感じ取った趙雲瀾《チャオ・ユンラン》は彼女の肩を軽く叩いて引き寄せ、

「はいはい、心優しいお嬢さん、外は風が強いから早く中に入ろう」とだけ言った。

❖

小屋に入ったあと、祝紅《ジュー・ホン》と楚恕之《チュー・スージー》は協力してテキパキと野外専用の小型アルコールストーブを組み立て、その上に直径約二十センチの小鍋を置き、中に綺麗な雪水を入れた。祝紅《ジュー・ホン》はさらにその上にスタンドをかけ、真空パックのビーフジャーキーを開けて上に並べ、水蒸気で温めて柔らかくなるまで待つと、串で刺して焼き始めた。

学生たちはノートを取り出し、汪徴《ワン・ジェン》が中に入ってきたのを見ると、目を輝かせながら一気に彼女の周りを囲んだ。

「お姉さん、もしかしてこの山頂の小屋になにか特別な風習があるんですか？　よかったら聞かせてもらえませんか」

竹のように背が高くて痩せ型の男子学生が恐る恐る尋ねた。

言い終わると、彼は思わず沈巍《シェン・ウェイ》のほうを見て教授の顔色を覗《うかが》おうとした。沈《シェン》教授が軽く眉根《まゆね》を寄せるのを見ると、恐れながら直《ただ》ちにこう言い添えた。

「すみません、差し支えなければ、教えていただきたかったのですが……。もしそれが訊いてはいけないことだったなら、すみません、訊かなかったことにしてください」

汪徴《ワン・ジェン》はストーブの横に座って、

「いいですよ」と低い声で答えた。

彼女は手を広い袖の中に隠し、隣に置かれていた山積みのチョコレートから一つ手に取った。誰が買ったのか分からないが、小さくて、一つずつ丁寧に包装されたそのチョコレートはとても精緻《せいち》なものに見える。

彼女は食べたそうにしているようにも見えるが、ただ袖越しに手のひらの上で転がしながらじっと見つめるだけで、開けようとはしない。

赤い服の女子班長はもう一つ違うチョコレートを選んで汪徴《ワン・ジェン》に渡した。

「こっちのほうがおいしいから、お姉さん食べてみてください」

「ありがとう。でもチョコレートは……食べられないので」

汪徴《ワン・ジェン》は低い声で続ける。

「この辺りは昔、何回か地質構造の変遷を経たから、麓《ふもと》の住民は余所《よそ》から移住したり、他の民族と一緒にここで暮らしたりしていました。最初に移住してきたのはチベット族の康巴人《カンパ》です。チベット族では鳥葬《ちょうそう》が流行っていて、鳥葬というのはつまり、人が死んだら遺体を鳥に食べさせることで処理する葬儀なんですけど、鳥に残さず食べてもらうために、鳥葬師に遺体を解体して、大きめの骨を砕いて、骨にバターやツァンパという麦こがしをつけてもらう風習があります――綺麗に食べ切ってもらえないのは不吉なことだと思われているから、鳥葬師の役割はとても重要になってきます――ちなみに、私たちが今いる場所は元々鳥葬師が住んでいた場所です」

その話に女子班長は小刻みに身を震わせた。

汪徴《ワン・ジェン》はそれに気付かず、話を続ける。

「鳥葬師は人々に尊敬されていましたけど、死人ばかりが相手だから、不吉な者だと思われて、高い地位だったとはいえ、みんなあまり鳥葬師と接触したがりませんでした」

郭長城《グオ・チャンチェン》はその話を聞いて思わずある人を思い出した――(斬魂使《ざんこんし》もみんなに尊重されながらも疎《うと》まれているのではないか？　趙《チャオ》所長以外は、誰も斬魂使《ざんこんし》と必要以上の会話をしたがらない。鬼まで、まるで近づくだけで悪運に取り憑かれてしまうと思っているように斬魂使《ざんこんし》を敬遠している)

「そのあとの数百年、違う民族の人々が次々と移住してきました。そのうちのほとんどは牧畜民で、農耕民も一部いました。異なる民族同士の間に大きな衝突が何度も起きて、互いに争い合って、勝ったら負けた民族の人間を奪い、和解したら成婚する。こんなことがずっと繰り返されていました。こうして人々の血統が混ざり合って、他の民族も鳥葬を受けるようになったんです。ただ風習も移り変わったから本来のチベット族とは違う形の鳥葬になりましたけど」

汪徵《ワン・ジェン》は歴史科の先生のようにありのままの過去を淡々と語り続けている。声が柔らかいうえに内容が歴史の授業っぽいため、聞いている人はつい眠気に誘われてしまう。沈巍《シェン・ウェイ》の学生たちは元々こういうジャンルの科目を専攻していることもあり、みんな積極的にメモを取っているが、趙雲瀾《チャオ・ユンラン》だけはビーフジャーキーを何本か食べると、彼にとって最も有利な場所——沈巍《シェン・ウェイ》の横まで寝袋を引きずり、寝ることにした。

古人曰《いわ》く、水辺に近い楼閣《ろうかく》に登れば、水面に映る美しい月の姿を真っ先に拝める。まさにそういうことであろう。

十二

「そのあと、この辺りの気候がますます荒くなって」

汪徵《ワン・ジェン》は鍋に少し水を入れて話を続ける。

「ここに残る人もだんだん少なくなって、みんな次々と他の集落に移住しました。そしておよそ……えっと、覚えていないけど、たぶん宋か元の時代[27]かな、大きな災害が起きて、そのあと、複数の民族がここでともに暮らす、いわゆる多民族共生の伝統は崩れてしまいました。山の洞窟に避難してなんとか災いを乗り切ったごく一部の『瀚噶《ハンガ》人』以外、他の民族はみんな死んだり逃げたりして、二度と戻ってこなかったんです」

「歴史書にはその記録が残されていますか」

女子班長が訊くと、汪徴《ワン・ジェン》は首を横に振った。

「ここは古代中国の管轄外だから、漢民族の文化の影響を受けていないし、おまけに辺鄙《へんぴ》で人口も少ないから、情報が外の世界に広がったり、外の世界から情報が入ってきたりはしていなかったんです。歴史書を調べても、せいぜい当時の地質や天文の記録くらいしか見つからないでしょう。当時の朝廷はここに住民がいることすら知らなかったですから。地元の言い伝えによると、あの頃、大雪が凶悪な妖怪に変身して山から下りてきました。白い妖怪は地面の隙や川から手を伸ばし、人と家畜を問わず、あらゆる生きものを攫《さら》い取って、そのお腹を破ったり、頭を摘み取ったりしていたらしいです」

女子班長はしばらく考えに耽《ふけ》り、そして分かったような分からないような顔で頷《うなず》き、

「恐らく地震で起きた雪崩とそれによる一連の地質災害ですね」と言った。

汪徴《ワン・ジェン》は首を縦にも横にも振らず話を続ける。

「そのあと、瀚噶《ハンガ》族の人々はいっそのこと山奥に隠遁してしまおうと考えました。場所は確か今の清渓《チンシー》村とそんなに離れていないところにあります。チベット族が余所《よそ》へ逃げてから古い鳥葬台は徐々に廃れましたけど、鳥葬師が住んでいた庭はあの災害のあと、瀚噶《ハンガ》族が山守《やまもり》をする場所となりました。高いところにいればもっと早く危険に気付けると考えたからです。だから彼らは毎月壮健な男を一人山頂に行かせて番人とし

27　訳注：宋の時代は九六〇年〜一二七九年、元の時代は一二七一年〜一三六八年。

て山を守ってもらうようにしていました。でも、時間が経つにつれてこの風習も移り変わり、やがて山守人は一族で最も人望のある人とされるようになり、山守の小屋もその人の住まいとなりました。それで、山守小屋は瀚噶《ハンガ》族にとってとても神聖な場所となったんです。いつからか、大規模な祭典が行なわれるたびに、瀚噶《ハンガ》族の人たちは祭典に参加するために全員山に登って、山守小屋を訪ねるようになりました」

「ハンガ族って、聞いたことがない気がしますが」

メガネくんが訊いた。

「それは瀚噶《ハンガ》族は人口が少なかったし、他の民族の人とも結婚していなかったし、それにとっくに滅亡したから、記録があまり残されていないだけです」

学生たちはみんなはたと納得した。

「なるほど、分かりました。人口が少なくて、他の民族と結婚しなかったってことは——百年近くの近親交配で一族が滅亡したってことですね」

背の高い痩せ型男が言った。

汪徴《ワン・ジェン》はその推論にただ微かに笑った。すると、彼女に一番近い女子班長が思わず身を震わせた。

❖

好奇心が満たされたあと、早く休むよう沈巍《シェン・ウェイ》に促され、学生たちはみんな寝ることにした。睡眠のいらない汪徴《ワン・ジェン》と昼夜逆転の大慶《ダーチン》が夜番を任されることになった。

一番最後に横になったのは沈巍《シェン・ウェイ》で、彼はドアや窓をよく確認し、どこからかテープを探し出して、隙間風が入るところにテープを貼ったあと、学生たちに風邪を引かないように必ず温かくして寝るよう一人ずつ丁寧に念を押した。さらに汪徴《ワン・ジェン》のところに行って、夜が深まると寒くなるからもう一枚服を重ねたほうがいいかもしれないと忍び声で言った。ついでに、鍋からお湯が溢れ出ないように、ストーブの火を弱くした。周到な配慮をしてからようやく静かに自分の寝袋に潜った。

汪徴《ワン・ジェン》の「マイナー歴史講座」は趙雲瀾《チャオ・ユンラン》にとって実に退屈だったため、彼はとうに汪徴《ワン・ジェン》の声を自動的にシャットアウトし、眠りについていた。イヤホンで耳を塞ぎ、頭を微かに傾け体を丸めており、片方のイヤホンが外れて耳に掛かっている。趙雲瀾《チャオ・ユンラン》は顔の彫りが深く、目を開けている時は元気はつらつで、閉じている時もカッコよく見える。ただあまりの寒さで顔が白っぽくなり、やや憔悴《しょうすい》しているように感じる。

沈巍《シェン・ウェイ》は思わずその顔に視線を落とした。趙雲瀾《チャオ・ユンラン》の寝顔は安らか且つ穏やかで、まるでどこでなにが起きてもぐっすり眠れるかのように見える。いったん目を向けると、沈巍《シェン・ウェイ》はしばらくその顔から目を離すことができなくなり、横で静かに見つめ続けているうちに沈巍《シェン・ウェイ》の表情も次第に柔らかくなっていった。彼を起こさないように沈巍《シェン・ウェイ》はそっとそのイヤホンを外し、丁寧に巻いて横に置くと、床に脱ぎ捨てられていた上着を引き寄せて趙雲瀾《チャオ・ユンラン》の体にかけた。

郭長城《グオ・チャンチェン》がもう一人の男子大学院生と合唱するようにいびきをかいているなか、汪徴《ワン・ジェン》は小さく物音を立てながらストーブを片付けている。沈巍《シェン・ウェイ》は深く息を吐くと、みんなに背を向けて横になった。しばらくして、平穏でゆっくりとした呼吸音が聞こえてきた。沈巍《シェン・ウェイ》も眠りについたようだ。

だが、誰にも気付かれないところで、沈巍《シェン・ウェイ》の瞼《まぶた》はずっと開いていた。闇の中でどこからか差し込んでくる微光を借りてじっと趙雲瀾《チャオ・ユンラン》を見つめている。まるでその寝顔を一晩中見つめ続けるつもりかのように。

これまで長い間必死に我慢してきた彼はようやくこのしんと静まり返ったひと時に、しばらく自制心を和らげた。趙雲瀾《チャオ・ユンラン》のすぐ側で横になってから、沈巍《シェン・ウェイ》はひたすら思いを膨らませていた。今も、この手で趙雲瀾《チャオ・ユンラン》の温かい体を抱きしめ、唇で相手の瞳、髪、そして唇を愛撫し、全身の隅々まで味わい尽くし、趙雲瀾《チャオ・ユンラン》のすべてを独り占めする光景を脳裏に思い描いている。

少し想像してみるだけで、沈巍《シェン・ウェイ》は自分の呼吸が震えてくる気がする。相手を求めるその渇望は、凍死しかけた人が体を温めてくれるスープを求めるかのように強烈なものだった。

しかし、彼はじっと横になっているだけで、ぴくりともしない。まるで……ただ横でその寝顔を見つめて、頭の中で想像するだけで十分満足しているようだ。

❖

一方で、大慶《ダーチン》は汪徴《ワン・ジェン》の隣で体を丸く縮めてしっぽを呑気に振っている。深夜になると、みんな寝込んでいるだろうと思い、ようやく囁《ささや》き声で訊いた。

「庭に埋まっているのは誰かの死体なのか？　髑髏《どくろ》だけなのか？　いったいどういうこと？」

汪徴《ワン・ジェン》はそのプラスチック製の顔をフードの中に隠したまま、

「髑髏だけです。瀚噶《ハンガ》族は打ち首の風習がありますので」と答えた。

「瀚噶《ハンガ》族って本当はどうして滅亡したんだ？」

汪徴《ワン・ジェン》は少し戸惑った。

「さっきあの子が、近親交配が原因だって言ったじゃないですか」

「あんな屁理屈で俺をごまかせると思うのか？　馬さえ自然に近親交配を避けられるのに、あんたたち人間は確かに愚かなところもあるけど、そんなことに気付いてなかったなんてありえない」

苛《いら》ついてきた大慶《ダーチン》は髭を震わせながら続ける。

「それに、少数民族は一夫多妻が多い。『他の民族の人と結婚しない』っていうのも、女は余所には嫁に行かず、男は余所の女を正室として娶《めと》らなかったってだけだろう。そんなに厳しく守られてたわけじゃないし、一族に二、三世帯しかないわけでもあるまいし、全員近親になるはずがない。遠縁の親戚と結婚したからって別に一族全滅にはならないでしょ」

汪徴《ワン・ジェン》は顔を下に向けて猫を見ると、その頭を撫でて、

「猫はお魚ジャーキーを食べて呑気に過ごしていればいいのに。人間のことをそんなに考えてもなんの足しにもなりませんよ」と優しく返した。

彼女は若い女性の顔と声をしているものの、口ぶりは老人のようで、歳を取って心身ともに疲れ切ったように聞こえる。

大慶《ダーチン》は地面に寝そべり、猫の本能に駆られて汪徴《ワン・ジェン》の撫で撫でに気持ちよさそうに目を細くしたが、閉じてはいない。どこかをじっと見つめたまま大慶《ダーチン》は放心状態に陥っている。

夜の気配がさらに濃くなってきた。

山頂の小屋はしんとした静寂に包まれ、やがてゆっくりとした呼吸音と波のように起伏するいびきしか聞こえなくなった。

❖

深夜十二時過ぎ、趙雲瀾《チャオ・ユンラン》は突然目を開け、ずっと彼を見つめていた沈巍《シェン・ウェイ》と目が合った。メガネを外した沈巍《シェン・ウェイ》の眼差《まなざ》しはいつもよりいっそう優しく見えるが、突然目を覚ました趙雲瀾《チャオ・ユンラン》を見て一瞬だけ取り乱し、気持ちを隠そうと目を伏せた。幸いにも趙雲瀾《チャオ・ユンラン》はそれを気に留めることなくただ静かに起き上がり、耳を澄

ました周りの音を聞いている。そして、沈巍《シェン・ウェイ》に向かって自分の唇に指を当て、「なにも話さないで」という合図をした。

寝袋から出た趙雲瀾《チャオ・ユンラン》が懐中電灯を拾い上げ、小屋を出ようとすると、大慶《ダーチン》は「ニャン」と鳴いて彼の後ろについて飛び出していき、沈巍《シェン・ウェイ》も心配で起き上がって一緒に出掛けることにした。

外に出ると、懐中電灯を持ってきたのは余計だったとすぐに分かった——遠くのほうで谷全体が燃えているのだ。まるで天外から来た者があそこに火種を撒いたかのようで、一面は雪化粧した山々、もう一面は激しく燃え盛る火の海となっている。彼らは数千メートルも離れた山の頂上にいるにもかかわらず、その火の海から凄惨《せいさん》な悲鳴が耳元まで響いてきて、猛火に肌を焼かれるような激痛を直《じか》に感じた気がした。

空一面は赤みがかった橙色に染まっている。

「……あれはなんなんだ？」と趙雲瀾《チャオ・ユンラン》が訊いた。

大慶《ダーチン》も目の前の光景に毛を逆立たせた。そこはもはや人間界ではなくなったかのようで、炎に呑み込まれた谷をぼんやりと見つめているうちに、みんな時間も自分たちの居場所も忘れてしまいそうになった。庭もなにかを感じ取ったようで、地面が振動し始め、凍って硬くなった土が裂けて、地面に埋もれていた髑髏が露わになった。大きいものもあれば、小さいものもあり、古いものもあれば、新しいものもある。色つきもそれぞれ違う……。骨が小刻みにぶつかり合う音が聞こえたあと、髑髏はいつの間にか並べ直されたようにすべて同じ方向を向いていた。

地上に湧き出てくる髑髏は増え続け、そのどれもがみな参拝しているかのような奇妙な姿勢で猛火の方向を眺めている。

趙雲瀾《チャオ・ユンラン》は手を伸ばして一緒に出てきた沈巍《シェン・ウェイ》を止めた。そして、彼の前に背中を向けて立ち塞がり、さらに

大慶《ダーチン》を抱き上げ、

「デブ、ここにいろ!」と言った。

「あれは業火《ごうか》です」

いつからか汪徴《ワン・ジェン》が彼らの後ろに立っていた。フードが落ちてダッチワイフの生気のない顔が露わになっている。彼女がどんな顔をしているのか沈巍《シェン・ウェイ》が確認するまえに、汪徴《ワン・ジェン》はゆらゆらと倒れ込んだ。沈巍《シェン・ウェイ》が反射的にダッチワイフを支えようとしたが、触れたとたんに「彼女」は唸り声のような長い機械音を上げた。品行方正な沈《シェン》教授は驚いてつい手を震わせ、ダッチワイフを地面に投げ飛ばしてしまった。

すると、白いワンピースを着た女性の姿がダッチワイフから浮かび上がり、汪徴《ワン・ジェン》の声で口を開いた。

「『四門、四道を通って罪人が入ってくる。地獄の門が開かれたとたん、業火が出て罪人を迎える』[28]言い伝えでは、業火は地獄の炎で、罪のある人を焼くものだそうです」

「そんなのでたらめだ」

趙雲瀾《チャオ・ユンラン》は苛ついた口調で彼女の話を遮った。

「信じられないならあちらを見てください」

汪徴《ワン・ジェン》は庭のほうを指差した。

庭に転がっている髑髏がいつの間にか向きを変え、一斉に小屋を眺めている。見る者が思わず鳥肌を立てるほど不気味で真っ暗な眼窩《がんか》をこちらに向け、口をぽかんと開けたまま、下顎骨《かがくこつ》だけ上下にカタカタと動かし続け、まるで笑っているかのように見える。黒猫を含めて、ドアのところに立っている人はみんな身の毛がよだった。

28 訳注:『般舟讃(はんじゅさん)』(唐の浄土教僧善導の著)より。四門とは地獄の四つの門、四道とは煩悩を断ち悟りにいたる四つの道。

汪徴《ワン・ジェン》だけなんとも思っていないといった顔で活発に動く髑髏を見つめながら、

「一族の者たちはみんな私を殺したがっているんです。私の皮を剥いで、背骨を抜いて、血を飲みたくて仕方ないみたいです」と言った。

趙雲瀾《チャオ・ユンラン》は顔色一つ変えず懐から拳銃を取り出した。

「汪徴《ワン・ジェン》、体の中に戻れ。沈巍《シェン・ウェイ》も部屋の中に戻りな」

汪徴《ワン・ジェン》は今日はどうやらわがままを貫くと決めているようで、所長の言うことを聞こうとはせず、ただため息をついて、

「でも……私はもう死にましたのに」と、茫然としているような、窮屈そうな顔でさっきの話を続けた。

「あーだこーだ言っている場合か。ぐずぐずしてないで早く戻れ！」

趙雲瀾《チャオ・ユンラン》は有無を言わさず汪徴《ワン・ジェン》の半透明の魂魄《こんぱく》を掴んで、ひどく乱暴な手つきでダッチワイフの中に詰め込むと、片手でダッチワイフを持ち上げ、驚いて状況を確認しようと出てきた祝紅《ジュー・ホン》の懐めがけて放り投げた。

その時、庭の中の髑髏たちが突然口を大きく開け、彼らに襲い掛かってきた。趙雲瀾《チャオ・ユンラン》は片手でかんぬきの取っ手部分を握って、もう片方の手で拳銃を構え三発連続で撃ち放った。襲い掛かってきた髑髏は撃ち抜かれた瞬間、人間のような悲鳴を上げ、たちまち白煙となって消えていった。

その隙にドアを閉めようとすると、飛びかかってきた他の髑髏がドアに挟まった。趙雲瀾《チャオ・ユンラン》が片手で靴の踵《かかと》から短刀を抜き出し、鞘に入ったまま振り下ろしたとたん、髑髏は割れた卵の殻のように砕け散り、同時にドアが「ガタン！」と勢いよく閉まった。

外の髑髏は次から次へとドアにぶつかり、その音はまるで無数の手がドアを叩き続けているかのようだった。髑髏たちは一つひとつ高く飛び上がり、恐ろしい様相で窓の隙間から中の様子を覗き込んでいる。学生

たちも驚いて目を覚ました。このような光景を目の当たりにしても、みんな落ち着いた顔をしている――こんな状況で普通の人は誰しも自分が夢でも見ているとしか思わないのだろう。

郭長城《グオ・チャンチェン》も落ち着き払っている。この小屋には、なんでもできる趙《チャオ》所長もいれば、人間の言葉を喋る頼もしい猫、小さなガラス瓶一つで餓鬼《がき》を降参させたエセ和尚、羊肉を生で食える大蛇女妖《だいじゃじょよう》、そして怖くて未だに自分からは声を掛けられない楚恕之《チュー・スージー》もいる。

（ここは危なそうに見えるけど、実は極めて安全な場所だ……）と、バカ長城《チャンチェン》はなぜかこの同僚たちを根っから信頼しているのだ。

十三

「阿弥陀仏《あみだぶつ》……」

林静《リン・ジン》は急いでドアのほうへ駆けつけ、髑髏《どくろ》の攻撃を食い止めるために趙雲瀾《チャオ・ユンラン》と一緒に力任せにドアを押さえた。敵の猛攻撃で息を切らしてしまったエセ和尚は、窓越しに外でピョンピョン飛び跳ねる髑髏を見て、

「髑髏の分際で可愛い子ぶるなよ！　こりゃいったいなんなんだ⁉」と嘆いた。

趙雲瀾《チャオ・ユンラン》も振り向いてダッチワイフに宿っている汪徴《ワン・ジェン》に訊く。

「お前が引きつけてきたのはなんなんだ？　人間はともかく、なんでお前のことまで喰いたがるんだ？可塑剤《かそざい》を摂取しすぎて中毒になっても構わないのか？」

所長がうっかり汪徴《ワン・ジェン》の「秘密」を喋ったことに気付くと、林静《リン・ジン》はそっと趙雲瀾《チャオ・ユンラン》の服の裾を引っ張って気付

かせようとする。一方で、横にいる女子班長は趙《チャオ》所長の冗談話に思わず「ぷぷっ」と笑い出したが、またすぐに笑っている場合ではないと気付き、同級生たちの訝《いぶか》しげな眼差《まなざ》しを浴びながら手で口元を覆った。

「一七一二年、瀚噶《ハンガ》族で内乱が起きました」

汪徴《ワン・ジェン》は祝紅《ジュー・ホン》に支えられながら立ち上がり、フードで顔を隠した。

「その内乱は反逆者側の勝利に終わりましたが、年配の元族長が亡くなって、三人の妻とその子孫、さらに族長に追随していた百十二名の勇士もすべて当時のしきたりに従って斬首《ざんしゅ》刑に処されました。彼らの遺体は焼き尽くされ、斬り落とされた首だけは山守人《やまもりびと》の庭に埋められました。その魂魄《こんぱく》は奴隷としてこき使われ、未来永劫心の安寧《あんねい》を取り戻せなくなったんです」

その話に祝紅《ジュー・ホン》は息を呑んで、

「彼らって庭にいる奴らのこと？」と訊いた。

髑髏がドアにぶつかる音がますます激しくなり、趙雲瀾《チャオ・ユンラン》が楚恕之《チュー・スージー》に目配せすると、楚恕之《チュー・スージー》は自分のアノラックを手早く広げた。中に着ているセーターはとてもマイナーなデザインで、ポケットがたくさんついているため、まるで収納袋をそのまま身に纏《まと》っているように見える。彼は一つひとつのポケットから朱墨《しゅずみ》で書かれた黄色い御札《おふだ》を数枚ずつ取り出し、レジでお釣りをまとめて顧客に渡す店員のように、テキパキと御札を一束集め、ドアの四隅に貼りつけた。

ドアに貼られたとたん、御札が淡く白い光を放ち、外の騒動も一気に収まった。

続いて、楚恕之《チュー・スージー》は電柱とかに広告を貼るかのように窓や壁などに御札を満遍なく貼りつけ、小屋はあっという間に御札だらけになってしまった。外で飛び跳ねている髑髏は御札の威力を知っているからか、いずれも後ろへ一、二メートル後ずさり、壁に体当たりしたり窓をかじったりするのを止めた。

すると、趙雲瀾《チャオ・ユンラン》はようやくドアを押さえていた手を下ろした。力を入れすぎたからか、こんなに寒い日にもかかわらず汗をいっぱいかいてしまった。ストーブの横に座って少し考えると、彼は一袋の粉ミルクを開けて、ミネラルウォーターと一緒に大きな茶碗の中に入れたあと、沸騰している小鍋の中に置いた。

「全員分温めて。みんな一杯ずつ飲もう。そのあと、これはいったいどういうことなのかちゃんと説明してもらわないとな」

趙雲瀾《チャオ・ユンラン》は立ち上がった汪徵《ワン・ジェン》に指示した。

「申し訳ありません」

それが汪徵《ワン・ジェン》が返した唯一の回答だった。彼女の口は貝のように堅く、それ以外一言も話そうとしない。さらに追い詰められると、

「いっそ私を外に放り出してください。私さえいなければ、外にどんな者がいても、みなさんを困らせるようなことはしてこないと思います」と言ってやけになった。

「お前、自分がなにを言ってるか分かってんのか？」

趙雲瀾《チャオ・ユンラン》が返した。

汪徵《ワン・ジェン》は見た目こそ恐ろしいが、根は優しい鬼嬢《きじょ》だ。口数は少ないものの、普段は誰にでも気が遣えて、こんなデリカシーのない言葉を吐くことはほとんどない。失礼なことをしたと自分でも気が付き、俯いてなにも喋らなくなった。

楚恕之《チュー・スージー》は体を横にして窓際に立ち、窓をほんの少し開けて隙間から外の様子を確認してみた。髑髏たちがみな屋内に貼った御札を恐れて尻込みしているのを見ると、振り向いて趙雲瀾《チャオ・ユンラン》にもう大丈夫と合図をした。

「あと三時間で夜が明ける。俺の御札は少なくとも五時間はもつから、誰か一人に見張りをしてもらえば、

他の人は寝ていいと思う」

「見張りなら私に任せ……」

汪徴《ワン・ジェン》の言葉はすぐに趙雲瀾《チャオ・ユンラン》に遮られた。

「なにか起きたらお前じゃ対応できない。あとは俺に任せて」

趙雲瀾《チャオ・ユンラン》はそう言いながら、防風ライターをポケットから取り出した。

「タバコ嫌いな人いるか？　いなかったら、シャキっとしたいから一服させてもらうね」

髑髏の騒動で未だに怖気づいている学生たちは最初から頭が冴えていなかったようで、答えもせず、状況がよく分からなかったが各自寝袋に潜った。しばらくすると、小屋はまた静寂に包まれた。外の髑髏が雪の上を転がる音が微かに聞こえるだけで、あちこちを照らしていた懐中電灯もすべて消され、ドアや壁に乱雑に貼られた御札だけが極めて柔らかく淡い白光を放っている。

大慶《ダーチン》は趙雲瀾《チャオ・ユンラン》の懐に潜り込んで眠りについた。汪徴《ワン・ジェン》は彼から離れた隅に座り込んで壁に寄り掛かり、なにを考えているのか分からない様子でいる。趙雲瀾《チャオ・ユンラン》は窓際に立って、さっき楚恕之《チュー・スージー》が開けた窓の隙間から風が漏れているのを感じると、そこに立ったまま背中でその小さな風口を塞ぎ、タバコに火をつけた。

それを見て、沈巍《シェン・ウェイ》が静かに歩いてきて、なにも言わずに彼に厚めのコートを渡した。趙雲瀾《チャオ・ユンラン》もなにも言わずにコートを受け取り、黒猫を抱いたまま羽織ったが、沈巍《シェン・ウェイ》がそこを離れようとすると、突然二人しか聞こえない忍び声で彼を呼び止めた。

「さっきは……俺のことを見てたのか？」と。

沈巍《シェン・ウェイ》は思わず足を止めた。

外の物音に目を覚まされた時、趙雲瀾《チャオ・ユンラン》はとうに自分が見つめられていることに気が付いていた。あの時、沈巍《シェン・ウェイ》の顔は決して起こされた時あるいは眠れない時の顔には見えなかった。その静かで満足げな表情、妙に複雑で優しい眼差しを見て、趙雲瀾《チャオ・ユンラン》は胸が締めつけられたような気持ちになり、まるで沈巍《シェン・ウェイ》にずっとそこで瞬《まばた》きもせず見守られていたような気がした。

もし沈巍《シェン・ウェイ》が趙雲瀾《チャオ・ユンラン》に気があって、これまでなかなか一歩を踏み出してこなかったのはただカミングアウトしたくなかっただけだというなら、辻褄が合う——趙雲瀾《チャオ・ユンラン》は自分の顔面偏差値の高さに自信があり、経済力もそれなりにあるほうだと思っている。それに、あまり親しくない人にはその極端に荒い性格の片鱗《へんりん》も見せないようにしているため、性格がよくて利口で機転が利く人だとたびたび勘違いされ、いつでも恋愛のチャンスには恵まれている。

しかし……相手の性的な魅力や市場価値に魅了されたからといって、いや、たとえ一目惚れしたからといって——一晩一睡もしないで、バカみたいに一途に相手を見守る人なんているのだろうか？

まるで前世で二人の間に愛の根が深く下ろされ、その因縁が今世までも持ち越されてきたかのように。

「俺たちはとっくの昔に知り合ってた、だろ？　まえは俺たちが事件の捜査をしてたところをたまたま見かけたって言ってたけど——本当はそれだけじゃないよね？」

趙雲瀾《チャオ・ユンラン》は抑えた声で訊いた。

考えられる可能性は、この見た目が美しく気品のある沈《シェン》教授は実はストーカーで、ずいぶんまえから趙雲瀾《チャオ・ユンラン》の外見に惚れてしまい、それでずっと片思いしてきた——しかし、いくら自惚れ屋だからと言って、その可能性がほとんどないことくらい趙雲瀾《チャオ・ユンラン》は重々承知している。逆ならありえるかもしれないが。

そしてもう一つの可能性は、実は彼は普通の人間ではなく、「沈巍《シェン・ウェイ》」という身分もただの偽装だということ。

しかもそれは特別調査所全所員の目をごまかし切った偽装だ。

沈巍《シェン・ウェイ》は趙雲瀾《チャオ・ユンラン》に背を向け、まるでその後ろ姿が夜色の中に融け込んだかのように立ち竦《すく》んでいる。

趙雲瀾《チャオ・ユンラン》は上の空で燃え尽きたタバコを潰すと、窓の隙間から吸い殻を外に捨てた。もうマナーなんてどうだっていいというように。吸い殻がちょうど飛び跳ねた髑髏に当たると、その髑髏は一瞬で黒くなって地面に転がり、何度か痙攣《けいれん》したあと動かなくなった。

「龍城《ロンチェン》に戻ったら、一度ゆっくり話をしないか？」

沈巍《シェン・ウェイ》は答えずただ黙り込んでいる。いい返事はもらえないだろうと思っていたところ、闇の中から、

「……うん」という低い答えが聞こえた。

❖

あっという間に三、四時間が経っていた。東の空が白み始め、まだすっかりとは夜が明け切っていないが、庭にいる厄介者の騒ぎはすでに収まっている。遠くのほうで燃えていた謎の猛火もまるで幻覚だったかのように綺麗さっぱり消えていた。

趙雲瀾《チャオ・ユンラン》はドアを押し開け、庭に出てちゃんと日が昇って夜が終わったのを確認すると、また小屋の中に戻った。疲れた顔を擦って胸の前で腕を組み、ひとまず安心したように壁に凭《もた》れかかると、すぐにウトウトし始める。

趙雲瀾《チャオ・ユンラン》は丸一日雪道を運転していたうえに、一晩神経を尖らせて疲れたからか、普段より深く眠っている。

およそ一時間後、彼は祝紅《ジュー・ホン》に揺り起こされた。目が覚めて誰かが毛布を掛けてくれていたと気付くと、てっきりそれが沈巍《シェン・ウェイ》だと思い、焦点の合っていない目で無意識に探し始めた。ところが、その姿を見つけるまえに、突然祝紅《ジュー・ホン》に声を掛けられ一瞬頭が混乱してしまった。

「所長、汪徴《ワン・ジェン》がどこに行ったか知らない？」と、祝紅《ジュー・ホン》が訊いた。

十四

「汪徴《ワン・ジェン》？」

趙雲瀾《チャオ・ユンラン》は祝紅《ジュー・ホン》の話に驚いて、鉛のように重い頭で起き上がった。

「彼女はさっきまでここにいたんじゃないのか？　俺は一時間くらいしか寝てないぞ……」

祝紅《ジュー・ホン》は趙雲瀾《チャオ・ユンラン》とは長い付き合いで、彼は疲れ切っている時でさえせいぜい目をつぶって休むか、浅い睡眠を少し取るくらいしかしないことを知っている。こんな荒れた郊外、しかも髑髏《どくろ》に囲まれた小屋の中でこんなふうに安心して眠るようなことは、これまで一度もなかった――趙雲瀾《チャオ・ユンラン》は些細なことに拘《こだわ》らないところがあるが、間抜けというわけではない。祝紅《ジュー・ホン》は趙雲瀾《チャオ・ユンラン》に近づき彼の匂いを嗅いでみた。

「どうした……」

「動かないで」

祝紅《ジュー・ホン》は彼の体に掛けてあった毛布を手に取り、端の部分を持ち上げて縁の繊維を掻き分け、尖った爪で中から茶色いパウダーをほじくり出した。

「ハメられたわね」と、祝紅《ジュー・ホン》が言うと、趙雲瀾《チャオ・ユンラン》はすぐに自分は汪徴《ワン・ジェン》に薬を盛られたと分かった。

（これまで散々霊鬼《れいき》を退治してきたのに、まさか身内の霊鬼にハメられてしまうとは！

それに、てっきり毛布を掛けてくれたのは沈巍《シェン・ウェイ》だと思っていたのに、そうじゃなかったとは！）

趙雲瀾《チャオ・ユンラン》の心に怒りの炎が一気に燃え広がった。

「ミネラルウォーター持ってきて」

彼は小声で祝紅《ジュー・ホン》に言いつけた。

「冷たいのがいい」

「ここに温かいミネラルウォーターなんてないよ」

祝紅《ジュー・ホン》は表面に薄い氷の膜ができたミネラルウォーターを一本持ってきた。

趙雲瀾《チャオ・ユンラン》は顰《しか》め面で何口か飲むと、残りの大半を自分の頭に思い切りかけた。

「あんた、正気なの！」

「なにやってるんですか⁉」

祝紅《ジュー・ホン》と沈巍《シェン・ウェイ》は同時に口を開いた。沈巍《シェン・ウェイ》は彼を止めようとしたが、距離が遠すぎて止められなかった――昨日の夜、趙雲瀾《チャオ・ユンラン》の寝顔を覗き見したことがバレてから、沈巍《シェン・ウェイ》はずっと注意深く彼と距離を置くようにしていたのだ。

「林静《リン・ジン》はここに残って、沈《シェン》教授たちを見ててくれ」

趙雲瀾《チャオ・ユンラン》は答えずただ気色ばんで、垂れてきた冷たい水で顔を擦ったあと、タオル代わりに服で顔の水分を拭き取り、しわだらけの上着を一度振ってから羽織った。そして大股で外へ歩いていき、目の前の邪魔な髑髏を勢いよく蹴り飛ばし、

「他の人はついてこい！」と言った。

「庭の髑髏はどうするんだ？」

林静《リン・ジン》がすぐに訊いた。

「全部掘り出して叩き潰す」

趙雲瀾《チャオ・ユンラン》が振り向きもせずに返すと、林静《リン・ジン》は狐に摘まれたような顔になった。

「そしたら……キレさせちまうんじゃないか……」

「あいつらが先に挑発してこなければ、こっちも吸い殻一つ残さず去ってやったのに」

趙雲瀾《チャオ・ユンラン》は冷たい口調で言った。

「先に挑発してきたからには、先祖代々の墓も掘って見せてやる。昨晩は入るまえにちゃんと挨拶しただろう。なのにこんな出方をしてくるとはな。夜はもう明けたから、奴らの独壇場《どくだんじょう》は終わりだ。今度はこっちの番だ——全部叩き潰してやれ。なにか問題があったら俺が責任を取るから」

趙雲瀾《チャオ・ユンラン》は山賊よりも気性が荒い人で、いったん怒ると、血も涙もない仕打ちをしてくるため、所員たちは普段から彼の逆鱗に触れないように気を遣っている。林静《リン・ジン》は空気を読んですぐに口をつぐんだが、祝紅《ジュー・ホン》は趙雲瀾《チャオ・ユンラン》の後ろについて小屋を出て、小走りに追いついた。

しばらくの間息を切らしたあと、勇気を振り絞って、

「汪徴《ワン・ジェン》は……なにかやむをえない理由があったのかも」と小声で言った。

「言われなくても分かってる——ってかお前、もっと中身のある話はないのか？　あれば聞く。ないなら黙っとけ」

祝紅《ジュー・ホン》は二秒ほど黙ったあと、さすがに我慢できず、

「言い方ってもんがあるでしょ？　女を口説くときもこんな言い方するの？」と言い返した。

趙雲瀾《チャオ・ユンラン》はついに彼女に目をやり、いっそう相手を苛《いら》立たせる言葉を吐いた——。

「俺がいつお前を口説きたいなんて言った？」

「どうりでいつもすぐ別れるわけよね。あんたみたいな奴は一生独身、天涯孤独な人生を歩んでしまえばいいのよ！」

祝紅《ジュー・ホン》は一発キツいのを心底お見舞いしたかったが、いかんせん勇気が出ず減らず口を叩くくらいしかできなかった。

❖

趙雲瀾《チャオ・ユンラン》はすぐに彼らを連れて昨夜駐車した場所に行き、トランクからいくつかの小型旅行カバンを探し出してみんなに渡した。

「車じゃ登れないから、こっからは歩くしかないかも。カバンの一番外のポケットを開けてみな。中に高カロリー非常食と小容量の水が入ってるはずだ。それを自分の服のポケットに入れといて。万が一はぐれて荷物をなくしたとしても、これさえ持っていればなんとかなる」

「あと、これ持ってて」

今度はたくさんの荷物を祝紅《ジュー・ホン》に渡し、

「山頂の小屋に戻って、みんなと分けてくれ」と言いつけた。

祝紅《ジュー・ホン》は驚いた顔で趙雲瀾《チャオ・ユンラン》を睨みながら、

「私に戻れって？」と返した。

「人間の顔をしてるだけで自分が恒温動物だと勘違いするんじゃねえぞ」

趙雲瀾《チャオ・ユンラン》はうんざりした様子を見せ、トランクを閉めて車をロックしたあと、楚恕之《チュー・スージー》と郭長城《グォ・チャンチェン》を呼びつけ、

祝紅《ジュー・ホン》には帰れの手つきをした。

「はいはい、お嬢さん、ではこれで。君は体を冷やしたら即冬眠しちゃうだろ。さっさと戻れ——あ、そうだ、これも持ってって。冷たいまま飲むなよ。ちゃんと温めてから飲んで」

そう言って趙雲瀾《チャオ・ユンラン》は小さな瓶を祝紅《ジュー・ホン》の懐に放り投げた。度数が高くなさそうな黄酒《ホアンチュウ》[29]だった——体を温めるのに最適なお酒で、産地は主に長江南部で、西北部には売っていないはずだから、きっと趙雲瀾《チャオ・ユンラン》が出発するまえに用意したのだろう。しかもこんな小さな一本しか持ってきていない。誰のために用意したのかは言うまでもない。

祝紅《ジュー・ホン》が口をすぼませ、眼差《まなざ》しを和らげていると、趙雲瀾《チャオ・ユンラン》はすでに他の人を連れて遠くへ行っていた。

体力を温存するために、彼らはずっと黙ったまま進み続けている。幸いにも空が晴れており、身を切るように寒かった風も、日光に照らされるとそんなに寒くなくなった。

自分たちは少なくとも三、四座の山を越え、とうに本来の目的地である「清渓村《チンシー》」へのルートから外れたと郭長城《グオ・チャンチェン》が思っていたところで、彼らはようやく風をよけられる山間の窪地を見つけた。その時すでに昼過ぎになっていた。楚恕之《チュー・スージー》はビーフジャーキーを開け、凍りつきそうな郭長城《グオ・チャンチェン》と趙雲瀾《チャオ・ユンラン》に分けた。趙雲瀾《チャオ・ユンラン》は記号がびっしり書き込まれた古い地図を取り出し、岩の上にあぐらをかいて座り、注意深く見ている。

「俺たちはいったいどこに向かってるんだ？　汪徴《ワン・ジェン》がどこに行ったか心当たりあるのか？」

楚恕之《チュー・スージー》が訊いた。

趙雲瀾《チャオ・ユンラン》は地図に新たな記号をつけ、

「汪徴《ワン・ジェン》が言ってた少数民族の部落は、現在の清渓村《チンシー》と同じところじゃないんだ。正直、最初にその話を聞

29　訳注：「黄酒」は中国の米を原料とする醸造酒。濃黄色をしたものが多いことから「黄酒」と呼ばれる。代表的なのは「紹興酒」。

いた時、俺も清渓村《チンシー》のことを言ってると思ってた。彼女の身上調査書を確認するまではな」と、顔も上げずに言った。

楚恕之《チュー・スージー》は驚いた。趙雲瀾《チャオ・ユンラン》は色ボケでてっきり浮かれていると思っていたが、まさか知らないところでまともに仕事をしていたとは。

「彼女の身上調査書がどうかしたのか？」

「汪徴《ワン・ジエン》は瀚噶《ハンガ》族の人なんだ。本名は『格蘭《グゥーラン》』、『汪徴《ワン・ジエン》』っていうのは、昔、鎮魂令《ちんこんれい》に入れられた時、彼女が自分でつけた名前だ。親切で客好きの民族と違って、瀚噶《ハンガ》族は自分たち以外の民族に強い嫌悪感を抱いていたから、清渓村《チンシー》のような地勢が平坦で、人が行き来しやすいところに住むはずがない」

「史料に瀚噶《ハンガ》族の記載があるのか？」

楚恕之《チュー・スージー》は訝《いぶか》しげに訊いた。

「史料じゃなくて」

趙雲瀾《チャオ・ユンラン》はペンで地図の三か所に点をつけた。

「『古邪術譜《コジャジュツフ》』だ」

そう言いながら、彼は地図を広げ、ペンの先端でつけた点を叩いた。楚恕之《チュー・スージー》は方向感覚が鋭く、すぐにそこは彼らが昨夜泊まっていた山頂の小屋だと分かった。

「あの小屋に入った時から、庭の髑髏は恐らく伝説の『羅布拉禁術《ルオブラキンジュツ》』となにか関係があると思ってた。瀚噶《ハンガ》語の中で、『羅布拉《ルオブラ》』は亡霊という意味で、『禁術』の『禁』というのは『禁断』じゃなく、『禁錮《きんこ》』という意味なんだ……。郭長城《グオ・チャンチェン》、そんな離れたとこに突っ立ってどうするつもりだ。こっちに来い！　お前はもう実習生じゃないぞ！　正所員になったからにはもっと積極的に働いてくれないか？」

郭長城《グオ・チャンチェン》がちょこちょこと二人のほうに向かっていくと、

「つまり『羅布拉禁術《ルオプラキンジュツ》』を現代語に訳すと、『亡霊を禁錮するための法術』になるってことか」と、楚恕之《チュー・スージー》が呟《つぶや》いた。

「その通り。瀚噶《ハンガ》族は昔から斬首《ざんしゅ》や亡霊を使役《しえき》する風習があった。そういう形態の社会だからそんな習わしができたんだろうけど、一族が滅亡するまで、ある意味でずっと奴隷制社会のまんまだったんだ。羅布拉禁術《ルオプラキンジュツ》に関する記載では、瀚噶《ハンガ》族は主人が奴隷に対して絶対的な支配権を持っているって書いてある。たとえ死んだとしても、その主従関係は変わらない。彼らは死んだ奴隷の首を切って、頭だけ山頂の祭壇に持っていく。死後も自分たちのために働き続けさせるために、禁術を使って奴隷の魂を永遠に禁錮するって」

「なんでわざわざ祭壇に送らなければいけないんだ？　頭を山頂に埋めるのは、なにか特別な意味でもあるのか？」

楚恕之《チュー・スージー》がさらに問い掛けた。

「あるんだ。瀚噶《ハンガ》族も昔、いろんな民族と一緒に住んでた時期があって、他の民族との結婚こそしなかったが、余所《よそ》の宗教から多少なり影響は受けていた。瀚噶《ハンガ》族に伝わってきた文化の中で、ボン教というチベット族の土着宗教の思想を受け継いだものもある。もちろん根本教義は違うけど。あと、瀚噶《ハンガ》族が仕えてた神の中で、違う民族の伝説にある邪神もあった。ボン教と違うのは、彼らは万物有魂論を信じていなかったこと。ただ、山に住んでて、雪崩に遭ったこともあったからか、山だけに魂があると信じてたみたいだ。山魂《さんこん》はとても強くて、亡霊を鎮圧できると信じてたので、『山魂口《さんこんぐち》』――つまり、山頂の陰になる場所に祭壇を立てることにしたんだ。それだけじゃなくて、瀚噶《ハンガ》族は仏教の輪廻説の影響も受けてたから、『羅布拉禁術《ルオプラキンジュツ》』についてはこういう説もある。三つの点さえあれば、それが三角形を構成し一つの全体となる。中に円を作れば、それが世の中で最も深い井戸となり、何物もその桎梏《しっこく》から逃れられない」

勘のいい楚恕之《チュー・スージー》はそこまで聞くと、すぐに趙雲瀾《チャオ・ユンラン》の言いたいことが分かった。

「つまり、同じような祭壇が三つあるはずってことか。それぞれの間隔はそんなに離れてなくて、標高も同じくらい、そして三つの祭壇でできた三角形は必ず正三角形になるはずだ！」

趙雲瀾《チャオ・ユンラン》は頷《うなず》いた。さっき地図で描いた三つの点を線で繋ぐと、ほぼ正三角形になっている。そして、彼はその三角形の中に小さな円を描いた。

「ここで亡霊を禁錮し、未来永劫使役し続けていく……。恐らくここが、瀚噶《ハンガ》族の旧跡《きゅうせき》だろうな」

「ちょっと見せて」

空間認知と方向感覚に優れた楚恕之《チュー・スージー》は地図の方向を変え、

「ここを見て。これは昨日の夜、燃えてた谷じゃないか」と言った。

「ならこの方向で間違いない」

趙雲瀾《チャオ・ユンラン》は素早くビーフジャーキーを二本口の中に入れ、

「早く食べて。食べ終わったら行くぞ」と催促した。

しばらくビーフジャーキーを噛んだあと、楚恕之《チュー・スージー》は彼らの横でぼんやりとしているポンコツ郭長城《グオ・チャンチェン》に目をやり、よく忖度《そんたく》したあと、

「所長が事前に調査してきたのもあると思うけど、きっと元々邪術の心得があるから、こんなすぐに方向を探り当てられたんだな」と探りを入れた。

「ＭＤＭＡとヘロインも見分けられない警察が『麻薬取締官』を務められると思うか」

趙雲瀾《チャオ・ユンラン》が淡々と答えると、楚恕之《チュー・スージー》は珍しく笑い返したが、その渋い顔はどう笑っても薄幸そうに見える。

「じゃあ、なんで俺ら『麻薬取締官』にその見分け方を教えてくれないんだ？」

ビーフジャーキーを噛んでいた趙雲瀾《チャオ・ユンラン》は口の動きを遅め、振り向いて楚恕之《チュー・スージー》を見つめ、楚恕之《チュー・スージー》も堂々と見つめ返した。

隣にいる郭長城《グオ・チャンチェン》は二人を交互に見て、さっぱり状況が分からなかったが、二人のオーラに圧倒され、質問する勇気もなく、ただ首を竦《すく》めている。

しばらく経って、趙雲瀾《チャオ・ユンラン》がようやく答えた。

「楚《チュー》、お前は賢い。右に出る者はいないくらいだ。だからお前にはむだな説明は不要だと思ってる。本当は分かってるんだろう。とにかく自分のことだけを考えて、余計な詮索はやめときな」

楚恕之《チュー・スージー》は目を細め、眼力だけで包装紙に穴を開けそうな勢いでしばらくそこに置かれたビーフジャーキーを見つめていた。やがて、彼はいつもの表情に戻り、まるで先ほどまでの一連の対話がなかったかのような顔になると、誰も彼の心の中を読み取れなくなった。

❖

十五分後、彼らは再び進み始めた。今度は楚恕之《チュー・スージー》の先導だ。

早朝はあれほど麗《うら》らかな日和だったのに、また雪が降り始めた。三人はひたすら西方面へ向かって進み続けているが、一時間近く歩いてもまだ山の中腹までしか下りていない。その時、郭長城《グオ・チャンチェン》は突然雪道に落ちていたものに気が付いた。それは見覚えがあるようなものだった。

ドタバタと近づき、厚い手袋を嵌《は》めた手で上に乗った薄い積雪を払うと、それがいったいなんなのか分かって郭長城《グオ・チャンチェン》はびっくり仰天した。

「ああっ！」と金切り声を上げ、

「所長！　所長！　汪《ワン》さんの腕です！　汪《ワン》さんのです！」と騒ぎ出した。

（やはりマスコットとして本採用して正解だった。こいつを連れていると、運もよくなる）

趙雲瀾《チャオ・ユンラン》はそう思いながら、郭長城《グオ・チャンチェン》のもとに足早に向かっていき、その手からプラスチック製の腕を勢いよく奪い取って、ついでに彼の額に思い切りデコピンをした。

「汪徴《ワン・ジェン》の腕がズタズタになってるじゃないか⁉　ったく、こんな粗悪品を買って金のむだ遣いしやがって。で、腕は見つかったけど、本体は？」

汪徴《ワン・ジェン》がどれだけ軽いといっても、こんな薄い積雪で足跡を隠せるわけがない。しかし雪道には足跡などさっぱり見つからない。趙雲瀾《チャオ・ユンラン》は辺りをよく見渡して、突然なにか思いついたように、パっと顔を上げた——もし彼女がこの道を通っていなかったとしたら、この腕はここの上を通り過ぎる時に落ちてきたものかもしれない。

楚恕之《チュー・スージー》は趙雲瀾《チャオ・ユンラン》が眺めている方向に目をやり、また地図を確認すると、趙雲瀾《チャオ・ユンラン》の肩を叩いて上を指差し、

「あそこを見て」と言った。

直線距離で三メートルほど離れたところにある傾斜に、雑草と雪で入り口を半分覆い隠された洞窟が見える。うまく隠されているが、入り口に積もった雪に微かに踏まれた跡が残っており、それで多少目立つようになったため、楚恕之《チュー・スージー》はそこに洞窟があることに気付いたのだ。

十五

趙雲瀾《チャオ・ユンラン》が地質災害のモニタリング情報を聞いた友人はそのあと林静《リン・ジン》にも連絡していた。道路が再開するまで少なくとも三、四日はかかるとのことだ。沈巍《シェン・ウェイ》は学生たちと手短に話し合った結果、こんな状況では仮に清渓村《チンシー》に生存者がいたとしても、きっと学生たちの民俗調査に付き合うどころではないだろうという判断で、趙《チャオ》所長が戻ってくるのを待って一緒に龍城《ロンチェン》に戻ろうと決めた。

女子班長は小瓶に注ぎ入れた牛乳を湯煎で温めて大慶《ダーチン》に飲ませ、そのあと落ち込んだ気分のまま全員分の朝食を作り始めた。他の学生たちは教授の指示で林静《リン・ジン》を手伝い庭の「掃除」をしている。「掃除」と言っても、やり方は極めて簡単かつ乱暴だ——昨夜彼らに噛みつこうとした髑髏《どくろ》をエセ和尚林静《リン・ジン》の指揮下ですべて掘り起こし、指定された場所に置くだけ。そのあと、林静《リン・ジン》が大きな石でその髑髏を叩いて砕く。

一方で、等身大のリュックを背負って小屋に戻った祝紅《ジュー・ホン》は荷物を下ろすと、黄酒《ホアンチュウ》を取り出して小鍋で軽く温め、一気に飲み干した。そして林静《リン・ジン》と交代してカンカンと髑髏を叩き割り始め、女子班長が朝食を食べようと呼びに来るまで庭の「掃除」を続けた。

食事の時、祝紅《ジュー・ホン》はどういうわけか男子学生と大慶《ダーチン》を押しのけ、堂々と沈巍《シェン・ウェイ》の隣に座り込んだ。

「沈《シェン》教授、チョコレートソースを取ってくれませんか」

祝紅《ジュー・ホン》は遠慮せずに声を掛けた。

渡してもらった甘いチョコレートソースを塩辛いビーフジャーキーに塗り、そのまま口の中に放り込んだが、どういう味になっているのか誰にも想像がつかない。祝紅《ジュー・ホン》は食べながら横目で沈《シェン》教授をこっそりと見てみた。相変わらず泰然自若《たいぜんじじゃく》としている沈《シェン》教授を見て少し考えたあと、彼女はチョコレートソースを塗るのに集中しているように装いながら、沈巍《シェン・ウェイ》のほうに目を向けずに言った。

「うちのボスは教授を追いかけてますね」と。

沈巍《シェン・ウェイ》は少し手の動きを止め、彼女のほうに顔を向ける。

見られていても、祝紅《ジュー・ホン》は俯き加減まま、天気の話をしているかのような口調で、

「まさか気付いてないなんて言わないでしょうね」とさりげなく続けた。

沈巍《シェン・ウェイ》は質問に答えないまま、チョコレートソースを何袋か祝紅《ジュー・ホン》に渡し、

「まだいりますか」とだけ返した。

祝紅《ジュー・ホン》は顔を上げ、奇異な眼差《まなざ》しで沈巍《シェン・ウェイ》を見つめる。彼女の麗しい顔に嵌《は》められた瞳は、沈巍《シェン・ウェイ》に見つめ返されると瞳孔がゆっくりと長く伸び、やがて冷血動物のような縦長の瞳に変わり、極めて奇妙に見えていた。

一方で、沈巍《シェン・ウェイ》はちらりと祝紅《ジュー・ホン》のほうを見ただけで、またすぐ自分の手に持つ食べものに視線を戻す。

「じゃ、教授は彼に気があるんですか」

祝紅《ジュー・ホン》は声を抑えて訊いた。

沈巍《シェン・ウェイ》は依然として落ち着いた様子で、

「なんでそんなことを知りたがるんですか」と訊き返す。

「わ……私はゴシップ好きですから」

祝紅《ジュー・ホン》は瞳を動かし、

「上司のゴシップを聞くのは搾取され圧迫される職員一人ひとりの権利なんです」と続けた。

「ゴシップ好きなのに、見てて分かりませんか？」

沈巍《シェン・ウェイ》は笑っているような、いないような顔で返した。

「……」

祝紅《ジュー・ホン》が言葉を失っているのを見て、沈巍《シェン・ウェイ》は微かに笑みを零《こぼ》し、小鍋で温めていた牛乳をティッシュで摘まんで取り出した。

「ビーフジャーキーばかり食べていると喉が渇くでしょう。牛乳でも飲みませんか」

話を躱《かわ》された祝紅《ジュー・ホン》は僅かに表情を歪《ゆが》ませ、手に持つ魔法瓶を強く握ると、金属の表面にうっかりへこみをつけてしまった。

「ええ、少しいただきます。ありがとう！」と、祝紅《ジュー・ホン》は無理くり顔に硬い笑みを浮かべた。

だが、沈巍《シェン・ウェイ》はその表情の変化には気付いていないようで、何事もなかったかのように祝紅《ジュー・ホン》の魔法瓶に牛乳を注いだ。

「温かいうちにどうぞ」

祝紅《ジュー・ホン》は答えず、ただ、その指に圧迫されてできた魔法瓶のへこみがいっそう深くなった。

沈巍《シェン・ウェイ》の目は一瞬笑っているように見えたが、牛乳瓶を小鍋の中に戻す時、突然なにかを感じ取ったように勢いよく振り返った。窓越しに遠くの谷を眺めると、落ち着いた表情も一瞬にして豹変した。祝紅《ジュー・ホン》は敏感すぎるのか、顔色を変えた沈巍《シェン・ウェイ》から急に不快ななにかを感じ取り、無意識に彼のそばから離れたくなった。

しかし……彼女にはこんなにも弱々しい一人の大学教授に怖気づく理由などあるのだろうか？

日光が沈巍《シェン・ウェイ》のメガネに当たり、反射してきた光が眩《まぶ》しいと感じている時に、

「ご馳走様でした」

沈巍《シェン・ウェイ》が口を開いた。

「ちょっと庭を掃除してきます。みなさんは勝手に出ないで。警官たちの指示をちゃんと聞いてください」

言い終わると、沈巍《シェン・ウェイ》は一人で出掛けた。さっきのことはまるでドラマの中の冴えないエピソードだったかのようで、誰も心には留めなかった……。不思議なのは、朝食を済ませて庭に出た時、誰も沈巍《シェン・ウェイ》がいないことに気付かなかったことだ。彼がまるで始めから存在していなかったかのように、祝紅《ジュー・ホン》と林静《リン・ジン》を含め、誰一人として本来ここにもう一人いるはずだということに気付いていない。

❖

失踪した沈巍《シェン・ウェイ》は十分後、先ほど趙雲瀾《チャオ・ユンラン》が汪徴《ワン・ジェン》の「腕」を見つけた場所にふいに現れた。彼は防寒着すら着ておらず、シャツや髪が山間の寒風に靡《なび》いているなか、風で巻き上げられた粉雪がメガネの上に落ちてきた。沈巍《シェン・ウェイ》はその坂の下に立って辺りを見渡すと、突然手を伸ばし、手のひらを地面に向けてなにかを掴むような動きをした。

その手は異様なほど蒼白で、青緑色の血管ははっきりと浮き出て、まるで丹念に作られたマネキン人形さながらだ。そのなにかを掴むような動作に呼応するように地面が突如震え始め、山間の風もますます強くなり、咆哮《ほうこう》しながら渦を巻き起こして鋭い刃の如く空に向かって刺さっていく。そして、目の前の地面は沈巍《シェン・ウェイ》の手のひらに「掴まれた」ように空に浮き上がり、厚い氷雪の下にひび割れた凍土が現れた。

その時、なにかが地面を破り、矢のように沈巍《シェン・ウェイ》の背後めがけて飛んできた。

しかし沈巍《シェン・ウェイ》はまだ完全に無防備なままだ！

破られた地面から、腐敗臭と花の香りとが相まった匂いが時間差で沈巍《シェン・ウェイ》のほうへ広がったかと思うと、次の瞬間、彼はすでに体を後ろに向けてそのなにかの首を掴んでいた――掴まれて持ち上げられたのは、幽畜《ゆうちく》だった。

幽畜を前に、見目麗しい沈巍《シェン・ウェイ》の顔にふと邪気《じゃき》が漂ってきた。

その幽畜は喉から「こっこっこ」という音を立てて、非力ながらも必死に足掻《あが》いている。

「掟は掟だ」

沈巍《シェン・ウェイ》は小声で言った。

「貴様らは不敵にも掟を破り、勝手に禁地から出て、誅《ちゅう》すべき罪を犯した」

持ち上げられた幽畜は両足を地面につけられず、瀕死の魚のようにむだな足掻きをしながら、痙攣《けいれん》している両手を上げ沈巍《シェン・ウェイ》の手を握り締めたりつねったりして引き剥がそうとしたが、むだな努力だった。沈巍《シェン・ウェイ》にさらに強く締め上げられると、幽畜は体を何度か激しく引き攣《つ》らせたあと、足掻きを止め、首を掴まれたまま動かなくなった。

沈巍《シェン・ウェイ》はそのまま幽畜の死体を路上に投げつけた。雪に触れた瞬間、死体は綺麗さっぱり姿を消し、代わりに一面の銀世界に奇妙な花が一輪生えてきた。

沈巍《シェン・ウェイ》がその花を踏むと、生えてきたばかりの繊細な茎はポキッと真っ二つに折れた。続いて地面を指差すと、雪道の上に見えつ隠れつする黒い線が現れた。その線は山の斜面に微かに残る足跡に沿って上のほうへ伸びていき、そのまま山腰の洞窟の中に入っていった。しばらく経って、なにかが折れた音が聞こえ、沈巍《シェン・ウェイ》は音の方向に目を向けた。地上の黒い線が凍って割れたように何本かに分かれている。

その時、遠くから鋭い吠え声が響いてきた。七、八匹の幽畜が地面を破って出てきたのだ——趙雲瀾《チャオ・ユンラン》が屋上で見たものと違って、身長は三メートルもあり、いずれも出血したような真っ赤な目をしている。一斉に首を伸ばして咆哮すると、さっき雪崩が起きたばかりの雪山も合わせて震え出した。

「出てこい、傀儡《かいらい》」

沈巍《シェン・ウェイ》は低く一喝した。

その声に応じて、一塊の灰色の霧がふいに彼の足元に現れ、ズボンの裾に優しくスリスリした。沈巍《シェン・ウェイ》に足先で軽く突かれると、その霧は素早く空に飛び上がり、山腰の洞窟の中に入っていった。続いて、漆黒の長刀が沈巍《シェン・ウェイ》の手の中に現れた。長さは三尺三寸[30]もあり、みねは極めて厚く、普通の刀と違いまったく光を反射しないが、刃先の輪郭だけは光っている――それは、もうじきその刀で斬り殺される者にしか見えない光だ。

その時、沈巍《シェン・ウェイ》は突然動き出した。

すると、幽畜たちの咆哮が急に途絶えた。ほぼ同時にすべて首を斬られてしまったからだ。幽畜の巨大な胴体が轟音《ごうおん》を立てて倒れ込んだが、倒れた場所からさっきのよりもさらに大柄な幽畜が大量に地面を破って出てきた。いくら抜いても生えてくる雑草かのように――どうやら先方は手下を犬死にさせても彼を足止めしたいようだ。

❖

趙雲瀾《チャオ・ユンラン》たちはとうにあの洞窟に入っていた。入り口辺りはそこそこ普通の洞窟に見えたが、どういう構造なのか果てが見えず、進めば進むほど中が暗くなり、あるところで曲がると光がまったく入らなくなった。趙雲瀾《チャオ・ユンラン》は仕方なく懐中電灯をつけた。

さらに百メートルくらい進むと、道すらなくなった。三人の前に現れたのは突き当たりにある扉で、懐中電灯の光ではどんな材質で作られているのかはっきりとは確認できないが、恐らくある種の古い合金だろう。

30　訳注：中国では「三尺三寸」は1.1m。

まだらに錆が浮いており、上と左右両側にそれぞれ口を開けた髑髏が掛けられ、扉には逆三角形の模様が描いてある。

「三角？　また羅布拉禁術《ルオブラキンジュツ》か？」

楚恕之《チュー・スージー》は近づいて、手袋を嵌めた。その大きな扉を慎重に触ってみたあと、耳を扉に押し当てて軽く扉を叩いてみた。

「空洞のところとそうじゃないところがあるから、扉の中になにか仕掛けがあると思う。そんなに複雑なもんじゃない。ちょっと調べさせて」

趙雲瀾《チャオ・ユンラン》は郭長城《グオ・チャンチェン》の尻を蹴り、

「お前も近くに行ってよく見とけ」と言った。

郭長城《グオ・チャンチェン》はいつもの間抜け顔で、言われた通り楚恕之《チュー・スージー》のほうへ行った。

傲慢で賢い人ほど頭の悪い人を見下すのと同じように、楚恕之《チュー・スージー》も郭長城《グオ・チャンチェン》のことを見下している。とはいえ、ボスもいるから、楚恕之《チュー・スージー》は仕方なく扉を弄《まさぐ》りながら、先輩らしく郭長城《グオ・チャンチェン》に説明し始める。

「見習うってほどのものでもないよ。大概の問題は解決法が似てるから、とにかくたくさん経験しておけば自然と分かってくる」

そう言いながら、彼はポケットから小さな懐中電灯を取り出し、扉の隙間を照らしたあと、速やかに上から下へ扉を一通り触った。そして大体見当がついたようで、

「中には太い栓が一本、細い栓が三十五本、合わせて三十六本ある。六×六＝三十六。こういう類《たぐい》の栓は大体お互いに繋がってる」と言った。

楚恕之《チュー・スージー》が顎をしゃくって、

「しゃがんで肩を貸してくれ。高いから手が届かないんだ」と指示すると、郭長城《グオ・チャンチェン》はすぐに大型犬のようにしゃがみ込んだ。

楚恕之《チュー・スージー》は少しも遠慮することなく郭長城《グオ・チャンチェン》の肩を踏み台にして一気に立ち上がり、三角形の辺と微かに見える細い隙間に沿って扉を叩き始める。ところが、大人の男性一人の全体重を支えること自体あまり簡単なことではない。楚恕之《チュー・スージー》は痩せてはいるものの、あいにく郭長城《グオ・チャンチェン》は非力で、少し経つと足がもう震え出した。それでも郭長城《グオ・チャンチェン》は楚兄《チューにい》を転ばせてはいけないと思い、動かないように歯を食いしばって必死に体勢を保とうとしていた。自分が先に潰れてしまうのではないかと不安になってきたところで、ようやく楚恕之《チュー・スージー》が肩から下りてくれた。

「中には三十六本の鉄栓があって、仕掛けが施してあるから、普通のドアと違ってどうしても空洞の部分ができてしまう。こういう仕掛けが施されたところは中身の材料が違うから密度も違う。耳が利く人なら、叩けばその違いを聞き分けられるはず」

郭長城《グオ・チャンチェン》は地面にしゃがみ込んで、口を半開きにして大きく息を吸っている。楚兄《チューにい》がなにを言っているのかさっぱり分からない。

楚恕之《チュー・スージー》は郭長城《グオ・チャンチェン》に目をやったが、見て見ぬふりをして、すぐ後ろのほうにいる趙雲瀾《チャオ・ユンラン》に聞かせるかのように説明を続ける。まったく新人指導のようには見えない。

「大体の構造が分かれば、あとは自分の経験で中の細かい部分の仕組みを推測するだけ」

言い終わってから、楚恕之《チュー・スージー》が扉の三角形の真ん中を指先でほじくると、意外なことに掘られたところが一気にへこんでしまった。郭長城《グオ・チャンチェン》は驚いて、地面に座り込んだまま後ろへ体を動かした。楚恕之《チュー・スージー》はその丸い穴の中をしばらく弄《まさぐ》ったあと、振り向いて趙雲瀾《チャオ・ユンラン》に訊く。

「ここの周りに三十六本の栓が仕掛けられてるけど、動かせるのは恐らく三本だけだ。所長、どれだと思う？」

「真南、西北、東北」

趙雲瀾《チャオ・ユンラン》は考えもせず即座に答えた。

「上は北、下は南、左は西、右は東ですね！」

これまでまったく頭がついてこなかった郭長城《グオ・チャンチェン》はようやく話の接ぎ穂を見つけ、自信満々で所長に続けて言った。

ところが、楚恕之《チュー・スージー》と趙雲瀾《チャオ・ユンラン》に完全に無視され、せっかく一瞬だけ持てそうになっていた自信もなくなり、よりいっそう黙り込んでしまった。

その時、郭長城《グオ・チャンチェン》は誰かに頭を思い切り掴まれた気がした。趙雲瀾《チャオ・ユンラン》が郭長城《グオ・チャンチェン》を押さえ付けて、むりやり顔を上のほうに向けさせたのだ。続いて趙雲瀾《チャオ・ユンラン》は金属扉の両側に懐中電灯の光を当て、まずは左側に向けて、

「あれがなんの模様か分かるか？」と訊いた。

「……山です」

郭長城《グオ・チャンチェン》はいつもの間抜け面で答えた。

そして、趙雲瀾《チャオ・ユンラン》は乱暴に郭長城《グオ・チャンチェン》の顔を右側に向けさせ、扉の右側の浮彫を指差しながら、

「あれはなんだか分かるか？」と訊いた。

「波紋だから……川ですか？」

「瀚噶《ハンガ》族は山を背にして川に臨み、活動範囲は主に主峰《しゅほう》の山腰から谷までの間——さっき言っただろう、バーカ！——狭くて長い地勢だから、瀚噶《ハンガ》族の人は東西南北を見分けにくかったんだ。それで上下、左右、

前後で方向を判断するしかなかった。上は山のある方向、主峰は南にあるからつまり上は南、下は川のある方向、つまり北。だから山が書いてあるのは南、川が書いてあるのは北だ。左は西、右は東なんてここでは通用しない。分かったか？」

趙雲瀾《チャオ・ユンラン》は郭長城《グオ・チャンチェン》の頭を思い切り叩《はた》き、

「バカなことぬかしやがって、しっかりしろよ！」と容赦なく毒を吐いた。

「……」

郭長城《グオ・チャンチェン》はぐうの音も出なかった。

一方で、趙雲瀾《チャオ・ユンラン》たちが喋っている間に、楚恕之《チュー・スージー》がその丸い穴の側面を何度か押すと、微かに金属がぶつかり合う音が聞こえ、続いて目の前の扉がゆっくり開き始めた。

じめっと腐ったような臭いが一気に漂ってきた。

十六

「俺が一番前を行くから、郭《グオ》くんはついてきて、楚《チュー》は一番後ろに回ってくれ」

趙雲瀾《チャオ・ユンラン》は前へ何歩か進むと、なにかを思い出したように、靴の踵《かかと》から予備の拳銃を取り出し、

「射撃試験は受かったか？」と郭長城《グオ・チャンチェン》に訊いた。

「冥府《めいふ》の試験官は彼が生き返らない限りは、合格させてくれないって言っていました」

郭長城《グオ・チャンチェン》がそう言って恥ずかしそうに俯くと、趙雲瀾《チャオ・ユンラン》はため息をつかずにはいられなかった。

「じゃ、刀は？　使える？」

郭長城《グオ・チャンチェン》が顔を一段と俯かせ、

「使える……かもしれません」と答えると、楚恕之《チュー・スージー》は思わず皮肉るようにせせら笑った。その笑いに郭長城《グオ・チャンチェン》はいっそう慌てふためいてしまった。

「俺は世界平和大使を雇ったのかよ」

趙《チャオ》所長は困り顔で果てのない洞窟を眺め、仕方なくズボンのポケットからミニスタンガンのようなものを出して郭長城《グオ・チャンチェン》に放り投げた。そして三歳児にお尻の拭き方を教えるかのように、語尾をだらだらと伸ばしながらぞんざいな口ぶりで「ミニスタンガン」の使い方を説明し始める。

「これを持ってて。そう、使い方はとても簡単だ。こうやって持つだけで、あとはなにもしなくていい。危険な目に遭ったら、これを出して体の前に持っていくだけ。ビビりすぎて動けなくならない限り、これが守ってくれるから。いいか？」

郭長城《グオ・チャンチェン》は「ミニスタンガン」を手に取って軽く振ってみたが、なにも起きなかった。

それは普通の懐中電灯と何一つ変わらず、どう見ても守ってくれるようには見えない。しかし所長がこれが守ってくれると言ったからには、郭長城《グオ・チャンチェン》はもちろん所長の言葉を疑いはしない。きっと自分がバカすぎるから所長に教わったことをしっかりと理解できていないんだと、彼はそう思い込んでいる――自分のバカ度を評価する時だけ、郭長城《グオ・チャンチェン》は自信満々になるのだ。

しかし、趙雲瀾《チャオ・ユンラン》は彼におさらいの時間を与えなかった。ざっと説明が終わったところで、懐中電灯を持って先頭に立ち洞窟の奥へ進んでいった。郭長城《グオ・チャンチェン》も小走りで後ろに続いたが、所長にもう一度説明してもらったほうがいいのか、自分でなんとかしたほうがいいのか、彼には分からない。こういう命に関わる場面には、大事な武器の使い方に関して生半可な理解しか持っていないまま臨むべきではないと、彼の理性がそう囁《ささや》いている。

（しかし……）

郭長城《グオ・チャンチェン》は所長のすらりとした後ろ姿に目をやり、

（質問したらきっとみそくそ怒られちゃうだろう）と思って怯えてしまった。

所長に叱られるシーンを思い浮かべると、猛烈な恐怖感が心の中に湧き上がり、手に持っているミニスタンガンが突然パチパチと趙雲瀾《チャオ・ユンラン》の背中を狙って火花を飛ばしていった。幸いなことに、趙雲瀾《チャオ・ユンラン》はずっと神経を研ぎ澄ましていたため、変な物音に気付いてすぐに横へ身を躱《かわ》した。火花はそのまま洞窟の奥に向かって飛んでいったが、掠《かす》めて通ったところは今もまだ凄まじい熱気を放っている。

「ウソだろ！」

「ウソだろ！」

楚恕之《チュー・スージー》と趙雲瀾《チャオ・ユンラン》は同時に大声を上げた。

いつかこの鬼ボスを一度やっつけてしまいたいと、所員たちは前々から思っていたが、誰も実行に移せなかった。まさかこの壮挙《そうきょ》を初めて成し遂げるのがポンコツ新人の郭長城《グオ・チャンチェン》だとは、楚恕之《チュー・スージー》は思いもせず、怪しげに郭長城《グオ・チャンチェン》を見ながらも心の底から感心した。

「お前、なにやってんだ！」

郭長城《グオ・チャンチェン》の一撃で取り乱した趙雲瀾《チャオ・ユンラン》は怒鳴りながら、服についた洞壁の泥水を払った。

「ぼ、僕にも分かりません……。こ……こここれが勝手に火花を飛ばしたんです……」

「腰抜け野郎！　それはお前の恐怖心を自動的に攻撃に転化するから、怯えれば怯えるほど強い攻撃を繰り出すんだ。まさにお前のために作られた武器なんだよ！」

趙雲瀾《チャオ・ユンラン》は今にも気が狂いそうになっている。

「俺の後ろ姿を見ていったいなにを想像してたんだ⁉　どうやったら歩くだけでそんなに怯えることができるんだ⁉」

微妙な沈黙を経て、郭長城《グオ・チャンチェン》はようやく恐る恐る手を上げ、激怒する趙雲瀾《チャオ・ユンラン》を指差して、

「所長の……今の様子を想像してただけなんです」と答えた。

「……」

趙雲瀾《チャオ・ユンラン》は絶句したが、楚恕之《チュー・スージー》はこらえ切れず吹き出して笑いながら、郭長城《グオ・チャンチェン》に手を伸ばし、

「ちょっと見せて」と言った。

いつもクールな楚恕之《チュー・スージー》が自ら声を掛けてくれるのを見て、郭長城《グオ・チャンチェン》は恐れ多くもすぐにその武器を渡した。

楚恕之《チュー・スージー》は「ミニスタンガン」を耳元に持って何度か揺らして、指で弾いてみたあと、なにかを考えているかのように視線を宙に泳がせ、そのミニスタンガンを郭長城《グオ・チャンチェン》に投げ返した。

「所長、ありゃまともなもんじゃないよな」

楚恕之《チュー・スージー》がそう言って意味深に趙雲瀾《チャオ・ユンラン》に目をやると、趙雲瀾《チャオ・ユンラン》は鼻で笑った。

「自分がまともな奴みたいな言い方するんじゃねえ……。気を付けろ！」

言い終わったとたん、趙雲瀾《チャオ・ユンラン》は郭長城《グオ・チャンチェン》を横へ押しのけ、その勢いで片膝を地面についた。続いて辺りに大きな音が鳴り響き、猛々《たけだけ》しい風が彼の頭皮すぐ上を掠めると同時に血腥《ちなまぐさ》い臭いが一気に広がってきた。よく見ると、頭上を掠めて通ったのは大きな櫛状の暗器だった。「櫛」の底部は厚い木を削って作られたもので、長さは三メートルもあり、そこに鋭い刃がたくさん嵌《は》め込んである。うっかり当たりでもしたら、一瞬で体

中が蜂の巣になるだろう。

楚恕之《チュー・スージー》が壁に体を貼りつけ片手の人差し指と中指を揃えて伸ばすと、指の間に数枚の御札《おふだ》が現れた。

その三メートルもする巨大な「櫛」が上空で曲がり、再び彼らめがけて襲い掛かってくると、楚恕之《チュー・スージー》が持っていた御札がダーツのように飛んでいき、隙間なく詰まっている「櫛」の刃にぴたりと付着した。ただ、御札を選び間違えたのか、その櫛は止まる気配は見せず、思わず身を縮こまらせるほど怖い強風とともに物凄い勢いで上空から落ちてきた。

趙雲瀾《チャオ・ユンラン》はすでに拳銃を構えている。

その時、いつも人よりリアクションが遅い郭長城《グオ・チャンチェン》がようやく我に返り、「うわぁーー！」と人間のものとは思えない悲鳴を上げた。

続いて、彼が手に持った「ミニスタンガン」から二、三メートルものガス爆発に等しい炎が一気に噴き出した。趙雲瀾《チャオ・ユンラン》と楚恕之《チュー・スージー》が素早く身を躱し、それと同時に、爆炎は「櫛」の上に挿してある数十本の刃を包んだ。巨大な「櫛」は爆炎の衝撃を受け急に止まり、激しく揺れ始めると、そのまま炎に焼かれて融け込んで、液体のようになってジュージューと音を立てて地面に落ちていった。

一分間ほど、誰も喋らなかった。

しばらくすると、郭長城《グオ・チャンチェン》の奇襲に唖然《あぜん》とした楚恕之《チュー・スージー》はやや硬い動きで首を回し、地面に座り込んだ郭長城《グオ・チャンチェン》を見て、

「お前、なかなかやるな」と心の底から褒めた。

一方で、当の本人は驚きのあまりへなへなと地面に座り込んでいるだけで、頭の中は真っ白になっている。

「普通のスタンガンに地縛霊《じばくれい》でも封印したのかと思ってた。怨霊《おんりょう》や低級鬼は人の恐怖心を糧にして、それ

を攻撃のエネルギーに変えられるからてっきりそうだと」と言いかけ、楚恕之《チュー・スージー》は趙雲瀾《チャオ・ユンラン》に向かって、

「ボスはいったい……なにを作ったんだ？」と訊いた。

「無断で霊魂《れいこん》を封印するのは違法だ。全国民の奉仕者として、俺がそんな違法行為を犯すわけないだろ」

趙雲瀾《チャオ・ユンラン》は襟を直して、真面目な顔を作って返した。

「……」

「……中に入れたのは斬首《ざんしゅ》刑に処された百匹の悪鬼《あっき》のかけらだ。ほとんどは斬魂使《ざんこんし》からもらったもので、まあ、冥銭《めいせん》で獄卒《ごくそつ》と引き換えたのも何匹かいるけど、三昧真火《さんまいしんか》[31]で融かして全部一つに融合させたんだ……」

（よくもそんな突拍子もない発想に至ったもんだ）と楚恕之《チュー・スージー》は絶句し、

「で、三昧真火ってどこからもらったの？」と訊いた。

「去年、火神の飼い鳥——畢方《ひっぽう》[32]が家出したんだ。捕まえた時、畢方にタバコの火を借りたから、その時に残した火種を使った」

楚恕之《チュー・スージー》は返す言葉もなく、この善人、悪人を問わず、三界のいかなるものが相手でも兄弟のように付き合える不良警官がボスなら、一度やっつけてしまいたいという宿願は到底叶わないだろうと思った。

ここから先は気を付けろと趙雲瀾《チャオ・ユンラン》がみんなに念を押そうとしたところで、遠くから清らかな鳴き声が響いてきた。すると、灰色の霧が微かな蛍光を放ちながらこちらに飛んできて、趙雲瀾《チャオ・ユンラン》の懐の前に止まった。蛍光と霧は彼の手に当たった瞬間ぱっと消えてしまい、代わりにその手に一枚の手紙が現れた。

慣れ親しんだ匂い、漆黒の封筒、血のように赤い字。

31 訳注：「三昧真火」とは「三昧」という仏教用語と「真火」という道教用語を組み合わせた言葉、『西遊記』などの中国古典小説やファンタジー小説によく見られる。水では消せないといわれる火。
32 訳注：「畢方」は中国伝説中の怪鳥、火神の侍寵。現れると天下に火事が起こるといわれる。

その手紙を見て、楚恕之《チュー・スージー》は急に厳《おごそ》かな表情を浮かべ、踏み出した足を戻した。一方で、バカ長城《チャンチェン》がまた仲間を攻撃するような行動に出るのを警戒し、趙雲瀾《チャオ・ユンラン》はさらに前へ進んでできるだけ彼と距離を置いた。

「斬魂使《ざんこんし》だよね？」

楚恕之《チュー・スージー》が後ろで訊いた。

「うん」

趙雲瀾《チャオ・ユンラン》はたちまち封筒を破いたが、中身は思わず眉を顰《ひそ》めるような内容だった。

斬魂使《ざんこんし》の書状ときたら、いつも話が長ったらしく、本題に入るまえに、時候の挨拶やら前置きやらが必ず何行かは続く。周りの人の安否を尋ねるところまでいってから、ようやく本題を切り出したかと思うと、ごく僅かな言葉で用件を終わらせてしまう。どんなに厄介なことも余裕を持って伝えられ、婉曲な表現を極めている。しかし、今回の手紙は急いで書かれたようで、始まりの挨拶も結びの言葉もなく、そこには「危険、引き返すべし」という一言しか書いておらず、手紙というより付箋と言ったほうが適切かもしれない。

楚恕之《チュー・スージー》は首を伸ばして、

「どうしてここに手紙を送ってきたんだ？　なにかあったのか？」と訊いた。

趙雲瀾《チャオ・ユンラン》はその手紙を畳んでポケットに入れ、しばらく黙っていた。

（斬魂使《ざんこんし》はいつも「孤魂帖《ここんじょう》」を直接特調に届けるようにしてきた。至急の用件がない限り、外には送らないはずだ。さすがに部外者には見られたくないから。ならいったいどうして……。それに、どうやって自分がここにいると分かったのか？）

趙雲瀾《チャオ・ユンラン》は少し迷って、状況がさっぱり呑み込めていない背後の部下二人を見て、

「楚《チュー》、お前は郭《グォ》くんを連れて林静《リン・ジン》たちのところに戻ってくれ」と言いつけた。

「どうして？」

楚恕之《チュー・スージー》が訊き返した。

「汪徵《ワン・ジェン》姉さんを探しに行くんじゃないんですか？」

郭長城《グオ・チャンチェン》も訊いた。

「俺一人で探しに行くから、お前たちは先に戻れ」

趙雲瀾《チャオ・ユンラン》は郭長城《グオ・チャンチェン》の肩を叩いた。

「さっき渡したものをしっかり保管するんだぞ。気を付けて戻りな。戻ったら林静《リン・ジン》を手伝って一緒に山頂の祭壇をぶっ壊してくれ。あと、沈《シェン》教授と学生さんたちが勝手に離れないように見といて。援助隊が道路を復旧してくれるまでそこを離れるんじゃないぞ」

いったいなにがあったのかの詳細を一言も語っていないが、楚恕之《チュー・スージー》は趙雲瀾《チャオ・ユンラン》の言葉の端々に不安を感じた。

「ボス一人で行くのか？」

趙雲瀾《チャオ・ユンラン》は頷《うなず》いて、なにも喋らなかった。

所長の様子を見て、楚恕之《チュー・スージー》は思わず眉を顰め、そしてなにかを言い足そうとする郭長城《グオ・チャンチェン》を引っ張って、

「戻ろう」ときっぱりと言った。

「でも……」

「でもじゃねぇんだよ……。俺たちがここにいても、ボスの足を引っ張るだけだ。ボスがさっさと仕事を片付けて、一刻も早く戻ってデートしたいのが分からないのか？　人の恋路を邪魔する気か？」

「……」

郭長城《グオ・チャンチェン》は楚恕之《チュー・スージー》に引っ張られて洞窟の出口に向かいながら心配そうに振り返って趙雲瀾《チャオ・ユンラン》のほうを眺めた。

趙雲瀾《チャオ・ユンラン》は二の腕で懐中電灯を挟んで、革手袋を嵌めた手をコートのポケットに突っ込んだまま、そこに立って彼らを見送っている。二人の姿が見えなくなると、ようやく奥のほうへ進み始める。

その時、さっき消えた灰色の霧がまた姿を現し、趙雲瀾《チャオ・ユンラン》の前で凝縮して四、五歳児の背丈の白骨体に変身した。そして細い腕を広げて「大」の字を構え、顔を上げ趙雲瀾《チャオ・ユンラン》の前に立ちはだかった。

「ほー、こんな小っちゃい白骨傀儡《かいらい》もいるんだ。斬魂使《ざんこんし》に俺を止めろって命じられたのか？」

趙雲瀾《チャオ・ユンラン》が眉を吊り上げ、

「まだ用があるから、どいてくれ」と続けた。

小さすぎるからか、そのちび傀儡の黒々とした眼窩《がんか》を見ていると、目を丸く見開いた天真爛漫《てんしんらんまん》な子供のように思えてくる。人間の言葉がよく分からないようで、首を縦にも横にも振らず、ただ背筋をピンと伸ばしてそこに立ちはだかったまま趙雲瀾《チャオ・ユンラン》を通らせようとはしない。

（あの寡黙《かもく》な斬魂使《ざんこんし》は意外とこっちのことを理解しているらしいな。もし俺の前に立ちはだかっているのが破壊力の高そうな巨大傀儡かなにかなら、とっくに蹴り倒していたかもしれない。でも、言葉も分からない、ちょっと触るだけで折れちゃいそうなちびっ子が相手なら乱暴なことはまずしないって、こっちの出方が斬魂使《ざんこんし》に先読みされたんだ）

趙雲瀾《チャオ・ユンラン》は顎をさすりながら感心している。

「早くどいてくれ」

ちび傀儡は下顎骨《かがくこつ》を動かし、「ガッガッ」という声を上げた。

趙雲瀾《チャオ・ユンラン》はそれに構わず、首を横に振って細長い足を踏み出し、すんなりとちび傀儡の頭を越えて前へ進んでいく。

ちびっ子はまさか無視されるとは予想していなかったようで、趙雲瀾《チャオ・ユンラン》の動きに沿って頭をのけ反らせ、危うく頭蓋骨が落ちそうになったところでどうにかこうにかバランスを取り戻し、趙雲瀾《チャオ・ユンラン》に追いついてその服の裾を引っ張って前へ進むのを阻もうとする。

趙雲瀾《チャオ・ユンラン》もむだ話はせず、そのままちび傀儡を引きずって奥へ進んでいった——引きずりながら歩いたところでどうせこいつは重荷にならないから。

もし白骨傀儡に目がついていたら、今頃この言うことを聞かない趙雲瀾《チャオ・ユンラン》を前にどうしたらいいか途方に暮れて、涙が溢れ出ていたことだろう。

洞窟の中は奥へ進めば進むほど、腐敗臭がひどくなり、空気も湿っぽくなってくる。下へ延々と続く古びて朽ちた階段はますます狭くなり、やがてちび傀儡が邪魔だと感じ始めた趙雲瀾《チャオ・ユンラン》は屈《かが》んで子供を抱き上げるように傀儡を持ち上げて肩に乗せ、ついでに自分の腕時計に目をやった。

明鑑《めいかん》の指針は怪しいほど静かに動いている。趙雲瀾《チャオ・ユンラン》はそれを二秒ほど見つめると、突然足を止めた——明鑑の指針が反時計回りに回っているのだ！

いや……三本の指針がすべて逆方向に回っているわけではなく、秒針だけが逆回転しており、長針は前へ進み続け、短針は十二時の位置で止まっている。まるで奇妙な引力が働いて三本の針を揃えようとしているみたいだ。

ついに三本の針が十二時の位置で重なり、完全に壊れたように動かなくなった。

趙雲瀾《チャオ・ユンラン》は洞窟の壁についている泥を指先で掘り出し、鼻の近くまで持っていって嗅いでみた。

「錯覚だって分かってるけど……」

独り言を言っているのか、肩に座っているちび傀儡に言っているのか分からないが、

「……なんだかこの中にいると自分の墓に入ったような気がする」と趙雲瀾《チャオ・ユンラン》は呟《つぶや》いた。

十七

ちび傀儡《かいらい》は「ガッガッ」と声を上げると、突然尖った指骨を伸ばし趙雲瀾《チャオ・ユンラン》の頬をツンツンして、それから近くの壁を指差してもう一回「ガッガッ」と鳴いた。

趙雲瀾《チャオ・ユンラン》は懐中電灯を持ち上げ、ちび傀儡が指差している方向を照らすと、そこになにかが書いてあることに気が付いた。

「おお、すごい眼力だね。目はないけど……。ってか、これは瀚噶《ハンガ》語なんじゃないか」

趙雲瀾《チャオ・ユンラン》は壁に近づき、軽く触ってみた。

「いや……厳密に言うと、瀚噶《ハンガ》族は自分たちの文字を持ってなかったから、恐らくこれはなにかの特殊な呪文だな」

「ガッガッ」とちび傀儡が返した。

「俺に訊くんじゃないぞ。電子辞書じゃないんだ。意味なんて知るわけないだろ」

趙雲瀾《チャオ・ユンラン》は独り言を続けた。

「でも、俺の知る限り、瀚噶《ハンガ》族の文化では丸みのある符号は穏やかで静かなものの象徴で、線が固くて角のある符号は大体ろくなものじゃない。たとえば、魂魄《こんぱく》を禁錮《きんこ》する陣法《じんぽう》は三角陣だった。あと、まだ調べている八角形のあれも……」

趙雲瀾《チャオ・ユンラン》の指は呪文の最後で止まった。そこに八角形の符号が書いてあるのだ。

「これだ！」

趙雲瀾《チャオ・ユンラン》は独り言のように話を続ける。

「なんて偶然だ！　こりゃなにかやばいことが起こりそうだな」

言い終わるか終わらないかのうちに、爆音が響いてきて、洞窟全体が揺れ出した。趙雲瀾《チャオ・ユンラン》が危うく転倒しそうになったところで、ちび傀儡が咄嗟《とっさ》に趙雲瀾《チャオ・ユンラン》の襟を引っ張って、細長い手で彼の髪の毛を掴んだ。

趙雲瀾《チャオ・ユンラン》が目を細めて眺めてみると、奥から火の龍が凄まじい勢いで飛んでくるのが見えた。彼は片手で壁を押さえ、もう一方の手でちび傀儡を抱きかかえた。顔は炎に赤く照らされ、漆黒の瞳に映り込むその火炎は激しく揺らめいているのに、なぜか氷のように冷たく感じる。

「俺の服を掻くな。怖いなら明鑑《めいかん》の中に入れ」

趙雲瀾《チャオ・ユンラン》はひたすら彼の懐に潜ろうとするちび傀儡の頭を叩いて言った。

すると、ちび傀儡は恐怖のあまりご主人様に任された任務をとうに忘れ、趙雲瀾《チャオ・ユンラン》の言葉に甘えてあっという間に灰色の霧と化し腕時計の中に潜り込んでいった。次の瞬間、こちらに向かって飛んできた炎が壁際に追い詰められた趙雲瀾《チャオ・ユンラン》を呑み込んだ。

趙雲瀾《チャオ・ユンラン》の手にはいつの間にか取り出した御札《おふだ》が握り締められているが、炎に触れたにもかかわらずその御札は燃えることなく、彼自身もまったく熱さを感じていない。

一瞬呆然としてしまったあと、大人一人の背丈よりも高く燃え上がる炎に照らされながら顔を上げて見てみると、燃え出したのは自分の周りだけでなく、そこには見渡す限り一面の炎が跳ね上がり、勢いよく洞内に広がっているのが分かった。実体のない炎はしばらく燃えたあとやがて消えてしまい、そして炎が燃え尽きた瞬間に、八角形の符号が刻んであった壁の土が剥がれていった。

趙雲瀾《チャオ・ユンラン》がふとなにかを思いついて咄嗟に手を伸ばしその土を受け止めると、土壁からさらに大きな塊が剥がれ落ちてきた。まだ落ち切っていない部分を引き剥がし、懐中電灯で照らすと、壁画のようなものが薄っすらと描かれているのが見える。

古いものだからか、壁画は朽ち果ててなにが描かれているのか分かりにくく、そのうえ表現技法自体が難解で、考古学者でもない限り理解できそうにない。趙雲瀾《チャオ・ユンラン》は壁にくっつくほど顔を近づけてその壁画をしばらく観察していたが、鋭い洞察力を持っている彼でも、今回ばかりはさっぱり分からなかった。

彼はすぐに興味を失い、引き続き前へ進むことにしたが、突然なにかを思い出したように足を止め、壁画から五歩離れたところから振り向いて、その壁画をじろりと観察し始めた。懐中電灯の光を壁画の一番上に当て、そして斜め上四十五度のところに当て、次は三時の方向、斜め下四十五度のところへライトを動かしていくと……。

壁画は大きな八角形を呈し、さらにその一つひとつの角に小さな八角の符号が描かれていることに気が付いた。

その壁画に隠された大きな八角形を見ながら、趙雲瀾《チャオ・ユンラン》は手探りでコートの内ポケットから御札入れを取り出した。中には御札や銀行カード、領収書などが収められており、趙雲瀾《チャオ・ユンラン》はそこからしわくちゃの紙を一枚見つけ出した。その紙はすでに色褪《いろあ》せて黄ばみ、縁も反り上がっている――古書からちぎり取ったもののようだ。それはまさに『古邪術譜《コジャジュツフ》』の中の「羅布拉禁術《ルオブラキンジュツ》」に関する一ページで、趙雲瀾《チャオ・ユンラン》は最初から持っていたのだが、わけあって楚恕之《チュー・スージー》に見せたくないため出していなかっただけなのだ。

その紙には牙をむき出しにした凶悪な怪物が描かれ、手は六本あるが、足は二本しかなく、それぞれが八つの角を指している。怪物は眉を吊り上げ目角を立て、大きく開かれた口の中には小さな山が描かれており、左胸には真っ黒な八角形の符号がある。

「口には山、胸には八角……」

趙雲瀾《チャオ・ユンラン》は独り言を呟《つぶや》きながら、持ってきた地図を壁の上に広げ、怪物が描いてある紙を地図の上に重ねた。「南」が一番上にくるように地図をゆっくりと回し、爪で紙に線を引いて怪物の口の中の山と左胸の八角形を繋ぎ、さらに両側へ線を伸ばすと……彼の指がちょうど地図上の谷の最奥部で止まった。

（谷の猛火、山頂の髑髏《どくろ》、そしてとうに滅亡している民族の邪術……。どうやら裏に深い秘密が隠されていそうだな。汪徴《ワン・ジェン》はなぜいきなり俺たちを捨てて、一人でここに来たんだ？　なぜ百年も葬られていた自分の遺骨にそこまで拘《こだわ》るのか？）

趙雲瀾《チャオ・ユンラン》は微かな胸騒ぎを感じた。

奥へ進むにつれ、洞窟内はますます狭くなっていき、首を上げることすら難しくなった。この体勢で歩き続けたら頸椎《けいつい》ヘルニアになるんじゃないかと思っているところで、ようやく出口にたどり着いた。出口にはもう一つの扉が設けてあり、古くて色も褪せたその扉には六手二足の怪物が大きく描かれている。その形相は趙雲瀾《チャオ・ユンラン》が持ってきた紙に描いてある怪物にそっくりで、ただ一つ違うのは、その怪物の表情には紙の怪物にはない恐怖の色が滲み出ていることだ。

趙雲瀾《チャオ・ユンラン》の手がその扉に触れた瞬間、胸が塞がったような感覚を覚えた。それに構わず、力強く扉を押し開けると、自分が山の向こう側の中腹まで来たと気が付いた。下にはあの神秘的な谷が広がっている。その瞬間、彼は自分が激しく逆巻く波の中に立って、重い波に体を打たれ続けている錯覚を起こした。胸が海水に強く圧迫されているように感じて息も苦しくなってきている。

空がまだ明るいのに、日差しは重なった雲に完全に遮られ差し込んでこない。趙雲瀾《チャオ・ユンラン》が前へ進もうと足を一歩踏み出した瞬間、なにかが彼の動きに触発されたように大地の奥から無言のため息を響かせた。そのため息はさざ波の如く、瀚噶《ハンガ》族の拠点となるこの山を中心に円を描きながら外へ広がっていった。

(この谷に、なにか……なにかとてつもないものがある)と、趙雲瀾《チャオ・ユンラン》は思った。

谷のほうに向かっていくうちに、空気はますます薄くなり、胸が圧迫される感覚も次第に強くなり、こめかみもなにかに挟まれている感じでさらに気持ち悪くなってきた。自分しか聞こえない激しく打つ心臓の鼓動音、ますます暗くなってきた視界……。趙雲瀾《チャオ・ユンラン》はゆっくりと自分の呼吸を整えようとした——呼吸があまり激しくなると、すぐに疲れてしまうから。

趙雲瀾《チャオ・ユンラン》はさらに手のひらをつねって、痛みの刺激で意識をしっかり保とうとした。そうしているうちに、なぜか心の中から奇妙な直感が湧き上がってくるのを感じた——。

(汪徴《ワン・ジェン》が霊鬼《れいき》になってからもずっと心にかけて忘れられないものがあったのなら、きっとそれは彼女が言っていたようなとっくに白骨化した肉体なんかじゃなくて、この直感に関わっているなにかなんだろう)

その時、腕時計に潜り込んでいたちび傀儡が突然頭を出した。下顎骨《かがくこつ》をガラガラと上下に動かしているがなにを喋っているのか分からない。この弱虫は趙雲瀾《チャオ・ユンラン》を止めたいと思いつつも、どうやら腕時計から出る勇気がないようだ。趙雲瀾《チャオ・ユンラン》は片手でちび傀儡を文字盤の中に押し込んだ。表情がますます重苦しくなった彼は大きなプレッシャーを抱えながら前へ進み続け、懐から三枚の御札を取り出した。他の御札と違って、いずれも隅に「鎮魂《ちんこん》」という朱墨で書かれた小さな文字がある。もし黒猫がここにいたならば、それが他でもない伝説の「鎮魂令《ちんこんれい》」だと一目で見抜いただろう。

趙雲瀾《チャオ・ユンラン》がそのまま前へ進み続けると、一歩踏み出すごとに手に持っていた鎮魂令が自然と燃え出した。三枚目が燃え尽きた時、空から鞭の音が三回響いてきて、それに続いて趙雲瀾《チャオ・ユンラン》の手に突如長い鞭が現れた。鞭先は長く伸び続け、まるで生きもののように彼を引っ張って前へ連れていく……。そこで彼は、真っ昼間の空の下で今にも溶けそうになっている白い影を見つけた。

趙雲瀾《チャオ・ユンラン》が気色ばんでふと手首を振ると、長い鞭は猛烈な勢いでその白影に巻きつき、そのまま空を飛んでこちらへ攫《さら》ってきた。それは彼らが捜していた汪徴《ワン・ジェン》の魂魄だった。汪徴《ワン・ジェン》のプラスチック製の体はとうにどこかに落とされ、魂魄だけが残って虫の息になっている。それでも彼女は依然として無理に目を開き、死に際の吹っ切れた眼差《まなざ》しで趙雲瀾《チャオ・ユンラン》を見つめている。その表情は穏やかすぎるあまり、悟って帰依《きえ》した人のようにさえ見える。

「お前正気か！」

趙雲瀾《チャオ・ユンラン》は一気に汪徴《ワン・ジェン》を引き寄せ、罵倒しながら彼女の魂魄を丸ごと腕時計の中に押し込んだ。その時、さっきからずっと圧迫感を感じていた心臓が張り裂けるほど痛くなってきた。

「やばいところに来ちゃったな」

趙雲瀾《チャオ・ユンラン》は呟いた。

汪徴《ワン・ジェン》を見つけたからには、さっさとここを離れたほうが得策だったが、趙雲瀾《チャオ・ユンラン》はなにかに引きつけられたようにそこに残って顔を上げ、汪徴《ワン・ジェン》がさっき立っていた方向を眺めた。そこには大きな石碑が立っているのが分かった。高さは数十メートルもあり、全体が漆黒で、上部は太く下部は細く、まるで大きな楔《くさび》が大地の奥底までしっかりと打ち込まれているような姿をしている。石碑の土台部分は祭壇として使われているらしく、朽ち果てた祭壇の石には瀚噶《ハンガ》族の呪文が刻まれており、前の供物台にはさっき狩ったばかりのように血だらけの供えものがたくさん置かれている。

趙雲瀾《チャオ・ユンラン》がその巨石に視線を向けた瞬間、巨石に突然無数の人の顔が現れ、ぎっしり詰まった一人ひとりが苦痛に悲鳴を上げた。絹を裂くような悲鳴が彼の耳を劈《つんざ》き、まるで幾千幾万もの人が同時に上げた、全人類が叫べる限り叫んだ最も悲惨な声に聞こえた。

自分の胸に大きな岩石が垂直落下したような痛みを覚えた趙雲瀾《チャオ・ユンラン》は、鋭い耳鳴りとともに、激痛が一瞬にして全身に走ったのを感じて、血を吐いてしまった。必死に姿勢を保とうとしたが、激痛で膝に力が入らなくなったせいで、立ったまま後ろへ倒れていった。その数秒間、趙雲瀾《チャオ・ユンラン》はなにも聞こえず、なにも見えていなかった。

（決してここで気を失ってはいけない）

そう思って彼は吐き出した血に染まった手でズボンの裾に納めた短刀を取り出し、その短刀を持ち上げて思い切り自分の手のひらに差し込もうとした。

途中で短刀の柄が誰かの冷たい手に掴まれ、趙雲瀾《チャオ・ユンラン》は体ごと後ろからその人の懐に引っ張り込まれていった。血腥《ちなまぐさ》い匂いの中に、彼はある種の懐かしい香りを感じた——黄泉《よみ》の最奥に漂う、ひんやりとした淡い香りだ。

（……斬魂使《ざんこんし》なのか？）

趙雲瀾《チャオ・ユンラン》が持っていた短刀がガシャーンと音を立てて地面に落ちた。そして、緊張の糸が切れた彼はそのまま完全に意識を失ってしまった。

十八

斬魂使《ざんこんし》の黒いマントは光も差し込めないほど厚い濃霧のように広がり、十数メートルもする高いバリアを立て、斬魂使《ざんこんし》と趙雲瀾《チャオ・ユンラン》を一瞬にして中に囲んだ。日差しを含め、外の世界のありとあらゆるものと彼らの間を隔てている。

斬魂使《ざんこんし》は趙雲瀾《チャオ・ユンラン》を抱き上げると、腕時計を押さえ付け、

「出てこい！」と、低く一喝した。

すると、明鑑《めいかん》の中に避難していたちび傀儡《かいらい》が訥々《とつとつ》と文字盤から浮かび上がり、胴体よりずっと大きい頭を垂れた。

斬魂使《ざんこんし》はちび傀儡を一瞥し、

「さっさと戻れ」と、言いつけた。

ちび傀儡は躊躇《ためら》わずすぐにおとなしく灰色の霧と化して頑張って体をボールのように縮こめ、転がりながら言われた通りさっさと斬魂使《ざんこんし》の袖の中に戻った。ちび傀儡に続いて趙雲瀾《チャオ・ユンラン》の腕時計から出てきた汪徴《ワン・ジェン》は、後ろへ半歩下がって心配そうに趙雲瀾《チャオ・ユンラン》を見ている。

斬魂使《ざんこんし》が汪徴《ワン・ジェン》のほうに目を向けると、その冷たい眼差《まなざ》しで彼女は思わず身震いした。

趙雲瀾《チャオ・ユンラン》を抱えたまま地面に座り込み、自分の胸に凭《もた》れる趙雲瀾《チャオ・ユンラン》が楽に休めるように姿勢を変えたあと、斬魂使《ざんこんし》はようやく汪徴《ワン・ジェン》に声を掛けた。

「そなたは令主の配下の者ゆえ、その行ないが是か非かは私からは口出ししません。とりあえず、そこに座りましょう」

　しかし、汪徴《ワン・ジェン》は彼らに近づく勇気がなく、少し迷ったあと、斬魂使《ざんこんし》の保護領域内のできるだけ離れたところに座った。遠くから斬魂使《ざんこんし》が注意深くその刀を横に置くのが見えた。なるべく斬魂刀《ざんこんとう》が趙雲瀾《チャオ・ユンラン》の体に当たらないように気を付けていたその慎重な動きは、まるで彼の体を汚すのを懸念していたように感じた。趙雲瀾《チャオ・ユンラン》はとうに無様な格好になっているにもかかわらず。

　その時、汪徴《ワン・ジェン》はようやく気が付いた。その刀柄《つか》が血痕で黒く染まっていることに。続いて斬魂使《ざんこんし》はそのブラックホールのような広い袖口から蒼白な手を伸ばし、趙雲瀾《チャオ・ユンラン》の口角に残る血の跡を拭き取った。その手つきは極めて軽く、愛おしそうな拭き方だった。そして趙雲瀾《チャオ・ユンラン》の唇を掠《かす》める時にさりげなくその上で一瞬止まった。まるで次の瞬間自分の唇をそこに当ててしまいそうな、言いようのない魅惑的な雰囲気を放っている。

　それを目の当たりにした汪徴《ワン・ジェン》は、驚きながらも声は上げないようにしていたが、目は大きく見開いていた。

❖

　趙雲瀾《チャオ・ユンラン》は目を覚ますと、自分が誰かの肩に凭れかかっていたことに気付くとともに、五臓六腑《ごぞうろっぷ》が攪拌《かくはん》されるような不快感を覚えた。まるでついさっき激しく嘔吐《おうと》したばかりのような弱り切った状態で無理して起き上がると、斬魂使《ざんこんし》とばっちり目が合った。

「斬魂使《ざんこんし》……」

　趙雲瀾《チャオ・ユンラン》が口を開いたとたん、斬魂使《ざんこんし》はその冷たい手指を彼の唇に当てた。もう片方の手は趙雲瀾《チャオ・ユンラン》の背中に当てられ彼を支えている。

「なにも言わずに、休むことに集中しなさい」

斬魂使《ざんこんし》が小声で言った。

言い終わるか終わらないかのうちに、穏やかでひんやりとした力が斬魂使《ざんこんし》の手のひらからゆっくりと自分の体に伝わってくるのを感じて、趙雲瀾《チャオ・ユンラン》は思わず身を震わせた。だが、躱《かわ》すようなことはしなかった。彼は目を閉じ、想定外の内傷を負った体を安心して相手に委ねた。

斬魂使《ざんこんし》の寒気はその根にある邪気《じゃき》と暴虐さに由来すると言われるが、趙雲瀾《チャオ・ユンラン》はなんとも思わず、むしろさっきまで彼を苦しめていた胸の圧迫感が、斬魂使《ざんこんし》に鎮められゆっくりと和らいでいくのを実感している。斬魂使《ざんこんし》のことを敬遠するどころか、感服せずにはいられない。

彼が鎮魂令《ちんこんれい》の管理を委任されて以来、極悪非道な事件や怪奇事件が起こるたびに、斬魂使《ざんこんし》は必ず直々《じきじき》に対応してくれている。双方はこれまでずっと協力関係を保っているが、長年の付き合いの中で斬魂使《ざんこんし》が失礼なことをしたり、己自身を抑え切れず暴れたりするようなことは一度も見たことがない。いつも穏やかで謙虚に接してくれて、究極の自制心でその根にある暴虐なオーラを極限まで抑え込み、一抹たりとも漂わせない。

究極の自制心を持つということは時には究極の自由を求めるためとも言える。幾千年もの長きにわたり、これほど自分自身に情け容赦なく本性を抑えてきた者がいれば、それはきっと苦しい生き方をしているに違いないが、さぞかし立派な人格の持ち主であろうことも否めないのだ。

しばらく経つと、魂が鞭打たれたような痛みが次第に薄まり、趙雲瀾《チャオ・ユンラン》は目を開いて座り直した。

「どうもすみません。ここで斬魂使大人《ざんこんしたいじん》に会えたってことは、俺にもいよいよ運が回ってきたみたいですね」

斬魂使《ざんこんし》は手を引っ込めて彼を離したが、その動きはやや未練があるようにも見える。

「滅相もないです――それより、令主はこちらの警告を無視すべきではないかと」

「あの小娘のためですよ」

趙雲瀾《チャオ・ユンラン》はそこにいる汪徴《ワン・ジェン》を顎で指した。

「光明通《グァンミンどお》り四号にいるみんなの安全を確保するのは俺の責任ですから、業務時間内である限り、放っておくわけにはいきません」

そして彼は気色ばんで、

「さっさとこっちに来い」と汪徴《ワン・ジェン》を叱った。

汪徴《ワン・ジェン》が黙って飛んでくるのを見て、趙雲瀾《チャオ・ユンラン》は勢いよく彼女のほうに鞭を振った。すると、汪徴《ワン・ジェン》は反射的に目を閉じたが、その鞭は彼女に当たることなく、ただその隣を掠めただけだった。鞭先が空中で巻いて地面を引っ叩き、そこに白い跡が深く残された。

「目を開けろ。俺は女には暴力を振るわない。とっとと来い」

言い終わった時、その長い鞭が一枚の御札《おふだ》と化して、ひらひらと趙雲瀾《チャオ・ユンラン》の手に落ちた。御札の角にはまだ少し血痕がついており、趙雲瀾《チャオ・ユンラン》がその御札に一瞬目をやると、汪徴《ワン・ジェン》を一瞥し、

「鎮魂令に逆らう気か？」と言った。

それを聞いて汪徴《ワン・ジェン》はなんの躊躇いもなく、趙雲瀾《チャオ・ユンラン》の前で跪《ひざまず》いた。

しかし、あいにく趙雲瀾《チャオ・ユンラン》はその手は食わない。

「やめろ、跪いてどうすんだ。財布は車の中に置いてきたから、跪いてもお年玉はもらえないぞ」[33]

汪徴《ワン・ジェン》はただ唇を噛み締めて立ち上がろうとしない。

顔を強張《こわば》らせたまま彼女を睨みながら、趙雲瀾《チャオ・ユンラン》はポケットからタバコを取り出して口にくわえた。さらに手探りでポケットからライターを取り出そうとした時、突然隣から手が伸びてきて、有無を言わさずそのタ

33　訳注：中国では昔旧正月に年長者の前に跪いてお年玉をもらう風習があり、現在も一部地方ではその風習が残っている。

バコを奪い取った。

「……」

趙雲瀾《チャオ・ユンラン》は黙ったまま鼻を擦った。タバコを奪い取ったのは斬魂使《ざんこんし》だが、どこかで同じことをされたような妙に懐かしい既視感を覚える仕草だった。

「君の身上調査書を確認させてもらった」

趙雲瀾《チャオ・ユンラン》は手寂しさで指を擦りながら話を続ける。

「君が死んだのは一七一三年、つまり君が言ってた瀚噶《ハンガ》族内乱の次の年。その時、いったいなにが起きたんだ？　君が捜している死体はどこにあるんだ？　さっきの大柱の前に置かれた供えものは君が用意したのか？　あれはなんなんだ？」

「あれは普通の大柱ではなく、山河錐《さんがすい》と言います」

斬魂使《ざんこんし》が突然口を挟んだ。

聞き覚えがあるような気がして、趙雲瀾《チャオ・ユンラン》は少し考えたあと、ふと眉を顰《ひそ》め、

「それも幽冥四聖《ゆうめいしせい》の一つなんですか」と訊いた。

「さすが博識な令主です」

斬魂使《ざんこんし》は頷《うなず》いた。

（輪廻晷《りんねき》の次は山河錐か……。幽冥四聖が人間界から姿を消してもう長い。市場で売っている激安キャベツじゃあるまいし、たった半年で二つも出会えたなんて、自分がこんな強運の持ち主なら、とっくに宝くじで億万長者になっていてもいい頃だろう）

これは誰かが仕組んだ陰謀ではないかと、趙雲瀾《チャオ・ユンラン》は考えざるをえなかった――（輪廻晷事件のあと再び

龍城《ロンチェン》大学に行った時、あの学部事務棟が異常なくらい「綺麗」になっていたこと、あの餓鬼《がき》がよりによって李茜《リー・チェン》に目をつけたこと、誰かに奪われて未だに行方不明の輪廻晷、指名手配された幽畜《ゆうちく》、そして……突然警告の付箋を送ってきた斬魂使《ざんこんし》）

そう考えているうちに、趙雲瀾《チャオ・ユンラン》はますます厳しい表情になっていた。

「山河錐って、いったいなんなんですか？」

趙雲瀾《チャオ・ユンラン》は斬魂使《ざんこんし》に訊いた。

「世の中の人は『生殺与奪《せいさつよだつ》の権は鬼や神に握られている』と言いますが、実際はそうではなく、太古未開の時代、万物が生まれたばかりの頃から、善悪はすでに世の中に存在し、最初の善悪の物差しはすなわちこの山河錐に刻まれていたのです。山河錐は、十万もの山川の精気の塊であり、九重《きゅうちょう》の天《てん》から黄泉《よみ》の国まで貫き、そこに十八層地獄の行き先がすべて刻まれており、のちになって生死簿《せいしぼ》に書いてある判決基準の根拠にもなりました。今に至っても山川に霊があると信じている人がいますが、それはまさにあの頃からの思想でしょう」

斬魂使《ざんこんし》は少し間を置いて話を続ける。

「山河錐は当初、霊を鎮圧するために使われていたがゆえに、時が経つにつれ、中に束縛された悪鬼《あっき》は幾万もの多きに達し、それらの悪鬼はそのまま永遠に酷使され続けるようになったのです。まさか人間界から姿が消えた山河錐が邪心のある人の手中に落ちて、一族を中に閉じ込めて永遠に抜け出させぬように利用されていたとは……」

「他の人なら近づいても大したことにはならぬのですが、令主は……」

斬魂使《ざんこんし》は言葉を途切れさせ、珍しく迷う表情を見せた。しばらく考えたあと、

「令主は生まれながらにして魂魄《こんぱく》が不安定なゆえ、魂魄を封印する聖器に軽率に近づくと、人より強い反応が出るのも当然です」と曖昧な説明を続けた。

趙雲瀾《チャオ・ユンラン》には初耳だった。

「俺の魂魄が不安定？　ちゃんと三魂七魄《さんこんしちはく》を持っているつもりですけど、魂魄が不安定とおっしゃるのはどういうことですか」

趙雲瀾《チャオ・ユンラン》が訝《いぶか》しげに訊くと、斬魂使《ざんこんし》はしばらく黙ってから、再び口を開く。

「人間の頭上と両肩には通常、三昧真火《さんまいしんか》が灯っているはずですが、令主は生まれながらに左肩の真火を持っておらず、つまり俗に言う『鬼に肩の灯火《ともしび》を叩き消された』状態です。それゆえ、令主の三魂七魄は不安定になりやすいのです。今後はくれぐれもお気を付けください」

趙雲瀾《チャオ・ユンラン》は眉を顰め、自分の左肩を少し観察してみたが、魂魄がどうこうの話は気に留めず、

「つまり、瀚噶《ハンガ》族の人は山河錐を使って羅布拉禁術《ルオブラキンジュツ》を発動した、ということですか」と問い掛けた。

斬魂使《ざんこんし》は頷いた。

「人の首を切って体を火で燃やし尽くしたあと、山頂で三星聚陰《さんせいしゅういん》の術を施し死者の魂魄を強引に谷の中に封じ込めれば、その魂魄は自然と山河錐に吸い込まれます。斬り落とした頭さえあれば、山河錐の中の亡霊を使役できるんです」

趙雲瀾《チャオ・ユンラン》は汪徴《ワン・ジェン》を指差して、

「じゃあ、彼女はどうしてそれを免れたんですか」と尋ねた。

斬魂使《ざんこんし》が汪徴《ワン・ジェン》に目を向けると、彼女はまた思わず身震いし、自分の生前や死後のことがすべて見抜かれたように思った。

「斬首《ざんしゅ》刑に処されたのは汪《ワン》さんにはお気の毒ですが、恐らくその体と首は誰かになんらかの方法でしっかりと保管されていたおかげで、聚陰陣《しゅういんじん》と山河錐から逃れたのでしょう」

汪徴《ワン・ジェン》は苦笑いを見せた。

「あの頃の私は物分かりが悪くて、あんな死に方をして悔しかったから、人間の体に取り憑いて生き延びようとしたんです。それで先代令主に捕まって鎮魂令に収容されましたが、『汪徴《ワン・ジェン》』というのは私の本名ではなく、私が取り憑いた女の子の名前だったんです……。元々は『格蘭《グゥーラン》』と言い、あの反逆で亡くなった瀚噶《ハンガ》族の首領の娘です」

コネ入所の郭長城《グォ・チャンチェン》だけでなく、汪徴《ワン・ジェン》まで官僚子女だと気付くと、元々不機嫌だった趙《チャオ》所長はどうやら余計にすっきりしないようだ。

「反逆を起こした者は桑賛《サンザン》と言い、彼の母親はお母様の髪結いの侍女で、つまり彼は元々奴隷の息子だったんです……。我が一族では平民という身分がなく、首領と貴族以外の人はすべて奴隷でした。大人になった桑賛《サンザン》もそのまま奴隷になりましたけど、彼は勇敢で有能だったから、たくさんの奴隷の中ですぐに頭角を現してお父様専用の馬飼いになったんです。今時の言葉で言うと……まさにみんなから羨ましがられる『エリート』でしょうね」

そこまで喋ると、汪徴《ワン・ジェン》は苦々しい笑みを見せ、話を続ける。

「残念ながら我々瀚噶《ハンガ》族では、どんなに有能でも、奴隷は奴隷です。奴隷の命は我々が飼い馴らす豚、犬、牛、羊などそこら辺の家畜と同じで、好きなように売り買いできるんです。桑賛《サンザン》は男前で、奴隷のわりにはそれなりに裕福な暮らしができて、なんでも持っていましたけど、尊厳だけは持つことを許されませんでした。あとになって、お父様はある奴隷少女のことが気に入って、その子を妊娠させてしまいました。その奴隷少女とは他でもない桑賛《サンザン》の妹だったんです。それを知って逆上したお母様は桑賛《サンザン》の母親に八つ当たりして、ちょっとしたことで罪を着せて桑賛《サンザン》の母親を斬首刑に処しました。そして桑賛《サンザン》の父親は死ぬまで私のお兄様に鞭打たれ、妹さん……あの奴隷少女はお父様に強制的に妊娠させられて、それだけで済まず、自分のせいで家族があんな目に遭ったのを見て、結局馬用の鞭で首吊り自殺をしてしまいました」

趙雲瀾《チャオ・ユンラン》は手探りで懐から最後の一袋のビーフジャーキーを取り出し食べながら、

「君の父さんって本当にクソ野郎だな」とコメントした。

「……」

所長の無遠慮さに汪徴《ワン・ジェン》は無言になった。

趙雲瀾《チャオ・ユンラン》の機嫌がまだ直っていないのを察して、斬魂使《ざんこんし》は咳払いをして話題を変えた。

「山河錐の土台部分にある祭壇の石のところに、供えものが置いてありました。本来ならば、その石には山河錐の中に鎮圧された魂魄の名簿が刻まれているはずです。今は石だけが残されており、名簿はすでに削り取られていました。それも反逆が起きた時のことでしょうか」

汪徴《ワン・ジェン》は頷いた。

「桑賛《サンザン》は仲間たちを連れて奴隷主を倒したあと、我が一族の禁断の地——つまり山河錐のところに行って、『今日から一族のみんなは平等で尊厳を持って生きよう』と宣言して、大きなヤスリで祭壇の石に刻まれた名簿を削ったんです。首領……つまりお父様、そしてお母様、お兄様、貴族たちとその側近や衛兵はすべて山守小屋《やまもりごや》の庭に吊るされたまま殺されてしまって、瀚噶族《ハンガ》はそれから奴隷も貴族もなくなりました」

「君は？」と趙雲瀾《チャオ・ユンラン》は訊いた。

「反逆が起きた年に殺されなかったのは、君が密かに桑賛《サンザン》を助けたからだよね？」

汪徴《ワン・ジェン》は俯《うつむ》いた。

「桑賛《サンザン》とは小さい頃からの付き合いだから、お父様が追っ手を掛けて彼を逮捕しようとした時、私は彼を匿《かくま》いました……。彼を死なせたくないと思っていただけで、そのあとあんなこと……あんなことが起きるなんて思いもしませんでした」

十九

趙雲瀾《チャオ・ユンラン》は渋い顔のままで汪徴《ワン・ジェン》に目をやった。

一方で彼女はただじっと地面を見つめている。こうして一か所を見つめる時、汪徴《ワン・ジェン》はいつも心をどこかに置き忘れてきたように見える。しばらくすると、彼女はようやく小声で続きを話し始めた。

「あの時、私はまだ十七歳にもなっていなくて、世の中のことはなにも分かっていませんでした。単純で愚かで、自分の目の前で起きたことしか見ようとせず、融通も利かなくて、自分が決めた道をなにがあっても最後まで突き進む性格だったんです。桑賛《サンザン》とは……幼馴染で、身分は違いますが彼のことを余所者《よそ》だと思ったことは一度もありませんでした。お父様は彼を殺そうとしていましたが……私は断じてお父様の決断を認めませんでした。実際あの時、お父様が悪い、お父様がしたことが間違っている、そのせいで自分が顔を上げて歩けなくなったと思っていたのです。一族の首領として、偉大なお父様がどうやったらあんなに厚顔無恥《こうがんむち》なことができるのかと思わざるをえなかったんです」

黙っている趙雲瀾《チャオ・ユンラン》は依然としてご機嫌斜めな表情のままで、軽くため息を漏らした。

汪徴《ワン・ジェン》は少し言葉を途切れさせ、

「世の中に、誰もが自由で平等に生きていける場所なんて果たしてあるんでしょうか」と訊いた。

「あるんだよ」

趙雲瀾《チャオ・ユンラン》が答えると、汪徴《ワン・ジェン》と斬魂使《ざんこんし》は同時に趙雲瀾《チャオ・ユンラン》のほうに視線を向けた。彼の下唇にはまだ少し血痕が残っており、ダークグレーの襟が真っ青な顔色をした趙雲瀾《チャオ・ユンラン》の憔悴《しょうすい》ぶりをいっそう際立たせている。ただ、目だけは不思議なほど力強く光っている——彼の目はなぜかいつも輝いているように見えるのだ。この世のいかなるものもその輝きを失わせることができないかのように。

「死の扉の前では誰もが平等だ」

「さようならば、人々は果たしてなんのために一生涯奔走苦闘するのでしょうか。令主のお話は少し不人情ではありませんか」

斬魂使《ざんこんし》は思わず口を挟んだ。

「大人《たいじん》のほうこそ、表面上のことに囚われているのでは？」

趙雲瀾《チャオ・ユンラン》は静かに視線を上げた。

「そもそもなにが公平で、なにが平等だと思いますか？　世の中で、誰かにとっての公平は、他の誰かの不公平の上に成り立っています。生計が苦しい人にとって、平等とは他の人と同じくらい腹いっぱい食べられて暖かい服を着られること。それができたら、次は他の人と同じように尊厳を持って生きられることに変わります。それが成し遂げられたら、今度は自分が他人より格上だと勘違いして、とにかく人よりいいものを手に入れないと気が済まないようになります。それが死ぬまでエスカレートしていくから、きりなんてないんですよ。なにが平等なのかは、結局自分で決めることなんじゃないでしょうか？」

斬魂使《ざんこんし》はぐうの音も出ず、しばらくして低い笑い声を発し、

「詭弁《きべん》です」とだけ言った。

「桑賛《サンザン》は反逆が成功して、君の父さんを殺して、祭壇に刻まれた名前を削って、それから瀚噶《ハンガ》族からは奴隷の存在がなくなった。で、そのあとは？」

趙雲瀾《チャオ・ユンラン》は話題を変えて汪徴《ワン・ジェン》に訊いた。

「そのあと、族内のすべての物事は、各世帯の世帯主が自分の家族たちの意見を一つにまとめて出して、みんなで相談して賛成の多い意見を採用することとなりました」

汪徴《ワン・ジェン》は少し間を置いてから話を続ける。

「これも桑賛《サンザン》の提案です。彼は本を読んだことがなく、この雪山を離れたこともないけど、のちに提唱されるようになった『民主』というものの意味を自ずと理解できたのです……。世間の人々が願い求めているものは、いつだって大体同じようなものだからでしょうか」

「君が死んだのもその制度のせいだよな？」

趙雲瀾《チャオ・ユンラン》が訊いた。

彼は片方の足を曲げて、両手で膝を抱え、だらしない座り方をしている。むさ苦しい格好だが、その口から発した言葉は刃物のように鋭く、一言一句聞き手の心に刺さっていく。

汪徴《ワン・ジェン》は驚いた。まさか所長がこんなに早く真相にたどり着くとは思っていなかった。一瞬虚をつかれたような顔を見せたあと、彼女の瞳に寂しげな色が浮かんだ。

「私は……あの時、行く場所がなくて、ずっと桑賛《サンザン》の家に泊まっていました。人の家に居候していたのに、なにもできませんでした。私は首領の娘だったから、幼い頃から、どうやって綺麗な装いをするか、どうやっ

て奴隷をこき使うかしかお母様に教えてもらってこなかったのです。野良仕事も狩猟もできず、家事もまともにできませんでした……。桑贊《サンザン》に嫁入りしたい同族の女の子がいて、桑贊《サンザン》に縁談の話をしてほしいと自分の父親に頼みましたが、桑贊《サンザン》に断られました。そして、その子は意地になって家出して雪山を出たんです。同族の人に見つけられた時はもう亡くなっていました。足を滑らせて坂から転げ落ちて、岩に頭をぶつけていたそうです。そのことで彼女の父親は私のことを恨んで、他の世帯と組んで一族の人々を集めて、クソ首領の娘の私は妖術使いだと言いふらしていたんです。彼らは私のことを許して殺さずにいてくれたのに、私はこれまでの行ないを悔い改めることなく毎日働かずに食べてばかりで、彼らの英雄桑贊《サンザン》を独り占めし、さらに嫉妬心から妖術を使い彼の娘を呪い殺したと言って、私を……斬首刑《ざんしゅ》に処するんだと」

汪徴《ワン・ジェン》の肩は震え出した。彼女は心の底から自分の父親が間違っていると思っていた。一族の人々は奴隷として酷使されるべきではない。彼らも人間だから、そんなに卑しく生きるべきではない。生殺与奪《せいさつよだつ》の権を他人に握らせるべきではないと、幼い心にこういった考えを持っていた。彼女はかつて桑贊《サンザン》と同じく、一族のみんなが豊かな生活を送り、平等に、自由に、幸せに生きていけることを願っていた。

しかし、彼女があんなに同情を寄せていた、あんなに愛していた一族の人々は、彼女のことを恨んでいたのだ。

「死んだ女の子の父親はみんなで挙手して私を殺すか殺さないかを決めようと言い出しました。挙手しない者は黙秘あるいは反対意見を持っていると見なし、挙手する者は私を斬首刑に処することに賛成したと見なすと……」

汪徴《ワン・ジェン》は耐え切れず、「斬首刑」の三文字を口にした時、声が割れてしまった。

彼女ははっきりと覚えている。あの日、一族の人々で席が埋まり、みんな溜飲《りゅういん》を下げたような表情を見せたことを。何列も並ぶ席から一つひとつ手が挙がっていき、その不揃いに挙がった手は、処刑台から眺めるとまるで幽冥《ゆうめい》の最奥に流れる川を彷徨《さまよ》う悪鬼《あっき》が爪を擡《もた》げたように見える。そこにいた人ほぼ全員が手を挙げて処刑台の真ん中に縛られた彼女を見つめていた。その眼差《まなざ》しは冷酷で、無関心で、愚昧《ぐまい》で、無残だった。

驚くほどに彼らの意見が一致していた——彼女を殺すべきだ。彼女の首を斬り落とそうと。

たとえ彼女の心にどんなに明るい灯りが灯っていても、彼らの恨みに呑み込まれてしまうのだろう。灰燼《かいじん》も残さずに。

一族のために彼女がなにをしたのか誰も覚えていなかった……。あるいは、彼女がなにかをしたとしてもなにか他の企みがあるからだと思い込んでいた。

汪徴《ワン・ジェン》の涙は地面に流れ落ち、たちまち一縷《いちる》の煙と化し、そのまま立ち昇って空中に消えた。彼女の姿もますます透明に近くなってきている——彼女は死んで三百年余りも経っているから、涙なんてとうに枯れ果てたはずだ。心をあまり痛めると、魂が削られてしまうだけである。

「泣かないで」

趙雲瀾《チャオ・ユンラン》は彼女の顎を支えるように手を差し出し、指でその涙を拭き取った。そして軽く一喝し、指の間に挟んだ定魂符《ていこんふ》を彼女の額に貼った。その霊魂《れいこん》固化剤のような護符が貼られると、汪徴《ワン・ジェン》の「涙」はすぐさま瞼《まぶた》の中に封じ込められ、溢れ出なくなった。彼女はその無邪気な目を見開き、趙雲瀾《チャオ・ユンラン》と視線が合うと、彼の優しい眼差しから、目の前のこの男が自分のすべての境遇を知り、自分の心境を完全に理解してくれている気がした。

趙雲瀾《チャオ・ユンラン》は自分の腕時計——「明鑑《めいかん》」を出し、

「とりあえず中に入って」と低い声で言った。

汪徴《ワン・ジェン》は少し呆然としていると、優しくも抵抗を許さない力によって、動かなくなった明鑑の中に引っ張り込まれていった。続いて、

「夜になったら外に出すから」という趙雲瀾《チャオ・ユンラン》の低い声が聞こえた。

汪徴《ワン・ジェン》がそのまま元の場所から姿を消すと、趙雲瀾《チャオ・ユンラン》と斬魂使《ざんこんし》は互いに顔を見合わせながらやりにくさを感じたようで、しばらく沈黙が流れていた。趙雲瀾《チャオ・ユンラン》は元気がなさそうに目を閉じて、だいぶ疲れているように見える。斬魂使《ざんこんし》はしばらく黙っていたが、やがて趙雲瀾《チャオ・ユンラン》の肩を叩いて声を掛けた。

「しばらくは寝ないほうがよいかもしれません。令主は山河錐《さんがすい》で内傷を負ったゆえ、ここで寝てしまうと、先ほど固まったばかりの魂がまた散りやすくなります。休みたいならばもう少しあとにしましょう——ところで、まだ胸が苦しいですか？」

「だいぶよくなったけど、このクソ小娘が盛った薬が効きすぎて、今日一日ずっと頭がふらふらしてるんですよ」

趙雲瀾《チャオ・ユンラン》は眉間《みけん》を力強く揉んで、かすれた声で答えた。

「先に泊まっている場所まで送らせましょうか。山河錐の回収はそのあとにしますので」

趙雲瀾《チャオ・ユンラン》は手を振り、無理に元気よく振る舞おうとしたが、やがて少しつらそうな顔で、

「タバコ、一本吸っていいですか」と訊いた。

「……」

斬魂使《ざんこんし》はこの鎮魂令主に絶句するしかなかった。

それを黙認と見なし、趙雲瀾《チャオ・ユンラン》は数歩下がって素早くタバコに火をつけた。精一杯吸うと、煙を一縷も吐かずすべて肺の中に吸い込み、すっかりヘビースモーカーの様相を呈している。一服し終わると趙雲瀾《チャオ・ユンラン》はよう

やく生き返ったようになった。

「俺は大丈夫ですから。血を吐いたおかげで体内の毒素を排出できたし。さっきはあれが山河錐だと知らなくて、ちょっとやられてしまっただけです。俺のことはいいから、大人《たいじん》は早く山河錐を回収してください。前回は輪廻晷《りんねき》が先に持っていかれちゃったでしょ。俺なんかのためにそんな大事なことを後回しにしちゃいけません」

言い終えると、趙雲瀾《チャオ・ユンラン》は立ち上がって道の積雪でタバコを潰し、ポケットからしわくちゃの御札《おふだ》を取り出して丸めると、口の中に入れて無理して噛んで飲み込んだ。

「さあ、お先にどうぞ」

斬魂使《ざんこんし》は黙って頷《うなず》き、辺りに充満させていた灰色の霧を袖の中に収めた。すると、山河錐が再び二人の前に現れた。

さっき趙雲瀾《チャオ・ユンラン》が飲み込んだのは定魂符で、いわゆる霊魂固化用の護符だ。しかしそれでも山河錐から魂を震わす邪気《じゃき》と殺伐とした気配がひしひしと伝わってくるのを感じた。彼が背中を伸ばしてこのとてつもなく大きい柱をじっくり見てみると、奇妙にも山河錐の横断面も端正な八角形になっていることに気が付いた。末端は鋭く、地面の奥底まで貫いているようだ。

斬魂使《ざんこんし》が前へ十数歩進むと、足を止め、両手を合わせた。そのとたんに、地面から突然強風が吹き込んできた。フードと黒いマントは猛々《たけだけ》しい風に吹き飛ばされそうになっているものの、斬魂使《ざんこんし》は依然として黒い霧の中に包まれており、蟻の這い出る隙も見せない。

「山魂《さんこん》！」

斬魂使《ざんこんし》は低く一喝した。

言い終わったとたん、山河錐が震え出し、続いて地面、そして雪山全体も震え出したようだ。遠い山の奥から雷鳴《らいめい》のような轟音《ごうおん》が響いてきて、まるで冷たい岩の下に未来永劫禁錮《きんこ》され続けることになった神が叩き起こされ、恐ろしく低い唸りを上げたように聞こえる。

空は夜の帳《とばり》が下りたかのように暗くなっている。

その時、隣から突然誰かの姿が掠《かす》めていった。風が吹き荒《すさ》ぶなか、趙雲瀾《チャオ・ユンラン》が無理して目を開けようとすると、汪徵《ワン・ジェン》の姿が見えた——この十六、七歳の天真爛漫《てんしんらんまん》な少女はまるで子供のように、人混みから離れたところに立っている。人混みの高いところに、みすぼらしい身なりの若い美男子がいる。突然、なにかを感じ取ったように、その男は振り向いて遠くから彼女を眺めた。二人の視線が合った瞬間、血痕や汚れまみれの彼の顔にふと無邪気な笑みが浮かんだ。そして彼は大声で叫びながら、手に取った大きな鉄ヤスリを祭壇上の大石碑に向かって振り下ろした。その足元には血で赤く染まった坂が広がり、無数の屍《しかばね》がそこに転がっている。

生き残った人たちは首を伸ばして、男の動きを眺めている。

男は石碑に刻まれたなにかを削って平らにしたあと、しばらく黙り込んだ。そして彼は突然かすれた声でなにかを叫んだ。それがどんな言葉なのか趙雲瀾《チャオ・ユンラン》は聞き取れなかったが、その意味はすんなりと理解できた。この体が血だらけ泥まみれの男は勝利を掴み取ったのだ。しかし、彼の顔には喜びの色は微塵もなく、悲しみと憤《いきどお》りしか見えない——千年も圧迫され続けてきた人にとって、初めて吸った自由の空気は、むせかえって涙が出るほど強烈なのだ。

黙っていた人々もようやく彼に呼応して叫び始め、谷の中には人々の叫び声と泣き声が響きわたっている。

だが次の瞬間、これらの幻影がたちまち消えていき、山河錐はゆっくりと地面から浮き上がった。

斬魂使《ざんこんし》はまた指を一本伸ばし、

「水魄《すいはく》！」と一喝した。

趙雲瀾《チャオ・ユンラン》はじっと元の場所に立ち、その瞳には黒々とした山河錐が映っている。寒い狂風に吹かれ、目も赤くなっているなか、彼は明鑑の文字盤を手で覆った。まるで中に隠れている少女の魂魄《こんぱく》、そして永遠に安らかに眠れない彼女の寂しさを慰めているような仕草だった。

その時、鋭い喚《わめ》き声が周りの空気を劈《つんざ》いて響いてきた。趙雲瀾《チャオ・ユンラン》が思わず首を傾け音波の衝撃を躱《かわ》そうとすると、だいぶ収まってきていた眩暈《めまい》がまた襲ってきた。喚き声はまだ続いており、間隔が次第に短くなり、声も徐々に大きくなってきている。その泣いているような凄まじい悲鳴が鼓膜に届くと、趙雲瀾《チャオ・ユンラン》は五臓六腑《ごぞうろっぷ》が尖った爪に引っ掻かれたような不快感を覚えた。

その喚き声に彼は吐き出しそうになっている。

趙雲瀾《チャオ・ユンラン》の様子を見て、近くにいた斬魂使《ざんこんし》は再びマントから灰色の霧を立ち昇らせ、障壁のように一瞬で外の音を遮った。山河錐も元の様子に戻り、ゆっくりと元あった場所に降りていく。その時、趙雲瀾《チャオ・ユンラン》はようやく口の中から血腥《ちなまぐさ》い味を感じた。手で触ってみると、いつの間にかうっかり舌を噛んでしまったようで、出血しているのだ。

「今のはなんの声ですか」

趙雲瀾《チャオ・ユンラン》は訊いた。

「軽率なことをしてしまいました。あれは幾千万もの鬼が一斉に泣き叫んだ声です」

斬魂使《ざんこんし》の落ち着いた声に珍しく憂いの色が滲み出ている。

「なんだって？」

二十

「先ほどあのお嬢さんから、桑賛《サンザン》さんが祭壇上の石碑に刻まれた奴隷の名簿を削り取ったとお聞きしましたので、山河錐《さんがすい》の中に閉じ込められた怨霊《おんりょう》はすでに解放されているかと思っていましたが、中にまだこれほど多くの怨霊が残っていたとは……。死霊は涙を流せないはずなのに、ここまで強く騒ぎ立てたということは、恐らく魂魄《こんぱく》が砕け散ることを覚悟で精一杯泣き叫んだのでしょう。幾千万もの怨霊が一斉に悲鳴を上げたわけですから、我々が耐え切れぬのは当然のことです。そればかりか、あの震動ならこれくらいの雪山は何座でも崩してしまえるでしょう」

趙雲瀾《チャオ・ユンラン》は手を後ろに組んで斬魂使《ざんこんし》の後ろに立ち、黙ってその説明を聞いている。

「山河錐は幾千年幾万年もの間ここに聳《そび》え立ち、数え切れぬほど多くの事を経験してきたのでしょう」

斬魂使《ざんこんし》は言い添えた。

その時、突然明鑑《めいかん》から閃光が走り、文字盤から白い影が浮き上がって捨て身の勢いで山河錐に飛びついていこうとした。ところが、文字盤から一メートルほど乗り出たその体が明鑑から完全に離れるまえに、趙雲瀾《チャオ・ユンラン》の手から蜘蛛の糸のような透明で細い線が伸びてきて、彼女にしっかりと巻きつき動きを止めた。

空中で捕まった汪徴《ワン・ジェン》はしばらく呆然としてしまい、俯《うつむ》くと趙雲瀾《チャオ・ユンラン》とぴったり視線が合った。彼女の目には涙が滲んできたようだが、さっき貼られた護符の効果で流れ出ることなく瞼《まぶた》の奥に閉じ込められている。一方で趙雲瀾《チャオ・ユンラン》は終始無表情で、不人情な人のように見えている。

「俺の目の前で二度も逃げられると思ってんのか」

趙雲瀾《チャオ・ユンラン》は冷たい口ぶりで言った。

「逃げられるものなら逃げてみな」

汪徴《ワン・ジェン》は俯いたままで、再び彼と視線を合わせる勇気もない。

「令主、落ち着いて。ゆっくり話しましょう」

斬魂使《ざんこんし》がその穏やかな声でなだめてくると、趙雲瀾《チャオ・ユンラン》は斬魂使《ざんこんし》の顔を立てていささか顔色を和らげたが、やはり汪徴《ワン・ジェン》を一目きつく睨んだ。

「自分の身を山河錐に捧げれば、幾千万ある鬼の怨念《おんねん》を鎮められると思ってるのか？　『石に立つ矢』とでも思ってんのか？　それとも怨霊のデザートになる気か？　バカバカしいにもほどがある！」

汪徴《ワン・ジェン》の首に残っている細長い赤い痕がますます目立つようになり、額に貼られた護符もその体の微かな震えに合わせて揺れている。まるで三流ホラー映画に出てくるキョンシー娘のようでとても滑稽な様相を呈しているが、この場にいる者は誰も笑わない。

思い切り罵ってすっきりしたあと、趙雲瀾《チャオ・ユンラン》は斬魂使《ざんこんし》の横でそのまま地面に座り込み、顎で汪徴《ワン・ジェン》を指して、

「お前も座りな」と言った。

汪徴《ワン・ジェン》を縛っていた糸は空中でうねりながら、ちょうど人一人が座れるくらいの銀色の椅子に形を変えた。

生前無残なことを数多く経験してきたからか、彼女の身には寒冷地域の少数民族ならではの情熱と自由奔放っぷりが微塵もなく、いつも憂鬱で無口で、自分の内面を表に出さないため、どこにいても周りの空気に馴染めない雰囲気を漂わせている。

少女の黒々とした長い髪は両頬に垂らされており、風にそよぐこともなく体とともに空中に止まっている。

「傍観者だからこそ、時には話の一部だけ聞けば、その因果関係が分かるんだ。なぜだか分かるか？」

趙雲瀾《チャオ・ユンラン》がさらに口調を和らげて訊くと、汪徴《ワン・ジェン》は黙ったまま顔を上げた。

趙雲瀾《チャオ・ユンラン》はため息をつき、

「すべての物事には原因があって結果がある。原因があれば必ずそれに相応する結果が生まれてくる。それは決まってることだから、君一人の力じゃその結果を止められないんだ」と続けた。

「所長はそのあとのことを知っているんですか？」

汪徴《ワン・ジェン》はぶつぶつ呟《つぶや》くような声で訊いた。

「俺はただ君の話から桑賛《サンザン》がどういう人なのかを知っただけだ。奴隷制は瀚噶《ハンガ》族で数百代も続いてた。親が死んでも子供は奴隷のままで、誰もその制度に逆らえなかった。彼は初めて奴隷制を破った人だ。きっとそれを成しえるほどに大きな不満を抱えてたんだろうな。こんなに骨があって抜きん出た男なら、自分の命を捧げよって言われたら、もしかしたら潔く命を捨てたかもしれない。ただ、プライドが傷つけられることだけは許さないだろう。出世して功名を立てて財を築くとかはさておいて、男にとって、妻や子供など大切に思う人に幸せな生活を送らせることが最低限のプライドなんじゃないのか？」

「令主もさようですか」

斬魂使《ざんこんし》は思わず隣から小声で尋ねた。

「縁のない奴はむりやり追いかけないけど」

斬魂使《ざんこんし》がこんなつまらない話に応じてくれると思わず趙雲瀾《チャオ・ユンラン》は意外だったが、ついでに自分の立場を表明することにした。

「もし俺にひたむきについてきて、俺を支えて、いろいろ考えて気を配ってくれる人がいて、俺がその人のことを守ろうとしなかったら、俺はクズになるんじゃないですか？　人間失格です」

斬魂使《ざんこんし》は膝に置いた手を引っ込め、袖の中に隠して思わず握り締めた。しばらくしてようやく低い声で返した。

「令主のような義理を重んじる方と一緒になれるのはさぞ幸せでしょう。果たしてどのような方がその幸運に恵まれるのでしょうか」

「え？」

いきなり褒められた趙雲瀾《チャオ・ユンラン》は少し怪訝《けげん》な顔を見せた。斬魂使《ざんこんし》の言葉が少し風変わりに聞こえ、

「いや、照れますね。そんなに褒められたら、鳥肌が立っちゃいますよ」と笑って返した。

斬魂使《ざんこんし》もその話は続けず、あっさりと話題を変えた。

「桑賛《サンザン》さんは一族に幸せな生活を送らせてあげたい一心で、そのために身を挺《てい》して戦い、殺戮《さつりく》の重罪を犯しました。不可能に近い願望を自らの力で実現させたあげく、あのようなことが起きるなど、彼もさぞ想像していなかったでしょう」

「もし俺の女があんな奴らのせいで、自分が作ったルールのせいで死んだら、きっと元の族長よりもあいつらのことを憎むだろうな」

趙雲瀾《チャオ・ユンラン》が言った。

「憎むどころか」

斬魂使《ざんこんし》は顔を上げ、先ほど立ち昇らせた灰色の霧越しにそこに聳え立った山河錐を眺めながら、

「八つ裂きにしても足りぬのです」とさりげなく言った。

汪徴《ワン・ジェン》はその言葉から不気味な寒気を鋭く感じ取り、思わず趙雲瀾《チャオ・ユンラン》の後ろへ身を縮こまらせた。

「桑賛《サンザン》は君が処刑されるのを現場で見てたのか？」

趙雲瀾《チャオ・ユンラン》が訊くと、汪徴《ワン・ジェン》は首を横に振った。

「彼らは桑賛《サンザン》を軟禁したんです。死んだ女の子の父親は、桑賛《サンザン》は私に惑わされたとか、私を殺すのは彼のためだとか言い立てて……」

趙雲瀾《チャオ・ユンラン》はしばらく黙ったあと、

「じゃ、君の遺体を片付けたのは桑賛《サンザン》だったんだな」と訊いた。

汪徴《ワン・ジェン》は頷《うなず》いた。

「ってことは、自分の遺体を見つけて土に還りたいというのは実は嘘だな？」

汪徴《ワン・ジェン》は俯いて、少ししてからまた頷いた。

趙雲瀾《チャオ・ユンラン》は眉を顰《ひそ》めてしばらく彼女を見つめると、目を逸らしやや硬い口調で、

「次は許さないからな」とだけ言った。

「それで、桑賛《サンザン》さんはあなたの遺体を川に流したのですか」

斬魂使《ざんこんし》が口を挟んだ。

汪徴《ワン・ジェン》は深く息を吸って、少し気を静めてからこう返した。

「おっしゃる通りです。瀚噶《ハンガ》族では、山は拘禁《こうきん》と鎮圧の象徴であるのに対し、川は灯籠流《とうろうなが》しの風習があるように、あらゆるものを阻むことなくどこまでも運んでいけると信じられていました。昔から、亡くなった奴隷と罪人の首を斬り落として山頂に埋葬することで、その魂魄を鎮圧するようにしていましたが、貴族あるいは声望の高い人が亡くなった場合は、遺体を川に流し、いわゆる水葬を行なうようにしていました。あの時、桑賛《サンザン》は私の頭を掘り出して、まもなく焼却されるはずだった体をこっそりと運び出してくれたんです。彼は事故で亡くなった女の子の首を斬り落として、彼女の体を私のと入れ替えました。そして川の畔で私の首と体を縫い合わせて、あの女の子のために用意した遺体袋に私の死体を入れて、私を抱きしめたまま一晩

泣いていました。そして次の日に、私が川に流されるのを隣で見送ってくれていたんです」

そこまで話すと、彼女は微かに顔を上げ、首に引かれたあの赤い線を触った。その細かい縫い目は、普段は不気味にしか見えないのに、今改めて見るとなぜか胸が締めつけられたようになる。

桑賛《サンザン》はどんな気持ちで自分の懐に凭《もた》れかかる女の顔を洗い、少しの生気もなく紙のように蒼白になった顔に触れ、その首と体を縫い合わせたのだろうか。

もしかしたら、彼はまだ愛する彼女に、自分が隠していた本当の気持ちを明かしていなかったかもしれないのに……。

歳月は実に理不尽で残酷なものである。少し移り変わるだけで、森羅万象《しんらばんしょう》をひっくり返し、人の心をズタズタに切り裂き、二度と元通りにならないようにできる。

隣にいる男二人は同時に黙りこくった。まるでなにかを思い出したかのように。

「死体は川に流されたけど、私はずっとそこを離れませんでした」

汪徴《ワン・ジェン》は話を続けた。

「彼のことをずっとそばで見ていたんです。彼がすっかり別人になっていくのを。元々族内の大事なことはみんなの投票で決めることになっていたのですが、その投票を主宰する立場の者は三人いて、一人は桑賛《サンザン》、一人は私を殺すべきだと言い立てた人、一人は声望の高い老人です。彼らが交代で議題を掲げたあと、みんなが挙手して意見を発表するのです。あとになって、桑賛《サンザン》はあの老人の孫を娶《めと》りました。彼は老人と手を組んで、私を殺すべきと言い立てた人をのけ者にして、さらに罠を仕組んであの人に無実の罪を着せました。それで二年後、あの人もみんなの挙手で死刑に処されました」

趙雲瀾《チャオ・ユンラン》はタバコを一本取り出し、鼻の下まで持っていって嗅いだ。

「さらに一年が経つと、あの声望が高い老人も亡くなりました。老衰で天寿を全《まっと》うしたとみんな思っていましたが、桑賛《サンザン》があの老人に毒を盛ったのを私は見ていたんです」

汪徴《ワン・ジェン》の眉が一瞬痙攣《けいれん》したように動いた。今になってもなおその現実を受け入れがたいようだ――瀚噶《ハンガ》族では、毒物は弱虫の武器だと思われていた。あの一族を背負う堂々たる男が、どうしてあんな裏で人に毒を盛る卑怯者になったのかと。

桑賛《サンザン》はまるでその見下げ果てたやり方で、彼がこっそりと殺害した人を、そして彼自身を精一杯侮辱しているようだった。

「その次は彼の妻、そしてまだ歩き方を学んでいた息子です……。彼と血が繋がっている赤ちゃんも免れられなかったんです」

汪徴《ワン・ジェン》はほとんど透明になった手指で同じく透明になりかけている白いワンピースを掴んだ。

「彼のせいで亡くなった人々は、みんな水葬が行なわれる前日に、こっそりと首を切られて、代わりに遺体袋に大きな石を入れられました。彼らの首は山頂に埋められ、体は川の底に沈んで永遠にそこから逃れられなくなりました。あの時、一族ではもう桑賛《サンザン》に対抗できる者がいなくなって、彼の声望は高まる一方でした。彼が数年にわたって苦心した結果、一族のみなさんは自分たちの挙手で物事を自由に決められると満足していましたが、実際、みなさんが同意していたのは桑賛《サンザン》がみんなに同意させたかったことばかりで、つまるところ、彼は新たな首領になったんです」

すべての権力を一手に収めているものの、一族を潰すことしか考えていない首領に。

そのあとは派閥争いが途絶えず、桑賛《サンザン》は自分の都合で他の人を抑圧したり、逆に盛り立てたり、さらには裏で派閥間の矛盾を激化させたりしていった……。

かつて純朴な青年だったあの勇者は知らず知らずのうちに陰で糸を操るタヌキになり、あの最愛の人の遺体を抱いて一晩泣いていた男は冷血で危険極まりない人間になった……。

かつて毎日歌ったり踊ったりして幸せな生活を手に入れるために頑張っていた善良な人々が、みんなで挙手して、大きな押し切り機で無罪のはずの少女の首を強引に斬り落とし、その霊魂《れいこん》を未来永劫果てのない闇の中に拘禁してこき使おうとしたように。

「私の死後十五年目、瀚噶《ハンガ》族で再び内乱が起きました。先祖代々にわたり圧迫され続けていた奴隷たちは二つの派閥に分かれて、自分たちの同胞に剣先を向けたのです。あの一戦は、かつての戦いよりも惨めで激しいものでした。丸一日続いて、戦死した人の遺体で谷が埋まって、頭が血だらけの子供が戦死者の横に座ってひたすら号泣していました。死体の匂いに惹きつけられて飛んできたハゲワシは空中を飛び回るばかりで、下りてくる気配もありませんでした……。桑賛《サンザン》は生き残った人々を祭壇へ導くと、事前にそこに撒いた灯油を使って火を放ったから。彼が火に囲まれながら、山河錐の下に伏せて置かれた石板を表に返すと……」

汪徵《ワン・ジェン》はか細い声で話を続ける。

「名前を刻まれた者は未来永劫奴隷のままでいるという意味のあの石碑は、桑賛《サンザン》に削られてみんなの名前がすべて消されていたはずなのに、いつの間にか再び一人ひとりの名前が刻み込まれていたんです。火が消える気配はなく、その山全体を呑み込もうとしているような勢いで燃え続けていましたが、山河錐だけは、恥の柱のようにずっとそこに聳え立っていました。血も涙もなく……」

幾千万もの鬼が一斉に泣き叫んだのには、それなりの理由があったのだ。

二十一

「分かった。つまり、今山河錐《さんがすい》に閉じ込められてる怨霊《おんりょう》はすべて桑贊《サンザン》に殺害された彼の追随者や瀚噶《ハンガ》族の人たちってことだな。大昔の厄介事の話はもういいから。それより、これからどうすればいいでしょうか」

趙雲瀾《チャオ・ユンラン》は一切の同情なく汪徴《ワン・ジェン》の説明を遮った。

斬魂使《ざんこんし》が黙っているなか、汪徴《ワン・ジェン》が微かに唇を動かしなにかを言おうとすると、即座に趙雲瀾《チャオ・ユンラン》に指差されて、

「お前には訊いてない」と言われた。

「……」

汪徴《ワン・ジェン》はやむなく口を閉じた。

「山河錐が魂魄《こんぱく》を吸い込んで制圧してしまうものであるがゆえに、非業《ひごう》の死を遂げた人はともかく、天寿を全《まっと》うして安らかな眠りについた人までもが山河錐に吸い込まれて長年閉じ込められているうちに、悪鬼《あっき》や怨霊になりえます」

斬魂使《ざんこんし》が説明した。

「私の見解では、恐らく幽冥聖器《ゆうめいせいき》を破壊するか、中の魂魄を強制的に鎮圧するかのどちらかしかなす術がないでしょう」

斬魂使《ざんこんし》の表現は曖昧で、いったいどうすればよいのか汪徴《ワン・ジェン》はすぐに理解できず、丸い目を見開いて困惑した顔で訊いた。

「それはつまり……」

「つまり、山河錐を爆破するか、それが無理なら中の魂魄をぶった切って徹底的に潰しちまうのが手っ取

り早いってことだよ」

趙雲瀾《チャオ・ユンラン》が代わりに説明すると、汪徴《ワン・ジェン》は驚いて思わず手で口を覆った。

斬魂使《ざんこんし》は首を横に振りながら、

「理由もなく人の魂魄を切るとは、極めて非道なことです」と言った。

そうなると、山河錐を爆破するしか道はない。

三人は同時に黙りこくった。

幽冥聖器は果たして勝手に爆破していいものなのか？

趙雲瀾《チャオ・ユンラン》が地面に座り込んで、ライターをつけたり消したりして遊びながらその小さな炎を見つめ、突然なにかを思い出したように斬魂使《ざんこんし》に訊いた。

「ここに来る時、提灯を下げた獄卒《ごくそつ》に会ったんですけど。清渓村《チンシー》の外の国道で、こっからそんなに離れてないところです。あの獄卒はもしかしてここのことを知らなかったんですか？　こんなに多くの魂魄が閉じ込められてる山河錐を見て見ぬふりしてそのまま通り過ぎるなんてことありえるんですか？」

斬魂使《ざんこんし》は微妙に間をあけて、

「あの獄卒は百余りの霊魂《れいこん》を冥府《めいふ》に連れていかねばならないゆえに、恐らくここで起きたことに構う余裕がなかったのでしょう」と答えた。その話を聞いて趙雲瀾《チャオ・ユンラン》は斬魂使《ざんこんし》に目をやり、当惑したような表情を見せた。

「そういえば、四聖《しせい》が人間界から姿を消してもう長いですが、大人《たいじん》はどうして今になってようやく回収を始めたんですか？　前回の輪廻晷《りんねき》の件がただの偶然だったとしたら、今回は恐らく山河錐を回収するためにわざわざいらっしゃった、ですよね？」

斬魂使《ざんこんし》はすぐに自分の失言に気付き、口をつぐんだ——趙雲瀾《チャオ・ユンラン》は実に賢い。普段のそそっかしい様子も、時折見せる常軌を逸した姿もすべてその賢すぎる部分を隠すための偽装にさえ見える。いったんその部分を露わにしようものなら、たびたび突然の一言で物事の因果関係をずばりと言い当ててきた。

当然のことながらそんな趙雲瀾《チャオ・ユンラン》が斬魂使《ざんこんし》に問いただせるこの絶好のチャンスを見逃すはずがない。彼は視線をゆっくりと下へ動かし、斬魂使《ざんこんし》の広い袖に留めた。

「大人《たいじん》の袖にまだ血痕が残っていますよ。もしかして幽畜《ゆうちく》にでも遭遇されたんでしょうか？　そういえば、私は世の中に幽畜っていう生きものがいるなんてつい最近まで聞いたこともなかったです。四聖の一つである輪廻晷とほぼ同時に現れたそいつらはいったい何者なのか、どこから来たのか、その情報は幽冥界《ゆうめいかい》にひた隠しにされているんですよね。なんの理由もなく突然世の中に現れることはないでしょう。それに、『聖器』って言われるくらいのものなら、手に入れるためにそこら中から人が押し寄せてくるはずじゃないですか。どうして聖器が人間界から姿を消してこんなに経つまで回収しようとしなかったんですか」

生涯にわたって人を審判してきた斬魂使《ざんこんし》は、他人に問い詰められたことがなく、しばらく考えても適切な答えを見出せず、やがて正々堂々と、

「申し訳ないが、お答えできかねます」と如実に返した。

確かに趙雲瀾《チャオ・ユンラン》のような人に嘘をつくと、どうせすぐに見破られるから、むしろ正直に答えられないと断ったほうがいい。嘘を考える手間も省ける。

趙雲瀾《チャオ・ユンラン》はもう一本のタバコに火をつけ、一息深く吸い込むと、斬魂使《ざんこんし》に問いただすのをやめた。

彼は立ち上がって、ポケットから八角形の記号が描いてある土壁のかけらを取り出し、手のひらに置いて汪徵《ワン・ジェン》に見せた。

「これはどういう意味なんだ？　瀚噶《ハンガ》族の呪文では山河錐っていう意味なのか？」

汪徴《ワン・ジェン》はじっくりとそのかけらを観察したあと、頭を振って
「違います。八角形は山の意味、八角形の外に丸をつけると、山を囲む川を指すって小さい頃お父様に教えてもらったことがあります」と答えた。

「お父さんにごまかされてなかった?」

趙雲瀾《チャオ・ユンラン》は訊いた。

「お前ら文盲一族には確かもう一個山を指す記号があるんじゃなかったっけ?」

汪徴《ワン・ジェン》は実に気立てのいい人だ。所長の人種差別発言を聞いても依然として落ち着いている。他の所員ならとうにこのボスを殴りたい衝動に駆られているだろうが、汪徴《ワン・ジェン》はただこれまで通りか細い声で説明を続ける。

「確かにもう一つ山を指す記号があります。ただ、それが普通の山という意味で、八角の記号は神山だけを指します。つまり、山河錐が立っているこの辺りです。生前、ここは我が一族の禁断の地とされていて、族長でない限り、ここに上がるのはご法度でした」

「でも、ここに山を囲む川なんてないじゃないか」

趙雲瀾《チャオ・ユンラン》は眉根《まゆね》を寄せた。

「何年も経ちましたから、地形はとっくに変わってしまったのでしょう」

汪徴《ワン・ジェン》が返すと、趙雲瀾《チャオ・ユンラン》は顔を上げ、山河錐の方向を眺めながら話を続ける。

「山魂《さんこん》と水魄《すいはく》か……。瀚噶《ハンガ》族は山河錐を利用して羅布拉禁術《ルオブラキンジュツ》を発動して、それから何世代にもわたって禁術を駆使していたわけだから、きっともっと深い話を知っていたはずだ。たとえば、どうして死体を水に流して水葬を行なえば山河錐の呪縛から逃れられるのかとか」

斬魂使《ざんこんし》はその話を聞いて少し考えると、

「山は動かざれども、流れる水は腐らず……。ということは、もしかしたら水は、山河錐に克《か》てるのでは？」

と言った。

「じゃあ、試さない手はないな」

趙雲瀾《チャオ・ユンラン》は返した。

すると、斬魂使《ざんこんし》は立ち上がり、趙雲瀾《チャオ・ユンラン》も犬を呼ぶ時の手つきで汪徴《ワン・ジェン》に手を振り、もう一刻も待てないと言わんばかりに指で自分の腕時計を叩く。

その仕草の意味を読み取った汪徴《ワン・ジェン》は、たちまち文字盤に潜って姿を消した。

彼女が姿を隠すまで待って、斬魂使《ざんこんし》が手を上げ灰色の霧を払い、目の前の雪道を指差すと、山河錐の周りに積もっていた氷雪は肉眼でも確認できるほどのスピードで溶けていき、溶けた水が細い輪になって山河錐を囲んだ。そしてさっきまで続いていた山河錐の騒動も奇跡的に収まった。まるで激しく取り乱した人が慰められて一時的に気を静めたように、見た目は恐ろしいままだが黙り込んでいる。

慎重な斬魂使《ざんこんし》はあまり近づかないように水の輪の外に立って、山河錐の反応を観察している。

溶けた氷雪はどんどん増えていき、小さな渓流のようになりザーザーと音を立てながら厚い積雪に滲み込んで、蛇のように山河錐に向かって流れていった。

続いて趙雲瀾《チャオ・ユンラン》は虫の羽音のような音が聞こえ、最初は耳鳴りだと思っていたが、しばらくするとその音の中から誰かの声が途切れ途切れに響いてきた。

「未《いま》だ老《お》いずして……老《お》いずして已《すで》に衰《おとろ》す……」と。

趙雲瀾《チャオ・ユンラン》はそこにぼんやりと佇《たたず》み、なぜか心の奥から言葉にできない胸騒ぎを感じた。その声をはっきりと耳で捉えようとすると、不思議なことに彼は思わずその声に合わせて、

「未《いま》だ老《お》いずして已《すで》に衰《おとろ》す石、未《いま》だ冷えずして已《すで》に凍《い》つる水、未《いま》だ生まれずして已《すで》に死す身、未《いま》だ灼《や》かれずして已《すで》に化《と》く魂【（人を）老いずして衰えさせる石、冷えずして凍る水、生まれずして死ぬ身、灼かれずして溶ける魂】……」と唱えた。

その言葉を聞いて、斬魂使《ざんこんし》は勢いよく振り向いて趙雲瀾《チャオ・ユンラン》に目をやった。

一瞬意識が余所《よそ》にいきかけたが、趙雲瀾《チャオ・ユンラン》はすぐ我に返って眉根を力いっぱい摘まみ、また幻聴が現れたのではないかと思った——一瞬、その山河錐という大きな石柱と自分の間になんらかの絆が生まれ、その力に引き寄せられていくような奇妙な感覚を覚えたのだ。俯《うつむ》くと、積雪から反射してきた白い光で目が眩《くら》み、趙雲瀾《チャオ・ユンラン》の瞳孔が一瞬収縮した。その時、斬魂使《ざんこんし》の後ろに何者かがふいに現れ、続いて大きな斧が斬魂使《ざんこんし》の後頭部を狙って勢いよく振り下ろされるのが見えた。

実はこの谷に入ってから今まで、ポケットに突っ込んだままの趙雲瀾《チャオ・ユンラン》の手はずっと拳銃を握り締めている。彼は素早く手を抜き出し、拳銃を握ったまま斬魂使《ざんこんし》の肩に手を乗せ、瞬《まばた》きする間もなく相手に向けて一発撃ち放った。

サイレンサーを通して飛び出した弾丸はその人の額に当たり、それと同時に鞘に入ったままの斬魂刀《ざんこんとう》が横方向から飛び出してきた。斬魂使《ざんこんし》が漆黒の竜巻のようになり飛んでいくと、そこに鋭い風が巻き起こされ、鋒《きっさき》と鞘が不快な摩擦音を立てながら、斬魂刀《ざんこんとう》の端部があの大きな斧にぶつかっていった。

そしてぶつかった瞬間、二人は同時に後ろへ三歩退いた。その時、あの巨斧《きょふ》の持ち主が顔に白い鬼面を被っているのが見えた。額に弾丸が打ち込まれた跡が残っており、中から黒い液体が流れ出ている。

白い鬼面の人がゆっくりと手を上げ、額の黒血を拭き取り、趙雲瀾《チャオ・ユンラン》のほうに向ける。その動きに伴い、生気のない白い鬼面に描いた「五官」も徐々に歪《ゆが》んでいき……やがて笑いに似たような表情を見せた。

「令主《れいしゅ》」

鬼面の下から男性のこもった声が聞こえた。

「ご無沙汰しております。千年ぶりだが、相変わらずだな」

趙雲瀾《チャオ・ユンラン》は訝《いぶか》しげに眉を吊り上げた。白い鬼面の男なんて聞いたことがないし、なぜ「千年ぶり」と言ったのかもさっぱり分からない。

その鬼面に描いてある眉が突然垂れて、泣いているのか笑っているのか定かでない表情を浮かべたあと、鬼面の男は額の穴をほじくりながら語り出した。

「昔の令主はかような冷たい方ではなかったのにな。まあ構わぬ。当方に火を貸していただいた恩があるゆえ、令主には何回殺されても文句は言え……」

斬魂使《ざんこんし》は鬼面の男に最後まで語らせなかった。眩《まばゆ》いほどの光を纏《まと》う鋒が勢いよく振り下ろされ、劈《つんざ》かれた空気から鋭いうめき声が発された。こんなふうに激高《げっこう》する斬魂使《ざんこんし》を見たことがなく、趙雲瀾《チャオ・ユンラン》は直《ただ》ちに空気を読んで横へ身を躱《かわ》し、両雄対決の場を空けた。

「所長、あの人は何者ですか」

汪徴《ワン・ジェン》の声が趙雲瀾《チャオ・ユンラン》の腕時計から伝わってきた。

趙雲瀾《チャオ・ユンラン》はタバコをくわえたまま、両手を袖の中に入れてそこにしゃがみ込む。

「知らないよ。俺だって誰とでも知り合いってわけじゃないから……。ってか俺が男なら誰でもいいように見えるのか？」

「……」

汪徴《ワン・ジェン》はまたボスに絶句した。

趙雲瀾《チャオ・ユンラン》は斬魂使《ざんこんし》の戦いをしばらく横で眺めたあと、地面に積もった雪でタバコを押し潰し、両手に息をかけ悴《かじか》んだ手を擦って温めた。

「未《いま》だ老《お》いずして已《すで》に衰《おとろ》す石、未《いま》だ冷えずして已《すで》に凍《い》つる水……」

そう言いながら彼はなにかを考えているように視線を余所《よそ》に向け、指で腕時計を軽く叩いた。

「そうだ！　いいこと思いついたから、やってみようかな」

所長が思いついたいいことは、決してろくなことではないと汪徴《ワン・ジェン》はよく知っているから、その話を聞いてすぐに、

「所長、所長！」と呼び止めようとした。

しかし、趙雲瀾《チャオ・ユンラン》は彼女に構わず、直ちにベルトからキーホルダーを外した。

その古いキーホルダーは本の形をしており、長い間擦れて摩耗したのかそこに描いてある模様はすでに削られて平らになっている。裏には「鎮」という歪んだ文字と、真ん中に溝が一本入っており、開けられるミニアルバムのように見える。

趙雲瀾《チャオ・ユンラン》がそのキーホルダーを持って山河錐のほうへ向かうと、突然地面から何匹かの幽畜の姿が浮かび上がり、四方八方から趙雲瀾《チャオ・ユンラン》を囲んで、彼を虎視眈々《こしたんたん》と狙っている。

趙雲瀾《チャオ・ユンラン》は辺りを見渡し、

「なるほどね、少し分かってきた。あいつがお前らが言ってたご主人様だろう。輪廻晷もお前らが奪ったんだな。幽冥四聖を使っていったいなにをしたいんだ？」とだるい声を伸ばしながら言った。

幽畜はなにも答えず、ただ肩を寄せ合って前へ一歩詰め寄り、威圧感で趙雲瀾《チャオ・ユンラン》を退けさせようとしている。

趙雲瀾《チャオ・ユンラン》が顔にせせら笑いを浮かべ、指でタバコを挟んでそのブック型のキーホルダーを開けると、中から

小さな炎が立ち昇った。

それはミニアルバムなんかではなく、精緻《せいち》なミニライターだった。

趙雲瀾《チャオ・ユンラン》はライターを擦って、タバコに火をつけたが、いつものようにそのタバコを口にくわえるのではなく、そのまま指の間に挟むだけだった。

「俺はこの世の中で、意地悪なブスと道を塞ぐ犬が一番嫌いなんだよね。よりによって俺の地雷を踏むなんて、お前ら本当に優秀な地雷探知犬だな……」

言い終わると、その手に持ったタバコが爆竹のようにシュッと飛び出した。彼の手から離れた瞬間、その細いタバコは空で大きな炎球に変わり、長い尾を引く流れ星のように幽畜に飛びついていった。その炎は普通のと明らかに違う。

「ありゃ三昧真火《さんまいしんか》だ！」と、一匹の幽畜が悲鳴を上げると、後ろの二匹は躱すのが遅れてたちまち炎の中に呑み込まれた。

「真の火だの偽の火だの騒ぎやがって、どんだけ世間知らずの田舎者だ。兵器譜[34]で一位に挙げられた暗器、俗に言う『ロケット花火』も知らないのか？」

炎に照らされている趙雲瀾《チャオ・ユンラン》の顔に笑みが浮かんだ。

次の瞬間、たった今「ロケット花火」というおしゃれな名前をつけられたタバコの炎球は、そのまま山河錐の土台に向かって飛びついていった。

34　訳注：「兵器譜」とはすなわち武器の番付。武侠小説などによく見かける。

二十二

鬼面の男と戦っている最中に後ろの騒ぎに気付き、斬魂使《ざんこんし》は素早く手首を返し、その手に持った斬魂刀《ざんこんとう》を鬼面男の頭に向かって勢いよく振り下ろした。この僅かな間に振り返って後ろも確認しようとしたが、趙雲瀾《チャオ・ユンラン》が飛ばした「ロケット花火」が眩《まぶ》しすぎて目も開けられなかった。趙雲瀾《チャオ・ユンラン》の姿をすぐに見つけられなかったことで斬魂使《ざんこんし》は焦ってつい、

「雲瀾《ユンラン》！」と呼んでしまった。

戦いから少し気が逸れるくらい、本来なら斬魂使《ざんこんし》にとっては大したことではないが、今回はそうはいかなかった。鬼面の男は斬魂刀《ざんこんとう》の攻撃を躱《かわ》すことなく、真正面からお面で受け止めようとした。斬魂刀《ざんこんとう》の刃先が触れた瞬間、鬼面に一本の亀裂が入った。しかし、奇妙なことに、有利に攻めていたはずの斬魂使《ざんこんし》はなにか気がかりがあるようで、突然我に返ったように体を横にずらして攻撃をやめた。斬魂刀《ざんこんとう》の刃先はそのお面をかすっただけで、二人の体はそのまますれ違った。どうやら斬魂使《ざんこんし》は鬼面を切り裂くのを恐れているようだ。

鬼面の男は高笑いすると、趙雲瀾《チャオ・ユンラン》に向かって飛んでいった。まるで巨大な黒い霧の塊が迫っていくように見える。この鬼面男も長いマントを身に纏《まと》っており、それを体のほうに引き寄せると、三昧真火《さんまいしんか》に包まれながら山河錐《さんがすい》の土台を狙って飛んでいった趙雲瀾《チャオ・ユンラン》のタバコはそのままマントの中に吸い込まれて消えてしまった。鬼面男は山河錐を背にして趙雲瀾《チャオ・ユンラン》の前に立ちはだかり、生き残った幽畜《ゆうちく》たちもみな男の背後に回って山河錐を取り囲んだ。

趙雲瀾《チャオ・ユンラン》は目を細めて鬼面の男を観察しながら、

「畢方《ひっぽう》の野鳥め、三昧真火はあの孫悟空でさえ焼かれながら泣き叫ぶほどの炎だなんてほらを吹いておい

て、結局閣下のボロマントすら燃やせない。どうやら閣下はただ者ではなさそうだな」と言った。

「当方は令主《れいしゅ》を傷つけるつもりは毛頭ない。ただそれも令主がこの件に首を突っ込まないならの話だ」

鬼面の上に描かれた顔が無表情なものに変わっている。

趙雲瀾《チャオ・ユンラン》は片手をポケットに突っ込んだまま、肩を自然と片方に傾け、まだなにも言ってないにもかかわらず、見た目だけですでに立派なチンピラオーラを滲み出している。

「うわっ、それはそれは怖いな」と趙雲瀾《チャオ・ユンラン》が言うと、斬魂使《ざんこんし》は大股で歩いてきて、趙雲瀾《チャオ・ユンラン》を一気に自分の背後に引っ張り、斬魂刀《ざんこんとう》を体の前で構えた。彼を守ろうとするそのあからさまな姿勢に趙雲瀾《チャオ・ユンラン》は思わず怪訝《けげん》な表情を浮かべた。

この怪しい鬼面男が現れてから、斬魂使《ざんこんし》の挙動はあまりにもおかしくなっている気がする。

しかし、今はそんなことを考えている場合ではない。趙雲瀾《チャオ・ユンラン》はポケットを探りながら喋り出した。

「お前が真っ先に三昧真火を消したってことは、山河錐は火に弱いってことだな……。いや、山河錐は『鎮圧』の意味があって、収められるだけの魂魄《こんぱく》を拘禁《こうきん》して中で固まらせるものだから、恐らく火だけじゃなくて、水や風などあらゆる流動体に弱いんだろう。ただ、人間界の普通の水や火じゃ威力が足りないから、今まで無事にここに立ち続けてきた、そうだろう？」

鬼面の男はそのお面に描いてある恐ろしいほど大きな目をぐるりと回し、趙雲瀾《チャオ・ユンラン》をじっと見つめながら、「令主、賢さが極まれば必ず己を傷つけてしまう。せいぜい気を付けることだな」と返した。

「令主に指一本でも触れようものなら、『あそこ』から出てきたことを後悔させてやる」

斬魂使《ざんこんし》は恐ろしげな口ぶりで言った。

「お前にそんな力があるのか？」

鬼面の男は大笑いした。

「確かめてみたいならやってみろ」

斬魂使《ざんこんし》が言い終わると、鬼面の五官が歪《ゆが》み始め、体も膨らんできた。そして両翼を大きく広げ巨大コウモリのようになって突如急降下を始め、斬魂刀《ざんこんとう》の鋒《きっさき》に向かって飛びついていった。一方で、趙雲瀾《チャオ・ユンラン》は彼らが戦闘態勢に入っている隙を突いて別の方向へ走り出した。地下に身を潜めていた幽畜が一斉に湧き上がり趙雲瀾《チャオ・ユンラン》のほうへ押し寄せたが、彼の正確無比な射撃で次々と仕留められてしまった。

それに気付いた鬼面の男は飛び上がって趙雲瀾《チャオ・ユンラン》に追いつこうとしたが、斬魂刀《ざんこんとう》の重い一撃をばっちり食らい、背中に三十センチほどの傷を受けると中から黒い血が空高く噴き上がった。しかし、鬼面の男はまったく意に介さず、ただ闇雲に趙雲瀾《チャオ・ユンラン》に食らいついていく。

幽畜が次から次へと湧き出てくるなか、趙雲瀾《チャオ・ユンラン》が勢いよく回し蹴りを繰り出すと、ちょうどそのうちの一匹の顔に当たった。幽畜が不意の一蹴りを受け、体をのけ反らせているところで、趙雲瀾《チャオ・ユンラン》はその肩に立ち、いつの間にか手に取っていた長い鞭を振り、飛びついてきた鬼面男の顔に一発お見舞いしようとした。

斬魂使《ざんこんし》はなんらかの理由でその鬼面を剥がしたくないようで、趙雲瀾《チャオ・ユンラン》が鬼面男に鞭を当てようとするのを見ると、驚きのあまり危うく鞘でその鞭を止めそうになった。幸いなことに鞘を上げたところで、辛うじてその衝動を抑え込んだ。一方で、鬼面の男は趙雲瀾《チャオ・ユンラン》の拳銃に打たれても平気だったが、その長鞭だけは恐れているようで、一瞬にして七、八メートルも退き、長鞭の攻撃範囲外まで下がった。

すると、趙雲瀾《チャオ・ユンラン》は突然声を出さずに笑い始めた。

鬼面の男はようやくなにかおかしいと気付き、咄嗟《とっさ》に振り向いたが、すでに手遅れだった——轟音《ごうおん》が響いてくると同時に、どんよりとした空模様の中に突如稲妻が走った。山河錐を囲む幽畜を完膚《かんぷ》なきまでに斬り潰すような勢いで、その稲妻は九重の天《きゅうちょうのてん》から落ちてきて、そいつらをすべて電光の中に巻き込んだ。

「ドカン」という音とともに、山河錐は落雷に打たれて一気に燃え上がった。

趙雲瀾《チャオ・ユンラン》が手を広げると、その手にはすり潰されて粉々になった請雷神符《しょうらいじんふ》[35]が乗せられている。

奸者、極悪者、穢者、重罪者はいずれも天罰を受け、落雷に打たれて死ぬと信じられていたことからも分かるように、生まれながらにして穢《けが》らわしい存在である幽畜がこれだけ集まっているわけだから、ここに落雷を引きつけるのはたやすいことである。

趙雲瀾《チャオ・ユンラン》は手の中の霊符《れいふ》の粉を払いながら口を開いた。

「身のほどを知らない奴は雷に打たれやすいってことも知らないのか」と。

言い終わるか終わらないかのうちに、山河錐は融け始めた氷河のように次第に細くなっていき、落雷で燃え出した火は空に向かって一気に百メートルも立ち昇った。遠くで響いている微かな雷鳴に呼応して燃え盛る猛火は、山河錐の土台に炎の旋風を巻き起こし、肌を溶かすような熱気を放っている。

その炎の中に、無数の人々のぼやけた顔がふと現れてまた消えていった。天火に跡形もなく焼かれて消えたかのように。続いて大地の奥から心臓の鼓動に似た震動が伝わってきた。まるで趙雲瀾《チャオ・ユンラン》が引きつけた落雷で山河の魂魄まで打ち震えているかのようだ。

その時、鬼面の男はさっと趙雲瀾《チャオ・ユンラン》の前に降り立ち、彼に向かって大きな斧を振り下ろそうとした。幸いなことに、斬魂使《ざんこんし》は破壊された「聖器《せいき》」には興味がなく、すぐに鬼面男の攻撃に気付いた。横方向から斬魂刀《ざんこんとう》を力強く振るうと、分厚いみねが「ザシン」と音を立てて鬼面男の巨斧《きょふ》にぶつかった。

しかし意外にも、鬼面男の狙いは趙雲瀾《チャオ・ユンラン》ではなかった。斬魂使《ざんこんし》が巨斧の攻撃を止めると、鬼面男はその勢

35　訳注：「請雷神符」とは雷神を招来するための霊符。

いで身を躱し、奇妙な笑いを見せながら、斬魂使《ざんこんし》の耳元で口早にこう言った。

「私の計画が邪魔されたのを見て喜んでるのか？　教えてやろう、彼が気付いていることはきっとこれだけではない。ただお前の前で言ってないだけだ」

その言葉を聞いて、斬魂使《ざんこんし》は手首を返すと、斬魂刀《ざんこんとう》が小刻みに激しく震え出し、鬼面男の片腕を斬り落とした。だが、鬼面男はまるで斬り落とされたのは自分の腕ではなく、ただの袖かなにかのようにそのことをまったく気に留めていない。片腕が斬り落とされた体を引きずって、肉眼では捉えられないほどの速度で一瞬にして数十メートル退くと、まだ生き残っている幽畜たちも慌ててその後についていった。鬼面男は血痕だらけの服の裾を空にひらめかせながら、鋭い風の音を立て、

「勝手にせよ！」とだけ言い残した。

そして先ほど突然姿を現した時と同様に、また突然影も形もなく姿を消してしまった。

山河錐が燃え続けるなか、炎の光に照らされている趙雲瀾《チャオ・ユンラン》の横顔を見て斬魂使《ざんこんし》はふいに胸騒ぎがしてきた――（さっきのあの言葉はいったいどういう意味なのか？「言わないだけで気付いている」とはどういうことだ？　趙雲瀾《チャオ・ユンラン》は果たしてなにに気付いたのか？）

斬魂使《ざんこんし》が思いを巡らしていると、趙雲瀾《チャオ・ユンラン》は振り向いて、

「大人《たいじん》の袖は光を遮られるんですよね。ちょっと借りてもいいですか」と訊いた。

すると、斬魂使《ざんこんし》の袖はまた灰色の霧と化した。趙雲瀾《チャオ・ユンラン》は俯《うつむ》いて、明鑑《めいかん》に身を潜めた汪徴《ワン・ジェン》を外に出し、ボロボロの捜神符《そうじんふ》を取り出した。

「桑賛《サンザン》の名前を呼んでみな。彼の魂魄を呼び出してみるから」

その言葉に汪徴《ワン・ジェン》は目を大きく見開いた。

「早くしろ、火が燃え尽きるまえに！」

趙雲瀾《チャオ・ユンラン》が急かすと、汪徴《ワン・ジェン》は空に向かって飛び上がり、山河錐に向かって趙雲瀾《チャオ・ユンラン》には分からないなにかを叫んだ。その瞬間、趙雲瀾《チャオ・ユンラン》の手に握られた霊符が粉々に破れて柔らかな風と化し、汪徴《ワン・ジェン》の言葉を優しく包み込んでメラメラ燃える山河錐の中に運んでいった。汪徴《ワン・ジェン》は霧の保護から出られないため、なるべく山河錐に近い縁のところに立って桑賛《サンザン》の魂魄が現れるのを待っている。

想い人との再会を待ち焦がれる少女の気持ちがその目にも滲み出ている。

しかし、なにも起こらないまま時間が過ぎ、山河錐はどんどんと細くなり、炎も小さくなっていった。それを見た汪徴《ワン・ジェン》の目から徐々に輝きが失せてきた。ところが、天火が燃え尽きそうになったその時、男性のぼやけた影が炎の中にふと現れた。その影は遠くからこちらを眺めている。

驚きのあまり、汪徴《ワン・ジェン》は思わず手で口を塞いだ。

趙雲瀾《チャオ・ユンラン》が鎮魂令《ちんこんれい》を一枚取り出し、「パッチン」と指を鳴らすと、鎮魂令が真っ直ぐ空に浮かび上がった。

「彼と話してきな。その気があるなら、鎮魂令に入ってこいって」

趙雲瀾《チャオ・ユンラン》は汪徴《ワン・ジェン》に向かって言った。

ところが、その手間は省かれた。桑賛《サンザン》は汪徴《ワン・ジェン》を見ると、一瞬唖然《あぜん》とした顔を見せたが、天火に包まれるなか、凄まじい勢いで走ってきてそのまま鎮魂令に潜り込んだのだ。二人とも同時にそこから姿を消し、鎮魂令も自ら明鑑の文字盤に沈んでいった。

どのくらい経ったのか、猛火はようやく燃え尽き、そこには朽ちた祭壇しか残っておらず、山河錐も姿を消していた。

趙雲瀾《チャオ・ユンラン》はゆっくりと祭壇のほうに歩いていき、燃え残った瓦礫を掻き分け、中から八角形の小さな石を見

つけた。上が太く下が細い楔形《くさび》の石だった。趙雲瀾《チャオ・ユンラン》はしゃがんで、その石を地面から掘り出し、

「みんなが捜している聖器はこれでしょう。ほら！」と言って、遠くから斬魂使《ざんこんし》に投げて渡した。

斬魂使《ざんこんし》がその極めて普通の小石をよく観察して耳元に持っていきしばらく耳を澄ましていると、中からか細い泣き声が聞こえてきた。か細いがこのうえなく惨めな慟哭だった。

「彼らは……彼らは解き放たれましたか」

期待を込めた汪徴《ワン・ジェン》の声が趙雲瀾《チャオ・ユンラン》の腕時計から伝わってきた。

「いいえ」

斬魂使《ざんこんし》が答えた。

「まだ中に閉じ込められています。山河の芯が火に弱いなんてことはありません。令主が先ほど『流動体に弱い』とおっしゃったのは、恐らく山河錐に吸い込まれてその周りで固まった人間の魂魄や霊力でしょう。焼かれて消えたのもそれらではないかと――これこそ、本物の山河錐です」

趙雲瀾《チャオ・ユンラン》は笑い出した。

「おっしゃる通りです。さっきの話はただ俺の憶測です。あいつは俺が本当に山河錐をぶっ壊したと思ってたみたいですけど。お面を被って顔を見せてくれない人って、自分のバカ面を隠したいんですかね」

「……」

ずっと顔を人に見せない斬魂使《ざんこんし》は返す言葉もない。

「ああ」

趙雲瀾《チャオ・ユンラン》はすぐに言い添えた。

「もちろん、大人《たいじん》のことを言っているわけじゃありませんからね」

そのフォローの言葉も皮肉っぽく聞こえる。

この何者をも恐れない無鉄砲な令主はいろいろ隠し事をしている自分に腹を立てて、わざと当て擦りを言ったと斬魂使《ざんこんし》は分かっている。怒ったらいいのか笑ったらいいのか一瞬分からなくなったが、なぜ趙雲瀾《チャオ・ユンラン》がああ言ったのか斬魂使《ざんこんし》はふと分かった気がした。

（恐らく先ほど奴が自分に言った話が聞こえていたから、ここでほどよく皮肉を言ったのだろう。気を張らずに楽にいこう、奴の二言三言で自分のことを疑ったりしないと示唆するのがその狙いだろう）

斬魂使《ざんこんし》はかえって気が重くなった――趙雲瀾《チャオ・ユンラン》はあまりにも抜け目がないから、自分が隠していることも近いうちに見破られてしまうのではないかと懸念せざるをえないのだ。

その時、「え……」と汪徵《ワン・ジェン》は声を上げた。

「じゃあ、どうすれば彼らを解き放てますか？　どうすれば、彼らを安らかにあの世に行かせてあげられますか？」

彼女は焦った声で訊いた。

「山河錐は斬魂使大人《ざんこんしたいじん》が持って帰るから、そうすると山頂の聚陰陣《しゅういんじん》は自然と解かれる。あいつらがいつか過去を吹っ切れたら、その気があればいつでも山河錐から出られるよ。まだ中に閉じ込められてるのは、他でもない、あいつら自身がまだ外に出ようとしてないからなんだ。奴らを閉じ込められるのは、彼ら自身以外になにもないんだ」

趙雲瀾《チャオ・ユンラン》は少し言葉を途切れさせ、

「あの時のことだって、誰かの心にある不平不満が引き金になってたんだろう」と意味深に続けた。

その言葉で汪徵《ワン・ジェン》は急に黙った。

趙雲瀾《チャオ・ユンラン》は携帯を取り出して時間を確認すると、再び進み出した明鑑の針を正確な時刻に合わせながら、

「君が命を落とすことになったのも、人々の心の中に積もった不平不満が原因だったんじゃないか、バカお嬢さん」と続けた。

「私には……罪があるから」

「そうだよ。だから帰ったら三万字ぐらいの始末書を書いてもらわないとな……。あと、半年分のボーナスも見送りにするから。ちゃんと反省するんだ、汪徴《ワン・ジェン》さん。年末の思想教育研修会はやっぱり君に行ってもらおう。祝紅《ジュー・ホン》に死体を探してもらうから、その体に入ってしっかり教育を受けて改心するんだ」

「……」

汪徴《ワン・ジェン》はしばらく黙ってから、

「あの時のことは、最初から私がどうすることもできないことだったんですか」と微かな声で訊いた。

「今さら気付いたのか。バカだな」と言って趙雲瀾《チャオ・ユンラン》はふと笑みを零《こぼ》し、ボロボロのお札入れからあの羅布拉禁術《ルオブラキンジュツ》について書かれた紙を取り出すと、地面に穴を掘って、その紙を雪の下に埋めた。

「世の中には、俺らがどうしようもできないことがあるんだ。それらのことを解決できるくらいまで自分を強くするか、綺麗さっぱり忘れるかのどっちかしかないんだ。そんなくだらないことを心に留めてたってどうにもならない。脳がオーバーヒートしちゃうだけだ」

その言葉に、汪徴《ワン・ジェン》はさらに黙り込んだ。

その時、斬魂使《ざんこんし》は歩いてきて、趙雲瀾《チャオ・ユンラン》に手を差し出した。

「行きましょう、令主。峠までお送りします」

趙雲瀾《チャオ・ユンラン》は疲れ切っているため、「ただ乗り」できるものなら、もちろん歩きたくはない。斬魂使《ざんこんし》に何気な

く手を渡すと、力強く腕を引っ張られ、重心を崩して体ごと斬魂使《ざんこんし》の懐へ倒れていった。そしてマントの中に包み込まれ、視界も真っ暗になった。斬魂使《ざんこんし》の胸に凭《もた》れかかっているまま目を開けた時には、周りの景色はすでに変わっていた。

霧が晴れていくかのように斬魂使《ざんこんし》のマントが開けられ、たった一瞬の間に、彼らは峠のところに戻ってきていた。

趙雲瀾《チャオ・ユンラン》を離すと、斬魂使《ざんこんし》は一歩退いて拱手《きょうしゅ》の礼をしたあと、そこを離れ、あっという間に大きなブラックホールの中に入って姿を消した。

その後ろ姿を眺めて、趙雲瀾《チャオ・ユンラン》がなにかを考え込むように顎を擦っていると、腕時計の中にいる汪徴《ワン・ジェン》が突然口を開いた。

「さっきはきちんとお礼を言えてなくて、すみませんでした……」

「お礼を言えば始末書を書かずに済むと思うな。来週、三万字の始末書をメールで送るんだぞ。もうすぐ春節だし。過去一年に過ちを犯した所員にみんなの前で始末書を読んでもらうのは旧暦大晦日の恒例行事だからな。お礼を言ったくらいじゃ逃げられないぞ」

趙雲瀾《チャオ・ユンラン》は指で明鑑の文字盤を叩きながら、いつものように口汚く返した。

二十三

趙雲瀾《チャオ・ユンラン》がのんびり散策して山頂の小屋に戻った時、日はすでに暮れていた。

（汪徴《ワン・ジェン》は？）と言わんばかりに祝紅《ジュー・ホン》が目配せすると、趙雲瀾《チャオ・ユンラン》は自分の腕時計を彼女に見せた。祝紅《ジュー・ホン》はすぐにその意味を読み取り、カバンから小さな手作りの人型編みぐるみを取り出した。そしてさりげなく趙雲瀾《チャオ・ユンラン》のそばを通り、その編みぐるみで彼の腕時計を軽く擦った。すると、誰にも見えないところで、二筋の白い煙が素早く趙雲瀾《チャオ・ユンラン》の腕時計から飛び出し、編みぐるみの中に潜り込んだ。手のひらサイズのその人型編みぐるみは中に魂が宿っているかのように、祝紅《ジュー・ホン》の手のひらの中で微かに動いた。

趙雲瀾《チャオ・ユンラン》が屋内を見渡すと、全員揃って元気そうにしている――楚恕之《チュー・スージー》は黙ったままドアのところに立って門番役を務め、足元には大慶《ダーチン》が伏せている。郭長城《グォ・チャンチェン》はなにかを煮込んでいる小鍋の火の番、学生たちは円を作ってエセ和尚林静《リン・ジン》の怪談話を怖がりながらも興味津々に聞いている。沈巍《シェン・ウェイ》は……。

（そうだ、沈巍《シェン・ウェイ》はどうした⁉　いや、ちょっと待って。なぜ自分は今全員揃ったと思ったんだ？）

趙雲瀾《チャオ・ユンラン》は重苦しい表情を浮かべながら、

「沈《シェン》教授は？」と訊いた。

祝紅《ジュー・ホン》は分かりやすく固まり、一瞬呆けた顔になった。その時、誰か男性の落ち着いた声が趙雲瀾《チャオ・ユンラン》の後ろから伝わってきた。

「私を探していますか」

沈巍《シェン・ウェイ》が薪を抱えて小屋に入ってきたのだ。

すると、祝紅《ジュー・ホン》はようやく思い出したように自分の額を叩いて、

「そうだ。教授はここにもう一泊するなら持ってきた燃料じゃ足りないかもしれないから、薪を集めてくるって」と言った。

沈巍《シェン・ウェイ》は薪を早く乾かそうとストーブの横に置いた。

「あくまで念のためです。そういえば、汪《ワン》さんは見つかりましたか」

趙雲瀾《チャオ・ユンラン》は一瞬戸惑った視線を向けると、

「うん、見つかった。ここに戻ってくる途中でちょうど救助隊に会ったんだ。彼女にやっといてほしいことがあるから、救助隊に先に彼女を連れて山を下りるように頼んだ」と適当に説明した。

「そうですか」

沈巍《シェン・ウェイ》はこちらを向いて、穏やかな笑みを見せた。

「無事でなによりです。こんな寒い日に、一日中外を駆け回っていたから、風邪を引かないように板藍根《ばんらんこん》[36]を飲んでおきましょう」

趙雲瀾《チャオ・ユンラン》はしばらく沈巍《シェン・ウェイ》を見つめたあと、何事もなかったように薬を受け取り、一気に飲み干し、やがてなにも言わなくなった。

❖

ここ数日の間で、趙雲瀾《チャオ・ユンラン》はまず朗兄《ランにい》と暴飲して二日酔いになり、続いて一日極寒の雪道を運転したあと夜は髑髏《どくろ》の騒動でほんの少ししか眠れず、さらには汪徴《ワン・ジェン》に薬を盛られてしまった。それればかりでなく、高原の雪道を長時間歩き続け、山河錐《さんがすい》に近づいた時に内傷を負ってしまったうえにどこから来たかも分からない怪物と戦っていた。一連の激しい活動の「後遺症」は翌日の朝ついに現れてしまった——。

彼は寝違えてしまったのだ。

しかし、寝違えて首を傾けたまま動かせなくなっても、ボスはボスだ。起きるや否や、趙《チャオ》所長はあれこれ

36 訳注：「板藍根」とは漢方薬の一種、抗ウイルス効果があるとされ、多くの家庭で板藍根エキス剤が常備されている。

と指示を出しまくって所員たちをてんてこ舞いさせている。そのため、この山頂の小屋も朝一から彼の指揮下でずいぶんと賑やかに騒いでいる——趙雲瀾《チャオ・ユンラン》は林静《リン・ジン》に肩を揉んでくれと指図したが、思いがけず林静《リン・ジン》はその肩と首辺りめがけて大力金剛指《だいりきこんごうし》[37]の技を施し、危うくボスの首をへし折るところだった。

これは絶対に日頃の仕返しだと思い、痛みで泣きそうになった趙雲瀾《チャオ・ユンラン》は林静《リン・ジン》を捕まえようと小屋の外をぐるぐると回りながらひたすら彼を追いかけ続けていた。二人はろくに仕事もせず、こうして二十分も追いかけっこをしていたが、ついに我慢できなくなった祝紅《ジュー・ホン》の怒鳴り声でようやく騒ぐのをやめた。

林静《リン・ジン》を捕まえた趙雲瀾《チャオ・ユンラン》は彼を何回かぶっ叩くと、意外なことに寝違えたところが治って首が動くようになった。そして彼は手を後ろに組んだままゆったりと部屋の中に戻って荷物を片付けに行った。

途中で大慶《ダーチン》を拾い上げ、毛皮マフラーのように首に掛けると、沈巍《シェン・ウェイ》が連れてきた女子班長が「あれ」と声を上げ、

「猫ちゃんはいつからここにいたんですか？　私たちと一緒に帰るんですか？　てっきり野良猫だと思っていました」と不思議そうに言った。

「こんなおデブな野良猫いるか？」

趙雲瀾《チャオ・ユンラン》はわざとパンドラの箱を開けた。

すると、大慶《ダーチン》が爪を伸ばし迷いもなく趙雲瀾《チャオ・ユンラン》に猫パンチを一発お見舞いした。

同情心豊かな女子班長は歩いてきて、大慶《ダーチン》の滑らかでつやつやした毛を撫でながら、

「めちゃくちゃ遠いところから飛行機で運ばれてきたのね、本当にかわいそう——そうだ。趙《チャオ》所長、教授

37　訳注：「大力金剛」とはチベット密教の尊格である十忿怒尊（じゅうふんぬそん）の一尊、すなわち大力明王。「大力金剛指」は武侠小説などでよく見られる技。

が帰りは自分が運転するから、所長はゆっくり休んでくださいって言っていました」と伝えた。

趙雲瀾《チャオ・ユンラン》が猫パンチされた頬を手で覆って、振り返って沈巍《シェン・ウェイ》のほうを眺めると、ふいに沈巍《シェン・ウェイ》と視線が合った。沈巍《シェン・ウェイ》は微かに目を落とし、ほのかな笑みを見せた。彼の表情や言葉はいつも含蓄《がんちく》が深いため、趙雲瀾《チャオ・ユンラン》にとって沈巍《シェン・ウェイ》の一つひとつの表情はすべて裏に千言万語《せんげんばんご》が隠されているように見える。

それを眺めているうちに、趙雲瀾《チャオ・ユンラン》の胸は早鐘を打ち始めてしまった。

ここに来た最初の夜、外の物音で目が覚めて沈巍《シェン・ウェイ》と思いがけず視線が合ってしまった時のことを思い出すと、心臓の奥が誰かにつねられたように痛く、切なく、彼のことを哀れまずにはいられなくなった。

❖

山を下りる時、趙雲瀾《チャオ・ユンラン》はずっと助手席で爆睡していた。ポケットから鳴り響く携帯の着信音で起こされた時には、すでに正午を過ぎ、太陽は西に沈み始め、車もとうに雪山地帯を離れており、道路の両側にぼちぼち民家が見え始めていた。

趙雲瀾《チャオ・ユンラン》に電話をしたのは朗兄《ランにい》だった。楽しむことに余念がない朗兄《ランにい》は彼ら一行が山を下りてくると聞いて、直《ただ》ちにホテルとレストランを手配し、前回は思う存分飲めていなかっただろうから、今度こそ酔うまで飲むぞと宣言した。

電話を切った趙雲瀾《チャオ・ユンラン》は渋い表情をしていた――（俺はアル中でも超人でもない。今一番欲しいのはがっつり寝られるベッドだけだ。太っちょおじさんと兄弟ぶって飲みながらむだ話をするのは勘弁してくれ）と言いたい気持ちだ。

この断るという選択肢のない状況に、趙雲瀾《チャオ・ユンラン》は沈巍《シェン・ウェイ》にちょっかいを出しに行く気分ではなくなってしまった。電話を切ったあと、今夜の激しい「酒合戦」に備えて趙雲瀾《チャオ・ユンラン》は少しでも休んでおこうとさっさと目を閉じて再び寝ることにした。彼の呼吸が穏やかになるまで待つと、沈巍《シェン・ウェイ》はようやく手を伸ばし、彼の体に掛けた毛布を引っ張って丁寧に整えた。

彼ら一行が都心幹線道路の入り口で迎えに来た朗兄《ランにい》と合流する頃には、一日中ぐったりしていた趙雲瀾《チャオ・ユンラン》も復活していて、いつものはつらつとした快男児に戻っていた。この饒舌《じょうぜつ》な二人はホテルのレストランで飲み始めると、お酒がいくらあっても足りないようで、どうやら吐くまで飲むのをやめる気はなさそうだ。

趙雲瀾《チャオ・ユンラン》は自分のメンツを保つためになにも言わなかったが、体の具合があまりよくなかったため、六本目を開ける頃に顔はすでに青ざめ始めていた。

朗兄《ランにい》も酔ってろれつがうまく回らなくなり、真っ赤な顔で趙雲瀾《チャオ・ユンラン》のグラスを指しながら「なみなみ注ぐんだぞ」と店員に言いつけた。

趙雲瀾《チャオ・ユンラン》は断ることなどできるわけもなく、注いで構わないと言わんばかりに店員に向かって頷《うなず》いた。苦々しい笑顔でグラスを手に取ろうとした時、ずっと隣で黙って見ていた沈巍《シェン・ウェイ》が突然彼の手を掴んだ。

朗兄《ランにい》も趙雲瀾《チャオ・ユンラン》もこの予想外の出来事を受けてはっとしていると、沈巍《シェン・ウェイ》は趙雲瀾《チャオ・ユンラン》のグラスを手に取って立ち上がり、

「山頂の風が寒かったから、趙《チャオ》所長は少し風邪気味で体調が優れないようです」と、本人の代わりに丁重に断った。

まさか沈巍《シェン・ウェイ》が助け舟を出してくれるとは思わなかったが、趙雲瀾《チャオ・ユンラン》はその言葉に甘えて俯《うつむ》いて何回か咳をして見せた。

沈巍《シェン・ウェイ》は笑みを浮かべて話を続ける。

「このたびは朗兄《ランにい》に大変お世話になっております。私たちは学問三昧の貧乏人ばかりで、これといったお返しもろくにできなくて本当に申し訳ないと思っています。今日は趙《チャオ》所長の盃《さかずき》を借りて、ぜひ朗兄《ランにい》にお礼を伝えさせてください」と言い終わると、沈巍《シエン・ウエイ》は朗兄《ランにい》のグラスの縁より低いところまでグラスを下げ、軽くぶつけて一気に飲み干した。

朗兄《ランにい》はその挙動に呆気《あっけ》に取られ、「おや」と意外そうな声を上げた。趙雲瀾《チャオ・ユンラン》のようなチンピラタイプの人間とは兄弟のように付き合えるが、こういう他人を眼中に置かないインテリはきっと自分のことを見下すのだろうと思い込んでいた朗兄《ランにい》は、これまで自ら沈巍《シエン・ウエイ》に話し掛けて癇癪《かんしゃく》を買うようなことはしなかった。まさか沈巍《シエン・ウエイ》がこんなに自分の顔を立ててくれるとは思いもしなかったが、これはまさに自分の飲み食い人生における一大快挙だと朗兄《ランにい》は舞い上がってその瞬間から趙雲瀾《チャオ・ユンラン》に見切りをつけ、ふらふらしながら沈巍《シエン・ウエイ》にお酒を勧め始めた。

趙雲瀾《チャオ・ユンラン》が周りのみんなを素早く見渡すと——「修行中の身で僕はお酒を飲むことはできません」という言い訳で酒合戦を免れたエセ和尚はお経を唱えながら太い豚足をかじっている。祝紅《ジュー・ホン》も一滴も飲めないお嬢様ぶったまま顔を上げずに一人でひたすらおいしい料理を満喫している。楚恕之《チュー・スージー》はグラス半分しか注いでいないお酒を唇まで運んだとたん、酔ったふりをして爆睡し始めた。郭長城《グオ・チャンチェン》……この正直な子だけは、新人のわりにボスにずいぶん献身的で、趙雲瀾《チャオ・ユンラン》の代わりにどんどん飲んでくれていた。そのため、楚恕之《チュー・スージー》と違って「酔ったふり」ではなく、本格的に酔っぱらって爆睡している——要するに、どいつもこいつも助け舟を出してくれない。

趙雲瀾《チャオ・ユンラン》は奥歯を食いしばり、心の中の口コミ掲示板で部下たち一人ずつに星一つの評価をつけた。仕方なく趙雲瀾《チャオ・ユンラン》は得意なお酒の勧め方と「盃すり替え」の術を駆使して沈巍《シエン・ウエイ》と協力し合い、ようやくこの「酒合戦」

の発起人を倒して飲み会から抜け出した。

沈巍《シェン・ウェイ》は明らかにこういった接待に慣れておらず、ほんの数杯飲んだだけで、両頬は赤く染まり、目の焦点も合わなくなっている。立ち上がろうとした時、しっかりと地面を踏みしめられず、どかっと椅子に倒れてしまった。趙雲瀾《チャオ・ユンラン》は咄嗟《とっさ》に沈巍《シェン・ウェイ》を支え、

「大丈夫？　怪我していない？」と耳元に小声で訊いた。

まだふらついている沈巍《シェン・ウェイ》はその質問には答えられなかったが、勢いで趙雲瀾《チャオ・ユンラン》の腰に手を回し、そのまま抱きしめた。それはまたきつめの抱擁だった。

趙雲瀾《チャオ・ユンラン》は思わず胸がときめいた。

これは……大丈夫ではなさそうだ。

二十四

「じゃ……」

自分の唇を軽く舐めた趙雲瀾《チャオ・ユンラン》は、わざと声のトーンを抑えて、

「ん……部屋まで送ろうか？」と言い、下心をあからさまに出している。

沈巍《シェン・ウェイ》が答えなかったため、趙雲瀾《チャオ・ユンラン》は黙認だと見なしてその腕を自分の肩に回し、抱きかかえるような支え方で沈巍《シェン・ウェイ》を引きずってホテルの部屋に戻ろうとした。幸いなことに沈巍《シェン・ウェイ》は酒乱というわけではない。酔っても乱れることなく、ただ黙っておとなしく趙雲瀾《チャオ・ユンラン》についていく。趙雲瀾《チャオ・ユンラン》は気力を振り絞り、他の人にそそく

さとなにかを言いつけたあと、沈巍《シエン・ウエイ》を支えながら自分の隣の部屋まで歩いてカードキーでドアを開けた。ベッドの縁に彼を下ろし、自力で腰掛けさせたあと、沈《シエン》教授の無表情でぼんやりとした顔を見て、思わず手を伸ばし彼の頭を撫でて髪を掻き乱した。

「酒弱いくせに人の代わりに飲むなよ」

沈巍《シエン・ウエイ》はその手の動きに合わせて顔を上げ、瞬《まばた》きもせず趙雲瀾《チャオ・ユンラン》を見つめている。

「ちょっと待って、タオル持ってくるから顔を拭いて酔いを覚まそう」

趙雲瀾《チャオ・ユンラン》はそう言ってバスルームに入り、タオルを二枚抜き出してそれぞれ冷水と温水に浸した。タオルを絞ってあの酔いどれネコちゃんのところに持っていこうとして振り向いた時、趙雲瀾《チャオ・ユンラン》は驚いた——沈巍《シエン・ウエイ》がいつの間にやら自分の後ろに来ていたのだ。ドアに身を凭《もた》れかけた沈巍《シエン・ウエイ》は物音一つ立てず、そのままじっと趙雲瀾《チャオ・ユンラン》を見つめている。

その眼差《まなざ》しは窮屈に感じられるほど深くて重苦しい。

「ほら」と言って趙雲瀾《チャオ・ユンラン》は一枚タオルを沈巍《シエン・ウエイ》に渡した。

沈巍《シエン・ウエイ》は反応が鈍くなっているようで、しばらく経ってからようやくゆっくりと手を上げた。ところが、タオルを受け取りに行くのではなく、彼はタオルを押しのけ、一気に趙雲瀾《チャオ・ユンラン》の手首を掴んで自分のほうへ乱暴に引っ張ったのだ。

趙雲瀾《チャオ・ユンラン》はとうに沈巍《シエン・ウエイ》の怪しさに気付いており、この尋常ではない雰囲気も察知していたが、続いてなにが起こるのか楽しみで仕方がなかった。そのため、抵抗しようともせず、いとも簡単に沈巍《シエン・ウエイ》のほうに引っ張られていった。

沈巍《シエン・ウエイ》は力強く趙雲瀾《チャオ・ユンラン》を壁に押し付け、かぶりつくように彼の口を、自分の唇で覆った。

すぐさま口の中で血の味を感じて興奮してきた趙雲瀾《チャオ・ユンラン》は、慌てず焦らず沈巍《シェン・ウェイ》の背中を抱きしめ、器用な指使いで沈巍《シェン・ウェイ》の服の裾に潜り込み、相手を誘惑するかのようにその背中を愛撫し始める。手から伝わってくるその肌の温度は普通の人よりやや冷たい。性格が穏やかで優しい人は「温潤良玉《おんじゅんりょうぎょく》」ともたとえられているが、沈巍《シェン・ウェイ》は性格だけでなく、肌触りもまるで軟玉のようだ……。この「軟玉」が趙雲瀾《チャオ・ユンラン》の服を乱暴に引き裂こうとしていることはさておいて。

趙雲瀾《チャオ・ユンラン》はそんな彼を許すばかりで、自分はただを上を向いたまま、やりたいように服を脱がさせ、沈巍《シェン・ウェイ》の背中を撫でさする手だけは下のほうへ伸ばし続けていく。沈巍《シェン・ウェイ》の腰にたどり着くと、趙雲瀾《チャオ・ユンラン》は下心を隠そうとせず、さらに彼のズボンの中に潜り込んでいく。だが、確かな手触りを感じるまえに、沈巍《シェン・ウェイ》の手が自分の腰に回ってくるのを感じるや否や、趙雲瀾《チャオ・ユンラン》は横からふわりと抱き上げられた。虚をつかれた趙雲瀾《チャオ・ユンラン》は両足が地面から離れ、横向きに抱きかかえられたままぐるりと空中で一回転すると、後ろへ倒れていき、沈巍《シェン・ウェイ》に力強くベッドに押さえ付けられてしまった。

一気に二人の体重をかけられたベッドは軋み音を立てたが、幸いなことにホテルの枕が柔らかく布団も厚かったため、痛くはなかった。それでも趙雲瀾《チャオ・ユンラン》はわざと痛いふりをして「ああっ！」と声を上げ、唇に残っている血の跡を指で軽く拭き取り、

「ハニー、意外と激しいタイプだね」と含み笑いした。

上から趙雲瀾《チャオ・ユンラン》を見下ろす沈巍《シェン・ウェイ》は、その漆黒の瞳の中に溢れ出そうなほど強烈な愛情が滾《たぎ》っている。頬がほんのり赤く染まり、薄暗い照明のもとで一段と麗しく見える。その顔を見て、胸のときめきを抑え切れない趙雲瀾《チャオ・ユンラン》は思わず手を上げ沈巍《シェン・ウェイ》のメガネを外した。そして上半身をやや起こし、沈巍《シェン・ウェイ》の腰を自分のほうへと引き寄せると、襟を引き下げ、情欲の炎を灯していくかのように沈巍《シェン・ウェイ》の襟元から下のほうへボタンを一つずつ

外していく。すると、沈巍《シェン・ウェイ》の肉体が露わになった。蒼白と言えるほど色白だが、貧相な体つきではない。そうしているうちに趙雲瀾《チャオ・ユンラン》の瞳もいっそう愛情深く見えてきた。彼は沈巍《シェン・ウェイ》の胸元にゆっくりと口づけしながら、

「俺はこんなことをするつもりはなかったんだ。そっちのほうからけしかけてきたんだからね」とやや鼻にかかった低い声で言った。

言い終わるか終わらないかのうちに、沈巍《シェン・ウェイ》は突然趙雲瀾《チャオ・ユンラン》の肩を掴んで彼を押しのけ、続いて彼の喉に噛みつき、逃げられないようにその手首をがっちり掴んで力強く枕に押さえ付けた。趙雲瀾《チャオ・ユンラン》は自分の上に乗っている人がますます息を荒げ、まるで一口で自分を呑み込もうとしているように感じた。

まさか沈巍《シェン・ウェイ》がこんな情熱的に、積極的に求めてくるとは思わず、そのうえ噛まれて少し息苦しかったため、趙雲瀾《チャオ・ユンラン》は低く笑いながらその手から抜け出そうと体を蠢《うごめ》かせた。

「はいはい、ハニー。焦らずにゆっくりやろうね……」

しかし、その小さな蠢きはかえって沈巍《シェン・ウェイ》の体内にあるなにかの仕組みを触発してしまったようで、彼の動きは先ほどのやや乱暴な程度から完全な狂乱ぶりに豹変した。沈巍《シェン・ウェイ》は突然趙雲瀾《チャオ・ユンラン》の胸元のほうに手を伸ばし、彼を押しのけようとしている趙雲瀾《チャオ・ユンラン》の腕を勢いよくひねり上げ体の後ろのほうに持っていくと、そのうなじに手を回し、まるで首を絞めて殺そうとしているかのようになっている。

趙雲瀾《チャオ・ユンラン》は息苦しくなり仕方なく首を後ろに反らすと、「ポキッ」と頸椎《けいつい》が鳴ったのが聞こえた。

趙雲瀾《チャオ・ユンラン》が逆らおうとするまえに、沈巍《シェン・ウェイ》はこちらへ身を寄せ、冷たい指で彼の顎を持ち上げた。次の瞬間、趙雲瀾《チャオ・ユンラン》の唇を奪うような接吻の嵐が猛烈に襲ってきた。

部屋の中の照明はパッと自動で消え、闇の中は男が耐え切れずに漏らした低い喘ぎ声しか聞こえなくなり、

それはまるで長年飢えに苦しめられてきた狼のようだった。

元々ボタンをしっかり留めていなかった趙雲瀾《チャオ・ユンラン》のシャツはなにかに一気に引き裂かれた。

「おい……ひどいぞ……沈巍《シェン・ウェイ》！」

趙雲瀾《チャオ・ユンラン》の心は燃えるように熱いが、酔っぱらった沈巍《シェン・ウェイ》の無茶ぶりに付き合うつもりはない。隙を見て素早く体を横に向け、肩で沈巍《シェン・ウェイ》を押しのけ自分の腕を引き抜いた。趙雲瀾《チャオ・ユンラン》が低い声で一喝したとたん、沈巍《シェン・ウェイ》は咄嗟《とっさ》に動きを止め、しばらく体を強張《こわば》らせ、そして静かに趙雲瀾《チャオ・ユンラン》の懐に倒れ込んで動かなくなった。

先ほどなぜか急に消えた部屋の照明も再びついた。

電気が眩《まぶ》しすぎて趙雲瀾《チャオ・ユンラン》はすぐに目を開けられず、ねじられて痛くなった肩を回すと、沈巍《シェン・ウェイ》の体をしっかりと支えた。残念ながら先ほどの興奮は跡形もなく消え、趙雲瀾《チャオ・ユンラン》は仕方なく苦笑いした。

「酔い方まで、人と違うとはな……」

まだ言い終わっていないのに、趙雲瀾《チャオ・ユンラン》は突然言葉を途切れさせ、毛穴から酒気が一瞬で飛び出して蒸発したような気がした。彼はあることに気付いて一気に酔いから覚めたのだ――この静まり返った部屋の中で、なぜか沈巍《シェン・ウェイ》の呼吸音が聞こえない！

趙雲瀾《チャオ・ユンラン》の手は軽く震え出した。ゆっくりと沈巍《シェン・ウェイ》の首に当てると、三十秒ほど待っても脈拍が感じられない。

沈巍《シェン・ウェイ》の頬にはまだ少し赤みが残っているものの、体はまるで死体のようになっている。

「沈巍《シェン・ウェイ》、沈巍《シェン・ウェイ》！」と呼びながら趙雲瀾《チャオ・ユンラン》は慌てて沈巍《シェン・ウェイ》を寝かせ、その頬をピシャリと叩いてみたが、反応がない。趙雲瀾《チャオ・ユンラン》は直《ただ》ちに沈巍《シェン・ウェイ》の胸に手を当て、心臓マッサージを始めた。

しかし、ベッドに横たわるこの男は依然としてなんの反応もなく、まるでマネキンのようになっている。

「くそ！」

趙雲瀾《チャオ・ユンラン》は思わず悪態をつき、ベッドから下りて先ほど地面に投げつけられた携帯を拾い上げ、転がって飛び出したバッテリを装着し直して再起動させ、救急車を呼んだ。二言三言で状況を説明したあと、医者に言われた通り沈巍《シェン・ウェイ》の荷物を探り始めた——なにか持病のある人だった場合、通常手元に薬を持っているはずだからだ。

その時、趙雲瀾《チャオ・ユンラン》は俯《うつむ》くと、沈巍《シェン・ウェイ》に引き裂かれた自分のシャツにふと目を留めた。

冬用の厚手のシャツが破られており、左肩側から右脇腹まで、斜めの長い切り口ができてしまっている。切り口は綺麗で、決して縫い目に沿って破られたものではない。破られたシャツの両側を真ん中へ引き寄せると、それはなにか鋭い刃物に切られてできた切り口だと分かった。

しかし、酔っぱらった沈巍《シェン・ウェイ》は爪切り一つ持っていないのに、鋭い刃物を持っているはずなどないだろう。

趙雲瀾《チャオ・ユンラン》はほろ酔い状態だったうえに、取り乱していたが、今になってようやく冷静さを取り戻した——人間はなんの予兆もなく、呼吸や心拍が停止するはずがない。たとえ急性心筋梗塞でも、発作前にはそれなりの症状が現れるはずだ。しかし、先ほどの沈巍《シェン・ウェイ》はこの部屋の電気かのように、まるで体にスイッチがついていて、そのスイッチを切られたとたん電源が入らず起動できなくなったようだ。

その症状は、なにかの病気というより……むしろ幽体離脱に近い。

趙雲瀾《チャオ・ユンラン》は訝《いぶか》る様子で振り返ってベッドに倒れている人に目をやり、しばらく迷ったあと、持ってきていたパソコンバッグから黒いカバーの手帳を取り出した。その中に挟んだ黄色い御札《おふだ》を手に取り、沈巍《シェン・ウェイ》の髪を一本抜いて御札で包んだあと、手帳の上まで持っていって火をつけた。燃え尽きてできた細かい灰は手帳の上に落ちて、水の中に入れられた細かい塩のようにすっと消えた。

すると、黄ばんだ紙に一行の文字が現れた——。

極邪《ごくじゃ》、無魂《むこん》の者。

それを見た趙雲瀾《チャオ・ユンラン》は顔色を豹変させ、手でその紙を押さえ、

「いったいどこから来たんだ？」と小声で訊いた。

紙に現れた文字はチカチカ点滅してやがて消えていった。しばらく待つと、もう一行の文字が手帳に浮かび上がった——。

黄泉《よみ》よりも千尺下、口にしてはならぬ場所。

趙雲瀾《チャオ・ユンラン》の瞳孔は微かに収縮した。

そして彼は黙って現場を片付け、安全ピンをいくつか探し出し、ボロ雑巾のようになったシャツを裏から留めた。さっき脱いで適当に放り投げた酒臭いコートも再び身に纏《まと》った。しばらく待つと救急車が到着し、状況に気付いた学生一行が騒ぎ出してしまい、沈巍《シェン・ウェイ》を救急車に乗せるまでまたしばらくかかった。

学生たちは大黒柱を失ったかのようで、どうしたらいいか分からず慌てている。

趙雲瀾《チャオ・ユンラン》は一緒に病院についていきたがる彼らを強引にホテルに引き留め、林静《リン・ジン》に目配せしたあと、救急車に乗って一緒に病院に行った。

沈巍《シェン・ウェイ》の心拍がずっと確認できていないため、医者たちは一分一秒を争って救命措置を講じている。一方で、趙雲瀾《チャオ・ユンラン》は黙って横に座り、親指を人差し指の関節に当て続け、その動作ばかり繰り返しながら、沈巍《シェン・ウェイ》が意識を取り戻すのを待っている。

沈巍《シェン・ウェイ》の体は大した問題はないであろうことを趙雲瀾《チャオ・ユンラン》は分かっていた。

（恐らくその体に取り憑いた魂魄《こんぱく》が酒に酔って姿を隠したか、しばらくその肉体から離れたから、こんなに恐ろしい症状が出たのだろう。それなら……）

趙雲瀾《チャオ・ユンラン》が体の後ろに回した手で黄色い請神符《しょうしんふ》を広げると、その霊符《れいふ》は手のひらで静かに燃え出した。三枚連続で燃やしても、沈巍《シェン・ウェイ》は依然としてなんの反応もない。

一秒毎に時が過ぎ去るにつれ、医者たちも匙を投げる寸前まで来ている。

趙雲瀾《チャオ・ユンラン》は心を落ち着かせ、四枚目の霊符を燃やし、

（無法霊魂、我が召喚に応じよ）と心の中で唱えた。

三回唱えると、燃え尽きそうな霊符はパッと明るくなり、死体同然だった沈巍《シェン・ウェイ》の体は突然、ＡＥＤの電撃に反応して激しく引き攣《つ》った。

「心拍が戻った！　心拍が戻った！」と誰かが叫んだのが聞こえると、趙雲瀾《チャオ・ユンラン》は長く息を吐き、燃え尽きた御札の灰を手のひらに握り締めてポケットに入れた。

❖

真夜中に救急車で病院に運ばれた沈巍《シェン・ウェイ》はあらゆる検査を一通り受けたが、なんの異常も検出されなかった。趙雲瀾《チャオ・ユンラン》は自分が飲みすぎたせいで、頭がよく回らず救急車を呼んでしまい、結局こんな面倒な羽目に陥ったわけで、寒い真冬とはいえ、身を震わせながらも責任を取って病院でつき添うことにした。

そして、このことが朗兄《ランにい》の耳にも届き、まさか自分が人を入院するまで飲ませてしまっていたとは思わず、恐れながら病院に駆けつけた。沈《シェン》教授の様子を見ると、顔色がキュウリのように青ざめ、やがて趙雲瀾《チャオ・ユンラン》にあれこれ慰められて帰らされた。

翌日、沈巍《シェン・ウェイ》が目を覚ました時、体に様々なチューブが挿入してあることに気付いて驚いた。自分がどのく

らい寝ていたのかも分からず、ぼんやりとした顔つきで上半身を起こし、体に挿してあるチューブを外そうとする。

「もしかしたら何日か病院で様子を見ないといけないかも」

部屋の隅から声が聞こえると、沈巍《シェン・ウェイ》はようやくそこに座っている趙雲瀾《チャオ・ユンラン》に気付いた。彼は誰かから借りた緑色の綿入れコートを纏って、湯気の立つコップを手に持っている。顔が湯気に覆われているため、表情がよく見えない。

「ここは……病院ですか？」

沈巍《シェン・ウェイ》は少しぼんやりとしていたが、急になにかを思い出したようで、顔色を改め、

「私……飲みすぎたんですか？」と訊いた。

「飲みすぎどころか、心肺停止になったんだぞ」

沈巍《シェン・ウェイ》も自分がこんなにお酒に弱いと思っていなかったようで、人に迷惑を掛けてしまったことに気が重くなり、頭を絞ってなにか説明を考えようとしているところで、趙雲瀾《チャオ・ユンラン》がそっとカップを横に置いた。

「これは俺のせいでもあるんだ……。あの時、酔ってうつらうつらしてたら、君にびっくりさせられて、ちゃんと状況が分からないままがむしゃらに救急車を呼んじゃったから。ここ数日は、病院に残って検査に協力してもらわないといけないかもしれません……」

その話に沈巍《シェン・ウェイ》はそこはかとなく嫌な予感がした。

彼の予感通り、趙雲瀾《チャオ・ユンラン》は少し間を置いてから、

「……斬魂使大人《ざんこんしたいじん》」と続けた。

二十五

沈巍《シェン・ウェイ》はしばらく経ってもなにも言わず、趙雲瀾《チャオ・ユンラン》も急かさずただ黙って病室の隅に座っている。静まり返った病室の中はチクタクと鳴る明鑑《めいかん》の音が微かに聞こえるだけだ。

二人とも黙っているなか、沈巍《シェン・ウェイ》が突然ため息をついて手を振ると、身に纏《まと》っていた患者衣が一瞬で体から剥がれ落ち、代わりに黒色の長いマントが彼を包み込んだ。同時に手の上に斬魂刀《ざんこんとう》が現れると、彼はその古風な武器を腰辺りに掛けた……。今回は、斬魂使《ざんこんし》は顔を隠していない。

「どうやって私の正体を見破ったんですか」沈巍《シェン・ウェイ》を見つめている趙雲瀾《チャオ・ユンラン》は、なにを考えているのか分からないが、しばらく経ってからようやく口を開いた。

「見破ったわけじゃない。鎌をかけてみただけだ」

その返答に、沈巍《シェン・ウェイ》はしばらくどういう表情で返せばいいか分からなかった。

趙雲瀾《チャオ・ユンラン》は笑い出した。

「まあ、完全な鎌ってわけでもなくて、ある程度の確証はあったから――俺が瀚噶《ハンガ》族の洞窟に入ったら、ちび傀儡《かいらい》がすぐに君の手紙を持って駆けつけてきたこととか。あの山で君に提灯を下げた獄卒《ごくそつ》の話を出した時、まだなにも言ってないのに君が先にあの獄卒は百余りの霊魂《れいこん》を冥府《めいふ》に連れていかなきゃならないと言い出したこととか。あと、見違えてはいないと思うけど、あの獄卒が通り過ぎる時、車の中に向かって二回もお辞儀したこととか……。ああ、そうだ、祭壇から山頂の小屋に戻った時、祝紅《ジュー・ホン》に君がどこに行ったかって聞いたけど、あの時、彼女はなにも思い当たらなかったんだよね。君が帰ってくるまで、君の存在を忘れていたみたいだった。あと……」

（あと、あの夜、山頂の小屋でずっと俺を見つめていた君の眼差《まなざ》し……）

趙雲瀾《チャオ・ユンラン》は話を途切れさせ、言いたかったその言葉を呑み込んだ。

「あと、君が心肺停止状態になってた時、生死簿《せいしぼ》で君の出身を調べてみたけど、『沈巍《シェン・ウェイ》』は口にしてはならない場所から来た無魂《むこん》の者だと」

「そう言われてみれば、確かにしばしば馬脚を露《あら》わしていました」

二人はしばらく無言になっていた。趙雲瀾《チャオ・ユンラン》はやりづらく感じて、特に自分が変態のように「沈巍《シェン・ウェイ》」につき纏っていたことを思い出すと、記憶喪失になりたいくらい恥ずかしくてたまらない。

「あのう」

趙雲瀾《チャオ・ユンラン》は咳払いした。

「教授の正体を……コホッ、知らずに……滅茶苦茶なことをしてしまって申し訳ありませんでした。どうか大目に見てください、大人《たいじん》」

沈巍《シェン・ウェイ》は首を横に振った。

気まずくて仕方がない趙雲瀾《チャオ・ユンラン》は上着を着たまま、病院が付添人に用意してくれたパイプベッドに横になった。それは狭くて短いシングルベッドで、少し体を屈《かが》めて寝そべる趙雲瀾《チャオ・ユンラン》を見ていると少し気の毒に思えてくる。こうして窮屈そうな格好で横になると、

「もう遅いので休みましょう。なにかあったら呼んでください」と深く考えずに声を掛けた。

「……はい」と、沈巍《シェン・ウェイ》が返したが、趙雲瀾《チャオ・ユンラン》はすぐに彼が本当の「病人」ではないことを思い出し、バカなことを言ってしまったと悔やんだ。口は災いの元。そう思っていっそ口をつぐみ、寝ることにした。

ところで……沈巍《シェン・ウェイ》が斬魂使《ざんこんし》というのなら、これまで彼はどういう気持ちで斬魂使《ざんこんし》として趙雲瀾《チャオ・ユンラン》のそばにい

たのか？　その顔をしっかりと覆い隠し、中の人の来し方行く末を一ミリたりとも見せてくれない黒い霧からは、どういう眼差しが放たれていたのか？

今夜はどうやら二人とも眠りにつけそうにない。

❖

特別調査所の趙《チャオ》所長はとうとう「おとなしく」なった。

太っちょの朗兄《ランにい》とも遊びに行かず、いつものように雄弁を振るうこともなくなり、沈《シェン》教授にもちょっかいを出さなくなったのだ。公費で地元のナイトマーケットで遊びたいと部下たちが「提案」してきた時も、いつもと違い、小言を言うこともなくすんなり許可を出し、一緒についていこうともしなかった。

沈巍《シェン・ウェイ》は精密検査のため数日入院しなくてはならないので、趙雲瀾《チャオ・ユンラン》はタブレットを持って、パイプベッドに寝転がってネットサーフィンをしたり、怪奇な資料を調べたりして時間を潰すことにした。

あの夜、趙雲瀾《チャオ・ユンラン》は「病院に残って検査に協力してもらわないといけない」と言ったが、沈巍《シェン・ウェイ》がいったいどういうふうに検査に「協力」したのか、結局二日後「アルコールアレルギーによる心臓麻痺」という診断結果が下された。帰りの際、空港まで送ってくれた朗兄《ランにい》はそれを聞いて、悔しそうに胸を叩いて地団駄《じだんだ》を踏み、沈巍《シェン・ウェイ》の手を引っ張って、

「ったくもう、飲めないって言ってくれれば、兄貴はなにがあっても飲ませなかったのに！」と言った。

この太っちょ男が誰に向かって「兄貴」と自称しているのかと考えると、趙雲瀾《チャオ・ユンラン》は瞼《まぶた》がピクついてきた。

沈巍《シェン・ウェイ》の代わりに彼の荷物を持ち上げると、

「そろそろ荷物検査に行かないと」と丁寧に促した。

「自分で持ちますので」

沈巍《シェン・ウェイ》はすぐに振り返って断ったが、趙雲瀾《チャオ・ユンラン》は横へ躱《かわ》し、黙ったままその手荷物を持って奥に行った。

林静《リン・ジン》を始め、特調の暇人たちは一斉に意味ありげに咳払いをして、こりゃ見ものだと言わんばかりの顔でお互いに目配せした。

「そういえば、郭《グオ》くんは彼女いるの？」

祝紅《ジュー・ホン》が肘で隣の郭長城《グオ・チャンチェン》を突いて訊くと、郭長城《グオ・チャンチェン》は顔を真っ赤にして首を横に振った。

「これから彼女を作るつもりなら、ボスにいろいろ教えてもらったらいいわね。ボスの教えさえ身につければ、絶対に誰からも愛される次世代モテ男になれるからさ――ああ、でも、もし安定した恋愛関係を築きたいのなら、すべては学ばなくていいからね。あいつは時間が経ったら付き合い方が雑になるから、学ぶべきじゃないわ」

祝紅《ジュー・ホン》は趙雲瀾《チャオ・ユンラン》の後ろ姿を見つめながら意味ありげに言った。

その教えを聞いて、郭長城《グオ・チャンチェン》は顔を真っ赤にしながら、なぜか祝紅《ジュー・ホン》姉の言い方はボスを呪っているように聞こえると感じた。

前を歩く趙雲瀾《チャオ・ユンラン》が振り向いて彼らを睨むと、林静《リン・ジン》と楚恕之《チュー・スージー》はますます楽しそうに笑った。

往路、趙雲瀾《チャオ・ユンラン》はわざわざ客室乗務員に席を変えてもらい、恥ずかしげもなく沈巍《シェン・ウェイ》にくっついていってまるで金魚の糞みたいだったが、復路はまったくそういう気分になれなかった。ところが、席を確認すると、搭乗券を取りに行った林静《リン・ジン》が二人が一緒に座れるように「親切心」で席を変えてくれたことに気付いた。それはまたみんなとずいぶん離れている席だった。

「ボス、お礼はいいから」

機内に持ち込んだ手荷物を頭上の棚に乗せる時、林静《リン・ジン》は趙雲瀾《チャオ・ユンラン》の耳元で囁《ささや》いた。

「誰がお前なんかにお礼を言うものか！」

趙雲瀾《チャオ・ユンラン》は奥歯を食いしばって言い返した。

しかし、部下の「親切心」はそれだけに留まらなかった。同乗の三時間を辛うじてやり過ごして着陸したが、沈巍《シェン・ウェイ》を迎えに来てくれる人がいないと気付くと、エセ和尚の林静《リン・ジン》は学生たちを一人ずつタクシーに乗せたあと、仲人のように、

「教授は確か所長んちの近くに住んでいるんですよね。ついでに送ってもらったらどうですか」と満面の笑みで沈巍《シェン・ウェイ》に言った。

「……」

趙雲瀾《チャオ・ユンラン》は黙っているものの、心の中で林静《リン・ジン》に見立てたブードゥー人形に針を刺しまくっている。

所長の怨念《おんねん》が通じたのか、林静《リン・ジン》はあちらに顔を向けて周りが驚いてしまうほど大きなくしゃみをした。

「結構です。タクシーを拾いますので」

沈巍《シェン・ウェイ》は笑って返した。

人前で余計なことは言えないし、趙雲瀾《チャオ・ユンラン》はやむなく林静《リン・ジン》の厚意を受け取り、沈巍《シェン・ウェイ》のスーツケースを手に取ると、笑顔でこう言った。

「送らせてください。もう遅いですし、俺が送ったほうが……」

「俺が送ったほうが安全です」と言おうとしたが、あの日、沈巍《シェン・ウェイ》を守ろうと路地で追剥《おいは》ぎをやっつけた時のことを思い出した。やっつけただけでなく、ポーズなんか取ってカッコつけていたことを今でも覚えている。よく考えると、その時の自分はまるでいい気になってメスの前でひたすら羽を広げて求愛して、自分の

お尻が丸見えになっていることにまったく気付いていないオスクジャクのようではなかっただろうか？

そう思うと趙雲瀾《チャオ・ユンラン》は笑顔を保てなくなりそうだった。彼にとって、それは実に……振り返るに忍びない過去なのだ。

❖

帰りの道中、趙雲瀾《チャオ・ユンラン》はずっと黙っていた。車を沈巍《シェン・ウェイ》のマンションの真下にとめて初めて、「大人《たいじん》、着きました」と口を開いた。

沈巍《シェン・ウェイ》は降りようとはせず、

「どうしてここだと分かったんですか。私のことを調べていましたか」と訊いた。

趙雲瀾《チャオ・ユンラン》は作り笑いで返した。

「調べさせていただきましたけど、大人《たいじん》が作った『個人情報』に隙なんてなかったからなにも分かりませんでした」

沈巍《シェン・ウェイ》は彼に目をやり、

「令主《れいしゅ》は本当は私に訊きたいことがたくさんあるのでは？」と訊いた。

趙雲瀾《チャオ・ユンラン》はその質問に答えず、二人の視線がふいにバックミラー越しに合った。

しばらく黙っていると、沈巍《シェン・ウェイ》は視線を微かに落とし、

「どうしてなにも訊いてこないんですか」と尋ねた。

趙雲瀾《チャオ・ユンラン》は少し間を置いてから口を開いた。

「大人《たいじん》が『沈巍《シェン・ウェイ》』という身分を使って人間界で奔走しているのは、通常の公務のためではないでしょう。

それは……なにか特別な理由があるからですか」

「いいえ」

沈巍《シェン・ウェイ》は放心したような顔で返した。

「それはただ私心があるからです。ただ……ある一人の人間のためです」

ここまで聞いて、それが誰のことなのか、趙雲瀾《チャオ・ユンラン》はもう訊く必要はなさそうだ。

二十六

言い終わったとたん沈巍《シェン・ウェイ》は後悔した。こんな話をして、いったいなんの意味があるのか分からないし、自分がいったい密かになにを期待しているのかも分からない。その瞬間、沈巍《シェン・ウェイ》は自分のことを実に卑劣で愚かだと感じた。

婉曲的な表現を好む沈巍《シェン・ウェイ》にとって、さっきの話は自分の胸を引き裂いて心をえぐり出し、相手の前に晒《さら》したのも同然だ。しかし、彼は趙雲瀾《チャオ・ユンラン》の返答を聞きたくないようで、慌てて俯《うつむ》いてドアを押し開け、「どうも。それでは失礼します」とだけ言って車から降りようとした。

趙雲瀾《チャオ・ユンラン》は黙ったままルームミラーで沈巍《シェン・ウェイ》の慌てた姿を見て少し落ち着かなくなってきている。

彼は手を替え品を替え半年くらいずっと沈巍《シェン・ウェイ》を追いかけ回し、目に入れても痛くないほど大切に思っている。もし相手に星を取ってこいと言われれば取りに行って届けるほど強い気持ちでずっと沈巍《シェン・ウェイ》にすがりついていて、厚顔無恥《こうがんむち》と言っても過言ではないくらいだった。たとえ沈巍《シェン・ウェイ》がどんなに実直な男でも、そろそろ折れてくれるだろうと趙雲瀾《チャオ・ユンラン》は思っていたが、相手が斬魂使《ざんこんし》となると話が違ってくる——彼は決して斬魂使《ざんこんし》の前でそういう態度で振る舞えないからだ。

斬魂使《ざんこんし》とは昔からの知り合いで、親交があるとまではいかないが、これまでそこそこいい関係を保ってきた。身のほどを弁《わきま》えられる者なら誰しも斬魂使《ざんこんし》を敬い、彼とある程度の距離を置くようにするだろう。斬魂使《ざんこんし》の強さはその力によるものではない。力は生まれつきのものだから、世の中に力の強い者がいるのは特に珍しいことではない。斬魂使《ざんこんし》の強さは、その力ではなく、斬魂使《ざんこんし》そのものからできているのだ。

かねてより常闇《とこやみ》の地からは魔物しか生まれないとされている。それにはそれなりの理由がある。ただでさえなにも持っていない普通の人間は邪道に陥って堕落しやすく、まして元より人を脅かす爪と牙を持っている幽冥《ゆうめい》の魔物ならなおさらだ。斬魂使《ざんこんし》のように幽冥の最奥から生まれた「穢《けが》れた身」として、聖人や神様のように崇められる奇妙な存在は、太古よりこれが唯一である。斬魂使《ざんこんし》……沈巍《シェン・ウェイ》のような者は、たとえいつの日か泥沼に落ちたとしても、誰一人として冒涜などすることなく、変わらず尊い存在であり続けられるのだろう。

沈巍《シェン・ウェイ》が車のドアを開けた時、その横顔はなにかしら薄闇に覆われているように見えた。趙雲瀾《チャオ・ユンラン》も自分がなぜそうしたか分からないが、心がなにかにつき動かされたかのように突然手を伸ばしてドアを押さえた。

「そういえば、まだ大人《たいじん》のお宅にお邪魔したことないですよね。ちょっと上がらせてもらってもいいですか」

沈巍《シェン・ウェイ》は一瞬動きを止めたが、微かに頷《うなず》いて、

「どうぞ」と答えた。

趙雲瀾《チャオ・ユンラン》は車にロックをかけると、複雑な気持ちで沈巍《シェン・ウェイ》と一緒に家に上がった。

「どうぞおかけください」

沈巍《シェン・ウェイ》の家はとても綺麗だが、なぜか生活感がないような気がする。その汚れ一つないソファーを見て、趙雲瀾《チャオ・ユンラン》はいつものように遠慮せずに勢いよく座り込むことができず、借りてきた猫のような座り方になっている。

沈巍《シェン・ウェイ》はウォーターサーバーの電源を入れ、急須に水を入れた。お湯を出せるはずだが、急須に入れたのはお湯ではなく、冷水だった。そのまま急須を手のひらに乗せて少し待つと、中の水が沸いてきた。彼は湯呑みと茶筒を取り出し、流れるような手つきでお茶を入れ始める。

「普段はここに住んでいるというわけではなく、あくまで休憩所のような場所ですので、今年の新茶を用意しておらずすみません」

趙雲瀾《チャオ・ユンラン》はそんなこと気にしないし、そもそも飲んでも新茶と古茶の違いが分からない。湯呑みを持ち上げ、指でその熱さを感じると、

「大人《たいじん》はなぜずっと俺を騙していたんですか」と突然質問した。

沈巍《シェン・ウェイ》は少し間を置いて、

「話したら、かえって気まずくなると思いますが」と返した。

「そうですよね。それであなたは気まずくならずに済んで、俺ばかり気まずくなるんですよね。俺だけ舞い上がってたのを見て楽しんでましたか」

気立てのいい沈巍《シェン・ウェイ》は嫌味を言われても、ただ笑みを浮かべてなにも言い返さない。ところが、二人の間に流れていた気まずい空気は趙雲瀾《チャオ・ユンラン》の率直な一言で少しほぐれた。

沈巍《シェン・ウェイ》はその質問に答えようとせず、

「あの日祭壇で私たちを襲った鬼面の男に会ったら、今度は決して油断してはいけません」と注意を促しただけだった。

趙雲瀾《チャオ・ユンラン》はお茶の表面に浮かんでいた茶葉に息を吹きかけ、

「あいつは幽冥四聖《ゆうめいしせい》を狙ってたんですか」と訊いた。

「その通りです」

「じゃ、四聖を集められると、どうなるんですか」

「四聖は天地や陰陽、世の中の秩序よりもまえに生まれたものです。太古未開の時代、万物は霊魂《れいこん》だけ持っており、知恵を持っておらず、みんな死ぬことなく生き続けていました。人は神同然、神は虫けら同然の時代でした。混沌の力を受け止めた四聖が誰かに集められ、悪用されてしまうと、恐らく世の中の秩序が覆《くつがえ》されてしまうでしょう。ですから、決して邪心のある者に盗られてはいけません。そのためなら幽冥聖器《ゆうめいせいき》を破壊しても構わないのです。それが私の役目ですから」

その話を聞いてしばらく黙り込んだ趙雲瀾《チャオ・ユンラン》を見て、沈巍《シェン・ウェイ》はやや不安になってきた——彼にとって、趙雲瀾《チャオ・ユンラン》に質問されるのはどうということはない。質問してこないほうがよっぽど怖い。趙雲瀾《チャオ・ユンラン》ときたら、何事も分を弁えて無用の口出しをしない者だ。触れるべきでない話に決して触れず、訊くべきでないことも決して訊かない。自分の中で状況を把握していればそれでいい。だからこそ沈巍《シェン・ウェイ》にとって、趙雲瀾《チャオ・ユンラン》がいったいどこまで思い当たったのかが分からないほうが怖いのだ。

少ししてから、趙雲瀾《チャオ・ユンラン》は訊いた。

「山河錐《さんがすい》の祭壇で俺らを襲った奴はお面を被っていたでしょう。あの日、そのお面を切り裂くのを避けたがっていたようですけど、それは俺があいつの顔を知っているからですか」

その質問で沈巍《シェン・ウェイ》の顔色が一気に青ざめた。あの時、趙雲瀾《チャオ・ユンラン》はすでにそのことに気付いていたのだ。鬼面男のお面に向かって鞭を振ったのもやはりわざとだったのだ！

眉を顰《ひそ》めている沈巍《シェン・ウェイ》を見て、趙雲瀾《チャオ・ユンラン》はすぐに質問をやめた。

「言いにくいなら言わなくていいんですよ。分かりました。もう訊かないから、ああ……もう、そんな顔をしないで」

最後の何文字かを言った時、彼の声は無意識に優しくなっていた。いつものように気付かれにくい思いやりが込められたその言葉に、沈巍《シェン・ウェイ》は心が誰かに引っ掻かれたように感じて、喉仏が微かに動いた。

趙雲瀾《チャオ・ユンラン》は探りを入れすぎて申し訳ないと思っているようで、一気にお茶を飲み干し、そこを出ようと立ち上がった。

「今回は長時間外を駆け回って、厄介事もいろいろあったし、さぞお疲れのことでしょう。早く休んでください、大人《たいじん》。俺はこれで失礼します」

言い終わると、趙雲瀾《チャオ・ユンラン》はドアに向かおうとする。その時、沈巍《シェン・ウェイ》が突然彼を呼び止めた。

「あのう、私が酔っぱらってしまった日、幽体離脱以外、なにか……なにか失礼なことをしていませんか」

趙雲瀾《チャオ・ユンラン》は思わず立ち止まった。

一方で、沈巍《シェン・ウェイ》はいささか緊張しているようで、机をじっと見ているだけで、彼のほうに目を向けようとしない。

その時、趙雲瀾《チャオ・ユンラン》は振り返って沈巍《シェン・ウェイ》に笑顔を見せた。彼の笑顔はいつもせせら笑いか意味ありげな笑いばかりで、今のように相手を慰めようとする意味合いの笑顔は珍しい。趙雲瀾《チャオ・ユンラン》は自分自身を指差して、

「してましたよ。大人《たいじん》は俺にぐいぐい迫ってきたんですよ。今思い出しても本当に身に余るほどの扱いをしていただいたなって感心するんです」と冗談半分に返した。

沈巍《シェン・ウェイ》のマンションを出て車に戻るまえ、彼はやはり振り向いて沈巍《シェン・ウェイ》の家のほうを眺めた。部屋の電気はまだついている。階数がそんなに高くないし、趙雲瀾《チャオ・ユンラン》は視力がいいため、誰かが窓の前に立って自分が離れるのを静かに見ているのが分かる。

まるでずっと黙って彼の後ろ姿を見守ってきたようだ。

趙雲瀾《チャオ・ユンラン》はにやけた顔をしているものの、気持ちはただ沈んでいく一方だった。

斬魂使《ざんこんし》は千丈もの邪気《じゃき》が具現化した「極邪《ごくじゃ》、無魂《むこん》の者」、黄泉《よみ》の果てから生まれ、刀の鋒《きっさき》は雪のように白くて冷たいと言い伝えられてきた……。しかし、斬魂使《ざんこんし》というと、いつも趙雲瀾《チャオ・ユンラン》の脳裏に思い浮かぶのは他でもなく、一人で闇の世界から訪れ、また黙々と闇の中に戻っていくその孤独な姿だ。無数の幽霊とともに寒い黄泉路《よみじ》を進み、終始独りでいるその姿を思うたびに、斬魂使《ざんこんし》のことを憐れまずにはいられない。前世で斬魂使《ざんこんし》との間になにがあったのかは知らないが、相手も自分に教えたくないとはっきり言っているため、趙雲瀾《チャオ・ユンラン》は沈巍《シェン・ウェイ》に根掘り葉掘り訊くようなことはしなかった。ただあの夜、ホテルで見た沈巍《シェン・ウェイ》の瞳、その瞳に映っていた彼の心底に抑え込まれた感情、それは趙雲瀾《チャオ・ユンラン》が目の前の人に触れられなくなりそうなほど尊くて恐れ多いものだった。

趙雲瀾《チャオ・ユンラン》は車に凭《もた》れかかり、タバコを一本吸ってからようやく車に乗ってゆっくりとその住宅団地を離れた。

❖

趙雲瀾《チャオ・ユンラン》が家に着いた時、黒猫の大慶《ダーチン》が冷蔵庫の前にしゃがんで帰りをずっと待っていた。

「朕《ちん》の飯はどこじゃ？　数日来てなかっただけで、朕のキャットフードを捨てたと？　大逆無道《たいぎゃくむどう》な奴じゃ！　大逆無道じゃ！」

キャットフードを捨てたのは沈巍《シェン・ウェイ》だった。賞味期限が切れていたから捨てられたのだ。

趙雲瀾《チャオ・ユンラン》は大慶《ダーチン》に構わず、黙って靴を脱いだ。小さな皿に牛乳を入れてソーセージを切ると、一緒に電子レンジに入れて温めることにした——食材をその冷蔵庫に隙間なく詰めたのも沈巍《シェン・ウェイ》だった。

大慶《ダーチン》は怪しいと思い、趙雲瀾《チャオ・ユンラン》のズボンの裾を一周回り、さらに近づいて注意深く彼の匂いを嗅いでみると、

「どうしたんだ？　しょぼくれた顔して」と尋ねた。

趙雲瀾《チャオ・ユンラン》は仰向けにソファーに倒れ込んで両足を伸ばし、黒猫を持ち上げてものの上に置いて、その目を見つめながら訊いた。

「俺が十歳の時、お前が俺を見つけて、鎮魂令《ちんこんれい》を渡してくれたんだよね」

わけが分からないが、黒猫は頷き、

「お前、回想録を書けるくらいの歳まではまだ老けてないだろう」と返した。

「あの時の俺、問題児なのに、自分が美少年戦士だと勘違いしててさ」

趙雲瀾《チャオ・ユンラン》は苦笑いし、デブ猫のおでこを撫でた。

「大慶《ダーチン》、本当のことを教えてくれ。俺はいったい何者なんだ？」

その質問に黒猫は唖然《あぜん》とした。

「お前は、自分は鎮魂令の召使を務める猫妖怪で、歴代の令主はみんなお前が見つけ出したなんて言ってたよな。魂を持つ古い剣は自ら持ち主を選ぶように、鎮魂令もそれに似たようなもので、その意思に合っていれば、誰でも令主になれるってずっとそう思っていた。でも……本当は最初から鎮魂令主は俺一人しかい

ない、だろう?」

それを聞いた大慶《ダーチン》は丸い目を見開いて趙雲瀾《チャオ・ユンラン》をじろりと見つめた。大慶《ダーチン》はいつもうまく猫の姿に擬装してやってきたが、今のように擬装が緩んでしまうと、その目つきはどう見ても猫のものには見えない。

「自意識過剰はやめてくれないか……」

「じゃ、俺の左肩の真火《しんか》はどこに行ったんだ?」

大慶《ダーチン》は毛を逆立て、

「お前、思い出したのか!」と叫んだ。

趙雲瀾《チャオ・ユンラン》はポケットからタバコを一本取り出し、疲れたようにソファーに背を預ける。

「鎌をかけてみただけだ、バカ猫」

「……」

「ってことは、やっぱり俺にも前世があるのか」

大慶《ダーチン》は「うにゃー」と細い鳴き声を上げ、少し躊躇《ためら》うと趙雲瀾《チャオ・ユンラン》のほうに寄って、本物のふわふわの猫のように、頭を彼のお腹に優しく擦りつけてきた。趙雲瀾《チャオ・ユンラン》は珍しくいい子になったデブ猫を持ち上げ、背中を撫で始める。

「俺にもよく分からない」

大慶《ダーチン》が語り出した。

「あの時の俺は修行が足りなくて、お前……お前は今と同じくらい気立てが悪いクソ野郎で、誰のことも眼中に置かない奴だった。しかし、ある日お前は突然どこかへ出掛けてしまって、それから長い間ずっと戻ってこなかった。お前がどこに行ったのか誰も知らなくて、その後……数十年経ったかな、やっと戻ってきた。

その時、左肩の真火はすでに消えていた。お前は俺を抱いて、魚を焼いてくれたんだ。そしてあの鞭を出して、それを三枚の御札《おふだ》に変えて俺に預けた」

大慶《ダーチン》は彼の暖かい懐の中で身を屈《かが》め、青緑色の目を閉じた。

「その時、俺はなにか言ってなかった？」

趙雲瀾《チャオ・ユンラン》は小声で訊いた。

「自分はとてつもない問題を起こしてしまったから、たぶん……今度はもう戻ってこられないって言ってた。それで俺はお前が出ていったあと鎮魂令を持って修行しながら、お前の行方を五百年も捜してた」

この普段はデリカシーがない黒猫が泣き出しそうになっているのに気付くと、趙雲瀾《チャオ・ユンラン》は哀れな気持ちが沸き起こり、思わず嘆声《たんせい》を漏らした。なにか声を掛けようとした時、大慶《ダーチン》はその手から抜け出してつやつやの黒毛に覆われた体を振り、彼のももに立って居丈高《いたけだか》な口調でこう言った。

「だから、俺様のことをもっと大切にしろって言ってんだ！　電子レンジ、もう五、六回は鳴ってるぞ。さっさと牛乳とソーセージを取ってこい！」

第二部　山河錐　完

第三部へつづく

著者紹介

Priest　プリースト

中国人作家。現代から SF、古代、ファンタジーなど、様々な背景の BL、女性が主人公の冒険小説など幅広いジャンルの作品で世界中で愛されている。多数の作品がドラマ、アニメ、コミック等メディアミックスされている。
代表作には『鎮魂』、『殺破狼』、『黙読』、『残次品』、『有匪』など多数。

訳者紹介

許源源　キョゲンゲン

2018 年北京外国語大学修士号取得。自動車、コンサルティング、華道、伝統楽器、美術、芸術分野の翻訳・通訳、国際フォーラムの同時通訳などフリーランスとして従事。日中訳書に『長不大的父母』、『格調』などがある。

監訳者紹介

内野佳織　うちのかおり

2009 年広島修道大学法学部国際政治学科卒業。2014 年から 2017 年まで中山大学外国語学院、北京外国語大学中国語言文学学院で中国語を習得。現在フリーランス日本語教師、中国語教師として活動中。日中翻訳・校正実績多数。

本書は各電子書籍ストアで連載配信中の『鎮魂 Guardian』 1 ～ 46 話までの内容に加筆・修正をしたものです。

鎮　魂 Guardian　1

2022年8月31日　第1刷発行

著　者　　Priest
訳　者　　許源源
監　訳　　内野佳織
発行者　　徳留 慶太郎
発行所　　株式会社すばる舎
東京都豊島区東池袋 3-9-7 東池袋織本ビル　〒170-0013
TEL 03-3981-8651（代表）　03-3981-0767（営業部）
FAX 03-3981-8638　https://www.subarusya.jp/
PLEIADES PRESS
印　刷　　ベクトル印刷株式会社

ISBN978-4-7991-1058-4